Una cura
para el alma

Una cura para el alma

Mariam Orazal

VERGARA

Papel certificado por el Forest Stewardship Council®

Primera edición: junio de 2021

Printed in Spain – Impreso en España

ISBN: 978-84-18620-04-1
Depósito legal: B-4.933-2021

Compuesto en Llibresimes, S. L.

Impreso en Romanyà Valls, S. A.
Capellades (Barcelona)

VE 2 0 0 4 1

A Pepi. Tu luz y tu sonrisa jamás se apagarán

Prólogo

Londres, 25 de julio de 1865

El maldito ratón no quería entrar en la madriguera. Ni las caricias en el lomo ni los murmullos cariñosos servían para convencerlo. A pesar de que había creado un hogar confortable en aquel hueco del establo, el nuevo inquilino no estaba por la labor de ser salvado; se revolvía y chillaba de forma audible, con lo que ponía a ambos en riesgo de ser descubiertos. Y eso era una desgracia de proporciones épicas, porque si su padre se enteraba de que había vuelto a coger uno de aquellos adorables bichitos de la calle, ya no habría más helados de fresa.

Nunca. Jamás. Ni en un millón de años.

Paige sabía que las personas no vivían un millón de años y que, por tanto, el buen doctor Clearington exageraba en sus amenazas; sin embargo, aunque desconocía cuán longeva podía llegar a ser ella, la posibilidad de quedarse sin helado resultaba lo bastante alarmante como para justificar el «furtiveo».

Se agazapó entre los dos montones de paja donde había construido su cabaña ratonesca al oír los pasos arrastrados del señor Marshal. A él tampoco le gustaba que se dedicara a llevar roedores a su cochera; sobre todo desde aquella vez que se le escapó François, y el estúpido caballo de su tío se encabritó al verlo rondar por allí. Todos sus ratones tenían nombres franceses, porque a Paige le parecían más cantarines que los ingleses y porque papá decía que, «desde que murió el maldito Napoleón», le caían bien los franchutes.

Papá decía mucho eso de «maldito», pero regañaba a Paige cada vez que pronunciaba alguna de esas palabras grandilocuentes. Ella solo las decía porque admiraba el modo en que su padre hacía las cosas, incluidos sus parlamentos sobre la «maldita» gente en general. Si no fuera porque después se ponía triste al explicarle que necesitaba una madre, seguiría diciéndolas. Pero no le gustaba ver al buen doctor apenado.

Los pasos se acercaron y el corazón de la niña se puso a latir desaforado mientras apretaba a Gaspard, su nuevo amigo, contra el pecho. El ratón se revolvía entre sus dedos, y Paige temía que en algún momento se escurriría entre ellos y la delataría. Nunca volvería a valorar tanto el helado de fresa como en aquel momento.

Sin embargo, una voz lejana detuvo el caminar del señor Marshal, quien, mascullando otras de esas palabras que Paige no debía pronunciar, se volvió hacia la puerta del establo y salió.

Paige infló el pecho de aire y respiró aliviada, sin poder evitar la sonrisa: se había librado por los pelos.

El helado estaba a salvo, pero no podía seguir arriesgándose de tal modo. Debía de haber una manera de conservar a sus pequeños amigos los pocos días que tardaban en hacerse grandes. A Paige le gustaban los ratoncitos bebés que se perdían por las callejuelas, pero cuando crecían se volvían un poco antipáticos, así que los soltaba.

Tenía que haber un lugar mejor que el establo para esconderlos, dado que, cuando no era un caballo el que se espantaba, eran el viejo señor Marshal o el ama de llaves, la señora Marshal, o papá quienes relataban por sus continuos rescates.

De momento, podía guardarlo en su habitación, pues nadie entraría allí hasta, al menos, la mañana siguiente. Eso le daba tiempo para buscar otro escondrijo. Pero para llegar a su dormitorio sin pasar por el vestíbulo tendría que entrar por la cocina. Mala cosa. Allí sería difícil pasar desapercibida.

Se acercó hasta la puerta y escudriñó a través del cristal. Sí, la señora Marshal estaba con sus faenas. Paige protestó mentalmente.

—Tendremos que esperar aquí un rato, Gaspard —le explicó a su amigo grisáceo, que la miraba con aquellos ojitos tan redondos y brillantes. Se había quedado más tranquilo tras el revuelo del establo, aunque Paige no aflojaba la celda de sus manos por si tenía en mente una escapada.

Le produjo un alivio tremendo la visión de su tío Horace montado a lomos de su zaino, Talentoso —aunque de talentoso no tenía nada—, en dirección al establo.

Tal y como esperaba, él se convirtió en un motivo de distracción para todos en la casa. Entró por la puerta principal y, a los pocos minutos, él y el padre de Paige pidieron el té, con lo que la cocina quedó vacía.

Paige cruzó con mucho sigilo hasta la puerta del pasillo de servicio y caminó con tiento por el vestíbulo hacia la escalera —apoyando primero el talón de sus zapatillas y luego la punta, como le había enseñado papá—. Sin embargo, cedió a la tentación de acercarse a la biblioteca en cuanto oyó hablar a los dos hombres acaloradamente. A decir verdad, era su tío Horace quien parecía más alterado.

—El forense estaba tan contrariado que hizo acudir a todos los miembros del claustro para certificar la muerte —contaba Horace Clearington.

—No puedes estar en lo cierto. —El escepticismo de su padre era muy notable.

—Te digo que vengo de la sala de autopsias y lo he visto con mis propios ojos. Yo tampoco daba crédito cuando leí el informe del doctor Gilligan. Uno no recibe todos los días un mensaje de su superior para corroborar el género de un cadáver. Imagínate mi desazón al tener que explicarle el motivo de mi visita al ujier, pero cuando llegué había otra media docena de doctores allí. Todos para certificar lo mismo.

—Pero eso es imposible. No puedo imaginar de qué modo

podría ocultar algo así durante... toda su vida. Debe de ser un error —insistió Arthur Clearington.

Ese fue el momento en el que Paige escuchó la frase que, sin saberlo entonces, iba a marcar su destino. Y no fue porque una convicción radiante se prendiera en su mente o en su alma en ese preciso instante, no. En realidad, lo único que comprendió de forma instantánea fue que, a pesar de ser una niña y no un niño, ella podría seguir los pasos de papá, que era lo que deseaba por encima de todas las cosas.

La idea anidó en un rincón de su cerebro, donde consiguió el abrigo necesario para germinar y convertirse en un fuerte anhelo que fue articulando a lo largo de toda su vida. Lo que Paige Clearington escuchó esa tarde de boca de su tío Horace fue lo siguiente:

—Arthur, te juro por la vida de mi hijo que el doctor James Barry era una mujer.

1

Hyde Park, Londres, octubre de 1890

Una diminuta partícula de polvo flotaba unas pulgadas por delante de su nariz, suspendida, sin que la gravedad pudiera hacer nada contra ella, e iluminada por un haz de luz, como esas motitas que solo son visibles dentro de una cabaña de madera cuando los rayos del sol se cuelan por las ranuras que quedan entre los tablones. Sin embargo, estaban al aire libre, y las que filtraban el sol de aquel mes de octubre eran las copas de los árboles que los rodeaban, tan altos y frondosos que tenían el poder de cubrir de sombras el inmenso parque por el que paseaban.

La sinfonía de ocres, verdes, rojos y amarillos del otoño que pintaba esas copas formaba una pintoresca escena, como si deambularan por una acuarela.

Un tenue aroma a lluvia se distinguía en la mezcolanza de olores que iban y venían, arrastrados por la brisa, como iban y venían los sonidos de las conversaciones o el regocijo de los niños jugando al aro. Uno de esos querubines, que se asemejaba tanto a las pinturas de Joshua Reynolds que podía parecer irreal, había perdido el control del suyo y rodaba ladera abajo, tan pegado al aro y a tanta velocidad que la escena solo podía acabar en un tropezón. Habría un chichón, alguna rozadura y probablemente un mar de lágrimas, pero ningún chiquillo se había roto el cuello retozando en el césped, al menos que ella supiera.

—No me gusta. —La negativa del rostro que tenía frente a ella era aún más rotunda que la de la voz. Aquellas facciones armónicas mostraban un convencimiento cerrado. Y no le sorprendía. La conclusión era lógica, pero no por eso menos discutible.

—Solo tienes que acompañarme durante la reunión. No te va a pasar nada.

—¡No me preocupa mi integridad! —contestó Drew ofendido—. Me preocupan las repercusiones para ti.

Desde luego, esa también era una reacción lógica. Y esperada.

Ya imaginaba que el disgusto de Andrew no tenía nada que ver con sus intereses personales, y sí mucha relación con el afán de protegerla. Era un acontecimiento muy cotidiano y, como se ha dicho, muy lógico.

En calidad de recién graduada en la Escuela de Medicina para Mujeres de Londres, Paige Clearington había iniciado una campaña de recaudación de fondos para abrir consultas ambulatorias en varios distritos de la ciudad. Quedaban descartados los barrios más sórdidos, aunque bien sabía Dios que el East End necesitaba una consulta de atención específica para prostitutas. Ese era un berenjenal en el que Paige no pensaba comprar acres. Le encantaría, sin duda, pero había sido pragmática a la hora de establecer su proyecto. Las únicas personas capaces de proporcionar los fondos para que se habilitasen dichas consultas eran las pertenecientes a la clase acomodada: comerciantes y aristócratas. Esa gente no quería oír hablar de lugares como Spick o Seven Dials, donde la mugre y las epidemias campaban a sus anchas junto con la miseria y la perversión.

No. Sus planes eran ambiciosos, pero realistas. Consultas en barrios trabajadores, donde pudiera ofrecerse un servicio que, sin llegar a ser de urgencias, quedase fuera de los límites de cobertura de los hospitales.

—Yo estaré bien —aseguró en tono conciliador y casi maternal.

La condescendencia no solía ser útil con Drew. Él solo puso en blanco sus vivaces ojos color chocolate y se pasó las nervudas manos por el cabello castaño, sin que este tuviera el mal gusto de despeinarse por la acción. Volvió a quedar pulcramente atusado en torno a su atractivo rostro, que la miraba con expresión acusadora.

—Bien defenestrada, querrás decir.

El estatus, la posición, la imagen... eran cuestiones fundamentales para su interlocutor. Pero, por más que él se empeñara, no acababan de ordenarse en la escala de prioridades de Paige.

—Solo voy a solicitar su colaboración para una causa benéfica —lo tranquilizó—. La caridad es un ejercicio que practican los de tu clase, Drew. No seas cínico.

Andrew era el conde de Redditch, y la amistad que se había establecido entre ellos, si bien respondía a lazos familiares, se había terminado de sustentar en su compartida y sincera observación del mundo. Ambos eran almas curiosas, y debatir sus razonamientos y teorías sobre el devenir de la vida y las personas los había convertido en grandes amigos.

Solían coincidir en sus juicios de valor sobre los demás, pero diferían como polos opuestos en lo relacionado con las decisiones que tomaban en el ámbito personal. Paige desaprobaba a Andrew. Y solo había que observar aquella escena para hacerse una idea de cuánto desaprobaba Drew las acciones de Paige.

—¿Y qué harás cuando te manden a paseo? Te conozco. Entonarás un discurso coercitivo. —Se enderezó con gesto cansado—. E impregnado de reproche por los lujos que les han sido dados desde la cuna, intentando que sea su culpabilidad la que los empuje a apoyar tu proyecto. Pero siempre olvidas que los afortunados no se sienten avergonzados de serlo y que no les gusta que les ventiles sus defectos en la cara.

Paige respondió a la infamia con un bufido muy poco digno de una dama. Se empujó los anteojos sobre el puente de la nariz y después volvió a ajustarlos un poco más alejados para que no le golpeasen los cristales contra las pestañas. La rectificación le restaba soberbia a su gesto, pero estaba convencida de que el rictus de enfado era suficiente para demostrar su indignación.

—Yo no hago eso —protestó.

—Lo haces constantemente, incluso conmigo.

A regañadientes, tuvo que concederle ese punto. Una de las primeras cosas que Paige había reprobado de Andrew era su jactancia aristocrática y su inadecuado uso de la coquetería. Aunque, para ser honesta, las primeras semanas después de conocerlo había criticado casi cada aspecto de su vida: desde el tono fatuo de su conversación hasta el coste del pulimento con el que le abrillantaban las botas. Por suerte, a Drew le había fascinado su carácter subversivo.

—Esta vez no lo haría —replicó—. Nadie tira piedras contra su propio tejado.

—Creo que sería mucho más efectivo si intentases establecer los contactos de manera individualizada. Yo puedo servirte de embajador.

«Otra vez con eso», farfulló en su mente.

—No voy a valerme de tu amistad para trabajar por lo que creo justo y necesario, Drew. Eso sería taimado y degradante —respondió airada.

—¿De dónde sale tanto maldito orgullo? —saltó Andrew exasperado. Elevó las manos al cielo y siguió caminando a su lado con actitud resignada—. ¡Eres imposible!

Como le ocurría siempre, Paige se enfurruñó durante largo rato. Le giró la cara a su primo y se empeñó en negarse a sí misma la infundada acusación, al tiempo que buscaba las palabras para refutarla a viva voz. Mas estas no llegaron. Porque Drew tenía razón. Aun cuando era muy pequeña, había desdeñado cualquier intento paternalista por allanarle el camino, siempre decidida a sacarse sus propias castañas del fuego. Era una cualidad que exasperaba a su padre y a su tío. A Drew tampoco le había causado especial entusiasmo.

—Tengo que hacer esto por mí misma —murmuró.

Ese tono normalmente desarmaba a Arthur y a Horace Clearington, pero Andrew era tan terco como ella. Los ardides de niña no eran efectivos con él, porque se habían conocido como adultos y, para ese tiempo, Paige ya había perdido el candor convincente que tantas puertas le había abierto en el pasado.

—Si al menos la doctora Garret te secundara en el proyecto... —refunfuñó—, pero sin su aval no vas a lograr que nadie mueva un dedo.

A Paige le había sorprendido y decepcionado a partes iguales la negativa de la rectora de la Escuela de Medicina. Durante años, había admirado y reverenciado a aquella mujer, Elizabeth Garret, y aún seguía creyendo que era la persona más valiente, inteligente y perseverante que conocía. Pero también era... fría, impasible, desatenta. Cuando Paige le había contado su idea, la había descartado con una rapidez que le resultó humillante. Como si su gran intelecto hubiera sido capaz de ver lo absurdo de la propuesta con solo escucharla, a pesar de que Paige había dedicado semanas enteras simplemente a darle una forma con la que presentarla al mundo.

—No puede ser tan complicado —murmuró más para sí misma que para el propio Drew.

Pero todo lo era. Desde que su mente podía recordar, todo lo importante —todo lo verdaderamente trascendente— había resultado difícil y afanoso. Excepto el amor. Querer a su padre, a su tío, a Andrew... había sido tan natural y fácil como respirar. Sin embargo, más allá de la familia estaba el mundo. Y allí, incluso las relaciones más cercanas habían necesitado de una elegante manipulación. Por suerte, a Paige nunca le habían faltado arrestos para pelear, ya fuera en un salón de té o en un aula.

Las voces incorpóreas que flotaban en el ambiente empezaron a tomar forma en una parte inalcanzable de su mente. Se puso alerta justo en el momento en el que un discreto alboroto comenzó a ser audible. Se volvió hacia el camino de grava y divisó a una elegante dama, ataviada con un pomposo vestido amarillo, que se apresuraba con pasitos cortos y decorosos hacia un grupo de personas que se amontonaban en torno a algo o a alguien muy cerca del río.

«En lugares como Hyde Park incluso los altercados resultan moderados», pensó. La buena gente de Londres jamás perdía la compostura, y mucho menos en el elegante parque y en las decentes horas del mediodía. Habría ignorado por completo el asunto de no ser porque su oído captó las palabras «ayuda» y «doctor».

Con bastante menos elegancia y decoro que la joven dama de amarillo, Paige se agarró la voluminosa falda y salió corriendo. Drew fue rápido también y, sin mediar palabra, se echó a correr a su lado. Atravesaron Flower Walk con presteza, espantando los patos que acababan de salir del agua, mientras el resto de los viandantes se limitaban a contemplar los acontecimientos con curiosidad disimulada. Parecían demasiado presuntuosos para acercarse al tumulto, pero lo suficientemente acicateados para detener su marcha y observar. Paige, sin embargo, volaba, mostrando a todo el que quisiera mirar sus bien definidas pantorrillas envueltas en medias de seda.

Drew, bendito fuera él, llegó antes que ella y comenzó a apartar a la gente al grito de «¡Traigo un médico!». Muchos reconocían en él al conde de Redditch y se apartaban con reverencia. Otros —«las alimañas», como las llamaba ella— sentían demasiada fascinación por cualquiera que fuese la desgracia acontecida como para molestarse en dejar hueco a cualquier posible ayuda. Con poco o ningún tacto, se abrió paso a codazos.

Un niño estaba tendido en el suelo, inconsciente, mientras un adulto corpulento lo zarandeaba para intentar despabilarlo. Drew insistió en que traía ayuda, y aquel hombre se volvió para mirarlos. Ni la expresión de su rostro ni los inteligentes ojos verdes mostraban alarma. «Bien», pensó Paige, pues le costaba mucho tratar con familiares histéricos que le dificultasen el trabajo.

—Haga algo —le dijo entonces a Drew—. Creo que no respira.

—¿Qué ha ocurrido? —preguntó Paige.

El hombre, quien era evidentemente un miembro destacado de la sociedad dado su distinguido porte y su elegante atuendo, clavó los ojos en ella, extrañado, pero respondió mientras Paige se arrodillaba junto al muchacho, que debía de tener unos cinco años.

—Estaba correteando con la niñera. Se tropezó y volvió a levantarse de inmediato, pero cuando dio unos pasos más comenzó a toser y a marearse. Lo llamé, pero se le pusieron los ojos de un modo muy extraño y entonces se desmayó.

Paige le levantó los párpados para comprobar si tenía algo en los ojos. Estaban un poco rojos y somnolientos, pero al decir que se le pusieron raros debía de referirse a que se le pusieron en blanco. Después se acercó a comprobar la respiración del niño, que era superficial y pareja.

—¿Está resfriado? —Los orificios de la nariz estaban enrojecidos y despellejados.

—Sí, desde hace varios días —respondió el que por lógica debía de ser el padre, con una mirada que todavía era desconfiada—. ¿Es usted el médico?

Aquella pregunta, siempre que viniera acompañada de un tono sorprendido y no desdeñoso, había dejado de ofender a Paige, de modo que se mostró respetuosa al contestar:

—Soy doctora, milord. —Su instinto le decía que estaba ante un lord—. No se preocupe. El niño respira con dificultad, pero respira.

—¿Cómo es que...?

Paige sabía lo que iba a ocurrir a continuación. El lord saldría de su estupefacción en cualquier momento y reclamaría que fuera un «verdadero doctor» quien atendiese a su hijo. No era la primera vez que vivía esa situación y había aprendido el modo más conveniente y eficaz de evitarla: no darles opción a ponerse difíciles. Necesitaban llevarse al niño de allí, toda esa polvareda y bullicio no le hacían ningún bien.

—¿Tiene su carruaje cerca, milord? —quiso saber, interrumpiendo la incipiente pregunta.

—Querida, estás hablando con el duque de Breighton —le advirtió Drew en voz baja.

«¡Maldición! ¡Condenación!»

—¿Tiene su carruaje cerca, excelencia? —se corrigió, contrariada por el giro de los acontecimientos.

Ya era difícil que alguien de la nobleza dejara de ofenderse porque una mujer ejerciera la medicina, pero ¿un duque? La iba a despachar en cuanto saliera del pasmo. Y Paige no quería eso. En primer lugar, porque un niño sano y fuerte —como lo era aquel— no se desmayaba por un simple ataque de tos; algo le ocurría, y ella quería descubrirlo. En segundo lugar, porque, pensándolo fríamente, si consiguiera que un lord —¡un duque, ni más ni menos!— contratase sus servicios, las posibilidades de labrarse una reputación entre la nobleza y acceder a las grandes familias de Londres aumentarían de modo exponencial.

Y sin ninguna salvaguarda ni mecenas.

—Mi lacayo ha ido a por él —contestó el duque, sin ningún rastro de expresión en el rostro que le permitiera adivinar si la aprobaba o no.

A decir verdad, era extraño, pero tampoco parecía preocupado ni alarmado por el chiquillo. Su semblante era ilegible, al menos para ella. Por algún motivo, le gustó. No se resignaba a los aspavientos de la gente, siempre tan susceptible, siempre tan dispuesta a horrorizarse o indignarse. Aquel parecía un hombre imperturbable, y con eso podía tratar.

—Deberíamos llevarlo a casa y darle algún tónico para que se reanime —aventuró, decidida a mantener el efugio—. Lord Redditch, ¿podría enviar a alguien a por mi maletín? Así ganaríamos tiempo.

—Yo mismo iré, señorita Clearington. Nos vemos en Breighton Hall —respondió Drew, y se marchó sin esperar una aceptación explícita del duque.

Paige era muy consciente del murmullo general a su alrededor y lamentó sobremanera la marcha de Drew. No llegaba a saber lo que decían, porque toda su atención estaba puesta en aquellos ojos verdes jade, que tenían el poder de juzgarla y desecharla.

Eran unos ojos bonitos, supuso, que armonizaban bastante bien con una nariz aquilina, aunque elegante, y una mandíbula más afilada que cuadrada. No había una chispa de candor en aquel rostro adusto, excepto, quizá, el aire nostálgico de los óvalos verdes. Paige rogó por que fueran el síntoma de una personalidad más afable de lo aparente. Quería que le diera una oportunidad, pues eso supondría un gran impulso para sus intereses personales, que, a fin de cuentas, eran los de muchas almas trabajadoras de Londres.

Hasta que pudiera descubrir qué tipo de hombre era el duque de Breighton, tenía que seguir su método: nada de indecisión. Si quería hacerse respetar, no podía permitirse el gesto de bajar la vista —lo haría en ese momento con infinito gusto— como si fuera un vasallo acobardado mientras él continuaba observándola.

Le sostuvo la mirada hasta que el duque asintió y se levantó al oír el traqueteo del carruaje. Paige suspiró mentalmente. Había funcionado.

Dos fornidos lacayos, con las libreas azul real más elegantes y fastuosas que hubiera visto en su vida, llegaron justo al mismo tiempo y cargaron al pequeño como si de fina porcelana china se tratase. Paige pensó que su propio padre, que era bastante robusto y sano, se habría bastado para tan sencilla tarea, pero nuevamente los usos y costumbres de la aristocracia se demostraron muy al margen de su conocimiento.

El duque pareció pensarlo un momento antes de ofrecerle que subiera a la lujosa calesa cubierta. Puesto que el decoro no tenía cabida en una situación de emergencia como aquella, Paige supo que el aristócrata se estaba planteando cuán ofensivo era que una mujer del vulgo, doctora para mayor bochorno, subiera en su lujoso carruaje. Entrelazó las manos frente a la falda y esperó. Aquella era una buena oportunidad para Paige Clearington, pero no iba a humillarse ante nadie.

—Acompáñeme, señorita...

—Clearington —aclaró en tono desafiante.

—Señorita Clearington —repitió él impertérrito.

Subió al carruaje sin ninguna ayuda, pues el duque parecía dudar de si tenía alguna obligación de facilitarle la tarea. Como habían tumbado al niño en uno de los asientos, comprendió que tendría que viajar junto a Su Excelencia, quien resultaba ciertamente amedrentador dentro del habitáculo de un carruaje. Paige no era una mujer menuda ni bajita, pero aun así se sintió diminuta.

No era por entero una percepción subjetiva. El duque de Breighton poseía una planta fuera de lo común que señalaba la práctica de algún deporte. Acompañado del mentón firme y la ancha frente, su aspecto era el de una estatua bizantina; un Coloso de Barletta que podría ser considerado atractivo si no fuera porque tenía la misma expresividad que el propio bronce.

—¿No es muy joven para ser médico?

No sabía si sentirse halagada por el hecho de que el duque observase su juventud u ofendida por el menoscabo que eso suponía.

—Recién graduada —aclaró.

—Eso no suena muy bien.

Paige tomó una bocanada de aire y se preparó para defender su plaza:

—Excelencia, le aseguro que la Escuela de Medicina no me habría entregado el título si no me considerase apta para ejercer mi profesión con unos amplios estándares de calidad y seguridad para los pacientes. —Espoleada por su propia indignación, se volvió hacia el duque, quien la miraba de soslayo como única muestra de atención—. Puede que desconozca la complejidad de mi profesión, pero me he estado formando durante casi una década. Además, pertenezco a una familia de reputados doctores y siempre he acompañado a mi padre en sus consultas desde que supe leer y escribir. Le garantizo que estoy perfectamente cualificada para atender un desmayo.

Nada más terminar, se reprendió a sí misma por haberse justificado de modo tan feroz. Esa no era la actitud que le ganaba a una mujer el respeto de sus semejantes, y tenía por norma no dejar asomar las garras. Ah, ¡el orgullo! Acabaría siendo su perdición.

—¿«El ingenio es la insolencia educada»? —citó el duque sin dignarse a girar la cabeza.

Que eligiese la teoría aristotélica para reprenderla fue todo un golpe de efecto. Paige había sido considerada una alumna brillante pero protestona, y precisamente habían sido clases sobre Aristóteles y Galeno las que le habían hecho saltar de la silla. Esos señores serían los padres de la medicina y la filosofía, pero eran también unos obtusos sin redención.

—No pretendo ser ni lo uno ni lo otro —respondió con el mismo tono impasible que había usado él.

Todo lo que el duque tenía que decir se resumió en la forma en que entrecerró los ojos en su dirección. La estaba evaluando, comprendió Paige, y temió no salir bien parada.

Por suerte, el trayecto fue muy corto, y la inercia de los caballos aminorando el paso les hizo a ambos volver a enfocar la atención en el pequeño que reposaba en el asiento de enfrente, pues emitió un gemido difuso al sentirse zarandeado por el efecto de la frenada.

Paige fue la primera en apearse en cuanto el lacayo les abrió la puerta, y el sol volvió a iluminarle el rostro en la elegante Berkeley Square.

2

Paige intentó no mostrar su asombro al entrar en el recibidor de la mansión del duque de Breighton. Había estado en casas respetables con anterioridad —su propia familia era bastante acomodada—, pero jamás había visto ese esplendor dorado derramándose por cada rincón.

Los paneles de madera de roble, que brillaban con vetas imposibles por todo el perímetro del vestíbulo, se fundían con el empapelado de motivos florales en color crema y, más allá, con el artesonado de escayola del techo, en un tono hueso deslumbrante. Justo sobre su cabeza, un impresionante fresco de ángeles y querubines daba la bienvenida a los simples mortales con sus sonrosadas mejillas y regordetas manos blancas.

Una gran mesa octogonal taraceada en maderas nobles y con patas de bronce presidía la sala, ofreciendo una aromática recepción compuesta por media docena de arreglos florales de las más lustrosas variedades de la época. Paige casi temió estar causando un daño irreparable a la brillante superficie de mármol brocatel del suelo con sus vulgares pies, en absoluto aristocráticos.

—No se quede ahí parada. Su Excelencia ha ordenado que lo siga.

Aquella inmisericorde advertencia provino de un hombre con aspecto de mayordomo. Su elegante vestimenta de librea negra, el chaleco a rayas, la corbata de lazo y esa postura jactanciosa así lo proclamaban.

La grandiosidad de aquella casa empezaba a abrumarla, y el hecho de que hasta los pajes con chaquetilla corta que corrían escaleras arriba tras el duque la mirasen con desdén no ayudaba. «¡Señor bendito, la escalera!», gritó para sus adentros.

Paige contuvo un jadeo al encontrarse con aquella fastuosa balaustrada de delicada orfebrería que abarcaba una escalinata de más de siete yardas de anchura, toda enmoquetada en el mismo azul real de las libreas de los lacayos. Si no había logrado echar a perder el mármol del suelo, seguro que iba a profanar aquel idílico ascenso a los cielos.

¿Dónde se había metido? Se volvió en el primer escalón, al que había llegado casi de forma mecánica, esperando que su primo se hallase junto a ella para infundirle valor; pero Paige lo había enviado a por su maletín.

«Tranquila. No te dejes amilanar. ¿Qué más da si estás en el mismísimo palacio real? —se reconvino—. El niño. Estás aquí por el niño.»

Aquello consiguió ponerla en movimiento, aunque lo hizo con la firme intención de no quedar en evidencia. En lugar de salir corriendo para recuperar la ventaja que había desaprovechado durante su horrorizada fascinación, se cogió ligeramente la falda y subió con paso enérgico y decidido los peldaños. Comprobó de inmediato que no era suficiente, pues estaba perdiendo de vista a la comitiva, que giró en un recodo de la escalera. En el siguiente tramo, Paige se aseguró de haber quedado a solas y se lanzó a subir los peldaños de dos en dos, con lo que consiguió llegar al pasillo justo cuando una librea desaparecía en el marco de una puerta. Cuando entró en el dormitorio, el duque ya la reclamaba:

—¿Dónde está esa mujer?

—¡Aquí, su gracia! —Su voz sonó firme, a pesar de la carrera.

—Su excelencia —le susurró uno de los lacayos.

—¡Su excelencia! —corrigió.

«Con decisión», se recordó. Era la manera como debía proceder si quería que la tomaran en serio. En no pocas ocasiones, había comprobado que la seguridad que fuera capaz de reflejar era asumida por los demás como un hecho. Podía estar temblando por dentro, pero, si se mostraba impertérrita y confiada, la gente se apoyaba en ella y la creía capaz de todo. Era muy curioso, pero los hombres, y sobre todo las mujeres, no basaban sus juicios sobre la propia percepción, sino sobre el modelo de conducta que una fuera capaz de fingir.

Se acercó a la cama y se concentró en el niño: un precioso querubín de cabello dorado claro y tez rosada, nada parecido a su padre, pues el duque era propietario de una melena oscura, una piel cetrina y unos rasgos cincelados de los que poco había aportado a su vástago.

Un lacayo apareció presuroso con su maletín, que Drew ya habría hecho llegar, y Paige retiró algunos elementos de una mesita cercana para poder acceder fácilmente a su instrumental. «Lo primero —se dijo— es observar el desarrollo de algún posible síntoma infeccioso.»

El mayordomo que antes le había hablado en la puerta estaba pegado a sus talones y se apresuró a tomar entre las manos las cosas que Paige fue apartando.

—Tenga cuidado —espetó con desagrado y una mirada taimada.

El servicio inglés suponía toda una especie en sí mismo. Allí estaba ese mayordomo, el sirviente de mayor rango de un duque, que no dejaba de ser un empleado, mientras que ella era una mujer libre, con estudios y perteneciente a una familia acomodada. ¿Y quién desdeñaba a quién?

Paige había conocido a doncellas que la tildaban de fresca o de procaz por atreverse a mezclarse con la buena *ton*. Oh, no lo hacían abiertamente, por supuesto, pero había oído comentarios susurrados en las salas de aseo cuando acompañaba a Andrew a alguna de sus fiestas. Nadie entendía por qué una joven escandalosa como ella, con la osadía de estudiar medicina, era bien recibida en las reuniones de alto copete; pero, curiosamente, siempre encontraba más hostilidad en los criados que en los propios aristócratas.

En su opinión, para los miembros del *beau monde* ella era un entretenimiento, una rareza simplona y respondona con quien se divertían. Cierto que había conseguido cultivar la hostilidad de algunos hombres a quienes no había tenido reparos en hablar con franqueza sobre asuntos que ninguna mujer debería comentar en público, pero de algún modo su abierta amistad con el conde de Redditch los había llevado a catalogarla en el apartado de exótica, y de ese modo la habían aceptado.

Los mayordomos, amas de llaves, ayudas de cámara y doncellas personales... eran otro cantar.

Con un gesto que devolvía en proporciones similares su desaprobación, le dio la espalda al sirviente y se acercó a la cama. Se fijó en que el duque la había estado observando con atención. No al niño, sino a ella. Apartó la mirada, incómoda, y esta recayó en el retrato de una mujer joven y elegantemente vestida. La duquesa, sin duda. La madre del niño, a juzgar por el tremendo parecido.

Tenía aquel aire nostálgico y las mismas facciones que el pequeño, solo que en el caso de la mujer era la expresión máxima de la distinción. O bien el autor del retrato se había prodigado en exceso, o bien estaba ante una auténtica beldad. El pincel había captado la composición perfecta de matices platinos y dorados del cabello, el cual enmarcaba una reunión exquisita de rasgos puramente femeninos: mentón y barbilla suaves, labios muy bien perfilados, nariz fina y respingona... Oh, y los ojos, ¡vaya por Dios!, almendrados y de un tono azul que debía de ser una exageración del artista, pues no existía paleta así en la naturaleza.

—Mi esposa —confirmó el duque, quizá con la intención de que dejara de divagar y se centrase en su paciente.

—Eso pensé —respondió con desagrado.

Tenía el estómago contraído por la tensión. El duque no había sido grosero con ella, no había hecho nada para despertar suspicacia alguna, pero Paige parecía estar esperando un golpe en cualquier momento. Esa mirada fija tan silenciosa le crispaba los nervios de un modo insoportable, así que se centró por completo en examinar a su paciente.

Los ojos azules —también eran de la madre— lucían un halo rojo alrededor de los párpados; la nariz, algo sonrosada, derramaba mucosidad espesa. El fonendoscopio le corroboró que la dificultad para respirar le provocaba un sonido en el pecho. La primera impresión del parque quedaba confirmada: el niño tenía alguna enfermedad respiratoria, que podía ser muy sencilla, pero que también podía ser la antesala de algo peor.

Como un presagio, la idea que había estado rehuyendo de su cabeza desde que se encontraron en Hyde Park apareció como un fogonazo: la señorita Thurther se había desmayado en la panadería unos días antes de caer en cama.

Había sido el primer caso, y Paige tardó casi una semana en localizar un síntoma que le permitiese concretar el diagnóstico. El avance fue tan rápido a partir de ahí que, en cuestión de cuarenta y ocho horas, la jovencita dejó de respirar para siempre.

Se estremeció hasta la raíz del cabello al recordar el desconsuelo de su prometido. Pobre muchacho; cuando Paige lo visitó el domingo siguiente, continuaba sin entender del todo cómo había podido pasarles aquello. Después de la familia Thurther atendió tres casos más; pero no consiguió establecer relación alguna entre los afectados.

¿Era el hijo de un duque un posible candidato de haberse contagiado?

—En principio no veo motivos para preocuparse —explicó no muy convencida. No era necesario alarmar al aristócrata—. Podría haber sido un desmayo sin importancia, aunque noto cierta afección en las vías respiratorias. Me gustaría tenerlo bajo observación...

—¿Por qué no se despierta? —Tenía que preguntar lo evidente.

Esa era la cuestión que había llevado a Paige a suponer algo más que un catarro vulgar. Un niño de cinco años con una energía vital, como la que parecía tener ese chico, no se desmayaba con tanta facilidad.

—¿Ha realizado el niño más esfuerzo del habitual?

En realidad, quería saber si el niño había estado fatigado, pues eso podría indicar que no era un simple catarro. ¿Había tumefacción en el cuello? No estaba segura. Suspiró sin emitir ningún sonido.

—No. —Escueto hasta el extremo incómodo, el duque se inclinó hacia delante y rozó con el dorso de los dedos la frente de su hijo, en un gesto que habría albergado ternura de no ser por la sequedad con que aquel hombre hacía cada cosa.

La aparición de fiebre era lo primero que había comprobado Paige, pero si había algunas décimas ella no había sido capaz de apreciarlas.

Atenazada por el miedo a confirmar sus sospechas, Paige exploró la garganta del niño y comprobó con alivio que las amígdalas estaban despejadas. Se tomó un segundo para dejar entrar el aire en sus pulmones y se incorporó con una renovada confianza.

—En ese caso, podría tratarse de un agotamiento producido por el resfriado; pero, como le he dicho, preferiría observarlo en las próximas horas —explicó mientras rebuscaba en su maletín, de espaldas a esos ojos verdes escrutadores que tanto perturbaban su tranquilidad—. Vamos a darle un tónico que, probablemente, lo tendrá despierto en unos minutos.

Eso le valió a Paige una mirada glacial. A algunos hombres —especialmente a ellos— les provocaba desconfianza cualquier tipo de brebaje. Estaba a punto de explicarle que eran remedios naturales para aligerar la tensión del cuerpo cuando llamaron a la puerta de la habitación. Entró un señor bastante orondo y de estatura baja. Un médico, a todas luces, como proclamaba su maletín. Paige, en realidad, no se sorprendió.

—Señorita Clearington, él es el doctor Jackson. Doctor Jackson...

—Muy buenas tardes, doctor —saludó Paige, conteniendo su desazón.

Era evidente por la expresión del duque que había hecho llamar al médico de la familia al llegar a casa. No había regodeo ni desprecio en sus ojos, pero aun así se ofendió. Tampoco ayudó mucho la mirada de suficiencia que encontró en los ojos del mayordomo, quien seguía vigilando cada uno de sus movimientos como una gárgola, pertrechado en un rincón penumbroso de la habitación.

—Buenas tardes, jovencita. —Y aquello no era un halago, sino un recordatorio paternalista—. ¿Me permite examinar a lord Willonshire?

—¿Lord Willonshire? —preguntó contrariada al tiempo que se apartaba.

—Mi hijo es el marqués de Willonshire —explicó el duque con la misma sequedad con que parecía hacer todo.

Paige sabía que los grandes títulos a menudo gozaban de otros menores, que eran de cortesía. Según le habían explicado, un par del reino podía ostentar varios títulos y legarlos a sus herederos a modo de distinción; pero según ese mismo protocolo, únicamente uno de esos títulos era sustantivo y, por tanto, solo el duque ocupaba un escaño en la Cámara de los Lores.

No ignoraba por completo los protocolos de la nobleza, pero en aquel instante le pareció absurdo e incluso luctuoso que un niño tan vulnerable llevase semejante peso sobre los hombros. Por alguna extraña jugarreta de la mente, su mirada recayó en el mayordomo, quien se estiró al menos dos pulgadas sobre su propia altura.

«Pomposo», farfulló para sí.

Mientras el doctor se inclinaba sobre el pequeño para examinarlo, Paige se centró en estudiar y observar a su principal némesis en aquella habitación, que ni mucho menos era un miembro del servicio.

—¿Qué ha ocurrido? —preguntó Jackson.

El hecho de que preguntara al padre del muchacho y no a

ella le daba una medida de cuánto podía valorar aquel hombre la opinión de una «jovencita» a la que probablemente ni siquiera le concediera el crédito de llamarla «doctora».

—Estaba en el parque jugando con total normalidad y se cayó. Después, cuando ya se había levantado, comenzó a toser y se desmayó.

—¿Ha estado fatigado últimamente? —preguntó entonces.

—No sabría decirle. La niñera debe de estar al tanto. Carruthers, llame a la señorita Clark.

Era muy común que un padre no supiera si su hijo estaba incubando alguna enfermedad o más fatigado de lo habitual, porque normalmente apenas pasaban tiempo con ellos. Era una cualidad de la aristocracia que aborrecía. La falta de cercanía paterna durante la infancia se manifestaba en un amplio sector del *beau monde* junto con aquella fría indiferencia frente a los problemas del mundo.

Prefirió indignarse por eso y no porque la respuesta a idéntica pregunta, cuando la había hecho ella, había sido un escueto «no».

—Parece un simple desvanecimiento —dijo el doctor Jackson.

—¿Y la tos?

—Podría ser circunstancial. No se asuste, excelencia. Su hijo está ahora en buenas manos.

Tuvo que ser audible la inspiración ofendida que Paige no pudo evitar. Con aquella sentencia daba a entender que, antes de que él llegara, el niño no había sido bien atendido, y eso hacía saltar todos los resortes belicosos en ella. Pero una mirada al duque la disuadió de expresar con palabras lo que le bullía en el estómago. Allí las salidas de tono no serían bien acogidas. Era evidente. Aquel almidonado lugar nunca debía de haber oído algo más alto que una nana, y Paige no era inmune al desahogo de elevar la voz.

Lo que no pudo evitar, aun sabiendo que lo lamentaría, fue compartir su preocupación por que el pequeño pudiera estar incubando algún virus más peligroso.

—Doctor Jackson, creo que lord Willonshire podría tener alguna dificultad respiratoria, le suena el pecho y...

—Señorita...

—Clearington —aclaró.

—Clearington. Le aseguro que puedo diagnosticar un simple resfriado.

—Es que no creo que se trate de un simple resfriado —reconoció con una mirada de disculpa hacia el duque.

—Suficiente —ladró el médico, que, al parecer, había dejado de fingirse afable. A Paige no le cupo duda de que había estado representando un papel cuando, en realidad, puso el grito en el cielo al ver a una mujer intentando usurpar su puesto—. Sus servicios ya no son necesarios aquí... Si lo que busca es notoriedad, se ha equivocado por completo de lugar.

Controló como pudo el impulso de darse la vuelta con ínfulas y salir de allí con toda la dignidad de una reina, pues sus sospechas debían ser compartidas.

—Yo no desecharía la posibilidad de que haya contraído difteria. He atendido a un par de personas en estas semanas...

—¡Por el amor de Dios! —interrumpió horrorizado el doctor Jackson—, no puede hablar en serio. ¿Cómo iba el marqués a contraer esa horrible enfermedad? ¿Con quién cree que se relaciona esta familia? ¡Válgame Dios! ¡Qué disparate!

Si había algo peor que un médico incapaz de reconocer la habilidad de una mujer para practicar la medicina, era uno que considerara la existencia de enfermedades reservadas para los pobres miserables.

—Presenta un cuadro que encaja con algo infeccioso, y en los últimos días he atendido...

—¡Lo que usted haya atendido en los suburbios de Londres no tiene nada que ver con lo que le ocurre al marqués! —respondió escandalizado, para acto seguido dirigirse al duque con su tono más solemne—: Le aseguro, excelencia, que no tiene de qué preocuparse. Esta mujer no sabe de lo que habla. No descartaré una escarlatina, pero ¿difteria? Por favor, sáquenla de aquí.

El desprecio fue tan evidente en el tono del doctor que Paige no pudo evitar entrecerrar los ojos con rabia. No le era una sensación desconocida, pues incluso en la Escuela de Medicina hubo profesores que dieron por descontada su inferioridad intelectual y la de todas sus compañeras, pero lo de Jackson era algo más. Ella había osado invadir sus dominios, y mediante el menoscabo de su criterio pretendía dejarle muy claro que no tenía nada que hacer allí.

Desafortunadamente, el valor de un galeno se medía en gran parte por el nivel económico y social de las familias a las que atendía, y, desde luego, un hombre como Jackson tragaría bilis si perdiese un cliente como el duque de Breighton, que, en resumidas cuentas, era lo que Paige había intentado.

Su inquina podía estar justificada, pero eso no impidió que ella sintiese la necesidad de aclararle a aquel mediocre y soberbio doctor lo que pensaba de sus últimas palabras. Tenía una réplica en la punta de la lengua cuando sintió la mano del duque en el antebrazo.

—Acompáñeme, señorita Clearington.

El sutil tirón fue suficiente para hacerle entender que tendría que rumiar la respuesta hacia dentro. Parecía molesto por el enfrentamiento, y a Paige no le cabía la menor duda de que la culpaba a ella por la disputa.

Con fastidio, contuvo sus ganas de zafarse del agarre de esa mano autoritaria. Él no le apretaba como si la estuviera echando, pero el toque era lo suficientemente firme para darle a entender que no era una sugerencia.

3

Bajaron la escalera en el más absoluto silencio. A Paige no se le ocurría nada que decir, o al menos nada que no rayase en la insubordinación. Le indignaba ser expulsada de un modo tan hipócrita mientras ese hombre de rango social notablemente elevado la acompañaba con gesto impasible, como si no acabaran de despacharla. Tal era el estado de ebullición de sus emociones que ni siquiera prestó atención al fastuoso entorno que antes la había dejado sin palabras.

El duque llamó a un lacayo en cuanto llegaron al vestíbulo:

—Smithson, busque a Portland y entréguele esta nota. Señorita Clearington, mi secretario le extenderá un cheque por sus servicios. Lord Redditch la espera en la sala de recibo. Puede aguardar en su compañía mientras Portland se encarga de todo.

El magnífico duque se giró para subir la escalera, pero se detuvo en el primer escalón. Sin volverse del todo, Breighton inclinó la cara hacia ella.

—Le agradezco mucho su intervención, señorita Clearington.

Aquello disolvió un poco la indignación de Paige, pues, a pesar de todo, los prejuicios de aquel hombre nacían de su naturaleza protectora hacia su hijo, o al menos eso quería creer.

—Excelencia, no se confíe, se lo ruego. Si aparece algún nuevo síntoma hágaselo saber al doctor Jackson. Creo que la idea de un contagio no es descabellada.

—Le deseo una feliz mañana, señorita Clearington —respondió impávido.

Al verlo ascender con aquel porte tan solemne por la escalera, Paige advirtió una vaga sensación de pérdida. Debía obedecer. No le quedaba otra. Pero lamentó como nunca tener que renunciar a una batalla.

Caminó con desgana en la dirección que le había indicado un lacayo y encontró allí a su escolta. Drew estaba a sus anchas en la sala de recibo. Una criada le servía una taza de té, y él coqueteaba con ella. El conde era tan libertino que a veces se despistaba e intentaba camelar incluso a la propia Paige.

—Gracias por el servicio que me ha prestado, milord —dijo en beneficio de las buenas formas y para el oído de la criada—. Me temo que mi labor aquí ha terminado, por lo que le sugiero que nos vayamos.

—¿Me permites terminar el té que la preciosa Meredith me ha servido? —Eso lo acompañó de un guiño perverso al que la criada respondió con una sonrisa conocedora.

Paige resopló; quería marcharse lo antes posible, pero tenía que esperar al secretario, de modo que accedió de mala gana.

—Te han invitado a marcharte con cajas destempladas —adivinó Drew, en cuanto la joven rolliza salió de la sala.

—Al contrario, me han invitado a marcharme con la más exquisita educación —farfulló mientras se sentaba en una elegante butaca de madera de nogal y tapizado de damasco verde—. Malditos sean sus ojos.

—Estoy convencido, ya que soy conocedor de tu gran inteligencia, de que no esperabas otra cosa. —A eso, Paige respondió contrayendo los labios—. ¡Vamos, querida! No esperarías un trato deferente por parte del estirado de Breighton, ¿verdad? —Eso último lo dijo muy bajito.

—Puesto que desconocía su existencia, no esperaba ningún tipo de trato.

—Me fascina tu complicada cabecita. Tan tremendamente compartimentada y eficaz para unas cosas, tan abotargada y torpe para otras. —Ante la mirada contrariada de ella, añadió—: Conocías la existencia del duque de Breighton, Paige. Yo te hablé de él.

Oh, bueno, eso debía de ser cierto, pues una de las primeras cosas que hizo Drew cuando se conocieron fue ponerla al tanto de cómo funcionaba su mundo. Le encantaba llevarla a pasear por Hyde Park y hacerle un retrato de cada uno de los miembros de la aristocracia. Esa misma mañana había estado parloteando sin cesar acerca de una tal lady Surrey, o algún título similar. No tenía una buena opinión de ella, y Drew era tremendamente divertido cuando tenía cáusticos comentarios sobre alguien.

—Es probable, pero soy incapaz de recordar tantos nombres como te empeñas en que aprenda.

—Querida, eres incapaz de recordar la mayoría. Pero cuando te hablé de él incluso te pareció trágicamente romántica su historia.

—¿De verdad?

—Lo juro. Breighton se convirtió en duque a los diecisiete años, cosa que te pareció horripilante. —Ahora le parecía incluso más trágico que un niño de solo cinco años fuera marqués—. Se casó con una auténtica beldad, Clarisse Builford, la adinerada hija del marqués de Carresford; todo un epítome de rancio abolengo. Ella era conocida como «el diamante de Gloucester» y formaban la pareja más endiabladamente rica y hermosa de toda Inglaterra.

—Estás exagerando —arguyó Paige un tanto incómoda, aunque, por el retrato que había visto minutos antes, Drew estaba en lo cierto.

—En absoluto. Ella era deslumbrante, te lo garantizo. Recuerdo el día que acudí a mi primera fiesta y pude verla bailando con el duque. Quedé fascinado, te lo prometo. No he vuelto a conocer una flor tan bella y delicada. Fue una pena perderla tan joven.

—¿Qué ocurrió?

Paige sintió una repentina tristeza porque aquella beldad ya no estuviera entre los vivos, porque no se la pudiera seguir contemplando.

—Falleció una semana después del parto. Pobrecilla, después de años intentando darle un heredero a Breighton, ni siquiera llegó a conocerlo. —Cabeceó con lástima—. Se la llevó una fiebre puerperal.

Oh. Ahora lo recordaba. Vagamente, pero lo recordaba. Había sido una historia triste, en efecto. Entonces no imaginaba la verdadera injusticia que suponía haber tenido que enterrar aquel rostro inmaculado, pero sí fue muy consciente de la pena tan grande que tuvo que sentir el duque. Drew le había contado que Breighton se había retirado por completo de la vida social, que se había vuelto huraño y estirado a consecuencia de aquel duro golpe, que se había negado a volver a casarse y que se había volcado por completo en el ducado y en su hijo.

Debía de ser joven cuando todo aquello ocurrió, pues ahora no podía tener más de treinta, y el pequeño marqués ya había cumplido los cinco años. Ese pequeño, que era una copia exacta de su madre, debía de recordarle al duque lo mucho que había amado a su joven y hermosísima esposa. ¡Sí que era una tragedia!

—Lo recuerdo vagamente —confirmó.

—Breighton pasó a convertirse en un mártir del altar marital. Un auténtico tostón, si me lo preguntas.

—Parece mortalmente serio. Pensé que sería por las circunstancias, pero...

—Pero no lo es. Ese hombre tiene tal rictus de disgusto en esa boca la mayor parte del día que podría darle una parálisis facial. Trata a todo el mundo con una condescendencia que va más allá de su rango. Es, en mi opinión, un soberbio. Me resulta tan frío y distante como un trozo de hielo de la Antártida.

A Paige no le había parecido tal. Sus labios eran demasiado carnosos para decir de ellos que estaban rígidos o tiesos. Y si bien debía admitir que el duque no era un compendio de virtudes, tampoco lo calificaría como despreciable.

—¿Y siempre fue así?

—Bueno, apenas lo conozco en persona, pero creo que antes de la muerte de su esposa era un tipo bastante soportable. Un duque, ya sabes, pero con algo de sangre en las venas.

—¿Insinúas que ya no corre sangre por sus venas?

—Creo que en su caso es tan azul y aristocrática que, en lugar de fluir, marcha a ritmo militar.

La interrupción del secretario les impidió continuar con la conversación. A Paige le gustó ese hombre ya a primera vista, pues, además de un porte elegante y distinguido, lucía una sonrisa afable que parecía ser un gesto habitual. Los mechones rubios se veían desordenados sobre su cabeza y los ojos castaños eran tan risueños que despertaron de inmediato su simpatía.

—Señorita Clearington. Lord Redditch. Es un placer saludarlos. Me llamo Marcus Portland y soy el secretario de Su Excelencia. Me ha ordenado que le entregue este cheque, señorita, y que le transmita su entero agradecimiento por la atención que ha ofrecido a nuestro querido Matthew.

—Oh, «Matthew» —repitió Paige, conmovida de repente por poder ponerle nombre al pequeño—. Ha sido un verdadero honor ser de ayuda. Solo lamento no poder seguir pendiente de su recuperación.

A Paige se le ocurrió, de repente, que aquel hombre podía ser lo bastante atento para hacerle un favor, y con su habitual incontinencia verbal soltó la petición antes de pensarlo concienzudamente:

—Señor Portland, me preguntaba si a usted le importaría enviarme noticias cuando el pequeño marqués se recupere.

Él dudó, pero luego se encogió de hombros y le señaló un pequeño escritorio.

—Si es tan amable de apuntarme su dirección, le haré llegar una nota.

Paige escribió los datos de la casa de su padre y dejó el papel sobre la mesa. El secretario se acercó y le entregó el cheque con una mirada de auténtico agradecimiento. Aquel sí era un hombre que valoraba su trabajo.

—Le quedo muy agradecida, señor Portland.

—No es ninguna molestia, señorita Clearington. Nada comparado con el favor que usted nos ha hecho.

—Vamos, querida, si ya nada nos retiene aquí deberíamos cumplir con la cita de la querida señorita Waterston —recordó Drew.

—Oh, es cierto, lo había olvidado.

Lucinda Waterston era la mejor amiga de Paige, una joven muy inteligente y cariñosa, con la que coincidió el primer día de clases en la Escuela de Medicina para Mujeres de Londres. Las había unido una situación bochornosa, pues ambas confundieron a una de las alumnas, una mujer bien entrada en la madurez, con la profesora. Al llegar al aula y ver aquella señora mirando la pizarra con interés, se acercaron para entablar conversación con ella, sin apenas haber cruzado antes una palabra. Les pudo el entusiasmo de su primer día, y a la otra alumna le dio tanta vergüenza que no las corrigió hasta que la verdadera profesora irrumpió en clase y les pidió que tomaran asiento. Lusy y Paige se sentaron una al lado de otra y se pasaron toda la primera clase dirigiéndose miradas risueñas y avergonzadas.

Al terminar la lección salieron al pasillo y se presentaron; desde aquel día siempre compartieron apuntes y horas de estudio, y, además, se forjó entre ellas una amistad sincera y desinteresada.

A Andrew le gustaba mucho la señorita Waterston. No en el plano físico, aunque por supuesto también a ella la galanteaba, sino por su «vigorosa defensa de la justicia social» y su tendencia a reír a carcajadas. Siempre que podía la acompañaba a sus visitas y las invitaba a tomar un helado, que era la debilidad de Lusy.

Antes de marcharse de Breighton Hall, Paige echó un último vistazo a la salita. Quién sabía cuándo volvería a estar rodeada de tanto lujo y buen gusto. La desazón de no haber podido ayudar al pequeño Matthew le provocaba una sensación incómoda en el estómago, y su incapacidad para conseguir impresionar al duque tampoco le era menos insatisfactoria. Se mordió el carrillo por dentro y se planteó decirle al secretario que le hiciera llegar una nota al duque ofreciéndole sus futuros servicios, pero descartó la idea de inmediato. Tenía demasiada dignidad para eso, y familias aristocráticas había cientos en Inglaterra.

Algunos hombres dejaban que su fatuidad les nublara la razón. La soberbia deviene un instinto poderoso cuando ha sido un alimento desde edades tempranas, y la mayor parte de las veces impide que uno se cuestione su propia realidad. Pero Maximilliam Hensworth no podía incluirse en ese grupo. Hacía tiempo que la crudeza de la vida le había devuelto la humildad. Hubo un periodo de su juventud en que se creyó invencible, impermeable a la desgracia. Alguien que había tenido a su alcance todas las comodidades y placeres —alguien que había ostentado desde la adolescencia el rango más poderoso tras un reinado— no era vulnerable a los designios del destino. Eso solo aquejaba a otros seres más mediocres e insustanciales. ¡Qué seguro había estado! Qué ciego.

De nada le habían valido ni su poder ni su dinero en el pasado reciente. Inútiles habían resultado su célebre encanto y su indómita reputación. Creyó poseer el mundo entero. Descubrió que sus manos podían quedarse vacías.

El hombre que ahora observaba la cama de su hijo templaba las opiniones y las decisiones a baja temperatura. Ya no era imprudente ni confiado. Era, le gustaba creer, un ser netamente racional.

Por eso, contra su propio deseo, admitía que las sospechas de la doctora Clearington tenían fundamento. Era fácil dejarse llevar por la arrasadora seguridad del doctor Jackson y descartar cualquier enfermedad contagiosa; pero le convencía mucho más el cauteloso pronóstico de la mujer a quien acaba de invitar a marcharse de su casa.

Y lo odiaba. Porque debería oponerse al solo pensamiento de que Matthew corriese peligro. Pero ¿de qué le iba a servir a su hijo que negase la evidencia de que un chico sano y fuerte no se desmaya por un simple catarro? Algo le había impedido respirar. Él mismo había sido testigo de ello.

Mientras observaba cómo el parsimonioso doctor Jackson elaboraba la fórmula de hierbas que él mismo había consumido desde niño para combatir el resfriado, se preguntó si no había cometido un error de juicio al echar a la joven doctora. Pero... ¿una mujer? ¿Cómo podía estar seguro de que estaba lo suficientemente cualificada? Le había parecido sensata y coherente, aunque también un poco arrogante. ¿Y si, como aseguraba Jackson, buscaba notoriedad?

Su deber era garantizarle a Matthew la mejor atención, y Josiah Jackson había sido el médico de la familia desde antes de su nacimiento. Los había traído al mundo, a él y a su hermano. No resultaba fácil cuestionar sus diagnósticos. Aunque lo haría, por supuesto, si se daban las circunstancias adecuadas.

Maximilliam cerró los ojos y se apoyó contra la pared. Oró para que no se dieran. Para que el viejo galeno tuviera razón. Para que Matthew despertara tan vital y risueño como siempre. Para no tener que volver a ver nunca más a la doctora Clearington.

4

La señora Walker iba a morirse. Paige había hecho todo cuanto podía, pero la fría humedad de su vivienda en Spitalfields y la podredumbre de los hábitos de vida que llevaba habían conducido la infección de esa herida a un límite sistémico. Que no se trataba de una mujer mayor, lo proclamaban los cinco niños que pululaban por el único cuarto de la casa, donde se hacinaban tres grandes colchones. El señor Walker observaba desde un rincón, callado y meditabundo. Aquella gente no era mucho mayor que ella. ¿Treinta y muchos? Parecían quincuagenarios.

—Deberían haberme llamado antes, señor Walker.

—Tardamos en reunir el dinero —dijo mirando a su mujer con pesar.

Podría decirles que no hubiera sido necesario, que no iba a cobrarles la visita, pero eso solo aumentaría el dolor y la culpabilidad de esa gente que tanto había trabajado para juntar los diez chelines de la consulta, aun a riesgo de perder a la madre. De hecho, tampoco podría rechazar su dinero cuando se lo ofreciesen, porque el efecto sería muy similar.

Recordaba con dolorosa claridad a la familia Brown. Su pequeño se había roto la pierna al caer del tejado. Durante días, solicitaron ayuda a sus vecinos y conocidos para poder pagar los servicios de un doctor que le enderezara la pierna al pequeño

Tom. Cuando Paige pudo atender al niño, la rotura había empezado a gangrenarse y tuvieron que tomar medidas drásticas. Paige, apenada y horrorizada como estaba, les dijo que no iba a cobrarles nada. Para su sorpresa, el señor Brown se enfadó. Habían pasado días mendigando ese dinero, su pequeño había perdido parte de la pierna ¿y ella no iba a aceptarles el pago? Fue casi como si los hubiera insultado con aquel gesto. Y entonces lo entendió. Ese padre ya tenía bastante con la culpabilidad de haber obligado al niño a subirse al tejado para reparar las tejas, no necesitaba sentir que se había equivocado al esperar a tener el dinero para solicitar los servicios de un médico.

Para mayor contrariedad, Paige no podía proclamar sus servicios como una obra de caridad. No podía permitírselo. Su padre le había advertido del peligro que suponía dejarse llevar por el altruismo, pues acabaría malviviendo para ser capaz de llegar y salvar todas las almas miserables de Londres. Y jamás lo conseguiría. Podía consagrar su vida a la salud de los pobres y desafortunados, y aun así seguiría muriendo gente, fuera de su alcance. «Las cruzadas son para los reyes, Paige», solía decirle.

Ella había optado por el mismo camino que siempre había andado su padre. El único modo de ganarse un sustento era atender a familias acomodadas —pues esa gente pagaba bien por los servicios prestados— y dedicar algunas horas al día, no todas, a llevar la medicina a los inhóspitos rincones de la ciudad. Pero a Paige no la recibían en casas importantes, ni siquiera en las acomodadas de la gente de bien.

«Gracias al cielo por la burguesía», se dijo. Ellos tenían muchos menos escrúpulos a la hora de ser atendidos por una mujer; sobre todo, los jóvenes. Algunos de ellos, incluso con fiebre o con algún miembro lisiado, le habían hecho propuestas deshonestas.

Nada de matrimonio. A Paige Clearington nunca le habían propuesto nada tan decente. No solo tenía el defecto de ser galena, sino que había heredado la osadía materna de ser inteligente y mordaz. Ningún hombre, por modestas que fueran sus aspiraciones, quería a su lado a una mujer rebelde y protestona. Paige no se mordía la lengua.

—Podríamos llevarla al Saint Thomas.

Una vez más, la necesidad patente de consultas de barrio se hincó con dolorosa consciencia en Paige. El Saint Thomas llevaba años en desuso, pero algunos estudiantes de medicina aún seguían ofreciendo allí sus servicios con un mínimo de limpieza y desinfección. Cierto que operaban a espaldas del conocimiento general, pero Paige lo había visitado varias veces, y, lejos de las abominables prácticas por las que se había distinguido en décadas pasadas el lugar, ahora los jóvenes médicos se valían de las instalaciones para tratar a algunos pacientes críticos.

—No podemos pagarlo. —Walker era un hombre franco y directo. No se andaba con rodeos.

—Puedo conseguirle una cama —explicó mientras desprendía el pus del borde de la herida.

Jessica Walker se había clavado una tabla del suelo en la espalda al caer con el niño en brazos, y las condiciones en que vivían habían hecho lo demás.

Con el dinero que aquella pobre gente le había ofrecido como pago por sus servicios y otro tanto que ella arrimase, financiaría una de esas camas. La mujer estaría mejor allí, en un ambiente más seco y aséptico. Tendría que hablar con su amiga Lusy, pues era ella quien tenía los contactos en el Saint Thomas, pero estaba segura de que le ofrecería una solución.

Había aprendido a manejar la frustración, como si de una compañera de viaje se tratase. Sabía que no podía llegar a todo el mundo que precisaba de sus cuidados, de modo que buscaba soluciones pragmáticas a cada caso concreto que se le presentaba, y se olvidaba de esas otras grandes batallas que le parecían tan absurdas como inalcanzables.

Londres era una ciudad infesta, a pesar de las nuevas mejoras en el alcantarillado y de otras sabias medidas que conseguían minimizar las enfermedades. La zona donde ellos vivían, la *city*, gozaba de unos estándares de salubridad muy aceptables, a pesar del humo que parecía cubrir siempre el aire, pero la periferia estaba ocupada por barrios donde nadie reparaba en cuestiones tan esenciales como la higiene. Estaba mentalizada de eso.

Sin embargo, no dejaba de sentir que tampoco podía conformarse. Tal vez no formaba parte de su naturaleza o quizá la cuestión residía en que solo quienes caminan por el centro del río alcanzan a ver ambas orillas. Pertenecía a un mundo, una sociedad, cuya hegemonía garantizaba no solo la seguridad y el acomodo de sus miembros, sino también sus aspiraciones intelectuales y emocionales. Pero trabajaba con frecuencia en la otra orilla del río; aquella en la que ni la supervivencia ni la integridad estaban del todo aseguradas. ¿Cómo ignorar esa dicotomía? ¿Cómo conciliar la innegable benevolencia de su gente con la desidia hacia quienes sufren?

Al llegar a casa, Paige sintió de golpe que toda la tensión del día se le posaba en los hombros, como si las preocupaciones hubieran estado levitando sobre ella hasta verla en un lugar confortable. ¡Había tantas cosas que quería hacer! Y eran tan limitados sus recursos para conseguirlo...

Encontró a su padre sentado en la pequeña biblioteca, tan atestada de estanterías y libros que solo había espacio para una mesa y un par de sillones.

—Me temo que no tengo las respuestas, cariño —señaló el buen doctor con su sempiterna sonrisa.

Los años habían teñido de blanco el cabello, las cejas y la barba de Arthur Clearington. Las gafas pendidas en la punta de la nariz podían hacer pensar en un erudito distraído, pero el doctor siempre había sido un gran observador. Intuía sus preocupaciones. No era la primera vez que volvía de la calle con miles de interrogantes en los ojos, no era la primera vez que acudía a su padre en busca de apoyo y aliento.

—Ojalá las tuvieras. Me evitarías el deber de pensar —dijo a modo de saludo. Se acercó hasta el sillón orejero y se sentó en el brazo al tiempo que echaba un ojo a los documentos que leía su padre y dejaba caer un descuidado beso en su coronilla.

—Hay personas, Paige, que incluso se atreven a salir a la calle sin buscar un conflicto que resolver. ¿Puedes creerlo?

—Oh, papá. —Sonrió—. No necesito que bromees a mi costa. Y tampoco he venido a contarte mis cuitas. Solo quería preguntarte si podemos pedirle a la señora Marshal estofado de guisantes para cenar. —Eso equivalía a decir que había tenido un día duro: era su cena favorita.

El servicio en la casa de los Clearington era muy escaso. El señor Marshal hacía las veces de mayordomo, cochero, *valet* y lacayo. Su esposa era la cocinera, ama de llaves y doncella. La renta de su padre no había permitido siquiera que los hijos del matrimonio Marshal se quedasen a trabajar con ellos. Llegada la edad adecuada, todos ellos habían buscado trabajo en casas cercanas. Era el precio de vivir equidistante a ambas orillas del río.

—Sé cuándo algo te ronda la cabeza.

—Papá, siempre me ronda algo.

Para desgracia de su padre, esa era la verdad. No había sido una hija fácil de complacer ni de aplacar. El buen doctor solía decir que ni siquiera el más inconformista de los varones le habría dado tantos quebraderos de cabeza; pero, a la postre, siempre la había apoyado. Cierto que intentó disuadirla de que estudiara medicina cuando la vocación hizo acto de presencia, pero por entonces Paige solo tenía diez años, y la escuela de la señorita Garret no era ni siquiera un sueño en la cabeza de su mentora.

—¿Y desde cuándo me lo ocultas?

—No te lo oculto —respondió con extrañeza. Había un «tonillo» en la voz de su padre entre juguetón y cáustico—. En realidad, no ha ocurrido nada que no te haya contado otras veces. Gente sin recursos que no pueden pagar las consultas..., ya sabes.

—¿De verdad? —preguntó él en aquel mismo tono—. ¿El duque de Breighton se ha negado a pagarte la visita?

—Oh, vaya por Dios. ¡Ese lenguaraz de Andrew! —Se levantó un poco molesta y dio la vuelta a la mesita para mirar a su padre de frente.

Había estado tan turbada por los acontecimientos de la víspera que no había tenido aún la claridad de mente para comentárselo. No dejaba de ver la hermosa cara de Matthew Hensworth cuando cerraba los ojos.

—No te lo he contado porque he tenido muchos avisos en el día de hoy. Y ayer, cuando volviste a casa, yo ya me había retirado. De todos modos, no es eso lo que me tiene preocupada.

—Pues deberías —afirmó rotundo—. Andrew me ha contado que insinuaste un contagio por difteria.

—Pero, padre... —De modo instintivo, Paige cruzó los brazos sobre el pecho para proteger sus argumentos.

—Paige —la interrumpió con un gesto de la mano—. No estoy diciendo que tengas que ocultarlo si existe. Pero debes tener mucha cautela a la hora de hablar de un brote de crup.* ¿Te imaginas la alarma que crearías? Tú apenas viviste la epidemia del ochenta y tres; no permití que vinieras conmigo a esas consultas, pero la situación llegó a ser dantesca.

—Papa, unos cuantos pacientes no son un brote. Ha habido casos de difteria en estos años también.

—Sí, pero cuando una cosa así llega a la casa de un duque...

Podía desatar el caos; Paige bien que lo sabía. Por ese motivo había intentado ocultarlo en un primer momento. Solo cuando se dio cuenta de que iban a echarla a patadas se atrevió a mencionarlo para poner sobre aviso al duque. No soportaría cargar con la mala conciencia de haber callado una información susceptible de influir en la vida o la muerte de una persona. De un niño. Un adorable niño.

—Sí, tienes razón. Lo lamento. Pero ese hombre..., ¡ese doctor Jackson! Es un ser horrible, papá. Me pareció tan incapaz de formular un diagnóstico distinto al que quería oír el duque que me vi obligada a advertirlos. Si se fían de ese hombre, van a

---

* Crup: A la difteria también se la conocía como «cuero», porque se crea en la garganta un denso coágulo necrótico de organismos, células epiteliales, fibrina, leucocitosis y eritrocitos que se convierte en una seudomembrana adherente gris-marrón con aspecto de cuero.

acabar algún día desangrados por sanguijuelas. Seguro que las aplica sin ningún tipo de criterio. —Los delitos en la acusación de Jackson iban acumulando filas en la mente de Paige, quien durante todo el día había estado añadiendo defectos a los ya evidentes que había mostrado el doctor—. Y tendrías que haber oído cómo me habló. Hasta tú te habrías ofendido en mi nombre.

Los «arrebatos» de Paige, como los llamaba él, habían devenido para su padre en una vivencia cotidiana, de modo que ya no conseguía exaltarlo con casi nada. Por el contrario, cruzó los dedos de ambas manos y se los llevó al puente de la nariz.

—No es un hombre cortés, ni tampoco un médico muy brillante, pero su familia siempre ha trabajado al servicio de la corona y goza de una gran reputación entre la aristocracia; sin embargo, él es el primero de su estirpe a quien invitaron a no volver al palacio.

—¿Lo conoces?

—No he tratado directamente con él, pero sé que la reina tuvo a bien prescindir de sus servicios. Y...

La duda en la voz de su padre despertó su más exacerbada curiosidad y tuvo que insistir:

—¿Qué? ¿Qué ocurrió con la reina?

—No sé qué ocurrió en palacio, pero atendí a una joven después de una de sus intervenciones. Era una bonita muchacha; la hija del barón Hooksten. Su madre se deshacía en lágrimas por haber aceptado los consejos de Jackson.

—¿Estás siendo críptico a propósito? —Paige tomó asiento en un sillón frente al de su padre, al otro lado de la mesita, pero su postura delataba curiosidad, pues estaba inclinada hacia delante y con una expresión inquisitiva en el rostro.

El doctor Clearington seguía dudando. En esos casos era mejor no presionarlo.

—La joven quería casarse con un muchacho de baja condición social —explicó al cabo de unos segundos—, y rechazó la propuesta de un candidato que era mucho más del agrado de los barones. Protestaba enérgicamente, creo. Tanto, que sufría de episodios de histeria. El doctor Jackson consideró que toda aquella locura radicaba en sus órganos reproductivos, así que se los extirpó.

Aunque había oído hablar de ese tipo de intervenciones en la escuela, Paige sintió un temblor en el vientre. Las lágrimas acudieron a sus ojos con premura y se quedó mirando fijamente a su padre, que no parecía dispuesto a añadir nada más.

«¡Locos! ¡Malditos todos ellos!», gritaba para sus adentros. La rabia quiso engullirla como una marea, pero consiguió controlarse cerrando los ojos y agarrando con fuerza los brazos del sillón hasta que los nudillos se le pusieron blancos. Respiró hondo y se recordó a sí misma que ya había conocido de primera mano la crueldad y soberbia de los hombres con anterioridad. ¡Con qué impunidad mutilaban a una mujer por pensar diferente, por ser atrevida o exigir un derecho que no le pertenecía!

Esa pobre joven solo había querido elegir a la persona con la que iba a pasar su vida, pero los malditos aristócratas no estaban dispuestos a permitir que sus hijas tomasen decisiones contrarias a sus propios intereses. «¿Cómo habían podido permitirlo?», se dijo.

—¿Murió? —preguntó en un hilo de voz cuando consiguió recuperar la compostura.

No debería tener mucha importancia para ella. Ni siquiera había conocido a la muchacha como para sentirse tan dolida e indignada en su nombre, pero así le ocurría siempre. Le resultaba demasiado fácil imaginar e incluso experimentar el dolor ajeno.

—La encontré en un estado de languidez incurable. No comía y apenas hacía otra cosa que llorar todo el día. —Arthur Clearington parpadeó para ahuyentar unas lágrimas que Paige fingió no ver—. El supuesto pretendiente, al comprender que la chica no podría darle un heredero, la repudió. Así que se convirtió en un hazmerreír para su familia y, al cabo de unas semanas tratándola, dejé de verla porque se la llevaron al campo.

—Para recluirla —musitó Paige, afligida—. La privaron de algo hermoso.

Añoraba ser madre. Era un deseo secreto que jamás había compartido con nadie. Quizá porque no quería que nadie se mofara de ella dado el poco atractivo y las escasas cualidades de que disponía para conseguir un pretendiente. Sabía que su familia no se burlaría, pero la compasión tampoco era un sentimiento que estuviese dispuesta a recibir de ellos. Se había forjado la imagen de persona fuerte y segura de sí misma, necesaria para que su padre y su tío le permitieran volar libre. Con el tiempo, descubrió que ese aspecto exterior le había abierto otras puertas y le había facilitado que la respetaran. Tenía sus momentos bajos, como todo el mundo, pero procuraba aliviarlos a solas.

—El barón estaba muy afligido por la situación en la que lo había colocado su hija —continuó su padre—. Le dije que cualquier hombre coherente habría adivinado que con esa cirugía se extinguían las posibilidades matrimoniales de la muchacha y que debería avergonzarle su falta de humanidad con ella. Ese mismo día me comunicó que se iban al campo y que no eran necesarios mis servicios.

—Bien por ti, papá —murmuró con la mente en otro sitio.

Cuánto dolor provocaba la ignorancia en comunión con la soberbia. Era propio de las clases altas actuar de aquel modo tan solapado y egoísta. Marcaban unos objetivos y unas normas para sus vidas y las conseguían a cualquier precio, sin importar el daño que pudieran causar. ¡Sus propias hijas! ¡Sus esposas! Cuántas historias había escuchado sobre la desidia o incluso la crueldad de esos aristócratas hacia sus familias.

¿Sería el duque de Breighton de esa calaña? Había tratado a su hijo con bastante desapego, había permanecido inalterable, a pesar de ser su heredero —un bien irremplazable para un aristócrata como él—.

¿Cómo estaría Matthew? El secretario del duque no se había comunicado con ella en dos días. No le había enviado la nota prometida. Debería haber supuesto que, a pesar del carácter afable que mostró, no la consideró más que una molestia a la que despachar lo antes posible.

La buena voluntad del servicio también podía verse limitada por las órdenes de sus patrones, con lo que la posible injerencia del duque era una opción a tener en cuenta.

¿Tendría el valor de acudir de nuevo a preguntar?

Se había quedado con la molesta sensación de que ni el padre del chiquillo ni el doctor Jackson harían lo necesario para curar a Matthew, si la condición necesaria era el reconocimiento de tan vergonzosa afección. Paige encontraba ridículo clasificar las enfermedades por grados de estatus, pero ¿qué se podía esperar de una sociedad que les hacía eso mismo a los seres humanos?

5

Había discutido esa mañana con Philip Webb, a pesar de haber acudido al encuentro con la mejor de las disposiciones. Escuchó pacientemente todos los pormenores del relato del arquitecto y acordó con él algunas nuevas modificaciones respecto a la casa señorial. Todo parecía avanzar con normalidad en las obras, y Breighton estaba convencido de que las vería terminadas para el verano. Sin embargo, Webb había cometido el error de repetir las recomendaciones de Carresford para la ampliación del invernadero.

Era intolerable la permisividad del arquitecto respecto a las injerencias del marqués en las obras de Fordding Court, pues él había sido muy tajante acerca del desagrado que eso le producía.

Maximilliam había desistido tiempo atrás de mantener una relación cordial con su suegro —el padre de su difunta esposa—, quien nunca fue capaz de asumir que él ostentara un rango superior al marquesado. Oh, por supuesto que Carresford había perdido el hálito por casar a su hija con un duque, pero no readaptó sus expectativas al comprobar que Breighton no era un hombre al que pudiera manejar.

Seguramente pensó que, debido a su juventud, él iba a consentir sin ninguna rebelión que manejaran los hilos de su matrimonio, pero Breighton le había dejado muy claro que no era dócil, ni indulgente.

A pesar de ese desacuerdo inicial, lograron mantener una relación cordial en vida de Clarisse, dado que las visitas de los marqueses eran constantes durante aquellos primeros años. Sin embargo, la prematura pérdida de su hija, y el alejamiento que el propio Maximilliam buscó tras aquello, había abierto una brecha insalvable entre ellos. Max se esforzaba por ignorar a sus suegros, y el marqués estaba empeñado en hacerse notar tanto como pudiese.

Fordding Court se convirtió en la herramienta que utilizaba Carresford para intentar fustigarlo. Realmente, la propiedad era la herencia de Clarisse para Matthew; una casa solariega que fue pasando de generación en generación por vía materna y cuyo mantenimiento había sido más que descuidado. Breighton aceptó la responsabilidad de una necesaria reforma, pero en todo momento intentaba no tener que poner un pie en Gloucestershire. Con esa idea, buscó a uno de los mejores arquitectos de Inglaterra, Philip Webb, y en él delegó todos los pormenores de la reconstrucción y ampliación de la casa solariega.

Pero Carresford no fue capaz de evitar la tentación y terminó metiendo las narices en cada paso de la reforma, cosa que tenía a Maximilliam de un humor de perros. Esa mañana le dio un ultimátum al arquitecto: o conseguía mantener a raya la intervención de su suegro sin darle incumbencias, o lo despediría sin ningún tipo de remordimiento.

—¿Cómo voy a deslegitimar las opiniones de un marqués? —rezongó el prestigioso arquitecto.

—¿Impidiéndole la entrada? —sugirió Max, a lo que el hombre reaccionó con cara de espanto.

—Pero, excelencia...

—Mire, Webb, limítese a permitir que las sugerencias del marqués le pasen de un oído a otro sin más intermediación con su cerebro. ¡Y procure no repetirlas en mi presencia!

Aún ofuscado por su conversación con el diseñador, se dirigió a las oficinas de Clersson & Miller para firmar unos documentos que debía remitir a lord Salisbury a la mayor brevedad posible. Seguidamente, visitó a su sastre y también a la tía Mildred, quien sufría una de sus ya famosas jaquecas y no lo recibió.

Al entrar en casa percibió un cierto ambiente de nerviosismo, que vino a redundar en el que ya lo embargaba esa mañana.

Quizá fue el gesto de una de las criadas, quien parecía estar escondiéndose de él, o el hecho de que ni Carruthers ni su secretario hubieran asomado la cabeza a pesar de que ambos esperaban su llegada. El mayordomo necesitaba saber si podía dar carta blanca al bodeguero para seguir enviando partidas del borgoña de Chablis, pues los últimos no habían sido del completo agrado del duque, y Portland lo llevaba persiguiendo toda la mañana para que respondiese a una importante invitación.

Le resultó extraña la aparente calma de su casa, aunque en aquellas paredes siempre reinaba el silencio y el buen estar. Un murmullo de alboroto en la planta superior le llamó la atención, y empezó a sospechar que algo no andaba bien. Subió los peldaños de dos en dos y sintió crecer un nudo de aprehensión en el estómago cuando comprobó que el foco del ruido provenía de la habitación de Matthew.

El peor pronóstico se confirmó cuando atravesó la puerta del dormitorio y encontró a parte del servicio alrededor de la cama de su hijo. La señora Vinson fue la primera en verlo y enmudecer. Era ella quien estaba inclinada sobre la cama, soplando la cara de Matthew.

Con el pecho contraído por una fuerza extraña se acercó a su hijo, que respiraba con dificultad. Tenía puesta su ropa de paseo y lo miraba con los ojillos húmedos y asustados.

—¿Qué ocurre? —preguntó mientras se sentaba a su lado e intentaba transmitirle calma.

—No pu... —Matthew empezó a toser y se dobló sobre un costado.

Maximilliam sintió crecer el miedo. «No es más que un catarro», se dijo.

—Llamen al doctor Jackson —ordenó a nadie en particular.

—Ya han ido a buscarlo, excelencia. —Carruthers estaba allí, junto a un buen número de los miembros de su servicio.

—Cuéntemelo, señora Vinson. —Necesitaba saber todos los detalles. Siempre exigía todos y cada uno de los detalles, fuera cual fuese el acontecimiento.

—El joven marqués había salido a pasear con la niñera. Quería comprar una manzana de caramelo. La señorita Clark dice que echó a correr hacia la casa cuando faltaban dos calles. Se detuvo al llegar a la verja y comenzó a toser. Esta vez no se ha desmayado, excelencia, pero no ha recuperado el buen tono.

Matthew tenía la piel de su madre, como casi todo lo demás. Costaba diferenciar en él la palidez. En su rostro, aún infantil, el alabastro era lo predominante. Si no fuera por las tupidas pestañas oscuras, habría parecido un ser etéreo, albino. Había tan poco que le recordara a sí mismo... Y, sin embargo, habían llegado a estar tan unidos que el propio Maximilliam se sorprendía del apego que sentía por el muchacho. No era lo habitual entre un padre y su hijo, y tampoco había creído que eso llegara a ocurrir tras aquella primera noche. No se ajustaba, desde luego, a lo que él había conocido con el anterior duque, a quien había visto en contadas ocasiones. Pero Max y Matthew solo se habían tenido el uno al otro.

La sombra de los recuerdos se alargó sobre su cabeza mientras la inquietud y la impaciencia se cebaban con él.

Cuando Clarisse murió, hubo un tiempo en el que apenas reparó en el pequeño. La señora Bridgerton se había encargado de casi todo lo relacionado con el bebé: había contratado al ama de cría y a la niñera, había comprado todo lo necesario para su cuidado e incluso lo había obligado a pasar unas horas al día con él. Se lo llevaba al despacho o al comedor. Se lo ponía en los brazos y se marchaba con la excusa de tener mucho que hacer.

Las primeras veces, Max solo sentía incomodidad y rabia, por lo que representaba aquel bultito entre sus brazos. Pero Matthew aprendió muy pronto a sonreír y resultaba demasiado adorable con aquella mueca innata en la cara redondita y pálida como para ser capaz de resistirse. Le tomó cariño casi de inmediato, aunque durante casi un año entero estuvo fingiendo de manera muy creíble ante el servicio.

Después tuvo una conversación absurda con la señora Bridgerton en la que ella lo acusó de ser un hombre estúpido y malhumorado. Lo amenazó con marcharse de Breighton Hall si no se comportaba como correspondía y dijo cosas bastante extravagantes sobre su difunta esposa.

Max no le hubiera consentido semejante desacato a ninguna otra persona, pero Adele Bridgerton era una presencia constante en su vida, una a la que no podía renunciar. Había sido su escudo frente al mundo y frente a sus padres; sonaba como la única nota discordante en aquel mundo frío y estricto en el que le había tocado nacer. Era la madre que habría tenido si hubiera podido elegir, la única mujer que lo quería incondicionalmente, incluso cuando lo ponía en su sitio, como hizo aquel día. A resultas de la monumental regañina, Adele se salió con la suya, de manera que Max dejó de fingir indiferencia por su hijo.

A decir verdad, Matthew consiguió darle una inefable paz en aquella etapa tan difícil de su vida. El duelo por la muerte de su esposa se había mezclado con una oscuridad tan profunda que aún permanecía como una sombra sobre su alma. Era ya tan parte suya como lo eran su olor o el tono de sus ojos. Max imaginaba que permanecería siempre con él de ese modo latente, aunque consiguiera desvelar los misterios de su pasado.

—Excelencia. —La voz de barítono de Portland interrumpió sus cavilaciones—. Siento comunicarle que el doctor Jackson no se encuentra en la ciudad. Su madre ha enfermado y se dirige a Bath para unos días de retiro.

Maximilliam miró a su secretario sin verlo, mientras una rabia profunda se apoderaba de él. Había pagado una sustanciosa suma al doctor apenas dos días antes para que estuviera disponible en caso de que Matthew empeorase. No habían pasado ni cuarenta y ocho horas, y el muy canalla se había marchado sin dar siquiera un aviso.

Sintió el malsano deseo de estrangularlo con sus propias manos mientras volvía los ojos hacia su hijo, que cada vez respiraba con mayor dificultad. Intentaba coger el aire en bocanadas, pero apenas conseguía insuflar una pequeña cantidad y salía despedida de su pecho como si fuera hiel. Ni siquiera lo dudó un segundo.

—Busquen a la doctora Clearington.

—Señor... —protestó Carruthers.

—Ya. —La orden fue tan categórica que nadie se atrevió a añadir una sola palabra más.

No hubo tiempo para analizar si quería o no quería dar respuesta a la llamada de socorro del duque de Breighton. Un lacayo tan fornido como el armario de su habitación le comunicó que el marqués de Willonshire precisaba de atención. Ante la mirada contemplativa de Paige, le informó de que había sido autorizado a llevarla por la fuerza y, cuando mostró su indignación ante semejante tropelía, la agarró por el brazo con una fuerza innecesaria y la empujó hacia la calle.

Con la mano libre, Paige le arreó un capirotazo en la nuca y le explicó que iría con él sin necesidad de coacción —pues no pensaba negarle asistencia médica a aquel chiquillo precioso y frágil al que no había podido sacarse de la cabeza—; el joven respondió señalándole el carruaje al que tenía que subirse.

¿Qué podía necesitar el duque de ella? El menosprecio de sus capacidades como doctora había sido, si no explícito, bastante palmario, a su entender; por eso no tenía ningún sentido que le pidiese auxilio. ¿Por qué ella y no Jackson? ¿Habría tenido problemas con el soberbio doctor? No. Eso no era posible. Jackson podía ser muchas cosas, pero no era tonto. No se enfrentaría a una de las familias más poderosas de Londres, no arriesgaría su reputación. Aún recordaba con dolorosa claridad la charla mantenida con su padre dos noches atrás.

Ese Jackson era una rata odiosa, un hombre sin escrúpulos,

pero gozaba de una exquisita reputación en la ciudad. Había salvado muchas vidas; era audaz y eficiente en sus valoraciones, certero y tenaz en los tratamientos; todo eso lo convertía en uno de los favoritos de la aristocracia. Sin embargo, le faltaba rectitud en la moral o, más bien, su moral no se adaptaba a cánones humanitarios, sino económicos.

Sí, hacía bien su trabajo porque le pagaban por ello, pero si alguien necesitaba que actuara en contra de la moral a cambio de dinero, Jackson estaba dispuesto a readaptar sus principios. En otras palabras, le faltaban todas las convicciones por las que Paige Clearington guiaba su vida.

Esperaba no tener que encontrarse de nuevo con él, después de saber el tipo de hombre que era; sin embargo, ahora se dirigía al lugar donde lo había visto por última vez. Y lo hacía coaccionada, para mayor irritación. Odiaba los métodos de los poderosos. Su modo de obviar toda norma de comportamiento o civismo. ¡La habían sacado de su casa por la fuerza!

La rabia bullía en su interior como uvas macerando, pero la contuvo lo mejor que pudo hasta que llegó a la apoteósica mansión del duque de Breighton. Subió la escalera como si fuera la mismísima reina de Inglaterra, dispuesta a cantarle cuatro verdades universales a aquel hombre, que tenían mucho que ver con el caciquismo, la libertad de las personas y los injustos privilegios de su especie.

Sin embargo, cuando abrió ella misma la puerta de la habitación —pues había conseguido dejar al lacayo rezagado en el cuarto escalón— se encontró con una escena que le hizo añicos la determinación y puso en acción a la doctora que había en su interior.

El pequeño Matthew estaba doblado sobre su vientre, medio sentado medio arrodillado en la cama, sujeto por los brazos del duque y con evidentes dificultades para respirar. Boqueaba en busca de un aire que no alcanzaba a llegar a sus pulmones y su cara empezaba a adquirir un tono morado.

—¡Abran las ventanas! —gritó a la gente que rodeaba la estancia como si fueran estatuas de mármol atrapadas en un susto eterno—. ¡Abran las ventanas! —repitió mientras se lanzaba hacia la cama y levantaba al muchacho en sus brazos.

Carruthers, dotado de una eficiencia que Paige ya había tenido el placer de conocer antes, fue el primero en salir de su estupefacción y abrir la doble hoja de uno de los ventanales. Paige llevó a Matthew hasta allí y lo sentó en su regazo. Le frotó la espalda y comenzó a susurrarle:

—Escucha mi voz, Matthew. Concéntrate en ella. No te asustes. Todo va a estar bien. No intentes respirar por la boca —explicó mientras continuaba frotándole los omóplatos con una fuerza medida—. ¿Me oyes? Intenta tomar el aire por la nariz, lentamente. Tu garganta está dañada y por eso no deja pasar el aire puro, pero tu nariz está bien. Sé que no es fácil, pero te prometo que, si lo haces muy muy despacio, lo lograrás —dijo con la voz mucho más calmada de lo que se sentía en realidad. Aquel silbido laríngeo era casi una sentencia de crup, y Paige solo quería gritar y maldecir—. No pienses en nada más. Solo en tu nariz y en mi voz.

Así continuó, susurrándole y frotándole la espalda durante varios segundos, que se le antojaron como horas, mientras ella misma aspiraba el aire a bocanadas, como si así pudiera acaparar algo del necesitado oxígeno para el pequeño.

—Muy bien, cielo. Lo haces muy bien. Ahora intenta cerrar la boca y coger el aire y soltarlo por la nariz. Primero inspira muy despacio, luego vuelve a soltarlo con la misma calma. —El niño empezaba a tranquilizarse y a seguir sus instrucciones. No iba a asfixiarse, Paige lo sabía, pues la enfermedad no podía estar tan avanzada, pero sí que cabía la posibilidad de que llegara a desmayarse. Les solía pasar a los niños, que eran incapaces de barajar la falta de oxígeno y de racionalizar el proceso.

—Traigan agua —ordenó a nadie en particular.

Pero cuando pusieron el vaso ante ella, reparó en que era imposible hacérselo beber.

—Un paño limpio. —Alguien se lo depositó en la mano un instante después. Se volvió sorprendida al entender que se lo había alcanzado el propio duque—. Que toda esta gente salga de aquí —ordenó.

De nuevo se concentró en Matthew y mojó la tela en el vaso de agua hasta empaparla por completo. La puso frente a la boca del niño y le pidió que la abriera. Le mojó los labios resecos y le escurrió el paño para que algunas gotas le cayeran sobre la lengua.

—Intenta tragar el agua. Muy despacio, Matthew. No quiero que te atragantes, ¿entiendes? No la bebas con ansia y sigue respirando por la nariz.

Así, poco a poco, Paige consiguió, con algunos vasos más de agua, hidratar la rasguñada garganta del pequeño. A los pocos minutos el niño logró controlar la respiración, y Paige lo llevó a la cama de nuevo. El duque fue presto a cerrar la ventana y no tuvo más remedio que contener una réplica.

Las personas tendían a creer que el aire frío era malo, enfermizo. Tenían aquellas grandes mansiones tan caldeadas que a cualquier persona normal ya le costaba respirar, como si con calor pudieran combatir la desgracia y no solo el invierno. Pero resultaba que la gente corriente, la que afrontaba las horas gélidas de la mañana con duro esfuerzo, solía estar más lozana que todos aquellos aristócratas lánguidos.

—¿Crees que podrías dormir un rato, Matthew? —preguntó ante la atenta mirada del duque. El niño asintió; tenía petequias en los ojos producidas por las violentas arcadas—. Cierra los ojos y descansa.

—¿No será peligroso? —preguntó el duque.

La voz sonó algo rota, como si la garganta del padre también hubiera estado exenta de aire. Parte de su ira hacia él se había desvanecido. Ahora entendía el motivo por el cual Breighton la había forzado a ir: se debía a la desesperación que sentía al ver que su hijo se asfixiaba, y no a la soberbia.

—No, quédese tranquilo. Lo que ha ocasionado su asfixia probablemente ha sido su propio temor por no respirar con normalidad, pero en cuanto descanse unos minutos inspeccionaré su garganta.

—Para buscar las membranas.

Paige lo miró perpleja. O mucho se equivocaba, o sus advertencias habían calado en el duque mucho más de lo que ella hubiera podido imaginar. Dudaba que un hombre de su posición pudiera tener alguna idea de los síntomas de la difteria a no ser que se hubiera estado informando. La sensación de triunfo fue bienvenida; al menos había logrado que él le diese algo de crédito en aquella primera visita.

—Para buscar posibles membranas, sí.

—Sigue convencida entonces de su diagnóstico —respondió con desazón.

La posibilidad de equivocarse a esas alturas era tan minúscula que sentía deseos de llorar, pero se volvió hacia el duque con su mejor cara de indulgencia. A los pacientes había que tratarlos con cortesía y dulzura, pero con las familias había que utilizar siempre la diplomacia y la firmeza.

—¿Cómo ha seguido estos días?

—Más cansado de lo normal, con dolor de cabeza y ese soniquete de las flemas —respondió muy serio el padre.

—¿Qué ha dicho el doctor Jackson?

—Recetó un reconstituyente.

—¿Por qué no está ahora aquí? —hizo la evidente pregunta y obtuvo la sorpresa de comprobar que el duque se mostraba reacio a contestar. Aunque lo hizo.

—Está fuera de la ciudad. Fui a buscarlo en cuanto Matthew empezó a toser de nuevo, pero me comunicaron que ha viajado con su madre a Bath. Cuando volví a casa, el niño casi se estaba asfixiando. Bueno..., ya lo ha visto.

—Por eso fue a buscarme —murmuró Paige, más para sí misma que para él.

En el carruaje se había preguntado cómo era posible que la mandasen llamar cuando sus servicios habían sido tan cortésmente rechazados apenas cuarenta y ocho horas antes. La sencilla razón era que no tenía a nadie más a quien acudir.

Paige suspiró sin esperar una respuesta y se dijo que, una vez dormido el pequeño, era absurdo postergar lo inevitable. Se dirigió a su maletín y sacó un par de utensilios para ayudarse a auscultar al pequeño.

—Acérqueme ese pabilo —ordenó al tiempo que abría los resecos labios del niño con exquisito cuidado.

No fue necesario buscarlo mucho. El depósito opalino pareció brillar con fulgor junto a la amígdala. A pesar de su certeza inicial, Paige sintió un nudo de rabia en el pecho y lo silenció de inmediato. Ella no tenía tiempo para deseos personales, y mucho menos para regodearse en la indignación.

El chiquillo ni siquiera se inmutó, tranquilo en medio del sueño. Paige se irguió para enfrentar al padre, aunque se dio cuenta de que mirar aquellos ojos verdes para dar una explicación iba a resultar mucho más difícil de lo acostumbrado.

Breighton, que era un hombre de mundo pero que además parecía haber sido creado a partir de una dura aleación de metales en lugar de carne y hueso, sentenció el diagnóstico por ella:

—Tiene difteria.

De ese modo, Paige solo tuvo que asentir. Se quedaron mirando por unos instantes: ella buscando las palabras más acertadas; el duque, al parecer, sintetizando el modo de afrontar con aplomo aquel mazazo.

—¿Qué puede hacer por él? —soltó casi de inmediato, sin ninguna inflexión en la voz.

—La enfermedad está en un estado muy inicial.

—¿Va a salvarlo?

La pregunta fue tan directa y solapada que Paige no pudo hacer otra cosa que mirarlo boquiabierta. ¿Acaso la consideraba obradora de milagros o adivina?

—Como comprenderá, su gracia, no puedo garantizarle tal cosa —replicó—. Pero, desde luego, ha de saber que, pese a los altos índices de mortalidad de la difteria, hay muchos pacientes que la sobreviven. Vamos a intentar, por todos los medios, que su hijo sea uno de ellos.

—Los medios de un duque pueden llegar mucho más allá de lo que haya logrado imaginar.

—No le entiendo —dijo a la defensiva—. ¿He de sentirme amenazada?

—Lo que le digo es que puede emplear cualquier medio para salvarlo, cueste el dinero que cueste o las voluntades que cueste.

Lo que le decía, en su aristocrático modo de afrontar las vicisitudes de la vida, era que podía comprar cualquier cura o a cualquier persona, que podía sufragar cualquier método poco honesto, decente o legal para curar a su hijo, y que sin dudar lo haría. Le hubiera gustado increpar aquella falta de escrúpulos, pero a lo largo de su corta vida profesional había comprendido que, si algún día fuera madre, estaría dispuesta a cualquier extremo por un hijo. Así que se guardó su opinión y se limitó a tomar las riendas de la situación. Como siempre.

—Lo primero que hay que hacer es sacar de aquí todas las sábanas, cortinas, sillones... Todo lo que tenga tela. Y quemarlo. Todo.

El duque no vaciló ante la sugerencia. Salió al pasillo y, sin elevar el tono, llamó a su mayordomo y a su secretario, que se colocaron en formación militar junto a la puerta.

—La señorita Clearington confirma que lord Willonshire tiene difteria. —Paige tuvo que reconocer la entereza de ambos hombres, pues apenas los delató un pequeño parpadeo. Fue minúsculo, pero ella pudo leer allí cuánto lamentaban la noticia—. Me ha pedido que saquemos todas las sábanas y cortinas y las quememos. ¿Qué más, doctora?

Paige no le había pedido nada, se lo había ordenado, pero supuso que de ese modo se expresaban los duques.

—Quiero que alguien limpie esta habitación todos los días y que se prohíba la entrada a todo aquel que no se ocupe del cuidado del niño. No queremos que haya más contagios.

—¿Insinúa que uno de nosotros ha contagiado a lord Willonshire? —preguntó el mayordomo.

—Insinúo que no quiero que nadie más contraiga difteria en

esta casa y me quite tiempo para atender a Matthew —respondió con todas las ínfulas que siempre le había criticado su padre. Entonces se dirigió al duque—: Necesito que alguien se encargue de comprar una fórmula para administrarle al niño. He comprobado que puede minimizar la aparición de las membranas. Si me traen papel y tinta le anotaré los ingredientes.

—Jackson habló de sangrías, si empeoraba —explicó el duque—. Yo...

Paige ni siquiera lo dejó terminar:

—Nada de sanguijuelas. Si piensa insistir en eso, me iré inmediatamente.

—Iba a decirle que no estoy muy cómodo con esa posibilidad —protestó con una mirada fulminante—. Sería muy recomendable que no me interrumpiese, señorita Clearington.

Debía recordarse que estaba ante un duque; la soberbia y la indisciplina no serían bien recibidas. Pero las disculpas eran una costumbre muy desarraigada para Paige Clearington.

—También necesito que contrate una enfermera para que lo atienda durante todo el día y otra para la noche.

—Portland, encárguese de contratar a las mejores.

—Me gustaría explicar al personal las medidas de seguridad que habrán de tener con todos los objetos que toque el enfermo y todos los alimentos que se cocinen para él.

—Carruthers... —No hizo falta decir nada más. El avinagrado mayordomo respondió con un asentimiento seco.

—Sin duda, es primordial que esta habitación se airee —continuó Paige—. El ambiente está enrarecido.

—Seguro que a mi personal no le gustaría oír ese comentario —respondió Breighton.

—No hablo de limpieza, su gracia, sino de falta de ventilación.

—Mi hijo está acatarrado. ¿Cómo van a abrir las ventanas en pleno invierno?

Armándose de paciencia, se dispuso a explicarse:

—Su hijo no está acatarrado. Tiene difteria. Es una enfermedad provocada por una bacteria. El aire fresco no le supondrá ningún peligro.

—No va a abrir esas ventanas de par en par todo el día —sentenció con ese rostro imperturbable que empezaba a crisparle los nervios.

—Su hijo respira con dificultad, cuanto más limpio sea el aire, mejor respirará. Y yo no he hablado de abrirlas todo el día, sino algunos minutos cada tarde, cuando la temperatura sea más alta.

El duque entrecerró los ojos, y Paige supo que no le había gustado su modo de enfrentarlo. Ella no era Jackson. Las susceptibilidades de sus clientes no estaban por encima de sus recomendaciones. Sin embargo, tuvo que reconocer que podía moderar su modo de dirigirse al duque en presencia de los criados.

—Le prometo que le hará mucho bien al pequeño, excelencia —añadió en un tono mucho más amistoso.

—Usted se encargará de eso. No quiero negligencias u olvidos.

—Por supuesto, su gracia.

¡Vaya! Media hora en esa casa y ya respondía como la mejor de las subordinadas. Paige se regañó por aquella muestra de sumisión.

El mayordomo y el secretario del duque de Breighton procedieron a cumplir sus órdenes con presteza. Mientras, en la habitación, parecía haberse desencadenado un enfrentamiento no verbal entre el aristócrata y la doctora.

Paige se enfrentaba a la muerte con frecuencia, pero los ojos de un duque en plena posesión de toda su arrogancia ducal podían ser más difíciles de observar con fijeza que el último aliento de vida de un pobre mortal. Le encantaría tener ese poder, esa facultad para conseguir que los demás apartaran la mirada, como tuvo que hacer ella en ese momento.

Continuó disponiendo su material sobre la mesita y percibió con alivio que la puerta se abría y entraba Portland, el secretario, con papel, tintero y pluma. Paige se sentó en el escritorio y anotó los componentes de la receta para poder elaborar el tónico. Aplicó el papel secante y se lo entregó.

Cuando Portland lo recogió con una sonrisa amable y se dio la vuelta para marcharse, comprobó con alivio que el duque también se había ido, probablemente a comprobar que se cumpliesen todas sus indicaciones. Algo le decía que era de ese tipo de personas resolutivas, de las que no cometen ni contemplan errores.

Supuso, con pesar, que durante los próximos días iba a estar permanentemente con el alma en vilo.

6

La enfermera Kerr le cayó bien desde el primer minuto. Su rostro enjuto tenía un cariz amable y unos redondos ojos azules rodeados por decenas de pequeñas arruguitas. Los surcos en el marco de la delgada boca también hablaban de sonrisas. Sin embargo, en esa ocasión se mostraba seria y concentrada en todo lo que Paige le explicaba.

No parecía molestarle que la autoridad proviniese de una mujer más joven, y la mirada llena de dulzura que dirigió a Matthew cuando este despertó convenció a Paige de que era la mujer adecuada para su cuidado.

Ella era una de las enfermeras que se habían formado en el Saint Thomas, con financiación del fondo Nightingale, y aquello fue algo de lo que presumió en sus primeros minutos de conversación. Paige la entendía; no era minúsculo el mérito de completar los estudios en ese hospital y en esas condiciones. Incluso era un privilegio contar con el apoyo suficiente para intentarlo.

Después de arreglar el turno de noche con ella, Paige se acercó a la cama del niño y procedió a presentarse, ya que el día que lo conoció él había estado inconsciente. También le presentó a la enfermera Kerr, y él mostró un exquisito comportamiento.

—Gracias, doctora —le dijo.

—¿Por qué?

—Por su ayuda. Antes. —Ah, de modo que recordaba el momento de la asfixia.

—Me sentí muy feliz de poder ayudarte, Matthew. —El niño frunció el ceño, y Paige supuso que no estaba acostumbrado a que lo llamasen por su nombre—. ¿Puedo llamarte Matthew?

Con una sonrisa que a ella le pareció radiante, le respondió que sí. Paige temió haber descubierto el primer gesto parecido al padre. Aunque nunca había visto la sonrisa del duque, supo que sería igual que esa.

Cuando el reloj marcó las nueve de la noche, el estómago de Paige rugió con estruendosa demanda. Nadie le había ofrecido ni siquiera un simple emparedado, y no había probado nada desde que se llevó a la boca los arenques de la mañana. El pequeño parecía estable y la enfermera Kerr les había recomendado a una familiar suya que podría atender a lord Willonshire durante el turno de día, de modo que se decidió a salir de la habituación para solicitar que la atendiera el duque.

Carruthers, a quien claramente no le caía bien, la llevó hasta el comedor, donde le habían servido una copiosa cena a Breighton. Para él solo. Parecía no haber tocado el plato, pero aun así le fastidió que hubieran sido tan negligentes con ella como para no ofrecerle nada de comer en todo el día.

—Por ahora, creo que bastará con las indicaciones que he dejado para pasar la noche. Volveré mañana a primera hora para...

—No —anunció sin levantar los ojos de la comida con la que parecía jugar más que alimentarse.

—¿No? —Paige pensó que iba a despedirla y lo miró estupefacta.

—No se irá a ningún sitio. Quiero que se vigile a mi hijo constantemente por si vuelve a tener otro ataque como el de esta mañana. Usted ha sabido calmarlo. Por el resto de nosotros podría haber muerto. —En ese instante, levantó el rostro y clavó los ojos en ella—. No se irá.

—No puedo quedarme —balbuceó, muy contrariada—. La enfermera Kerr puede encargarse perfectamente de todo durante mis ausencias.

—Usted ha puesto sus condiciones, doctora. Me ha dado órdenes como si fuera su lacayo. Ha impuesto sus normas. Pues bien, ahora yo impongo las mías. Le exijo dedicación exclusiva.

Paige boqueó anonadada.

—Pero... No puede ser. Tengo otros pacientes.

—Pagaré a otros doctores para que los atiendan. ¿Cuánto cuesta una consulta?

—Diez chelines —respondió mecánicamente.

—Considérelo hecho.

«¿Qué?» «¡No!»

Paige intentó controlar su ira y hablar con aquel hombre en términos conciliadores, porque si seguía la línea de actuación que sus instintos le marcaban, podría acabar encarcelada por agredir a un duque de Su Majestad.

—No quiero considerarlo, su gracia. Usted no lo entiende, pero mis pacientes confían en mí para que los ayude. No puedo abandonarlos sin más. Y no puedo quedarme a vivir aquí. ¡Eso es un disparate!

—Disparate o no, es lo que ocurrirá, doctora. —La mirada de su interlocutor se tornó amenazadora, y Paige sintió por primera vez que aquel hombre podía llegar a ser implacable si se lo proponía—. Pagaré las consultas de sus pacientes, o incluso escribiré cartas de recomendación para un hospital si es necesario. Pero no voy a consentir que otro doctor abandone esta casa sin la garantía de que va a estar con mi hijo en el momento que lo necesite. Ya cometí esa negligencia una vez y casi me cuesta su vida.

—No puede...

—Le aseguro que en esta casa tendrá un ala entera a su disposición y que recibirá el trato más hospitalario que le hayan dispensado jamás.

Paige sintió el irrefrenable deseo de comunicarle que, hasta el momento, la hospitalidad de aquella casa había sido nefasta, pero una vez más tuvo que contener su lengua.

—No va a tener en cuenta mi opinión, ¿verdad? Ni siquiera me está escuchando. Como todos los de su clase, se limita a dar órdenes y a imponer su naturaleza caprichosa. ¿Le impondría esos términos al doctor Jackson?

La mirada fija del duque se llenó entonces de significado. Se planteó si aquello podía convertirse en una lucha de voluntades por la cuestión de la capacidad decisoria que se le confería como mujer, pero no tomó ese rumbo.

—No puedo permitirme tener en cuenta su opinión —reconoció, obviando la acusación velada de soberbia—. Si lo que le preocupa es el «consuetudinario», puedo garantizarle respetabilidad y confidencialidad, doctora. No habrá rumores que la perjudiquen. Vestiremos toda la situación de la decencia más rotunda.

—¿Cree que soy una esclava de las convenciones, su excelencia? —Arqueó una ceja.

—¿No le preocupa lo más mínimo poner en peligro su reputación, señorita Clearington?

Paige se vio obligada a resoplar. No, no le era posible mentir al respecto. Aunque siempre se había conducido con independencia de los cánones de comportamiento que se aplican a las damas, no estaba dispuesta a transgredir ciertos límites. Por mucho que le enervase el modo en que las mujeres eran relegadas y alienadas por la sociedad, no se creía capaz de soportar el ostracismo. Una mujer podía aspirar a ser escuchada, no tener que embozar su inteligencia ni renunciar a aspiraciones personales, pero de ahí a ser tachada de inmoral... Había todo un mundo de por medio.

—Desde luego, no sería muy ortodoxo vivir en casa de un hombre soltero. Y, sí, admito que no me apetece verme salpicada por un juicio a mi reputación.

—Viudo, señorita Clearington —repuso él—. No tendrá

que hacerlo, por descontado. La señora Bridgerton, que se aloja en esta casa como protegida de mi familia, puede velar por el perfecto cumplimiento del decoro que se precisa en una situación como esta.

—¿Quién? —Seguía bastante aturdida, así que sus preguntas no eran las adecuadas.

—Adele Bridgerton. Se la presentaré de inmediato —anunció al tiempo que hacía un gesto a un lacayo—. Smithson, mande llamar a la señora Bridgerton.

—Eso no es necesario, su gracia. Ya le he dicho que...

—¡Basta! —espetó con tono impávido—. Siéntese a cenar, doctora. Si no me equivoco, debe de estar hambrienta.

¿Habían vuelto a sonarle las tripas? Entre el nerviosismo, el cansancio y el hambre, Paige ya no era consciente de las respuestas de su cuerpo. Su expresión, sin embargo, era obstinada, seguramente, pues el duque insistió:

—Acepte al menos mi hospitalidad, señorita Clearington. Creo que en algún manual debe de poner que es de mala educación rechazar la invitación de un duque a su mesa.

¿Era aquello un intento de humor o lo decía en serio? Paige miró alrededor con una sensación de irrealidad. De repente, recordó lo esplendorosa que era la mansión en la que se hallaba. El comedor era otro ejemplo de elegancia y ostentación, lo cual solo hizo que se sintiese más agotada.

—Adolece de un imperdonable ímpetu caprichoso, excelencia.

—Y usted de una impertinencia sin parangón, doctora.

Aunque fuera absurdo, se sintió mucho más a gusto después de aquel intercambio de oprobios, y puesto que no sabía qué otra cosa decir, se encogió de hombros y se acercó hasta la silla que quedaba a la derecha del duque, quien ocupaba la cabecera. Él la miró de un modo muy elocuente y se cubrió la boca con la servilleta, ¿para ocultar una sonrisa? ¿Ese hombre? ¿Acaso tenía la facultad de hacerlo? ¿Y a cuenta de qué lo haría?

«¡Maldición!», bramó para sus adentros. No debería haberse

sentado a su lado, comprendió. Tenía que ser eso. El lacayo apostado en la columna tras Su Excelencia tenía los ojos como platos, así que era evidente que habían infringido alguna norma básica de protocolo. En fin, estaba demasiado cansada para eso. Iba a levantarse y preguntar dónde tenía que sentarse, cuando el duque se dirigió al sorprendido lacayo sin desviar sus endiablados ojos verdes de ella.

—Mathers, traiga un servicio para la doctora Clearington.

Paige se relajó en su asiento y recorrió con la mirada la estancia para rehuir esos perturbadores ojos ducales. Mientras tanto, Breighton comenzó a trocear las verduras con exquisita elegancia. Se mantuvieron en silencio mientras él daba cuenta de su cena —al parecer, la exigente etiqueta no se aplicaba a los duques, porque no hizo amago de esperar que le sirvieran la comida a ella— y enseguida llegaron el lacayo y una doncella para ponerle el plato y los cubiertos. También le sirvieron una generosa ración de judías con zanahorias cocidas y unos filetes de jamón muy jugosos.

Con el primer bocado, el estómago de Paige volvió a rugir y las mejillas le ardieron de vergüenza.

—Mathers, hemos sido negligentes con la doctora Clearington en el día de hoy. Es nuestra invitada. Encárguese personalmente de que se atiendan sus necesidades.

Casi se atraganta. ¡Menuda forma de ponerla en evidencia! Ya tenía bastante con oír los estragos de su hambre en público como para que se convirtieran en un tema de conversación. Aquel hombre era de lo más impertinente.

Lo fulminó con la mirada y se negó a dejarle ver lo abochornada que se sentía. A partir de ahí, Paige masticó la cena con prisa y enfado, mientras la tal señora Bridgerton se eternizaba en bajar.

Adorable. Era el adjetivo que mejor definía a la señora rolliza y entrada en canas que el duque le presentó tras una larga espera después de la cena. Dado que la señora se retrasaba, Su Excelencia la había invitado a tomar un brandy junto a un lujoso aparador de roble, una verdadera reliquia barroca. A ambos lados del mueble, los ventanales mostraban las luces amarillentas de Berkeley Square, una de las plazas más elegantes de la ciudad. Paige estaba absorta en esa cálida luminiscencia cuando oyó que el duque exclamaba:

—Adele, buenas noches. Siento haberte molestado. ¿Te habías acostado ya?

Al volverse, se encontró a una mujer de aspecto elegante pero sencillo. Su pelo estaba recogido en un sencillo moño sin artificios y formaba una aureola blanca alrededor de un rostro redondo y mofletudo. Los labios de la señora Bridgerton eran pequeños y hablaban de muchas sonrisas. Sus redondos ojos oscuros también parecían risueños, aunque el tono de su expresión era grave.

—No, Breighton. Con toda la preocupación que tenía no habría podido conciliar el sueño, pero acababa de mandar a la cama a mi doncella y he tenido que esperar a que volviera. Gracias al cielo que esta joven muchacha ha conseguido calmar a Matthew, porque es usted Paige Clearington, ¿verdad?

—Sí, señora. —Le infundió tal respeto, que Paige hizo una pequeña venia, antes de dejar el vaso de brandy, que no había tocado, en el aparador.

—Ah, querida, nada de eso —dijo la señora, sonrojada—. Soy yo quien debería reverenciarla a usted por sus proezas.

—Adele, le he pedido a la doctora que se aloje en Breighton Hall para que pueda estar al cuidado de Matthew y le he prometido que tú actuarías como dama de compañía, dado que la señorita Clearington precisa del mayor grado de respetabilidad que podamos ofrecerle.

—Más que pedirlo, lo ha exigido —añadió Paige sin ocultar el disgusto que eso le provocaba.

—Ah, eso es muy propio de Brei. Tiene una arrogancia endemoniada, ¿verdad, querida? —El tono de la mujer encerraba más afecto que desaprobación—. Pero le prometo que aquí la trataremos bien. Estaré a su servicio para todo lo que necesite, aunque puedo asegurarle que tanto Brei como cualquier persona que trabaje en esta casa la tratará con el más absoluto respeto. Incluso ese truhan de Richard sabe que los huéspedes, en esta casa, son sagrados. Por favor, quédese. Si eso puede salvar la vida de nuestro Matthew... —La voz de la señora Bridgerton se quebró y se llevó una mano a los ojos para ocultar las lágrimas que la habían asaltado de repente.

—Adele... —El duque se acercó a ella y le pasó un brazo por los hombros, aunque su expresión se mantuvo inmutable. Paige sintió el loco deseo de abrazarla también. Ver llorar a una mujer tan estoica le producía el impulso de actuar para consolarla—. Tranquila. No debería haberte hecho bajar.

—Mi niño... —gimió la señora.

—Está en las mejores manos, Adele. Te prometo que saldrá de esta. La difteria no es nada para un Hensworth. Mathers, acompáñala a su dormitorio.

Paige esperó paciente, conmovida por aquella sorprendente muestra de compasión y ternura que había presenciado. Él seguía mirando hacia la escalera por la que aún subían Adele Bridgerton y el lacayo, de espaldas a ella. De repente, algo de lo que había escuchado le picó la curiosidad.

—¿Quién es Richard?

—Lord Crowle es mi hermano pequeño —explicó él al tiempo que se daba la vuelta y caminaba unos pasos hasta el aparador que les quedaba detrás para coger su vaso de brandy, con lo que Paige también tuvo que volverse. Dio un sorbo, con aire pensativo, y la sometió de nuevo al escrutinio de esos ojos verdes tan inquietantes—. No suele venir mucho y, desde luego, sabe comportarse con una dama. No tiene que temer por eso.

—Excelencia..., verá, es evidente que la señora Bridgerton es una mujer encantadora y una gran dama de compañía, pero eso no solventa la situación. No puedo vivir aquí. Es absurdo y es de lo más inadecuado.

—No le estoy dando a elegir.

¡Oh! Sí que tenía una arrogancia endemoniada. Sin embargo, no podía esperar otra cosa de lo más granado de la alta sociedad londinense. Y él lo era. Tenía una réplica punzante en la punta de la lengua, pero el duque ni siquiera le dejó formularla.

—¿Sabe, doctora? Un duque puede poseer más riquezas y patrimonio de lo que llegaría a contar con sus dedos y memoria. Yo soy uno de los más acaudalados de este reino, y, sin embargo, cambiaría todo eso por la vida de mi hijo, aquí, sin dudarlo. Usted es, ahora mismo, la única persona que conozco capaz de mantenerlo a salvo, y pagaré cuanto sea necesario, utilizaré *todos los medios* a mi alcance para lograr una atención exclusiva. ¿Me entiende?

Paige no solo entendía y escuchaba la amenaza, sino también el miedo, la necesidad de ese hombre de proteger lo que amaba. Aun así, se vio obligada a seguir protestando un poco más:

—Entiendo que quiere lo mejor para su hijo. Entiendo que le traen sin cuidado mis deseos expresos y entiendo que tiene una confianza, totalmente infundada, en su capacidad para evitar que sus iguales nos sometan a usted y a mí al escarnio público por semejante arreglo.

El «consuetudinario», como el duque lo llamaba, ya tenía un concepto bastante abyecto de su persona. Su irrefrenable lengua y sus aspiraciones médicas la habían convertido en una solterona de dudosa moral y rectitud para la mayoría de las personas con las que se relacionaba normalmente. Paige era bien consciente de que alojarse en la mansión del duque, con todas las formalidades que se iban a tomar, no sería mucho más perjudicial para ella que la reunión que pensaba mantener con la pequeña burguesía y la *ton* londinense para proponer sus consultas benéficas. No obstante, seguía sintiendo la necesidad de oponerse.

—Llevo una vida muy retirada, señorita Clearington. No habrá invitados curiosos, y la señora Bridgerton puede garantizar el decoro, ya lo ha visto. Es cierto que muchos días hay peticionarios en la puerta principal, pero usted utilizará la puerta de visitas.

Había oído hablar de eso. Personas de pocos recursos o en situaciones muy extremas se aventuraban a pernoctar ante las puertas de grandes lores de toda Inglaterra para conseguir algún favor de ellos. Si el lord en cuestión era compasivo y dadivoso, podían sobrevivir un día más, un mes más.

—¿Hay una puerta de visitas? —preguntó, sorprendida por los engranajes de aquella vida tan desconocida para ella.

—Hay cinco entradas a Breighton Hall —explicó el duque—, y, si lo precisa, puedo hacer que entre y salga con la mayor discreción posible. Señorita Clearington, no suelo tener que suplicar por nada, pero si es necesario...

Paige, para su consternación, se vio incapaz de obligarlo a tal cosa. Cualquiera habría aprovechado la oportunidad de hacer claudicar a alguien de tal alcurnia y con tanta soberbia, pero no era más que un padre preocupado por su hijo.

—Está bien, su gracia. Acepto.

Un leve matiz de incomodidad cruzó el rostro del duque. ¿No era la respuesta que estaba buscando? ¿Por qué la miraba así?

—Prefiero «excelencia».

«¡Ah, para que aprendas, Paige!», siseó su mente.

Aquello era tan arrogante como darle a elegir entre llamarlo «amo» o «dueño». Tanto daba. Seguía siendo una arcaica forma de dominación de los de su clase respecto al mundo. «¡Qué ser tan contradictorio!», se dijo. ¿O era ella la que no conseguía encontrar la ecuanimidad? Se había empeñado en sentir compasión por un hombre que no tenía aspecto de haber experimentado nunca tal sentimiento. Tenía que aprender a tratar con él y no dejarse afectar por su imponente aspecto ni por su estudiada fanfarronería.

—Bien —respondió con fingida indiferencia.

—La señora Vinson le enseñará su habitación. Mandaré llamarla.

—Primero tengo que volver a casa de mi...

—No, doctora Clearington. Haré que traigan sus cosas. Desde este momento quiero que vigile a Matthew.

Órdenes intransigentes por doquier, eso era lo que le esperaba. Se abstuvo de poner los ojos en blanco. De todos modos, su capacidad de negociar era evidentemente nula.

—En ese caso, le agradecería que esperase a que le escriba una carta a mi padre explicándole esta... singular situación.

—En su habitación encontrará papel, pluma y tinta —apuntó mientras se cruzaba con ella al dirigirse hacia la puerta.

Insufrible. Iba a resultar insufrible. Paige se llevó los puños apretados a los ojos. Iba a necesitar dosis ingentes de paciencia para...

—Doctora —oyó que la llamaba y se sintió incómoda por si la veía afectada. Al percibir que el duque le quedaba a la espalda, fingió que sujetaba unas horquillas en su pelo y se volvió con calma.

—¿Sí, excelencia?

Justo en ese momento decidió que la expresión «su gracia» iba a escapar de forma incontenible de sus labios con una frecuencia exasperante para el duque.

—Esos otros casos de los que habló...

—¿Sí?

—Cuénteme sobre ellos. —La pregunta era un síntoma de preocupación manifiesta. El gesto de volver sobre sus pasos lo era también. El tono dubitativo con el que la abordaba expresaba intranquilidad. Pero que la partiera un rayo si aquel rostro inescrutable mostraba algún asomo de emoción—. Dijo que eran varios.

—Dos mujeres y un hombre, en concreto —confirmó.

—¿Relacionados entre ellos?

—¿Por qué lo pregunta?

—No consigo entender cómo mi hijo...

Por un momento, lo vio: culpa, miedo; pero rápidamente fueron absorbidos por el rostro pétreo. La difteria solo se contagiaba por un contacto muy directo; pero, por muy hijo de duque que fuera, Matthew Hensworth no estaba exento de que alguien de condición más baja que él estornudase a su lado.

—No se martirice con eso. Puede que nunca sepamos cómo se contagió.

—Las personas a las que atendió, ¿tenían relación? —insistió.

Su padre le había advertido acerca del peligro de crear alarma respecto a una posible epidemia de crup, pero no podía mentirle al duque sobre la existencia de casos dispersos.

—El señor era un vecino de mi tío. También atendí a una joven de Picadilly y a otra del East End. Lo dudo.

—¿Del East End? —preguntó incrédulo.

Por supuesto. Podría haber intuido la sorpresa del duque ante la posibilidad de que alguien relacionado con él hubiera estado en un lugar como ese, compartiendo el mismo aire. No quería mentir, pero tampoco era necesario entrar en los detalles. Se reprendió por el error de cálculo; sin embargo, no solía fustigarse por lo irreversible. Esperó pacientemente una explosión que no llegó a producirse. En verdad, los nervios de aquel hombre se templaban a una temperatura muy baja.

—Era una prostituta —concluyó acertadamente, con mirada reprobatoria.

—Todavía lo es.

Se miraron durante largos segundos, con un reto silencioso flotando entre ellos. La expresión de él era acusatoria.

En ese momento debía de estar conteniendo las ganas de echarla a patadas de su olimpo particular, donde no se admitían personas de tan escasa catadura moral como para auxiliar a vulgares rameras.

Paige no frecuentaba esos barrios —no eran seguros—, pero el pastelero le había pedido que ayudase a su *amiga*, quien sufría de una tos perruna muy preocupante. «Una buena mujer», le había dicho. Algo con lo que Paige llegó a estar de acuerdo.

Pero no se le podía pedir a un miembro de la aristocracia que compartiera aquella concepción de las cosas. En la cruda realidad, los distintos estratos sociales no se mezclaban hasta diluirse, como ocurría en el inconstante mundo de Paige Clearington, pues ella había decidido dejar al margen ciertas normas, límites y protocolos que el resto de la sociedad seguía a pies juntillas.

Siendo honesta, el duque de Breighton tenía todo el derecho a juzgarla, a despedirla e incluso a denunciarla. Sí, seguro que había alguna ley que protegía a los de su clase de la contaminada atmósfera que Paige respiraba a diario, pero se dijo que no iba a arredrarse por ello.

No había pedido volver a aquella casa. Por el contrario, fue sacada a rastras de la suya y, si bien al principio estuvo dispuesta a olvidar su orgullo para conseguir tener a Breighton entre sus clientes, no iba a adoptar frente a él la actitud sumisa y pusilánime que probablemente esperaba. Si se quedaba, él tenía que entender con quién estaba tratando y aceptar todas las condiciones.

—Si piensa echarme de su palacio, será mejor que lo haga de una vez. —Aquello no era inteligente. Lo sabía y no le importaba. Pero también era injusto dejar en la estacada a un padre que estaba aterrorizado por la enfermedad de su hijo. Ese fue el único motivo por el que añadió—: Puedo recomendarle a otro doctor.

—Es usted una insolente —respondió.

—Ese parece el insulto de un adulto hacia una niña. No soy insolente, excelencia, pero le concedo que cite mi incapacidad para la pleitesía.

Y con aquello consiguió por fin una respuesta en el semblante del duque, quien parecía entre sorprendido e iracundo. Si alguna vez un plebeyo había arriesgado su suerte contra un aristócrata, esa era Paige Clearington, y ese era el momento.

La ominosa mirada duró unos escasos segundos más, y el duque sencillamente se dio la vuelta y se fue en la dirección contraria.

Paige se quedó parada en medio del hall. Comprendió, fastidiada, que la había dejado plantada con la palabra en la boca. O no. Eso último no era cierto. Había dicho lo que tenía que decir. ¡Y tanto que lo había dicho! Si su padre se llegaba a enterar de que aquellas palabras habían salido de su boca... y dirigidas a un duque de Su Majestad, nada menos..., le daría un patatús.

La aparición de la señora Vinson, que tan amablemente la había recibido en la habitación de Matthew horas antes, la hizo salir de sus cavilaciones.

—Señorita Clearington, me alegro de que haya decidido quedarse con nosotros. Acompáñeme. Le indicaré cuál va a ser su dormitorio.

Una atónita Paige la miró sin saber qué decir. Había esperado que apareciese un lacayo para echarla a patadas, o incluso que el duque mandara a sus perros de caza para que la devorasen allí mismo. Había llegado a pensar que nadie volvería a pasar por aquel vestíbulo y que tendría que echarse ella sola, pero jamás hubiera dicho que la invitarían a quedarse, después de su grosería.

Se lo tomó como un buen presagio y siguió a la señora Vinson.

Le mostró su habitación y después el resto de las dependencias. La planta baja aglutinaba al menos cinco estancias para uso y disfrute exclusivo del duque. Una pequeña biblioteca, que a Paige le pareció sobria y encantadora al mismo tiempo, un despacho con sala de recibo y un gabinete; también había una especie de salón de recreo que disponía de mesa de billar, muy lujosa, y de un inmenso tablero de ajedrez sobre el que podrían comer cómodamente dos personas.

Era una mansión opulenta, no cabía la menor duda, y tenía que admitir que no abundaban las bagatelas. Todo lo que fue descubriendo tenía una utilidad, por muy cegadora que fuera su apariencia. No había muebles de sobra, ni lámparas de sobra. Ni siquiera podría decir que hubiera empleados de sobra. La misma chica que limpiaba su habitación había sido asignada como su doncella, aunque Paige había rechazado ese servicio. En primer lugar, porque no necesitaba una, nunca la había tenido. Y, en segundo lugar, porque eso supondría una carga añadida para la muchacha.

Paige se prometió, costara lo que costase, que durante su estancia allí no adoptaría hábitos acomodados. Cuando se marchase, su vida sería tan humilde, sencilla y complicada como al entrar; con la única diferencia, esperaba, de haber salvado la vida del hijo de un duque.

7

«El vestido es tan sobrio como el resto de la señorita Clearington», pensó mientras caminaba en dirección a la habitación de Matt. Imaginaba que la mujer se esforzaba en aparentar madurez y seriedad para tratar de ganarse el respeto que no podía conseguir con su propia persona.

El vestuario, la postura y el peinado intentaban mostrar el recato que en realidad le faltaba, porque eso saltaba a la vista a los pocos segundos de entablar una conversación con ella. Era descreída, lenguaraz y carecía de los modales que se esperaban de cualquier dama; claro que no se la podía considerar como tal. Era una mujer con una profesión, una rareza casi sacrílega.

Lo irritaba hasta tal punto que había sufrido la tentación casi constante de echarla de Breighton Hall. Y, sin embargo, había estado cerca de suplicarle que se quedase, en aras de la salud de Matthew. Nadie sabría jamás el esfuerzo que le había supuesto dejar a un lado sus tendencias naturales para permitir que la señorita Clearington se alojara en su casa.

Lo había llamado «caprichoso» —y «soberbio»— sin inmutarse siquiera, como si hablara con el carnicero de un mercado de abasto. Era una conducta imperdonable y de lo más irritante. Todavía se preguntaba cómo había sido capaz de introducir a semejante espécimen en su hogar.

Aunque conocía muy bien la respuesta.

Muy a su pesar, Maximilliam tenía que reconocer que le inspiraba una buena parte de admiración. No dejaba de preguntarse si cualquier otro médico habría tenido el tacto y la paciencia para conseguir que Matthew se calmase. Mucho se temía que la respuesta sería un categórico «no».

A la postre, quizá su condición de mujer la había dotado de la cualidad necesaria para resolver la crisis que a él mismo le había parecido irresoluble hasta que ella apareció. Llegó a temer que Matthew se asfixiara antes de que llegase alguna ayuda. Quizá fue ese convencimiento el que lo llevó después a la resolución de conservar a la doctora a cualquier precio.

Se figuraba que sería un infierno tenerla bajo el mismo techo, pero no quería ni imaginar que su hijo pudiera vivir de nuevo tan extremas circunstancias sin que ella estuviera allí para salvarlo.

Sí. Definitivamente, tendría que encontrar el modo de soportarla, por mucho que le enervara la insolencia de la galena y su imperdonable falta de modales; y su temperamento, dicho fuera de paso. ¿Le había hablado alguien alguna vez en aquellos términos tan irrespetuosos? Si había ocurrido tal cosa, Max no conseguía recordarla.

Tenía un elevado concepto de sí misma, si se atrevía a hablarle así a un duque; aunque eso ya era una evidencia, pues se trataba de una mujer que se había atrevido a estudiar medicina.

Max incluso podía comulgar a veces con una voluntad fuerte como la suya, pero el modo en que ella se envalentonó al hablar de la prostituta a la que había atendido... Sí, estuvo muy cerca de hacer que la echaran de su casa en ese instante. Sin embargo, además de grosera —porque eso era innegable—, le había resultado ingeniosa, y valiente; ambas cualidades le parecieron prometedoras. Podía esperar y desear obediencia de cualquiera de sus empleados, pero en la mujer que tenía que curar a su hijo prefería encontrar decisión y honestidad.

El arrojo femenino le hizo sonreír, aunque su rostro no mostró cambio alguno. Conocía a otras mujeres capaces de contradecir lo que se esperaba de ellas. En los salones de baile no faltaban jóvenes díscolas que, bajo el manto protector de su estatus social, se atrevían a ser deslenguadas o imprudentes, pero los motivos subyacentes no solían ser tan elevados. Esa mujer peleaba en otras arenas muy distintas y no permitía que nadie confundiera su osadía con la indisciplina.

Podría decirse que era una mujer mundana; una persona forjada a medias entre las vicisitudes de la vida y su propia obstinación, que debía de ser considerable.

El físico la ayudaba en esa epopeya de enfrentar el mundo. Aun sin ser guapa, tenía una presencia notable.

Era más alta que la mayoría, con una complexión que caminaba entre la delgadez y la voluptuosidad. Tenía la espalda estrecha, esbelta, pero el intrincado de capas de la falda daba a entender que por debajo de la cintura había más contundencia. El rostro ovalado estaba compuesto por una nariz pequeña y respingona, unos labios rellenos y pálidos, casi del mismo tono que la piel, y unos ojos cuyo color no acertaría a decir, pues quedaban ocultos tras los horribles anteojos. Por lo poco que mostró al hablar, los dientes eran blancos, pequeños y derechos —que es lo mejor que se puede decir de una dentadura—, aunque, en realidad, solo tuvo un atisbo de ellos. Quizá si sonriera más..., aunque, claro, las circunstancias no alentaban a ello. Y él prefería, con mucho, la seriedad.

Imaginaba que la galena congeniaría a las mil maravillas con Adele. No conocía a nadie a quien esa mujer fuera incapaz de conquistar. Bueno, se corrigió, claro que lo había: sus padres. Adele Bridgerton había sido su aya, y también la de Richard. Ella siempre decía que desde bebés ambos asumieron sus roles en la vida; Maximilliam era un niño estudioso y abnegado, digno heredero de un ducado. «Richard fue un adorable trasto desde que comenzó a andar», solía contar.

Lo que Adele no sabía era que, durante su juventud, Max también tomó el camino fascinante de la infamia y la disipación. Fue un capítulo breve de su vida, pues las responsabilidades del ducado y del matrimonio pronto lo trajeron de vuelta a la decencia, pero aquellos habían sido unos años muy divertidos y memorables. A decir verdad, solo la muerte de Clarisse y los acontecimientos que la rodearon fueron capaces de apagar ese espíritu indómito al que se había consagrado.

Todas esas cosas las había ocultado muy bien a los ojos del mundo, y también de su aya. Ella aún lo veía como el jovencito de quince años al que tuvo que abandonar cuando sus padres la despidieron al dejar de considerarla necesaria. ¡Cuánto había protestado Max por aquello! Nunca perdonó a sus padres que fueran tan desconsiderados con ella. Le habían exigido disponibilidad absoluta para sus hijos, prohibiéndole incluso entablar una relación íntima con un lacayo del que estuvo enamorada y al cual echaron nada más conocer el romance. La privaron de la posibilidad de formar una familia y, llegado el punto en que ya no la necesitaron, la echaron a la calle sin considerar el vacío al que la arrojaban.

Una de las primeras decisiones que tomó Maximilliam cuando se convirtió en duque fue buscarla y ofrecerle su hospitalidad eterna. No trabajaba para él. No había vuelto a sus vidas como empleada, sino como protegida de la familia; algo que en su día le provocó urticaria a la duquesa viuda.

Quería más a Adele que a su propia madre, y no le avergonzaba reconocerlo, aunque tampoco lo había expresado nunca en palabras.

Aquella mujer solo había aportado paz y tranquilidad a su vida, y esperaba que fuera capaz de tender puentes entre la doctora Clearington y él, puesto que parecían condenados a no entenderse. «Adele ayudará», pensó mientras entraba de nuevo en la habitación de su hijo. Tendría que hacerlo.

A Paige no le sorprendió que su padre se presentara en Breighton Hall en cuanto tuvo la oportunidad. Con su habitual tono solapado, Carruthers le informó de que tenía una visita en la sala de recibo, y la escoltó —era el modo más elegante de describirlo— hasta allí.

Le supuso una alegría, ¿a qué negarlo? Al menos lo fue cuando atisbó en el doctor Clearington una expresión de alivio al verla, y no de condena. Esperó a que el mayordomo se retirase y después avanzó con premura hacia la figura oronda de su progenitor, que se había levantado para recibir el abrazo de su hija.

—Papá —musitó con alegría.

—Paige, hija, me tenías preocupado. ¿Estás bien?

Tomaron asiento, uno junto al otro. Paige le cogió las manos regordetas para tranquilizarlo. Los ojillos castaños del buen doctor estaban llenos de interrogantes.

—Sí, padre. Me están tratando realmente bien. Siento no haber podido volver a casa para explicarte en persona esta «atípica» situación, pero el estado del joven Matthew Hensworth se agravó, y el duque siente pánico por que el niño vuelva a asfixiarse y yo no esté aquí para atenderlo.

—Aun así, es una disposición de lo más inadecuada, hija —conjeturó él con cierto pesar—. Debes andarte con cuidado.

Para Paige, tener un padre que no la juzgaba a la ligera y que siempre era más partidario de la crítica constructiva que de la condena irreflexiva, suponía una bendición. Incluso cuando no estaba de acuerdo con sus juicios de valor o sus decisiones, intentaba hacerle ver su punto de vista con absoluto respeto.

—Su Excelencia me ha garantizado discreción y me ha alojado en el ala donde se encuentra la habitación del aya de Matthew, que también fue la suya cuando era pequeño. Es una mujer encantadora. Se llama Adele Bridgerton —resumió—. Por lo demás, padre, no tenía otra opción. Me hubiera gustado poder atender al niño sin necesidad de alojarme aquí, pero Breighton no quiso escuchar nada sobre el asunto. La verdad es que cuando llegué aquí el pequeño se asfixiaba, papá. No sé qué hubiera pasado si en lugar de encontrarme en casa hubiera estado en el hospital o en alguna consulta.

—¿Son muchas las membranas?

—No, no, aún son leves. Pero es un niño muy pequeño y se asusta cuando es incapaz de respirar con normalidad.

—Cuánto lamento que tuvieras razón con el diagnóstico, hija —añadió con auténtico pesar—. Nunca resulta fácil asumir una enfermedad de tal gravedad en un niño tan pequeño; además, tratándose del heredero de un hombre como Breighton..., debe de estar muy preocupado.

—Quiero creer que se preocupa más a causa de su afecto hacia el niño que por la importancia que pueda tener para la sucesión del ducado; pero, si te soy sincera, ese hombre parece carecer de sentimientos, así que no sabría decir con seguridad cuáles son sus prioridades al respecto.

Arthur Clearington frunció el ceño y alzó una mano para atusarse la barba, como si estuviera reflexionando sobre ello. Después esbozó una sonrisa resignada y se encogió de hombros.

—Poco o nada debe importarte eso, hija. Sus motivos para preocuparse no cambian el hecho de que la situación es grave y que puede llegar a serlo más si la enfermedad continúa su avance. ¿Has prescrito ya la infusión de angélica?

—Sí, claro, es lo primero que he hecho. He seguido todos los pasos que me enseñaste, papá. Solo espero que logremos atajarlo con remedios y no haya que recurrir a la cirugía.

—Si llegara el momento, no dudes en ir a buscarme. —Se ofreció con una sonrisa compasiva. Él sabía que Paige sentía mucha aprensión cuando tenía que operar a un niño pequeño—. No obstante, si a ti te parece bien y el duque no se opone, me gustaría visitaros con frecuencia, para ver el avance del niño y también para estar pendiente de que no te falte nada.

—Papá —lo regañó con cariño—, ¿qué podría faltarme aquí?

Acompañó la pregunta de un gesto elocuente mientras extendía un brazo para señalar la suntuosidad de la sala. De planta cuadrada y forrada con paneles de madera de roble, la estancia era un auténtico derroche de elegancia y confortabilidad. La chimenea estaba encendida y las finas cortinas de organza dejaban entrar la luz radiante de la mañana por las tres ventanas que daban al exterior.

—Eso espero, querida, eso espero. ¿Me acompañas a visitar al joven Hensworth? Me gustaría hacerme una idea de su estado.

—Claro, por supuesto. Me vendrá bien tu ayuda —dijo Paige, poniéndose en pie—. Su Excelencia ha salido muy temprano y no creo que vuelva hasta mediodía, de modo que, con suerte, ni siquiera se enterará. Dudo que pueda tener alguna queja al respecto, pero... mejor no arriesgarse —añadió con un guiño travieso.

Los días transcurrían con dolorosa lentitud. Las mañanas siempre eran frenéticas, pero las tardes se dibujaban horrorosamente monótonas. El Parlamento aún no había comenzado las sesiones, en cuyo caso habría pasado gran parte de las jornadas cerca de Westminster. Max ansiaba que se iniciara el curso político y tener algo en que ocupar su mente. Pero eso no ocurriría, según le había comunicado Salisbury en la última de sus reuniones, hasta el 25 de noviembre.

Mientras tanto, le encargó la laboriosa tarea de ejecutar la Ley de Defensa Naval, que era uno de los proyectos en los que Maximilliam había invertido más esfuerzos y diplomacia en toda su vida. Era la mayor y más portentosa expansión naval de Inglaterra en tiempos de paz, y esperaba fervientemente que gracias a la inversión y al trabajo de todos los agentes implicados se consiguiera el objetivo planteado, que no era sino lograr una fuerza naval equivalente a la de las flotas de Francia y Rusia combinadas, sin que ello desencadenase tensiones con esas dos grandes potencias.

Breighton fue muy explícito en cuanto a su participación. Aportó una sustanciosa cantidad de fondos para el proyecto, pero empezaba a temer que el afán conservador de aislamiento de Salisbury despertara las suspicacias y la desconfianza de las potencias internacionales. No podía hacer nada al respecto, pero intuía que era más conveniente no poner todos los huevos en el mismo cesto, por eso inició conversaciones con mandatarios rusos y franceses, con el fin de minimizar el impacto de los anuncios que habrían de producirse en un futuro cercano.

Al margen de aquello, Matthew seguía siendo su principal desasosiego. La doctora Clearington había hecho traer un sinfín de libros que ahora atestaban la escribanía de su gabinete, del cual se había adueñado con discreto descaro. Pasaba la mitad de su tiempo allí, con la nariz y las lentes metidas entre las páginas de lo que parecían tratados de medicina. También leía el periódico con avidez mientras hacía sus turnos en la habitación de Matthew.

El primer día de su estancia en la casa, lo puso al corriente de cuál era exactamente la situación a la que se enfrentaban:

—La difteria es... complicada. No hay mucho que sepamos sobre ella todavía, excepto que, además de cursar todos los síntomas de una gripe, produce esas membranas mucosas que impiden el paso del oxígeno por las vías respiratorias. He conseguido buenos resultados a la hora de limitar su producción mediante el uso de un viejo remedio casero que localicé el invierno pasado.

—Es lo que le ha dado a mi hijo esta mañana.

—Exacto —dijo la doctora mientras tomaba asiento en el despacho de Breighton, al que él la había hecho acudir esa mañana nada más terminar el desayuno.

—¿Qué lleva?

—Oh, todo es completamente inocuo, se lo aseguro. Se trata de un remedio a base de raíces de angélica y azúcar. Mi padre y yo hemos conseguido muy buenos resultados con el tónico, y creo que le hará mucho bien a Matthew.

—Pero eso no lo curará. Es solo un brebaje —incidió con voz cortante.

—Como le decía, todavía no hay mucho que sepamos del

funcionamiento de esta bacteria. En Alemania han conseguido localizarla y estudiarla. Y el año pasado se creyó tener una vacuna cuando un asistente de Louis Pasteur pudo aislar lo que parece la toxina causante del daño, pero...

—No tienen nada, realmente.

—No —reconoció ella con pesadumbre—. No realmente. Aunque creo que están en el camino. Algo muy parecido ocurrió con la rabia hasta que ese mismo hombre, Louis Pasteur, consiguió elaborar una cura hace cinco años. Fue... una auténtica revolución, se lo aseguro. —Paige Clearington mostraba un entusiasmo casi infantil cuando hablaba de algo que la apasionaba, y estaba claro que la investigación médica lo hacía—. De modo que, si alguien puede encontrar una cura para la difteria, son esos científicos, excelencia. No dejo de diseccionar cada estudio que se está realizando en Francia. Y tampoco dejo de vigilar todo lo que se hace en la escuela de Koch, en Alemania. No pierdo la fe en que puedan encontrar la clave para curar a Matthew.

—Pero podrían pasar años hasta que uno de esos estudios dé resultados, y mi hijo estará muerto para entonces. —La doctora pareció enfadarse en ese punto, como si no pudieran permitirse el pesimismo ni los malos augurios. Estaba convencido de que ella había tenido que combatir su instinto de reprenderlo por aquellas crudas e infaustas palabras. Él mismo se arrepintió nada más pronunciarlas, pero se cuidó mucho de darle algún indicio a su interlocutora.

—Muchas personas consiguen combatirla por sí mismas hasta que un buen día las membranas desaparecen...

—Como les ocurrió a sus pacientes.

Ella pareció dudar un segundo. Puede que recordara el enfrentamiento del día anterior por aquella prostituta. La doctora asintió, pero siguió la frase allí donde la había dejado:

—Como muy bien podría pasarle a Matthew. —El empeño de la doctora en llamar a su hijo por el nombre de pila le resultaba en suma irritante. Aquella mujer no tenía ni la más remota intención de respetar los protocolos de su clase y, estaba convencido, no era una cuestión de desconocimiento ni de descuido, sino pura arrogancia y terquedad—. El niño está mostrando una resistencia muy prometedora y, además, su vitalidad natural hace de él un candidato perfecto para superar la enfermedad. Incluso ha mostrado una respuesta muy positiva al tónico de angélica.

—¿Y si las membranas siguen creciendo?

—Debemos ponernos —dijo con obstinación— en el mejor de los escenarios, excelencia. No permitiremos que llegue a ese punto.

De aquella conversación —mantenida siete días atrás— había deducido que la doctora era una mujer de orgullo intratable y perseverancia contumaz. No parecía aceptar la posibilidad de un fracaso y, lo tenía que reconocer, eso le resultaba esperanzador.

También se había percatado de su previo interés por las investigaciones médicas referidas a la difteria. Maximilliam llegó a preguntarse si muchos médicos seguirían de cerca los avances clínicos como lo hacía ella. Esa pregunta lo llevó a otra que se había hecho los días previos: ¿Qué doctor hubiera tenido la perspicacia y el temple como para entender lo que le ocurría a Matthew y lograr calmarlo el día que casi se asfixiaba?

Por una vez, quizá había logrado alguna suerte de intervención divina aquel día en el parque, pues, a pesar de su errada decisión de conservar los servicios del doctor Jackson, todo se confabuló para que aquella mujer volviera a sus vidas y estuviera presente en el que —no le cabía duda— fue un momento clave para la supervivencia de su hijo.

Durante las siguientes jornadas, se reforzó su opinión de que era una persona de una persistencia inquebrantable. Su resolución y tenacidad eran incuestionables, no tanto así su trato con el servicio. Carruthers y la galena se habían declarado una silenciosa guerra, y ella tampoco estaba en buenos términos con su cochero personal, pero Maximilliam no entendía muy bien cómo se había establecido esta última relación, puesto que pasaba las horas entre el gabinete y la habitación de Matthew.

Dormía muy poco y lo hacía en los lugares más insospechados. La primera vez, la sorprendió echando una cabezada con la frente apoyada en los brazos sobre la mesa del comedor, al que había ido a merendar a deshoras. Intentó despertarla, pero se le antojó incómodo. Así pues, envió a una doncella.

En una segunda ocasión, le pendía la cabeza de una forma atroz sobre el cuello, en el sillón del gabinete donde pasaba tantas horas. Intentó espabilarla y, al no conseguirlo, optó por tumbarla sobre el sofá que había en la estancia, dado que todo el mundo estaba ya dormido y que ella parecía sumida en el sueño eterno. Ni siquiera se enteró.

Desde entonces ocurrió varias veces más. Si era de día, mandaba a alguien a despertarla. Si había caído la noche, cargaba con ella hasta el primer piso y la soltaba sin mucha ceremonia sobre la cama. Jamás se despertaba.

Matthew parecía haber mejorado con el tónico casero. Las membranas apenas le molestaban, y, cuando lo hacían, la doctora y la enfermera Kerr procedían a rasparlas y a despejar la garganta de su hijo. A pesar de eso, apenas tenía energía para jugar. Lo dejaban levantarse un rato todas las tardes. Extendían una manta sobre el suelo encerado y jugaba con su niñera, que se había negado categóricamente a separarse del niño.

La doctora consintió las visitas por petición expresa del duque, aunque hizo que pareciera que ella había dispuesto las cosas para que el niño tuviera un rato de dispersión cada día. Era bastante testaruda y orgullosa, esa galena.

La gente solía tratar al duque con un tacto a prueba de cualquier tacha. No lo retaban ni lo contradecían con frecuencia. Se dirigían a él con todo el respeto y la deferencia que correspondían a alguien de su rango. Excepto esa mujer.

Suspiró y se llevó la punta de los dedos al puente de la nariz, donde presionó para aliviar la mente, atiborrada de preocupaciones. No dejaba de recordar que, antes de que su hijo contrajese esa horrible enfermedad, su trabajo y determinación habían estado completamente volcados en otra misión de carácter distinto.

Richard no había vuelto del viaje a Gloucester, y Max comenzaba a impacientarse. La pista que le había revelado a él era la única que había logrado en dos años de investigación. Era muy difícil encontrar a alguien por su nombre de pila, sin otras referencias que el cuidadoso estudio de los pasos que dio en vida su difunta esposa. Eso era cuanto tenía. Un nombre y una carta. Tan críptica y anodina como el parpadeo de una debutante. ¿A qué edad la escribió Clarisse? ¿Estaban bien fundadas sus sospechas? La pregunta lo carcomía con la misma fuerza que el primer día. Si Clarisse lo había traicionado, tenía que averiguar hasta qué punto. No podía permitir que nadie tuviera un arma contra él sin saber que le estaban apuntando. ¿Hasta dónde había llegado su traición?

8

Por la mañana del décimo día de su estancia en Breighton Hall, la solicitaron mientras tomaba un desayuno frugal frente a los periódicos que había diseminados sobre la escribanía. Koch había tenido un patinazo bochornoso en el Congreso Internacional de Berlín, lo había leído en el periódico. El médico alemán había anunciado a bombo y platillo una cura contra la tuberculosis, pero acabó desdiciéndose unas semanas después. A Paige le preocupaba que aquel sonado fiasco truncase el trabajo de su laboratorio, que era uno de los pocos que investigaban el bacilo diftérico, junto con la escuela de Pasteur.

Al leer algunos registros del congreso, descubrió un estudio muy prometedor llevado a cabo por uno de los discípulos de Koch. El señor Löffler había sido capaz de demostrar que la bacteria causante de la difteria también se hallaba presente en niños sanos que no llegaban a desarrollar la enfermedad. La noticia consiguió revolverle el estómago hasta tal punto que se vio obligada a expulsar el trozo de tostada que estaba masticando: esa podía ser la clave para encontrar una cura.

Mientras subía al dormitorio de Matthew, rezó para que el prometedor caldo de cultivo que estaban cocinando aquellos eminentes científicos diese pronto sus frutos.

La enfermera Shove había sido contratada para el turno de mañana. Era una joven de veintinueve años, rubia y bonita, con un alma compasiva y una saludable tendencia a sonreír. Le sorprendió, sin embargo, encontrarla muy seria esa mañana.

—Tiene fiebre —anunció.

Paige sintió que un escalofrío le recorría la nuca. El estómago se le retorció un poco más mientras ella se acercaba con pasos lentos a la cama desde la cual Matthew la observaba con expresión ausente.

—Déjeme ver. —No podían ser más que unas décimas, comprobó, pero hasta el momento el niño no había manifestado ninguna subida de temperatura—. ¿Cómo te sientes, Matthew?

—Cansado, doctora Paige —musitó en voz baja.

—Está bien. No te preocupes, tengo una infusión de corteza de arce que te hará sentir mejor. Señora Shove...

—Enseguida mandaré que la preparen, doctora. ¿Se queda con él?

—Sí —afirmó con una sonrisa dirigida al pequeño—. Este jovencito marqués y yo vamos a pasar un ratito charlando; esperaremos aquí a que nos traiga una rica infusión para ambos.

Paige había adquirido la costumbre de tomarse una taza de té cuando Matthew tenía que tomar algún tónico o tisana. Ya había comprobado con otros niños que estos eran más receptivos a tomar sus medicinas si veían que alguien los acompañaba; con el hijo del duque no era distinto.

—¿Has tenido alguna vez un ratón, Matthew? —le preguntó mientras se acomodaba a su lado en la cama.

—¿Un ratón? —preguntó con asombro sin variar la postura, tendido en los almohadones, pero con toda su atención puesta en la cara de Paige.

—Eso he dicho. Un ratón. Una mascota.

—Los ratones no son mascotas —rio el niño con aquella seguridad tan despreocupada de la infancia.

—Ah, pues yo siempre tenía ratones como mascotas cuando era pequeña —afirmó muy seria.

—¿De verdad? ¿Y su padre le dejaba tener un ratón en casa? —De pronto frunció el ceño—. Papá no me dejaría.

—¿Se lo has preguntado?

El niño negó con la cabeza, pensativo. Se volvió un poco hacia ella y la miró, como si estuviera evaluando su credibilidad. ¡Adorable criatura!

—¿Y para qué quería un ratón como mascota?

—Pues porque eran encantadores. Gustave fue mi favorito.

—¿Gustaaaaaveee? —Rio de nuevo.

—Ah, ¿no te lo he dicho? Todos mis ratones eran franceses. —Aquello empezó a resultar divertido. Matthew se debatía entre el entusiasmo y la incredulidad.

—¿Todos venían de Francia? —No era exactamente ese el concepto, pero Paige asintió. No se les podían complicar mucho las historias a los niños o perdían el hilo principal—. ¿Y cuántos tenía?

—Bueno, nunca más de uno o dos en cada ocasión. Los rescataba de la calle, ¿sabes? Cuando eran muy pequeñitos. —Con los años, Paige entendió que sus heroicos rescates de ratoncitos no eran tan épicos. Los ratones vagaban por las calles, y el hecho de que estuvieran solos no significaba que no tuvieran una mamá o que se hubieran perdido. Ella siempre había proclamado que se trataba de criaturas desamparadas, pero nada más allá de la realidad—. Si tenían alguna herida o alguna patita mala se las curaba y después, cuando se hacían grandes, los soltaba.

—Entonces ¿ya no tiene ninguno? —preguntó con evidente decepción.

—No, Matthew. Hace muchos años que dejé de rescatarlos.

—¿Y ahora quién cuida de ellos?

La lógica de los niños resultaba tan maravillosa, tan compasiva y curiosa... A Paige le fascinaba la mente de Matthew, sus inteligentes preguntas, sus locuaces conversaciones. Era un niño con el que se podía pasar horas hablando; no dejaba de sorprenderla.

—No te preocupes, Matt. Sé de buena tinta que los niños de mi barrio cuidan de ellos a las mil maravillas. Es algo que solo se puede hacer de niño, ¿sabes? No estaría bien visto que un adulto fuera por la calle con un ratón como mascota. ¿Te lo imaginas? ¿Imaginas a Carruthers andando por la gran avenida con un ratón en el hombro?

El niño se echó a reír, y a Paige se le encogió el corazón al oír el sonido ronco y laríngeo que le provocaban las membranas. Esa tarde, cuando le bajase un poco la fiebre, tendría que volver a raspárselas. Odiaba tener que hacerlo, era angustioso para él. ¿No iban a desaparecer nunca?

En cuanto entró la enfermera Shove con la tisana, se la bebieron en silencio, aunque la de Paige era un delicioso té de bergamota. Había jurado no acomodarse a los lujos de la vida ducal, pero admitió también que los manjares de su actual residencia no podían ser evitados sin pasar por ridícula, así que tomaba todas las exquisiteces que le ofrecían, aunque nunca pedía nada fuera del menú que preparase la cocinera.

Al cabo de media hora, Paige volvió a su puesto delante de los libros, pero en lugar de sentarse en el sillón frente a la escribanía se dejó caer en el mullido sofá que a veces cumplía la función de cama para una pequeña cabezadita.

Fiebre. Era la primera vez que hacía acto de presencia. Dada la dificultad de que el niño se enfriase en aquella casa, debía de tener un origen infeccioso. Quizá las membranas alcanzaban una profundidad en la garganta que ella no lograba ver, pero en tal caso los accesos de tos serían más frecuentes. Se trataba de unas décimas, se dijo, pero podrían ser el preludio de algo peor. Y ella seguía tan perdida como el primer día.

—¿Se encuentra bien, señorita Clearington? —Era Portland, el secretario. Una de las pocas personas que no la juzgaba ni la martirizaba con miradas de superioridad.

—Bastante bien, Portland —respondió con todo el convencimiento.

—Tiene un semblante preocupado, sin embargo.

—Vaya, ¿tan transparente soy?

—No es eso, pero supongo que la he pillado distraída y he creído verla un poco afligida. ¿Me equivoco?

—No del todo —reconoció—. No hay motivos para alarmarse, en realidad, pero el joven Matthew ha tenido unas décimas de fiebre y cualquier cambio en su estado siempre me preocupa.

—Vaya, lamento oír eso. Espero que no sea nada. Nuestro Matthew ha demostrado ser un joven bastante fuerte frente a la enfermedad. La señora Vinson dice que la mantiene a raya.

—Y así es. Le aseguro que es la primera vez que un paciente consigue sostener durante tanto tiempo el periodo inicial de la difteria. Ojalá no pase de aquí. Aun así, no puedo evitar preocuparme cada vez que se produce algún incidente. Gracias por su amabilidad y por fijarse en mi desasosiego.

—Soy muy observador.

—Sí —repuso ella con una sonrisa amistosa—, ya he reparado en ello.

—No pretendo coquetear, doctora, pero habrá notado también que siento... una gran admiración por usted.

Paige sintió una incomodidad tremenda que, por suerte, no tuvo que manifestar, pues Portland la sacó rápidamente de su error:

—Por eso no tomo en vano sus teorías y consejos. He estado observando la casa y una de las doncellas ha dejado de trabajar para nosotros —anunció con una mirada cargada de intención.

—¿Cómo dice?

—La señora Vinson debería haberlo detectado, o Carruthers, pero una de las chicas ha estado justificando las ausencias de otra criada, la que se encargaba de las habitaciones de lord Willonshire.

—La doncella que limpia la habitación de Matthew está enferma de difteria. ¿Es eso lo que trata de decirme?

—He interrogado a la chica que la ha estado encubriendo, y me ha explicado que la madre de Cinthya estuvo enferma de neumonía. Luego, ella envió una nota diciendo que la habría contraído y que, por favor, la cubriese durante unos días.

—Pero podría no ser neumonía...

—Yo no creo que lo fuese —coincidió Portland.

Paige se levantó de un brinco del sofá, imbuida de una euforia instantánea. El secretario se acercó un paso y le tomó una mano.

—Eso sería bueno, ¿verdad? —preguntó esperanzado—. Conocer el motivo del contagio.

—Sí, claro, aunque lo verdaderamente útil habría sido detectarlo antes de un posible contagio —confirmó ella, aún en medio de una nebulosa compresión—. Averigüe dónde vive esa chica.

—Ya tengo su dirección —contestó Portland, al tiempo que le tendía una nota, con aquella sonrisa de compañerismo de quien se ha adelantado a los deseos inexpresados de su cómplice.

Un observador aleatorio podría haber interpretado el modo en que se miraban —o el hecho de que se sostuvieran las manos— como el síntoma de un romance. Cualquiera que los conociera a ambos, sin embargo, convendría en que tal cosa era un disparate de proporciones épicas. Cualquiera menos la persona que, precisamente, los encontró.

Carruthers carraspeó y los miró con patente desprecio.

—He de decir que no me sorprende de usted, señorita Clearington; pero, por el amor de Dios, Portland, usted lleva años trabajando al servicio de Su Excelencia...

—Carruthers, ¿cómo es que no ha notado la ausencia de Cinthya Foggo? —atacó Portland sin ningún preámbulo.

—¿Ausencia, dice? No sé de qué me está hablando, y no crea que va a distraerme con sus...

—Es el deber de un mayordomo —insistió Portland—, corríjame si me equivoco, supervisar hasta el último de los sirvientes.

—Oh, no lo superviso a usted. Créame que si lo hiciera...

—Y, sin embargo, la criada que probablemente ha contagiado a su señor de difteria ha desaparecido de esta casa, y usted ni se ha dado cuenta.

Carruthers, que no se esperaba tal anuncio, empalideció con sorprendente rapidez. El hombre incluso dio un imperceptible paso atrás, con los ojos agrandados por el estupor.

No podía negar —ni tampoco tenía la intención— que estaba disfrutando con el rapapolvo que Portland le estaba brindando al mayordomo. De todas las personas que habitaban entre aquellas cuatro paredes, era quien más iniquidad había mostrado siempre hacia ella. Por algún motivo, que no llegaba a comprender, se sentía licitado para mirarla por encima del hombro.

Estaba bastante cansada, a esas alturas, del tono solapado que siempre empleaba con ella, de modo que se cruzó de brazos y le dirigió su sonrisa más ladina. Aunque el escarmiento se lo estaba dando Portland, lo asumió como suyo y lo disfrutó. Hasta que llegó el duque.

—Portland —tronó—, está usted empeñado en que sea yo quien deba buscarlo día y noche por toda la casa. Ya debería haber entendido que el modo de proceder es justo el contrario. Necesito esa orden del ministerio.

Hasta el momento, Paige había sido testigo del frío comportamiento del duque, pero nunca le había oído levantar el tono de voz.

—Lo lamento, su excelencia. Estábamos resolviendo una cuestión de tremenda importancia...

—Del todo incierto —interrumpió el mayordomo, bastante repuesto de la impresión que se acababa de llevar. No en vano había vuelto a desenfundar su lengua viperina—. No dicen más que insensateces para intentar ocultar lo que estaban haciendo aquí, excelencia.

—Es usted un bruto ignorante —respondió Portland con desagrado.

—Señores... —Paige intentó hacer de mediadora con el fin de acabar con aquella discusión, pero parecían desoírla con bastante éxito.

—Y usted, un desleal impenitente. —El rostro cetrino del mayordomo iba adquiriendo un color bastante subido y desagradable—. Los he pillado en una situación bastante indecorosa, excelencia.

—Eso es una burda mentira —chilló Paige ofendida.

No se podía creer que aquel hombre encerrara tal mezquindad y tanto afán por desprestigiarla.

—¡Basta! —interrumpió Breighton furibundo—. Me tienen sin cuidado sus enredos y lo que hagan en sus ratos libres, pero si vuelvo a oír una voz más alta que otra voy a ponerlos a los tres de patitas en la calle. ¿Me han entendido?

Paige se sentía muy ofendida por las maquinaciones de Carruthers y porque había intentado desviar la atención aludiendo a una supuesta intimidad entre ella y el secretario del duque, pero no dejó que su rabia le nublara el entendimiento. Había algo que tenían que hacer, y era contar la verdad:

—Excelencia. —El modo en que la miró Breighton en ese momento le hizo comprender por qué se había ganado el temor de todo ser viviente en aquella casa. Podría congelar el infierno con esa mirada—. Le suplico que escuche lo que Portland ha descubierto sobre Matthew.

Esas, sin duda, eran las palabras más adecuadas para captar la atención del duque, como se comprobó.

—Portland —exigió entonces, aunque todavía miraba al grupo con desaprobación.

—Una de nuestras criadas dejó de asistir al trabajo hace dos semanas, excelencia. No lo hemos notado porque se trata de una joven criada, y una de sus compañeras la ha estado cubriendo durante estos días. El caso es que la doctora Clearington y yo sospechamos que podría haber contraído difteria... antes que Su Excelencia.

El duque no pareció impresionado por la noticia; o al menos no tanto como Carruthers en su momento, o ella misma. Claro, debía tenerse en cuenta que aquel hombre parecía tallado en mármol, tanto por dentro como por fuera. Ni una breve corrección de su postura, ni un solo atisbo de emoción en la hosquedad de su rostro.

—¿Es eso cierto, doctora?

—Es muy posible, su excelencia. Al parecer, la chica asegura padecer neumonía, y es fácil confundir sus síntomas con los de una difteria. Según nos cuenta la otra criada, la madre de la chica la sufrió antes que ella y podría haberla contagiado. Pero, dados los acontecimientos, la conclusión más lógica es que hayan confundido una cosa con la otra.

—¿Y cómo ha podido contagiar una criada a mi hijo?

—Era la encargada de limpiar las habitaciones del joven Matthew. Basta con que haya tosido sobre las almohadas para que...

—Entiendo —la cortó tajante—. Y en lugar de advertir de su enfermedad, se ocultó y permitió que otros se contagiasen, que mi hijo se contagiase.

—No creo que fuese consciente de portar una enfermedad tan grave, excelencia. Ella ni siquiera se habrá enterado de que ha contagiado a lord Willonshire.

—Pero la joven que la ha estado protegiendo sí que sabe lo que ha ocurrido —sentenció con un tono acerado que puso a Paige los vellos de punta—. Quiero que la traigan ante mí. De inmediato.

—Excelencia —terció Portland—, entiendo que quiera depurar responsabilidades, pero esas chicas...

—Esa joven sabe que mi hijo ha enfermado —bramó—. Hay una criada que ha dejado de venir porque está enferma y no lo ha comunicado. Cualquier estúpida relacionaría ambas cosas.

—A lo peor teme perder su puesto de trabajo si habla —propuso Paige.

—Desde luego que va a perderlo.

—¿Y de qué le servirá? —Paige sentía la tremenda urgencia de proteger a aquellas chicas. Por lo que había visto, la mayoría de las criadas de bajo rango apenas contaban más de catorce o quince años. Eran prácticamente niñas indefensas—. ¿Eso ayudará a que Matthew se cure? ¿Podría haberlo evitado? Su silencio no significa nada, porque nada obtenemos de saber quién lo ha contagiado. Nuestro modo de proceder sigue siendo el mismo.

Al tiempo que lo decía, apretó la nota que le había dado Portland y que guardaba en el bolsillo del vestido. En realidad, sí que podía tener alguna importancia.

—¿Acaso tenemos un modo de proceder? —Ahora toda la ira del duque se dirigía hacia ella; por mucho que le pesara ser la receptora de aquella voz glacial y de sus penetrantes ojos verdes, haría lo posible por no perjudicar más a las muchachas—. Me encantaría conocerlo, porque hasta ahora no ha hecho otra cosa que leer y leer, sin resultados aparentes.

La afirmación, además de injusta, era dolosa, pues sus cuidados estaban procurando una ralentización del proceso habitual del crup. Todos los pacientes que había tratado en sus muchos años de experiencia, tanto de ayudante de su padre como de doctora, sucumbieron con mucha rapidez a la enfermedad o se curaron milagrosamente sin mediar otra intervención que la divina.

Paige había renunciado a que el caso de Matthew fuera uno de esos últimos, pues las membranas proliferaban sin control y los síntomas no hacían más que aumentar; pero era innegable que los tónicos que ella le daba y la escrupulosa higiene impuesta en el dormitorio consiguieron prolongar el periodo de incubación.

Sin embargo, nada podía alegar contra las duras palabras del duque, pues fue ella misma quien había intentado dirigir la ira del aristócrata en otra dirección. Sin más alternativa, Paige agachó la cabeza con aire contrito.

—Le juro que hago todo lo que está en mis manos, excelencia —murmuró.

El mayordomo, que había tenido la perspicacia de mantenerse al margen durante los últimos minutos, bufó ante su disculpa, por lo que a Paige le entraron unas ganas poderosas de lanzarle algún objeto contundente a la cabeza.

—Sí, lo hace —respondió el duque con un suspiro resignado, sorprendiéndolos a todos—. No crea que no soy consciente de las pocas horas que duerme, doctora. Siento haber puesto en duda su entrega. En cuanto a la chica, acepto su argumento. En nada puede ayudarnos ahora esa muchacha. Carruthers, encárguese de despedirla con una carta de recomendación. No la quiero trabajando aquí, ni que mis empleados crean que me pueden ocultar cosas trascendentales para conservar el puesto. En cuanto a ustedes tres, no toleraré ni escándalos ni salidas de tono en esta casa. Compórtense.

Paige no habría sido capaz de contestar aunque el duque hubiera aguardado una respuesta, pero evidentemente no era esa su intención, pues salió nada más pronunciar aquellas palabras. Su cambio de actitud fue tan chocante que ella todavía seguía asimilándolo cuando Breighton pidió a un lacayo que le llevara el abrigo y el paraguas. Amenazaba lluvia.

Aquel comportamiento errático la desconcertaba. Los cambios de humor del duque casi siempre estaban motivados por un cierto razonamiento, como el que acababan de discutir; pero, aun así, siempre la dejaban con la amarga sensación de ser la responsable de algunos de ellos.

9

Cuando vio los crespones en ambas ventanas del número 14 de Isver Street, se le cayó el alma a los pies. La seguridad de lo que iba a encontrar tras aquella puerta era descorazonadora; pero si había llegado hasta allí, entraría y descubriría todo cuanto pudiera sobre el destino de la sirvienta que había contagiado a Matthew. Sintió un agradecimiento insano por el hecho de no haber compartido con Breighton su intención de visitar a esa familia, pues sería devastador tener que volver con tan mal augurio.

Ordenó a sus pies que llegaran hasta la entrada, a pesar de que parecían bañados en plomo, y llamó a la puerta. El señor Foggo le contó que tanto su esposa como su hija habían sucumbido al crup, pero que nadie más había resultado contagiado; ni él ni sus otros seis hijos. Paige suspiró con cierto alivio por aquella familia que ya había sufrido suficiente y le explicó cuál era el motivo de su visita. El hombre empalideció de tal manera que Paige temió que perdiera el conocimiento. Comenzó a hiperventilar, con los ojos desencajados de terror.

—Santo Dios —gemía—. Santo Dios. El..., el hijo... Santo Dios.

—Tranquilo, señor Foggo. Nadie culpa a su hija. No tiene por qué...

—Nos encarcelarán... Nos...

—¡No! ¡No, claro que no! Por favor, no se altere. Le prometo que nada de eso ocurrirá.

—El duque...

—Señor Foggo, cálmese. Él ni siquiera sabe que he venido. No se lo diré. —Los desquiciados ojos del hombre por fin se posaron en ella—. Se lo juro. Nunca le diré que he estado aquí.

Tras unos minutos más en que trató de calmar al señor Foggo, Paige se fue de aquel lugar, no sin antes recomendarle que se deshicieran de toda la ropa de cama y de los utensilios que hubieran estado en contacto con las enfermas. También le dejó la dirección de su padre por si alguien más enfermaba.

Caminó por las calles durante horas, desmoralizada, sin encontrar ningún argumento que calmara la inquietud de su pecho. A la postre, descubrió que sus pasos la habían llevado a un lugar que se había prometido no pisar.

La casa del barón Hooksten le pareció la de una familia venida a menos. Era suntuosa, o lo había sido, pero lucía un aspecto un tanto abandonado.

No se imaginaba qué podía hacer ella allí. Desechaba la posibilidad de entrar y preguntar. No tenía motivos para hacerlo, ni siquiera conocía a sus habitantes. La tomarían por una loca.

Sin embargo, necesitaba saber. Se había preguntado sobre eso numerosas veces. Y si las respuestas eran las que imaginaba... Entonces, lo mejor era saberlo cuanto antes y poder añadirlo a la suma de desastres de aquel día.

Apoyó la mano sobre la puerta baja de forja que daba paso al jardín delantero, y allí se quedó. Cerró los ojos con fuerza y maldijo en silencio. Ni siquiera tenía un plan de actuación. ¡Ni siquiera sabía el nombre de ella!

—Señora, ¿se encuentra bien? —Una jovencita con acento *cockney* y cofia de criada la miraba expectante; iba cargada con un par de sacas que contenían verduras y barras de pan.

—Sí —respondió de forma automática—. Sí, por supuesto. Solo es... ¡mi tobillo! —Mentía fatal, desde siempre, pero la chiquilla no pareció desconfiar—. Me lo torcí ayer y a ratos aún me duele.

—Oh, vaya, señora, lamento oír eso.

Paige volvió la mirada hacia la fachada de piedra.

—¿Trabaja usted para el barón? —preguntó, siguiendo su intuición.

—Sí, señora, ¿viene usted de visita?

En realidad no. No alegaría semejante cosa, pues no podía explicar los motivos que la habían llevado hasta allí, pero quizá no fuese necesario atravesar la verja. Quizá todo lo que necesitaba lo tenía delante.

—Oh, bueno, verá. No estoy muy segura.

Ante tal respuesta, la joven frunció el ceño. Era bonita. De pelo castaño y lustroso, ojos almendrados de color miel y nariz ancha, chata. Tenía un aspecto lozano y alegre.

—No entiendo...

—Es que... —Acompañó su dubitativo discurso de una mirada anhelante hacia la casa—. Hace algunos años conocí a la hija del barón, en un baile.

Paige sabía que estaba pisando puro lodo. No tenía ni la más remota idea de la edad de la joven, ni de si había sido presentada en sociedad —aunque suponía que sí, puesto que sus padres pensaban comprometerla—, y, lo que era aún peor, ni siquiera conocía el intervalo de tiempo transcurrido desde que su padre la atendió por aquella horrible operación.

—Nos hicimos bastante amigas, y la visité en varias ocasiones. —Como la muchacha no daba muestras de desconfianza ni extrañeza, siguió con su historia, intentando ser lo más ambigua posible—. Pero después, un día me dijeron que había enfermado y, aunque pregunté, nunca volví a saber de ella. He tratado de visitarla otras veces, pero... no me atrevo a indagar más.

Ahora la chica había empezado a mirarla con un nuevo interés. Giró la cabeza a ambos lados para comprobar —imaginó— si alguien las observaba.

—¿Y por qué querría indagar?

Estaba tan nerviosa que casi le temblaban las piernas. Jamás había mentido tan flagrantemente, ni era amiga de intrigas; de modo que se sentía fuera de su elemento. Pero la chica no parecía desconfiada, sino curiosa. Paige aventuró que era demasiado joven para haber estado empleada en la casa cuando ocurrieron los hechos, pero quizá había oído algo. Paige apostaría su estetoscopio a que tenía el cotilleo en la sangre. Puso en práctica su vena más teatrera y se dejó llevar por la improvisación.

—Era una muchacha muy dulce, muy tímida, recuerdo. Y ella... sufría tanto... Yo... quise ayudarla. Quise... —Sacó un pañuelo del bolsillo de su abrigo y se lo llevó al lagrimal, aunque no había ni rastro de humedad allí—. Cuando pregunté por ella, me pareció que no me lo estaban contando todo. He estado terriblemente preocupada.

Había compasión en ese rostro redondeado y jovial. Paige casi la tenía. De nuevo, se volvió hacia la mansión.

—Debería ser más valiente. Debería entrar ahí y exigir verla.

—Ella no está ahí.

Aquello realmente le dolió. El tono de la criada era tan solemne, tan definitivo, que temió el peor de los desenlaces. Permaneció muda, con los ojos suplicantes pendidos de la muchacha, que, de pronto, esbozó una ligera sonrisa.

—Yo tenía diez años. —Ahora tendría unos catorce—. Mi hermana ya trabajaba aquí. Me contó que se llevaron a la señorita Lucie al campo y que fingieron que se había vuelto loca.

—Dios mío. —El horror de Paige era muy real. No necesitó fingirlo.

—Pero él la rescató —dijo con una sonrisa soñadora.

—¿Qué? —preguntó confundida—. ¿Él?

—James, el cochero. Fue a por ella y se fugaron juntos.

Los ojos de Paige se llenaron de lágrimas, y una sensación cálida y hermosa se vertió por todo su cuerpo. Sintió que se le encogía el pecho por una inexplicable emoción y no pudo evitar un pequeño sollozo. «¡James! ¡El cochero! ¡Su enamorado! Él la rescató», se emocionó para sus adentros.

Sin pensar en lo que hacía, Paige abrazó a la muchacha, quien dejó caer la compra que portaba.

—¡Señora! —gritó molesta.

—Oh, perdóneme. —La soltó y la ayudó a recoger las cosas que habían caído—. Es que... casi no puedo creerlo. ¿Cuánto hace de eso?

—Tres años, señora.

—¿Y nadie sabe dónde están o si están bien?

La chiquilla empezaba a desconfiar, la miraba de medio lado; aun así, contestó:

—James escribió unos meses después diciendo que iban a huir de Inglaterra y que la señorita Lucie se estaba recuperando. A él lo acusaron de secuestro, ¿sabe usted? Nunca más supimos de ellos.

—Oh, querida, no sabe la alegría tan inmensa que acaba de proporcionarme. Lucie... —musitó para sí misma.

Una joven que había padecido un horror inimaginable a manos de su propia familia. Una chica tan valiente y osada que rechazó traicionar a su amor y refutó casarse con alguien a quien no quería; hasta el punto de ser tachada de histérica, de loca, hasta el punto de ser mutilada. Pero ella había sobrevivido. Su amor la había rescatado y, probablemente —ojalá—, ahora tenía una vida feliz.

—Gracias. Muchas gracias por contármelo. Tiene mi eterno agradecimiento.

Se despidió de ella con lágrimas en los ojos, que siguieron brotando y brotando sin parar por el dolor de la muerte de Cinthya Foggo y su madre, pero también por la esperanza puesta en Lucie y su amado. Lloró de camino a Breighton Hall. Lloró por todas las injusticias que nunca podría arreglar y por todas las personas buenas que sufrían a causa de ellas. Lloró también por las personas valientes, por los cocheros de ese maltrecho mundo que se atrevían a amar a quienes no debían y a rescatarlas del horror.

Maximilliam salió a dar un paseo bien temprano esa mañana, después de una noche infernal. Fiebre. Matthew tenía fiebre. Solo eran unas décimas, le habían asegurado; algo de lo más esperable, dado el avance de la enfermedad. La galena y la enfermera Shove se lo habían comunicado con absoluta serenidad y confianza. Sin embargo, la preocupación no le había permitido dormir.

Pensó que una caminata lo ayudaría a despejar la mente, pero no funcionó en absoluto, pues de vuelta a casa sus pasos eran tan nerviosos y tensos como cuando salió.

Las preocupaciones de siempre no abandonaban su cabeza, y se le sumaban otras nuevas. ¿Dónde se escondía el confidente de Clarisse? ¿Dónde se había metido Richard? ¿Había empeorado Matthew? ¿Lograrían curarlo? ¿Estaba su secretario coqueteando con la doctora? O, peor aún, ¿mantenían un *affaire* bajo su techo? Pero Portland no era el tipo de hombre traicionero e irresponsable. Y, sinceramente, la doctora no parecía alguien capaz de dejarse arrastrar por las pasiones. «Tampoco sería tan relevante —se dijo—, siempre que no descuidara su atención hacia Matthew.»

No. No podía ser tan magnánimo. No consentiría ese tipo de tratos en su casa. En cuanto se encontrara con alguno de ellos lo dejaría bien claro.

Sin embargo, cuando llegó al comedor a una hora muy temprana de la mañana y vio allí a la doctora Clearington con la misma expresión insomne que debía de presentar él y estirando los brazos de un modo muy poco femenino por encima de la cabeza, solo fue capaz de decirle:

—¿Le apetecería una carrera por Rotten Row?

Media hora después aún se preguntaba de dónde había salido aquella pregunta y qué locura lo había llevado a proponer a la doctora una carrera de caballos por Hyde Park en aquella intempestiva hora. Aunque la respuesta era muy sencilla, en realidad: ella parecía necesitarlo.

En vez de lucir como una jovenzuela que flirtea con secretarios y desatiende sus obligaciones, parecía una niña desvalida que cargara con todo el peso del mundo sobre los hombros, como una suerte de Atlas con gafas y curvas.

Las semilunas oscuras bajo los ojos hinchados, la tristeza inherente de su expresión y el modo tan silencioso y solemne de mirarlo cuando entró en el comedor le parecieron señales inequívocas de que la doctora había pasado tan mala noche como él. Así que le ofreció la vía de escape que más lo ayudaba en los momentos difíciles.

Pasearon en silencio hasta el parque, sumidos en la niebla matutina, con el único sonido de los cascos de los caballos contra el empedrado. Era una melodía rítmica y tranquilizadora, que consiguió aligerar su ánimo de un modo notable. Nunca se había fijado en que le hubiera ocurrido con anterioridad, pero el corazón le parecía más liviano y la compañía silente de la doctora le resultaba agradable. Le proporcionaba un solaz inesperado.

Cierto era también que, lejos de lo que pensaban muchos de sus conocidos, él gustaba del lóbrego clima inglés. No llegaría a comprender nunca por qué todo el mundo tenía la molesta costumbre de relacionar un cielo nublado o un día lluvioso con el abatimiento. No eran más que bobadas.

Cuando llegaron a Rotten Row, el parque estaba desierto, pero no era extraño, teniendo en cuenta lo desapacible del día y lo temprano de la hora.

Maximilliam la condujo hasta el cruce con Kensington Road y señaló hacia la nada. En aquel momento no lograban ver más de unos palmos por delante de sus narices.

—Tendremos que estar muy alerta. Cualquiera podría salirnos al paso en medio de la niebla. El primero que llegue a Hyde Park Corner habrá ganado.

—¿Vamos a competir? —preguntó ella con las cejas enarcadas.

—Hasta donde abarca mi conocimiento, en eso consiste una

carrera, señorita Clearington —le explicó—. Creía haberme expresado con claridad.

—Lo hizo, excelencia —respondió con un matiz resignado en la voz—. Lo hizo.

En ese instante, ella se quitó las gafas y las introdujo en el ridículo que le colgaba de la muñeca. Se había puesto unos guantes púrpuras que le empequeñecían aún más las manos. Y cuando elevó la cabeza para hablar, Maximilliam se sorprendió al notar un fuerte pálpito en el pecho.

No había esperado que sus ojos fueran... así. Tenían una tonalidad imprecisa, entre castaños y verdes. Eran más redondos que almendrados y bordeados por un tupido cepillo de pestañas. Sin las gafas, aportaban a su redondeado rostro un aspecto juvenil y risueño, algo a lo que contribuía también la nariz respingona.

Se fijó entonces en que ella se mordía el extremo derecho del labio inferior, del mismo modo que cuando leía concentrada; tenían una tonalidad pálida, casi del mismo matiz de la piel, aunque de ninguna manera se podían confundir debido al abultado perfil, sobre todo en el superior. En conjunto, había que concluir que tenía un aspecto notable.

—Entonces, bien —dijo incómodo—. ¿Vamos a correr?

Su caballo también ansiaba el comienzo de la competición. Reconocía el entorno con todos sus sentidos y sabía lo que solía ocurrir en aquella calle. Corcoveaba y relinchaba con nerviosismo. Max se dijo que también estaba consiguiendo ponerle nervioso a él.

—Ya lo creo, excelencia —alegó ella con una media sonrisa.

—Hasta el *corner*.

—El primero en llegar, gana.

—¿Preparada? Tres, dos, uno... ¡Ya!

Maximilliam azuzó a Killiam II y se lanzó a la carrera. Recorrió las primeras yardas con euforia; hacía semanas que no disfrutaba de un paseo matutino como ese, aunque, en realidad, ese era distinto de todos cuantos había dado. Sintió el poderoso movimiento de su montura bajo los muslos, cada impacto contra la tierra, la tensión de los brazos sobre las riendas. Y el fabuloso rocío suspendido en el aire, que le empapaba la cara. Llenó los pulmones y contuvo el deseo de lanzar un alarido de euforia. «¡Qué glorioso desahogo!», pensó.

El sonido de los cascos de la yegua zaina que había prestado a la galena le indicó la proximidad de su contrincante e, intrigado por sus dotes de amazona, se rezagó lo justo para verla acercarse. Max pensó de inmediato que más le hubiera valido no hacer semejante tontería.

Paige Clearington, doctora en medicina, eclosionó ante sus ojos y lo pilló por sorpresa. Maximilliam no podía dejar de mirarla mientras ella se inclinaba sobre su montura y le tomaba la delantera entre gritos risueños. ¿Gritos risueños? ¿Paige Clearington? Pues sí. Allí estaban.

Ofrecía una imagen gloriosa, a pesar de la ausencia de luz de aquella mañana y de la propia sencillez que ella emanaba.

El atuendo de la doctora era adecuado, aunque soso. No estaba acostumbrado a esa sencillez. Las mujeres con las que había paseado por aquel parque solían vestir elegantes y sofisticados trajes de montar con vistosos sombreros emplumados y enjoyados hasta por debajo de la copa. Sin embargo, ella lucía un traje bastante adusto, de un lila oscuro, y su sombrero era de una sencillez aburrida. Claro que no estaban paseando, sino compitiendo. Y ella le llevaba ventaja.

Espoleó a su caballo con un toque de fusta, ajustó las rodillas a los flancos y se lanzó a perseguirla. En pocos segundos se había puesto en cabeza, y en unos pocos más se declaró vencedor de la carrera, aunque la galena le llegó a la zaga.

Ella aún reía y resollaba por el saludable ejercicio, y sus ojos todavía parecían iluminar el normalmente anodino rostro, mientras su yegua cabeceaba, molesta por la interrupción del galope. Max no le devolvió la sonrisa, pero tampoco pudo apartar los ojos de ella. Tan dilatado debió de ser su escrutinio que la joven dejó desvanecer poco a poco la alegría y se puso a atusar la crin a su montura, desviando aquellos ojos llenos de embrujo.

—Es... vigorizante —dijo, pasado un momento.

—¿Le gusta montar, señorita Clearington? —Max casi se atragantó al oírse, pero contuvo cualquier demostración.

—Aprendí de pequeña, pero tengo pocas ocasiones de salir —explicó ella, ignorante por completo de la analogía—, y desde luego no se me ocurriría arriesgarme a una carrera por Rotten Row. Pero reconozco que es un ejercicio revitalizante. Podría hacer esto a diario.

Max se reprendió a sí mismo por la imagen que había estado a punto de materializarse en su mente. ¿A qué venía eso?

—No creo que podamos permitirnos ese lujo. Al menos, yo no.

—No, claro. No me refería a...

—Debemos regresar ya. Pronto se llenará el parque de jinetes.

—Por supuesto —respondió ella con expresión contrita—. Sí, desde luego.

Retomaron el camino de vuelta en absoluto silencio. Sabía que podía haber resultado un poco brusco, pero en verdad deseaba volver a casa. Era perentorio, pensó, que la doctora volviera a cubrirse con sus gafas y su aburrimiento lo antes posible.

Paige pasó el resto del día evitando al duque de Breighton. No lograba comprender qué había pasado esa mañana en el parque; las sensaciones tan extrañas que había sentido cuando, al terminar la carrera, él la había mirado de ese modo tan intenso.

A Paige le asustaba incluso recordar el estremecimiento tan perturbador que la había recorrido ante el escrutinio de sus ducales ojos verdes. Pero lo peor de todo era que esa especie de descubrimiento solo venía a redundar en emociones que ya sentía en los últimos días.

¡Era cuanto le faltaba! Como si no fuera suficiente incómodo vivir en aquella casa en la que no debería hospedarse y en la que encontraba tantas miradas desconfiadas y desdeñosas.

La mayor parte de los días parecía que las paredes de la mansión se cernían sobre ella, y odiaba los sentimientos que eso le ocasionaba. Desde que había llegado a Breighton Hall, Paige padecía una inseguridad que le era totalmente impropia. Constantemente se percibía a sí misma como una criatura temerosa y torpe. Sabía que todos sus movimientos y opiniones eran observados y juzgados por cada habitante de la casa, de modo que a cada paso se encontraba justificando sus decisiones.

Antes de la escapada al parque, habría asegurado que el duque era su mejor aliado en Breighton Hall, pues era el único que no utilizaba ninguno de esos registros con ella; no había ni desdén ni recelo en sus penetrantes ojos verdes, aunque no por ello sus miradas resultaran menos demoledoras. Las del duque parecían cuestionar su mismo derecho a respirar.

Sin embargo, Paige sospechaba que no se trataba de algo que manifestara contra ella en particular. La actitud de ese hombre era una constante inmutable, algo que había desarrollado, tal y como le había contado Andrew, una vez que murió su esposa.

El duque de Breighton era frío, distante e imperturbable.

Era como si ella, la convalecencia de Matthew y el propio niño fueran mecánicas tareas rutinarias que tenía que resolver. Él mediaba en todas las decisiones de aquella casa y, aunque había logrado que la escuchase con atención y le mostrase consideración, parecía que los acontecimientos nunca llegasen a traspasar su rígida piel.

Esa yerta existencia la contrariaba, aunque a veces vislumbraba breves gestos y miradas que le hacían mantener la esperanza; como el que había tenido lugar esa mañana en Rotten Row.

¿Esperanza?

«No tienes motivos para esperar nada, boba», se dijo.

Pero lo cierto era que le entristecía la seriedad del duque, porque ella intuía ternura y humor en sus ojos y le gustaba pensar que había un modo de sacarlos de allí.

Echó hacia atrás la cabeza y cerró los suyos, que sentía irritados después de largas horas revisando los tratados de medicina. Rememoró las pocas ocasiones en que había percibido algún retazo de Su Excelencia que apoyase esa teoría:

Le sonreía a Matthew. Cuando estaba con el niño se mostraba más afable y enarbolaba aquellas exiguas sonrisas que ni siquiera dejaban ver sus perfectos y blancos dientes. También cuando le farfullaba a su ayuda de cámara por las extravagancias de su vestuario. Pilsey era bastante socarrón y conseguía sacarle a Breighton algunos destellos de humor. Oh, cómo olvidarlo, cuando ella lo llamaba «su gracia»; podía jurar que era fuego lo que se encendía en su mirada cuando a Paige le salía el genio y utilizaba ese tratamiento que, al parecer, tanto lo irritaba.

¿Qué tal se vería en su cara una combinación de la ternura que mostraba por Matthew, el humor que exhibía con Pilsey y la pasión que emergía cuando ella lo retaba? Se vería hermosa, seguro.

Él era uno de los lores más potentados de Inglaterra, tenía todo lo que pudiera comprarse con dinero y poder, pero le faltaban risas. Sería bonito hacerlo reír a carcajadas. Ni siquiera después de la carrera había logrado tal hazaña. Se había limitado a mirarla con intensidad, algo que había convulsionado por completo los órganos internos de Paige, pero que distaba mucho de ser una respuesta alegre. ¿Qué efecto causaría en ella una sonrisa del duque?

«El caos, Paige. Eso es lo que desataría», se dijo con cansancio.

Toda aquella situación la tenía agotada. Había pasado una mala noche, y la angustia por evitar los encuentros con Breighton no había ayudado a mejorarlo. Se recostó en el sillón y cerró los ojos un momento; necesitaba descansar la vista.

10

Maximilliam la encontró de nuevo en aquella incómoda postura, dormida contra el respaldo del sillón. No le extrañaba que sintiese la poco decorosa necesidad de estirarse y crujir como un gato. Al menos esa vez no tenía la boca abierta como la pobre Adele cuando echaba sus siestas. ¿Cuántas horas llevaría así?

La mesa estaba atestada de libros, en ese caótico desorden tan habitual en ella. ¿Cómo esperaba encontrar alguna cosa útil entre semejante pandemónium?

Se acercó y le zarandeó el hombro con cuidado, pero ella no se inmutó. Probó a inclinarse y soplarle en la cara, sonriendo por la simplona travesura, pero ella siguió imperturbable. «¡Qué forma tan contundente de dormir!», se dijo.

Max había observado que era capaz de pasar noches enteras en vigilia, o bien al cuidado de Matthew o bien inmersa en el estudio de sus valiosos libros, pero cuando se echaba a dormir era imperturbable.

Le sobrevinieron unas ganas terribles de pellizcarle la nariz respingona para comprobar lo profundo de su sueño, pero se contuvo. Llevaba muchas horas despierta, acababan de dar las dos de la madrugada, y la enfermera Kerr estaba haciendo la guardia de esa noche. Aquella mujer imposible necesitaba descansar.

Puso un brazo bajo sus rodillas y le pasó el otro por la espalda para cargarla. Cuando la echó sobre su pecho notó un estremecimiento en la boca del estómago y se quedó parado. De inmediato lo achacó a aquel desagradable olor a jazmín que podía descomponer el cuerpo de cualquiera. Tenía que ser eso, porque las otras veces que la había cargado en brazos no tuvo tal sensación. Incomodidad, tal vez, pero no... eso.

Tenía que ser el jazmín. ¿No podía usar lavanda? Ese sí que era un olor femenino y agradable en una mujer. Le diría a Pilsey que se encargara de hacer llegar a la señorita Clearington una pastilla de ese jabón. En Ludwan e Hijos tenían algunos de los más exquisitos perfumes y perifollos exportados de París. Podía ordenar que pusieran el dichoso jabón en todos los baños, y así ella tendría la obligación de usarlo. No iba a hacer nada tan inapropiado como regalárselo directamente.

No era una mujer menuda. Tenía un buen peso, al margen de lo delicado que fuera su torso, que lo era. «Huesos finos y elegantes», pensó el primer día que la vio. Las otras veces que la había cargado confirmó que, tal como imaginaba, de la cintura para abajo había un cuerpo voluptuoso. Se estremeció por el pensamiento y se apresuró hacia la escalera. Era un peso reconfortante, tuvo que admitirlo. Se amoldaba bien a su cuerpo y era agradable de cargar.

Cuando la acomodó en la cama de su dormitorio, una vaharada de jazmín se le coló por la nariz y, sin saber por qué, se detuvo en su cuello para inspirarlo de nuevo. Quizá no olía tan fuerte como había pensado o quizá, mezclado con la fragancia natural de ella, en ese lugar tan íntimo, la mezcla ganaba. ¡Bobadas! Tendría que pedir ese jabón de lavanda.

Retiró los brazos del cálido cuerpo de la galena y se irguió a su lado. Ella empezó a escurrirse hacia el centro de la cama, y Max se apresuró a corregirle la postura. Si se empeñaba en caerse hacia el lado, podría herirse con las gafas.

Se sentó frente a ella y buscó el modo de desengancharlas. La fina patilla metálica daba la vuelta sobre su pequeño pabellón auditivo, así que tuvo que deslizar los dedos hacia abajo para tirar de los extremos hacia arriba. La señorita Clearington emitió un suave murmullo y ahuecó la cabeza contra una de sus manos, lo que, por un segundo, lo paralizó. ¡Qué abochornado y estúpido se sentiría si despertase y lo encontrara así! Pero a aquella mujer nada podía sacarla de los brazos de Morfeo, se recordó. Le acabó de quitar las gafas y las dejó sobre la mesilla.

¿La despertaría un beso?

«¿Qué? —se gritó mentalmente—. ¡Menuda estupidez!»

No tenía el más mínimo deseo de hacer tal cosa. ¿Por qué habría de querer?

Para molestarla, claro.

«¡Maldición!»

Una vez aparecida, no fue capaz de sacar la idea de su mente. Resultaba curioso, pues hacía mucho tiempo que no sentía tentaciones como esa. Maximilliam se limitaba a calmar con cierta periodicidad las pulsiones propias de su género; pero siempre se trataba de meras transacciones sexuales en las que no había deseos absurdos como besar a damas cual si fueran bellas durmientes del bosque de Perrault.

Sin embargo, deseaba besar a la doctora Clearington. Lo deseaba de un modo impaciente. «No significaría nada», se dijo para calmar sus inquietudes. Solo quería comprobar si su boca era tan blanda como la imaginaba. Llevaba mucho tiempo haciendo lo correcto. ¿Qué importaba un poco de disipación? Además, ¿no sería una delicia besar a la bien ilustrada galena sin que ella lo supiese?

Se acercó un poco más y la tanteó. Sus mejillas estaban frías porque se había quedado dormida con el hogar apagado. Acarició una de ellas con la nariz. «Qué sensación tan curiosa», pensó. Incapaz de demorarlo más, pasó ligeramente los labios por los suyos. Eran suaves, mullidos. Los presionó un poco y, sí, eran blandos. Un deseo repentino de probarla entera se adueñó de su mente, y se apartó bruscamente, como si ella quemase. Pero estaba tan pacíficamente quieta que se regañó por haberle conferido poderes maquiavélicos. Si había algún truhan en aquel dormitorio era él, y aún no había terminado de serlo.

Con el pulgar, allanó el regordete labio inferior y lo abrió ligeramente para poder probarla de verdad. Besó con delicadeza, pero con decisión, aquella boca que resultaba tan jugosa y apetecible. Debía de ser el efecto del coñac que había bebido antes, porque se sentía transido por una embriaguez que lo impulsaba a abandonarse y a tomarla entre sus brazos. Era demasiado.

Cuando se apartó, sobresaltado, ella tenía los ojos abiertos. Le sonrió y suspiró, de un modo tan encantador que él solo pudo interpretarlo como aprobación. ¿Qué podía hacer un hombre ante eso? Debería disculparse y tomar camino rápidamente a su habitación, pero ella parecía tan complacida que volvió a acercarse.

Y esta vez Paige Clearington respondió, moviendo sus trémulos labios al ritmo que él le fue marcando. Incluso dejó que se los lamiera y que introdujera la lengua para acariciar la suya. Oh, ¡qué deliciosa era! Max sumergió los dedos en el moño flojo y se apoderó de verdad del beso, ante lo que la decorosa dama gimió encantada.

Con renuencia, tuvo que separarse para romper el hechizo o acabaría desnudándola y tomándola en ese mismo instante; tal era el deseo que estaba despertando en su interior.

Ella lo miró con aquellos ojos redondos y entonces volvió a sonreír. Se relamió los labios como un gato después de beber su leche, se volvió sobre su costado, se enroscó y se durmió.

Max la contempló perplejo durante casi un minuto entero, pero ella no despertó ni hizo otra cosa que reacomodar la mejilla contra el almohadón.

¡Qué sueño tan fascinante el de aquella criatura! Sonrió sin poder evitarlo, repentinamente satisfecho con su interludio. Ella creería haberlo soñado y no tendría que disculparse jamás. Nunca lo sabría y, desde luego, nunca volvería a ocurrir.

Le sorprendió su reticencia a alejarse, pero se obligó a ser consecuente. No podía simplemente tumbarse a su lado y seguir besándola. Eso era absurdo, aunque tuvo que reconocer que había sido divertido. Se inclinó y le dio un beso en la coronilla, agradeciéndole en silencio aquel entretenimiento que había aliviado de algún modo los oscuros pesos de su alma.

Ya desde la puerta se volvió para contemplarla. En aquella postura infantil no quedaba ni rastro de la eficiente y complicada galena. Parecía una criatura feliz, sencilla, incluso vulnerable. «Lo es», pensó con leve sorpresa. Una mujer siempre tenía las cosas difíciles, mucho más si se empeñaba en luchar con molinos de viento. La vida de Paige Clearington no debía de ser fácil, aunque no dudaba de su capacidad para defenderse.

Además, pensó divertido, ahora sabía que, bajo la pulcra cofia de galena, habitaba una criatura apasionada. Aunque ese era, sin duda, un descubrimiento que haría muy bien en olvidar. La naturaleza femenina y deseable de Paige Clearington solo podía traerle problemas.

Paige despertó de su letargo tras varios intentos. Había días en que era incapaz de ordenar a sus extremidades que se movieran. ¡Qué contrariedad! Se había vuelto a quedar dormida en cualquier parte. Aunque... No. Estaba en la cama, pero ¿llevaba su ropa? Se paseó las manos por el torso y comprobó que así era. Sin embargo, estaba tumbada. Hizo un nuevo esfuerzo y abrió los ojos. Era el dosel de su cama. ¿Cómo había subido? ¿De nuevo había aparecido allí sin saber cómo?

«Ah, qué contrariedad», pensó. Quería seguir durmiendo y soñando.

Paige se incorporó de golpe y se llevó una mano al pecho.

¡Él la había besado!

Movió la mano hasta los labios, pero allí no había nada que le confirmase su intuición. ¿Podía haberlo soñado? De ser un sueño, esta vez ella había sido más osada. Hasta el momento solo elucubraba con algún que otro gesto galante por parte del duque, una caricia en sus manos o alguna inocente insinuación. Anhelaba encontrar algún atisbo de afecto en él, eso era cierto, pero lo que soñó esa noche... ¿O había ocurrido? Sintió ganas de reír. ¡Era imposible! Si había algo inalcanzable en el universo era un apasionado beso del duque de Breighton. Y no era que ella lo soñara.

Pero, entonces, ¿cómo llegó hasta allí? Tal vez no fuera capaz de recordar el momento exacto en el que se dormía, pero siempre era muy consciente de dónde se encontraba cuando lo hacía. Y ella estaba en el gabinete. Igual que las veces anteriores. Alguien la había llevado a su dormitorio, a su cama. Y la había besado.

Aquellos ojos eran tan reales en su memoria que tenía que haber ocurrido. ¿Fue en realidad tan apasionado? No estaba muy segura respecto a eso, pues, más que hechos, recordaba sensaciones. ¡Y qué sensaciones, Dios piadoso!

Bien. Podía ser real, pero ¿qué podía hacer al respecto? ¿Cómo iba a comportarse ante él? Si llegaba a comentarle lo que creía que había pasado y se equivocaba, sería muy humillante. No, no podía enfrentarlo con una pregunta directa. Debía ser más... sutil.

Ahí estaba. Tenía que hacerse la encontradiza con él y estudiar su reacción. Así sabría si era real o soñado.

«Por favor, que sea real», rogó.

¡No! Pero ¿qué estaba diciendo? Eso sería una hecatombe. Lo mejor que podía pasarle a la humilde Paige Clearington era que aquello quedara en un tórrido sueño.

Completamente despierta y cansada de sus muchas diatribas, Paige saltó de la cama y se dispuso a hacer sus abluciones. Se cambiaría de vestido y bajaría a desayunar. Allí encontraría las respuestas.

Pero el duque no se presentó a desayunar y tampoco a comer. A media tarde, cuando su paciencia estaba prácticamente colmada, supo por el secretario que el amo y señor estaba en su despacho atendiendo a una visita.

Cuando vio salir al hombre, su nerviosismo había alcanzado

límites poco recomendables. Tal vez fue ese el motivo por el que entró sin llamar y soltó a bocajarro:

—Me besó —le espetó tras cerrar la puerta de la sala de recibo.

—Anoche. En su cama. Está en lo cierto —respondió él, imperturbable mientras escribía algo sobre el papel.

Paige se quedó de piedra. ¡Era cierto! ¡No lo había negado! Aunque tampoco parecía afectado por el acontecimiento. ¿Cómo era posible? Le parecía un poco desconsiderado que mostrase tan escaso impacto por algo que a ella le parecía de una relevancia absoluta. ¿Un duque besando a una doctora? ¡Vamos! ¡Tenía que ser un caso único en el universo!

El silencio empezó a resultar incómodo. Él no parecía tener nada que añadir y, en realidad, ella no tenía muy claro para qué había ido allí. Para obtener una confirmación, más que nada. Desde luego, no había acudido a la espera de una disculpa, la cual tampoco se había producido.

Él seguía allí, concentrado en lo suyo. ¿Había admirado ella alguna vez aquella compostura imperturbable? En ese momento no lo hacía, desde luego.

—¿Por qué? —preguntó, dolida de repente.

—Usted me lo pidió —dijo como al descuido, sin levantar la vista de sus asuntos.

Aquello sí que no lo esperaba. La vergüenza de Paige fue tan infinita como el cielo azul. Pero no era del todo imposible. Sabía que hablaba en sueños, y sus recuerdos de lo acontecido la noche anterior eran, como poco, difusos. ¡Ella le había pedido un beso! Querría que se abriera un boquete en el suelo y la engullera allí mismo, incluso aunque el duque no pareciera afectado en lo más mínimo.

Era horrible, bochornoso. Quería evaporarse.

—Lo lamento.

—No tiene importancia.

Paige empezaba a desear borrarle la imperturbabilidad de la cara con algún objeto contundente. ¡Oh, qué hombre tan poco considerado!

—Podría haber dicho que no —atacó, porque no era capaz de dejarlo así.

Al menos, consiguió que él dejara de mirar sus absurdos papeles y dirigiera hacia ella esos ojos atronadores.

—Como usted tiene a bien recordarme con frecuencia, la nobleza es caprichosa.

Paige dudó. Él parecía dispuesto a mostrarse difícil, pero también la retaba con la mirada a seguir royendo el hueso.

—No me parece un asunto para bromear, su gracia —contraatacó ella.

«Ahí está esa chispa», se congratuló. Siempre podía recurrir a aquella pomposa fórmula de tratamiento para enervar al todopoderoso duque.

—No pretendo divertirla, señorita Clearington. No volverá a ocurrir, téngalo por seguro. —Y volvió a sus papeles.

Vaya. ¿Acaso pretendía ofenderla? Caray, pues funcionaba. Al darse cuenta de que nada podía sacar de aquella conversación excepto algún que otro oprobio, se volvió y se marchó de la estancia dando un pequeño portazo. Nada tan grandilocuente como para llamar la atención de los lacayos, pero suficiente, estuvo segura, para mostrarle al duque su malestar.

Había sido un error preguntarle. No se sentía mejor al saber que no lo había soñado. Un beso tan hermoso y apasionado como el que creía haber recibido, el primero que jamás le hubiesen dado, debería haber sido un acontecimiento alegre, mágico y romántico a más no poder. Era de lo más injusto que a ella le ocasionase bochorno y humillación. Maldijo al duque de Breighton con toda su alma por haberle robado ese instante único, por haberlo tomado sin permiso y por haberlo convertido en un motivo de vergüenza.

Max suspiró en cuanto la puerta se cerró. Había hecho gala de una falta de tacto imperdonable, pero el asunto lo cogió tan por sorpresa que se sintió acorralado. Estaba convencido de que ella no lo recordaría. Pero no solo lo recordaba, sino que, en una de esas demostraciones de absoluta falta de decoro, había invadido su santuario para arrojarle ese desliz a la cara. «¡Qué mujer tan imposible!», concluyó.

Aunque ninguna incorrección de la señorita Clearington podía compararse con su actitud sofista. Acusarla a ella de haberlo engatusado era caer muy bajo.

Se mesó el cabello con ambas manos y apoyó los codos sobre la mesa. ¿Quién habría pensado que debajo de tanto remilgo se escondía una mujer tan sensual? Sin embargo, era evidente que Paige Clearington ponía pasión en todo lo que hacía; sus discusiones eran un buen ejemplo de ello. Jamás se arredraba ni bajaba la cabeza, porque se sentía en posesión absoluta de la verdad. Era testaruda, la condenada. Pero más que esa inflexibilidad de carácter, lo que despistaba en ella era el aspecto tan serio y frígido que lucía con aquellos anteojos, las cofias y los fichús cerrados, los cuales, ¡Dios bendito!, daban ganas de arrancarle del cuerpo.

Meneó la cabeza.

Engañaba su aspecto, cierto, y también la altanería innata que portaba como un escudo; pero el error de Max había sido infravalorar aquel genio soterrado que, junto con su admirable tesón, la hacía tan fascinante.

Max sacó otro pliego de papel y se dispuso a escribir una nueva misiva, decidido a no dedicar más tiempo a pensar en su reprochable falta contra la galena, ni tampoco en la noche tan intranquila que había padecido, y mucho menos en las sensaciones que ella removía en su interior.

Llevaba demasiado tiempo hurtándole el cuerpo a sus obligaciones. La repentina enfermedad de Matt había detenido su misión, y no podía seguir postergándolo. Aún dudaba sobre qué hacer en el caso de que sus sospechas quedasen confirmadas, pero tenía que saber si Clarisse lo había traicionado y qué consecuencias podría haber tenido dicha traición. ¿Dónde diablos se había metido Richard?

11

Page encontró, por fin, un hilo del que tirar, solo que no lo halló en los tratados de medicina, sino en el periódico. No se había equivocado al pensar que podía ser útil estar al tanto de las noticias de prensa relacionadas con la ciencia y la medicina de las que pudiera hacerse eco la prensa.

The Times publicaba que el bacteriólogo alemán Emil Adolf von Behring iba a intervenir en una conferencia sobre epidemiología en la Universidad de Londres esa misma semana; una coincidencia sorprendente y afortunada.

Paige sabía de los estudios de Behring sobre la bacteria de Koch —causante de la difteria— gracias a un ensayo que había pasado por sus manos durante las intensas búsquedas de esas semanas.

Behring no acudía a Londres para exponer su investigación sobre la difteria, sino por sus avances en el tratamiento del tétanos. Venía acompañado de otra eminencia, el bacteriólogo japonés Kitasato Shibasaburō. Ambos, se anunciaba, iban a presentar un avance científico muy relevante. No se daban más datos sobre cuál era el contenido de la conferencia.

Poco le importaba a ella el tétanos en ese momento. Lo que Paige ansiaba conocer eran los resultados del estudio de un compañero de Behring: Friedrich Löffler. Él había estado trabajando con niños sanos portadores del bacilo de Koch.

Algo impedía que esos niños desarrollasen la enfermedad; fuera lo que fuese, los mantenía a salvo y podía ser la clave para curar a quienes enfermaban. Había ocurrido anteriormente con otras grandes epidemias, como la rabia o el tifus. La ciencia acabó por encontrar la manera de inocular a los afectados con una vacuna que tenía su origen en las personas inmunes a la enfermedad. Y eso era lo que ella necesitaba para salvar a Matthew.

Los ojos se le llenaron de lágrimas al imaginar la sola posibilidad de lograrlo. Si existía algo parecido a una cura, si esas investigaciones estuvieran más desarrolladas de lo que se había hecho público, tal vez tuvieran una oportunidad de salvarlo. A él y a todos los demás, niños y adultos, que contraían la enfermedad.

Con más valentía que seso, Paige decidió que acudiría a la ponencia y que hablaría con ellos. Podía exponerles el caso de Matthew y quizá, solo quizá, encontrar el modo de atajar la difteria antes de que las falsas membranas llegasen al punto de obstruirle la tráquea.

Paige estaba preparada para lo peor; sabía que, en caso necesario, no le temblaría el pulso a la hora de abrir la garganta del pequeño, pero si existía un modo de evitar esa intervención tenía que encontrarlo.

Vaticinó que los dos días siguientes, hasta que tuviera lugar la ponencia en la universidad, iban a ser tediosamente largos. Aún no habían pasado más que unos minutos desde su descubrimiento y ya se sentía inquieta y ansiosa porque el reloj corriera más rápido.

Decidió que esa tarde visitaría a su amiga Lusy, a quien hacía semanas que no veía. Ni siquiera le había enviado una carta para ponerla al tanto de su situación actual. Claro que tampoco había recibido ninguna de ella; su padre se la habría hecho llegar.

Lusy estaba muy atareada en los últimos tiempos, pues había iniciado los trámites para cumplir el que había sido su sueño desde el cuarto año de estudios. La señorita Waterston se había dado cuenta en aquel entonces de que tenía más vocación académica que de médico a pie de cama.

En ese momento intentaba incorporarse como parte del cuadro de profesores de la Escuela de Medicina para Mujeres de Londres, a pesar de que no estaba en muy buenos términos con la rectora. Paige también sentía ciertos recelos hacia Elizabeth Garret, pero lo de Lusy era auténtica aversión. Aquella inquina tenía mucho que ver con los desencuentros que la tía de su amiga tuvo con Garret. Sophia Jex-Blake había sido una de las artífices en la pugna para que las mujeres pudieran graduarse como doctoras en el Reino Unido.

Ella y un grupo de mujeres, conocidas como «las siete de Edimburgo», hicieron hasta lo imposible por cursar sus estudios de medicina en Inglaterra, pero finalmente tuvieron que conformarse con ser admitidas en la universidad escocesa. Fue Elizabeth Garret la primera en lograr que le convalidasen el título de doctora en Londres, y Paige sospechaba que la señorita Jex-Blake nunca se lo había podido perdonar.

Esa mañana, le contó a Portland su intención de salir de visita y le pidió que se lo comunicara al duque. No quería decírselo ella misma porque desde lo ocurrido —desde el beso— prefería evitar cualquier contacto con él.

Decidió ir a pie, esperando que la caminata la ayudase a despejar su atribulada mente. No dejaba de rememorar aquel breve y extraordinario episodio. Se veía a sí misma tumbada en su cama, con el camisón —a pesar de que no lo llevaba esa noche—; el duque se cernía sobre ella con una sonrisa llena de candor y después tomaba posesión de su boca con una dulzura y una pasión que ya no sabía si eran reales o si las había magnificado.

Continuaba molesta por el modo en que se habían resuelto las cosas después, pero no podía negarse que anhelaba sentir de nuevo aquellas emociones cálidas y maravillosas que aún seguían latentes en su memoria.

El duque se comportaba como si no hubiera ocurrido, y, desde luego, no le cabía duda de que los recuerdos de él distaban mucho de los suyos. Pero ¿qué cabría esperar después del modo tan insensible en que la había tratado al día siguiente en su despacho?

Paige había reflexionado mucho sobre ello, y había llegado a creer que tal vez Su Excelencia se sintiese culpable por lo ocurrido. Él todavía amaba a su esposa. El modo en que se quedaba mirando fijamente el cuadro de ella, colgado sobre la chimenea en la habitación de Matthew, era muy elocuente.

Tenía esa certeza desde el primer día de su estancia en Breighton Hall; y también recordaba la conversación que mantuvo con Drew el primer día que conoció al duque. «Un mártir del altar marital», le había dicho. Desde luego que lo era.

Mientras caminaba, también pensó que sería una buena idea convencer a Lusy para que la acompañase a la conferencia. No estaba muy segura de si les permitirían entrar, aunque no veía qué motivo podían enarbolar para impedírselo. Hacía casi medio siglo que las conferencias empezaron a ser aptas para mujeres; sin embargo, algún tiempo atrás todavía no había doctoras graduadas que pudieran asistir.

No lo esperaba, pero le entusiasmó encontrar a Lusy acompañada de la mismísima Sophia Jex-Blake. La mujer, de unos cincuenta años, tenía una cara redondeada de facciones suaves y ojos sagaces. El cabello oscuro, veteado de canas, estaba pulcramente recogido y combinaba a la perfección con el gesto adusto y la ropa de luto que completaban su aspecto. ·

—Señorita Jex-Blake, es un placer conocerla.

—El placer es mío, señorita Clearington.

Mientras una doncella les servía el té, Paige las puso al día sobre los últimos acontecimientos en su vida, aunque se abstuvo de mencionar las condiciones tan poco ortodoxas de su hospedaje en Breighton Hall.

—Me paso casi las veinticuatro horas del día pendiente del estado del pequeño. El duque me ha exigido atención exclusiva.

—¿Te ha obligado a descuidar a tus pacientes? —preguntó Lusy, ofendida en su nombre—. Detesto que haya gente capaz de imponer sus deseos a los demás; espero que al menos te pague tu dedicación en su justa medida.

A Paige le sorprendió caer en la cuenta de que en ningún momento había hablado con Breighton de sus honorarios.

—Ha escrito cartas de recomendación para algunos de ellos —aclaró— y ese gesto me ha permitido que algunos de los más graves ingresen en el hospital. También está costeando sus consultas con otros doctores, según creo. Pero no me permite ir a visitarlos. De hecho, me pregunto si no enfurecerá cuando sepa que he salido.

—Pero ese hombre no puede esclavizarla de tal modo, querida —protestó la señorita Jex-Blake.

Paige frunció el ceño, consciente de cómo sonaba su relato, pero no quería que tuvieran esa imagen del duque. Ella no sentía que la estuvieran sometiendo, en modo alguno. Creía que lo que hacía por Matthew era de vital importancia, y, aunque se lo hubiesen impuesto, no podía negar que aquel era justo el lugar en el que quería estar. El único lugar donde quería estar. Silenció la voz de alarma que sonó en su cabeza y se concentró de nuevo en la conversación.

—He de decir que está muy preocupado por el bienestar del pequeño. He visto a alguna madre con muy pocos recursos ponerse ante la puerta de una consulta y no dejar salir al médico hasta que atendiera a su hijo. Imagino que esto no es muy distinto, solo que con recursos ilimitados.

Por suerte, la amigable charla viró hacia otros derroteros y acabaron conversando sobre la Escuela de Medicina y el Royal Free Hospital.

—He hablado con la doctora Aldrich —contó Lusy— y está convencida de que pronto tendremos noticias sobre el departamento de maternidad.

—Será buena hora siempre que lo concedan. Llevan muchos años evitando el tema como si produjese sarpullido —apostilló la señorita Jex-Blake—. Enviaron una carta para comunicarme que no veían problema. Y después, otra en la que alegaban que no lo veían factible. Eso hicieron.

—Si el hospital ya admite alumnas y se ha demostrado que los suscriptores están contentos con los resultados, no entiendo que todavía se nieguen a introducir mejoras —adujo Paige.

—Así ha sido siempre, para todos y cada uno de los avances que las mujeres han alcanzado en la medicina —se lamentó la mujer—. Cada logro ha supuesto una importante cantidad de intentos.

—Paige lo está experimentando en carne propia, tía. ¿Recuerdas que te hablé de las consultas que quiere abrir en los barrios trabajadores?

—Oh, es cierto, querida. —Sophia se volvió hacia ella con entusiasmo—. Es una apuesta muy ambiciosa. ¿Y cómo piensa encontrar la financiación para ello?

—Quiero reunirme con inversores que puedan tener algún interés en apostar por mi iniciativa, pero la verdad es que me está costando mucho acceder a ellos. Contaba con que la doctora Garret me pusiera en contacto con algunos de los benefactores de la escuela, pero no ve con buenos ojos el proyecto. No..., no lo apoya —admitió con pesar.

A Paige no le pasó desapercibida la mirada intencionada que cruzaron ambas mujeres; no tuvo que esperar mucho para entender su significado.

—Es muy propio de Elizabeth Garret oponerse a ciertos avances —repuso Sophia.

—Sobre todo si no son idea suya —añadió Lusy con rencor.

Paige la miró sorprendida. No le era desconocida la aversión que sentía su amiga hacia la decana, pero intuía que allí ocurría algo más de lo que ella era capaz de entender a simple vista.

—No seas revoltosa, Lusy. Perdone a mi sobrina, pero se ofende en mi nombre por cuestiones que ya han quedado en el pasado.

—Elizabeth Garret le robó la escuela a mi tía —sentenció su amiga con una mirada preñada de condena.

—¡Lucinda!

—Pero es la verdad, tía —replicó mientras se volvía hacia

Paige—. La escuela fue idea suya. Seguro que has oído hablar de las siete de Edimburgo. Ellas fueron las promotoras, pero en especial Sophia. ¡Si hasta le costó convencer a la doctora Garret para que apoyase el proyecto! Y ahora todo el mundo le atribuye a ella el mérito.

—¿Quiere decir que la doctora Garret silenció su participación en la fundación de la escuela? —preguntó Paige perpleja.

Hasta donde ella sabía, la fundación de la Escuela de Medicina para Mujeres de Londres había sido obra del esfuerzo de la doctora Elizabeth Garret. Ella fue la primera en conseguir la aprobación de los tribunales examinadores y abrió camino a las generaciones siguientes.

—Querida, es algo muy largo de contar —continuó la señorita Jex-Blake con cansancio—. Han pasado casi veinte años desde aquella carta que le envié a Elizabeth Garret para obtener su apoyo. Y sí, es cierto que me he sentido apartada y silenciada en muchas ocasiones, no solo por ella, sino por el consejo. Pero cuando miro atrás solo veo el prometedor futuro que estábamos plantando entonces para todas vosotras. Noventa alumnas, señorita Clearington. En 1874 solo fuimos nueve.

Si se paraba a pensarlo, a Paige le resultaba posible creer aquella versión de los hechos. Sabía de la dureza e inflexibilidad de Garret; no era difícil imaginar cómo había logrado eclipsar a Sophia. Sintió una gran lástima por esa mujer y se obligó a ser todo lo sincera que su honor le permitiese.

—He oído hablar de usted —anunció con admiración—. Es cierto que algunos miembros de la comisión la nombran con algo de rencor y dicen de usted que tenía mal carácter, pero también hay quien le dedica bondadosas palabras, como Isabel Thorne. Tuve la ocasión de hablar con ella y me contó que siempre había luchado incansablemente en las más altas instancias para hacer valer nuestros derechos. Pero usted aún es miembro del consejo, ¿verdad?

—Paso la mayor parte del tiempo en Edimburgo; pero, sí, aún mantengo el contacto. Tampoco puedo negar que mi talante me cerró muchas puertas. A veces me pregunto si sirve de algo la dedicación que he puesto en cada paso del camino. Nadie parece entenderlo. —Sophia pareció abstraerse por un momento. Alzó la vista hacia ellas y les dedicó una sonrisa cansada—. Creo que me retiraré a descansar. Ha sido un placer conocerla, señorita Clearington.

—El placer ha sido mío, señorita Jex-Blake.

Paige y Lusy se despidieron de ella. Después tomaron asiento de nuevo, con sendas miradas de preocupación hacia la puerta por la que la mujer había abandonado la estancia.

—Está bastante deprimida —aclaró Lusy al cabo de un momento—. Hace unos meses falleció su amiga Lucy Sewall, que fue quien despertó su vocación por la medicina. Y si la escuela de Londres le ha dado disgustos, la verdad es que tampoco está teniendo suerte en Edimburgo. Mi tía es muy estricta, y sus métodos no siempre son bien entendidos.

—Eso es lo que he oído sobre ella: que es muy testaruda y de trato difícil y que por eso tuvo que irse de la escuela. Nunca he compartido contigo esos rumores porque me parecían de mal gusto, y puesto que tú tampoco hablabas de ella...

—Lo sé. Hay muchas cuestiones que nunca he comentado con nadie porque mi tía siempre me previno de que fuera prudente, pero lo cierto es que, si por Elizabeth Garret hubiese sido, ninguna mujer más que ella habría conseguido el título de doctora en Inglaterra. Incluso se opuso cuando mi tía peleó en los tribunales y en el Parlamento para que accediesen a permitir la creación de la escuela —defendió la joven, con énfasis—. Garret consideraba que debíamos estudiar en universidades extranjeras, como tuvo que hacer ella. Siempre fue odiosamente individualista.

—He de admitir que no me resulta difícil de creer.

Lusy sonrió y le dio un apretón en el brazo, para mostrarle su agradecimiento por esa confianza.

—Ellas tuvieron a todo el mundo en contra, Paige. Fueron rechazadas por varias universidades, acusadas de indecentes por querer ver cuerpos desnudos de hombres. Les costó que las dejaran matricularse en Edimburgo, y después ni siquiera les permitían asistir a todas las clases ni acceder a las becas o premios por sacar las mejores notas. Mi tía escribía cartas a los periódicos y a cualquier instancia universitaria o parlamentaria para denunciar los abusos a los que las sometían. Incluso las llevaban a los tribunales con falsas acusaciones de difamación. La suya fue una lucha plagada de fracasos y desilusiones, Paige. Imagínate que después del esfuerzo por cursar todas las asignaturas, cuando llegásemos al final no nos dejaran examinarnos. Pues eso fue lo que ellas se encontraron. Te prometo que el relato de la vida de estas mujeres podría deprimir a la persona más alegre...

—No tenía la menor idea —murmuró con pesar.

—Nadie la tiene, Paige. Nadie parece comprender el gran sacrificio que hicieron mi tía y esas otras mujeres, no solo para convertirse en doctoras, sino para que todas las demás tuviéramos la oportunidad de hacerlo.

La apasionada defensa de Lusy trajo lágrimas a sus ojos. El matiz de dolor en el tono de su voz contaba sin palabras el sufrimiento atravesado por todas aquellas mujeres que, antes que ellas, habían tenido el atrevimiento de querer conquistar territorios vedados para el género femenino.

—Pero ahora lo sé, Lusy —dijo, tomándole las manos entre las suyas y esbozando una sonrisa de agradecimiento—. Y te prometo que ya nunca lo olvidaré.

Cuando Paige salió de la casa de su amiga, comprendió que un leve peso había dejado de presionar sobre sus hombros. En muchas ocasiones se había sentido avergonzada de sus sentimientos hacia Elizabeth Garret, a quien consideraba su mentora.

Su padre la respetaba y apreciaba, pero a Paige siempre le había provocado sentimientos encontrados. Ahora comprendía que Garret, como la inmensa mayoría de las personas, tenía sus luces y sus sombras. Podía ser una heroína, y desde luego lo era, pero a menudo los héroes dejan muchos despojos en su camino. Y Sophia parecía ser el más vergonzante despojo de Elizabeth Garret.

Lusy le habló de las siete de Edimburgo desde una óptica que jamás nadie había empleado con ella; con un fervor y una añoranza que despertaron su admiración. Todas ellas fueron grandes mujeres, luchadoras incansables, y, a pesar de ello, se portaron como hermanas; afectuosas entre sí.

Paige quería pensar de sí misma que incluso con su fuerte carácter, con sus tendencias a la rebelión y sus muchos preceptos morales era una mujer bondadosa, amable y alegre. Le dolía cuando la gente consideraba a esas mujeres como unas amargadas, cuando las tachaba de lanzarse a las refriegas feministas para llenar el vacío por no haber sido capaces de conseguir una familia y ser madres.

Quería pensar que habría luchado igualmente por sus principios con un bebé cargado a la cintura; pero también dudaba de si habría tenido la entereza y el valor para continuar luchando a pesar de los fracasos, como habían hecho Sophia Jex-Blake y las siete de Edimburgo.

12

Se levantó muy temprano la mañana de la conferencia y se esmeró en lucir su aspecto más pulcro y serio. Eligió un favorecedor vestido verde musgo de algodón y lino con chaquetilla entallada de escote cuadrado y un patrón de estampado de rayas en naranja y amarillo. Recogió los mechones de cabello rubio en un moño sencillo, pero alto y elegante. Se puso el sombrero a juego, las gafas y un toque de perfume. Después revisó su imagen ante el espejo, dándose por satisfecha con su aspecto.

Antes de salir, pasó por la habitación de Matthew y comprobó que la enfermera Shove hubiera llegado para hacer el cambio de turno con la señora Kerr. Matt había pasado la noche muy tranquilo y no había tenido ninguna dificultad para respirar.

—No obstante, creo que hoy tendremos que retirarle las membranas de nuevo —adujo la mujer, que había estado velando su descanso—. Parece que cada día las produce en mayor proporción.

Paige asintió con pesar. Odiaba tener que someter al pequeño a esa desagradable faceta del tratamiento, pero sabía que no quedaba más remedio.

—El único motivo por el que no lo hago mañana y tarde es para no ocasionarle tanto dolor. Él no se queja lo más mínimo, pero sé que lo pasa realmente mal.

Matthew se quedaba muy triste y alicaído cada vez que le

retiraban los depósitos opalinos de la garganta. Se comportaba de un modo absolutamente estoico, pero después siempre las miraba con ojos desamparados; esos hermosos ojos azules que despertaban en su corazón un sentimiento de protección y devoción que nunca había sentido por ningún paciente. Claro que jamás había mantenido una relación tan estrecha con ninguno de ellos. Aunque... era más que eso. Paige se había encariñado con Matthew de un modo terrible; tanto, que a la larga le resultaría doloroso. Fuera cual fuese el desenlace de la enfermedad, Paige saldría herida. Pero no podía hacer nada al respecto. El pequeño se había ganado su corazón a fuerza de valor y sonrisas.

Le permitieron entrar a la conferencia y situarse en el gallinero, donde solo había otras diez personas, dos de ellas también eran mujeres. Estaban sentadas juntas y, a juzgar por los rasgos orientales de una de ellas, debían de ser las esposas de los científicos. Lamentó no poder contar con la compañía de Lusy, pero su tía Sophia volvía a Edimburgo esa misma mañana.

La sorprendente noticia que Behring y Kitasato compartieron con la audiencia esa mañana causó una reacción entusiasta en todos los presentes. Habían conseguido crear una antitoxina para el tétanos.

—Cuando se inyecta el suero sanguíneo de un animal afectado por tétanos en otro que está sano, se consigue que el segundo genere inmunidad a esta enfermedad. El nuevo suero es capaz de actuar como antitoxina en el animal infectado.

Paige escuchaba la voz armónica y grave de Emil Adolf von Behring —a quien solo lograba entender gracias a un traductor que repetía sus palabras en inglés— y sentía nacer en su pecho la esperanza. Si el tétanos, al igual que la difteria, tenía su origen en el contagio por una bacteria, ¿no sería factible que también pudiera sintetizarse una antitoxina para curar la enfermedad que la ocupaba?

Prestó atención a cada palabra que se pronunció y a cada pregunta que hicieron los médicos y científicos reunidos allí. Aquellas personas que ocupaban el gallinero no tenían permiso para interpelar a los ponentes; era algo que le habían dejado muy claro cuando accedió al salón de actos de la universidad. Así pues, no tuvo oportunidad de plantear a Behring y Kitasato sus interrogantes sobre la difteria.

El único modo que se le ocurrió de ahondar en el problema de Matthew fue quedarse tras la conferencia e intentar reunirse con ellos. Si les exponía su caso, tal vez lograra que ellos le diesen alguna información relevante sobre aquella enfermedad.

Aguardó en el pasillo lateral una vez hubo concluido la ponencia. En el salón, los asistentes que ocupaban el patio de butacas mantuvieron a los científicos entretenidos durante un largo rato con preguntas y felicitaciones por su trabajo. Mientras tanto, Paige se dedicó a observar a las personas que iban saliendo, sometiéndolas a un minucioso escrutinio, para poder aplacar su nerviosismo.

Pasó por delante de ella un grupo de jóvenes que se detuvo justo antes de alcanzar la salida al vestíbulo. Estuvieron charlando acaloradamente durante unos minutos, pero Paige no captó el contenido de sus palabras hasta que el pasillo comenzó a vaciarse.

Hablaban del nombramiento de Alice Rorison como jefa de planta del Royal London. Quiso la casualidad que aquellos jóvenes fueran, precisamente, estudiantes de medicina.

Por suerte, parecían no haberse percatado de su presencia. Todos excepto uno; un muchacho de no más de veinte años con el cabello rubio pajizo y un aspecto apocado. Parecía fuera de lugar en aquel grupo, pues ni siquiera participaba en la conversación. Tal vez por eso fue el único que reparó en ella. O así fue, al menos, hasta que ese joven de aspecto distraído se acercó a uno de los oradores más efusivos y le dijo algo al oído. Entonces, no solo ese otro sino también el resto, comenzaron a mirar de soslayo en su dirección mientras la conversación continuaba en un tono más bajo.

A Paige no le gustó el modo en que la atmósfera cambió a su alrededor. Las miradas que le llegaban desde el fondo del pasillo eran de aversión, y eso hizo que se le erizase el vello de la nuca.

Por suerte, los eminentes científicos a los que había estado aguardando eligieron ese preciso momento para abandonar el salón de actos y pasar por el lugar donde ella se hallaba detenida. Se armó de valor y les salió al paso, dirigiéndose directamente al bacteriólogo alemán.

—Señor Behring, disculpe la intromisión. —El grupo se detuvo de forma abrupta y todos sus miembros, sin excepción, la miraron con asombro—. Me llamo Paige Clearington. Doctora Paige Clearington.

Consciente de que no le entendería, Paige se volvió hacia el traductor, aguardando a que le transmitiese su mensaje. El joven, de aspecto amable y servicial, hizo lo que se esperaba de él, aunque pudo adivinar por su expresión que no esperaba grandes resultados. Farfullaron una serie de cosas en alemán, de las que ella no logró captar nada, más allá de la visible impaciencia de los científicos.

—Quería hacerle una consulta sobre su antitoxina, señor. Es de vital importancia —añadió en voz alta, aunque el traductor pareció ignorarla.

Antes de que se diera cuenta, el grupo echó a andar de nuevo, incluido el hombre del que esperaba una respuesta.

—Llegamos tarde, señora —se limitó a decir mientras pasaban por su lado.

Paige se quedó congelada en el sitio. Ni siquiera se volvió para intentar detenerlos o para verlos marchar. Se quedó allí, desconcertada, mirando el lugar que ellos ocupaban momentos antes, el vacío ante sus ojos, sin poder salir de su asombro. La habían dejado plantada, sin hacer el menor gesto de escucharla. Ni siquiera tuvo una mínima oportunidad.

—¿Qué está buscando aquí, señorita? —La voz de un hombre joven atravesó la barrera de su perplejidad.

Paige se volvió sobre sí misma y se encontró de frente con

uno de los muchachos del grupo de estudiantes, aquel que había estado arengando al resto. Ni la expresión de su rostro ni el tono de su voz le parecieron amigables, por lo que no se cuidó de ser cortés al responder:

—Eso no es de su incumbencia, señor —contestó, cayendo en la cuenta de que el resto de sus compañeros también se aproximaba.

—Bueno, ya que no hay nadie aquí que responda por usted, imagino que algún hombre tendrá que velar por su buen comportamiento —soltó él con tono solapado.

—¿Mi buen comportamiento? —inquirió con fingida sorpresa—. ¿Acaso estoy siendo incivilizada, señor?

—¿Deambulando sola por un edificio de hombres? —Y con aquello se refería a toda la Universidad de Londres—. Estos lugares no son aptos para naturalezas delicadas, querida.

—Es una suerte entonces que yo no disponga de ninguna. Sea tan amable de dejarme pasar, señor.

Paige intentó sortear su presencia y dirigirse hacia la salida, pero él le bloqueó el paso. Comprendió entonces que no iba a ser tan sencillo escapar de la situación. Se había enfrentado en otras ocasiones a hombres con esa línea de pensamiento, y pocas veces daban su brazo a torcer. Aquel joven tenía algo que decir, y no pensaba parar hasta soltarlo.

—¿A qué viene ahora tanta prisa? Lleva minutos ahí parada, esperando. ¿Por qué exactamente? ¿Quería hablar con el señor Behring?

El joven de cabello castaño y ojos sagaces se volvió hacia sus amigos y dejó salir una carcajada de lo más profundo de su pecho, como si aquella posibilidad fuera un disparate, cosa que no se alejaba mucho de la verdad. Paige ignoró el bochorno que le sobrevino y se paró sobre sus pies delante de aquel tipo arrogante.

—Escuche, señor, soy la doctora Paige Clearington, y lo que yo quisiera tratar con el señor Behring no es de su incumbencia. Ahora, si es tan amable...

—Así que tenemos aquí a una joven doctora, ¿cierto? —dijo, entrecerrando los ojos con desdén. Era evidente que ya lo sabía. Por el motivo que fuese, el joven anodino de antes la había identificado como tal. No recordaba conocer al muchacho, pero había puesto al tanto a ese otro sobre quién era ella—. Aunque joven no es la palabra que yo utilizaría. Ni doctora tampoco. No sé cómo se atreven a usar ese título. Ese antro al que llaman escuela es una aberración para la medicina.

Fueron pullas fáciles de ignorar. En ese momento, a Paige empezaba a preocuparle más su integridad que su dignidad. No le importaba lo grosero o maleducado que pudiera llegar a ser ese chico. Solo quería salir de allí.

—Lo exhorto a que me deje en paz, señor.

Otro quiebro destinado a escabullirse de su acosador fue frustrado no solo por él, sino por otros tres jóvenes que se pusieron justo a su espalda. Paige notó que se le congelaba la sangre en las venas.

—Otra vez con prisas. —Rio con despreocupación, pues se sentía espoleado por el apoyo del resto, que comenzaba a murmurar a su alrededor sin que ella lograra distinguir lo que decían.

—Déjenme salir, por favor —musitó, notando que le faltaba el aire cuando el círculo de jóvenes se cerró en torno a ella.

—¿Se va a rendir tan pronto? ¿No va a intentar convencerme de que tienen «derecho» a estudiar como los hombres? —Se volvió para mirar a sus amigos—. Parecía más valiente, ¿verdad?

Oh, Paige era valiente. Mucho. Prueba de ello era el hecho de que aún no se había desmayado a pesar del terror genuino y primitivo que recorría cada músculo de su cuerpo.

—¿Qué es lo que quieren?

La mirada de odio que le dedicó fue tan pura y directa que tuvo que sofocar un jadeo. Paige intentó moverse hacia atrás, pero chocó con el pecho de otro de los estudiantes.

—Que se comporten —espetó con voz airada—. Que respeten esta universidad y no la envilezcan con su presencia. Las mujeres como usted, que no saben cuál es su lugar, son una plaga. Habría que terminar con todas y cada una.

Paige dudaba muchísimo de que aquel muchacho lo dijese en serio; eran su rabia y su arrogancia masculina las que hablaban, espoleadas por el apoyo tácito del grupo. Lo que querían era humillarla, insultarla, y darle algún que otro golpe, como habían hecho con Sophia Jex-Blake y sus compañeras cuando un grupo de estudiantes de Medicina las esperaba a las puertas del Surgeons' Hall para impedir que entraran a uno de sus exámenes.

Pero Paige no era, y nunca había sido, una flor delicada que se echaba a temblar ante cualquier voz varonil. Estaba asustada, por supuesto, pero su resolución era mayor que su miedo. No eran más que unos críos arrogantes y crueles a quienes probablemente nadie les había plantado cara nunca en su vida.

Si quería salir de esa situación con la dignidad intacta, tenía que defenderse. Al menos hasta que alguien reparara en lo que sucedía y acudiera en su ayuda.

Una terrible premonición acudió a su mente mientras se forzaba a salir de la inacción: ¿y si a nadie le importaba? ¿Y si otros hombres que pasaran por allí compartían la misma falta de moralidad y la misoginia de esos chicos que la atacaban? ¿Y si consideraban que ella misma se lo había buscado por acudir a un lugar donde no era bien recibida?

No. No podía permitirse pensar una cosa así. No en ese momento. Intentó abrirse paso a codazos, pero ellos se pusieron en alerta y la sujetaron para que no pudiera marcharse. Paige forcejeó, angustiada, y vio que el cabecilla se le echaba encima.

—¡Charles Preston, ¿qué ocurre ahí?! —gritó alguien.

—Maldita insolente. Te vas a enterar —oyó que le susurraba entonces.

Paige apenas era consciente de quién hablaba o de quién la sujetaba. Se limitaba a forcejear para franquear la barrera de cuerpos que le privaban de aire y libertad. En uno de sus intentos por volverse, un codo le golpeó la nariz y le arrancó las gafas de la cara. Sintió un dolor tan infinito que supo que había dado un alarido. Los oídos le pitaron con tanta fuerza que dejó de oír las voces enfurecidas. Los ojos se le llenaron de lágrimas, debidas a la colisión.

Creía que iba a desmayarse cuando una voz se impuso por encima de las demás:

—¡¡¡Basta!!!

El grupo de jóvenes que la cercaban se disolvió ante sus ojos, y Paige se horrorizó al comprobar que sus intentos de huida solo la habían arrinconado más contra la pared. Se apoyó en ella, con una mano en la dolorida nariz y la otra sobre el estómago. Creía que también había recibido un golpe en ese punto, aunque no estaba muy segura. Tal vez solo era el miedo. O tal vez la aflicción por lo que había ocurrido.

Su salvador no era otro que el señor Chambers; era uno de los profesores de cirugía de la Escuela de Medicina para Mujeres. Con su figura achaparrada y su rostro fatigado, la miró primero a ella y luego al resto de los participantes en la pelea.

—¿Qué ocurre aquí, señor Preston?

—Solo le dábamos una lección, señor Chambers. Es una deslenguada.

—¿Una lección? —El profesor sostuvo la mirada sobre el que, probablemente, también era alumno suyo. Sus ojos azules estaban tan crispados y el tono de voz fue tan admonitorio que, de algún modo, hizo tomar conciencia a los jóvenes de la horrible escena que habían protagonizado.

El señor Charles Preston, junto con el resto de sus compañeros, agachó la cabeza y comenzó a balbucear.

—Ella ha sido muy grosera...

—Quiero verlos a todos ustedes mañana en mi despacho —interrumpió con un tono que no admitía réplica.

Tras unos segundos de tensión, el grupo comenzó a dispersarse.

—Señores, tengo una excelente memoria para los rostros. He dicho que los veré a todos en mi despacho —añadió sin mirarlos. Cuando se hubieron marchado, sus ojos se llenaron de lástima por ella—. Usted siempre está dando problemas, hija mía.

Lo que había sido dicho como una regañina dulce y paternalista rompió el dique de emociones contenidas de Paige. Las lágrimas se le agolparon en los ojos y el temblor lógico por lo ocurrido la sacudió.

Jamás en su vida había sentido un terror como ese. Nunca nadie había llegado a atacarla de ese modo. En su protegida existencia, no había tenido más que enfrentamientos verbales con algún que otro profesor o con alguna de sus compañeras, pero nada parecido a lo que acababa de vivir.

Mientras su cuerpo se estremecía, se dio cuenta de que, incluso en aquella circunstancia tan penosa, su profesor la consideraba en parte responsable de lo ocurrido, cuando ella solo había acudido a una conferencia en una respetada universidad donde se suponía que no pasaban cosas como esa.

Lo miró sin saber qué decir. No tenía ganas de discutir con el hombre que acababa de salvarla, y tampoco le veía sentido, dadas las circunstancias. Paige solo podía pensar en el cansancio infinito que comenzaba a cebarse con sus extremidades rígidas y hasta con su misma alma. Únicamente quería salir de allí.

—Ya, ya, querida —la consoló el profesor con unas palmaditas en la espalda—. Será mejor que le pida un coche de punto para que pueda volver a casa y olvidar todo este horrible incidente.

13

Con el corazón aún palpitando a un ritmo desaforado, Paige se compuso lo mejor que pudo y agitó la gran aldaba. Incluso los segundos que tuvo que esperar en la calle se le hicieron intolerables, pues necesitaba el refugio de la soledad con desesperación. Se regañó por no ser capaz de controlar sus emociones, pero estaba realmente desolada.

No era la primera vez que se enfrentaba a opiniones radicales acerca de su posición en el mundo como mujer; aquello era una constante en su vida. Pero esa vez... A la soberbia masculina se habían unido la falta de principios y el atrevimiento de la juventud.

Casi le parecía increíble que muchachos jóvenes y de buenas familias pudieran haberla sometido a tal situación de escarnio por el simple gusto de demostrar su supremacía. Debía admitir que el miedo por su integridad física no había estado fundamentado, pero sí que temía por las consecuencias emocionales que aquellas sucias palabras pudieran tener a largo plazo. Paige sacudió la cabeza y estuvo a punto de dejarse vencer por las ganas de llorar.

Había sido un error acudir a la conferencia, y bien que pagó el precio de su osadía, pero tenía tantas ganas de conocer los descubrimientos de Behring... Quizá si no se hubiese quedado en el pasillo con la esperanza de interceptarlo y exponerle su caso podría haberse librado de aquel incidente. Pero la mente no parece tomar decisiones coherentes cuando el corazón se ve comprometido, y el suyo comenzaba a involucrarse seriamente con aquella familia.

Carruthers abrió la puerta en el preciso momento en que Paige estaba a punto de llamar por tercera vez, y le dedicó uno de esos gestos de superioridad, ceja enarcada incluida.

—Me topé con una turba —dijo a modo de excusa, pues sospechó que su peinado había perdido lustre e intuía, por el escozor, que debía de tener rasguños en la cara causados por el forcejeo con sus agresores.

Como respuesta a eso, el encopetado galés solo estiró el cuello hacia la calle con gesto elocuente y después recuperó su habitual postura rígida y erguida.

—Son las dos de la tarde —sentenció con un escepticismo en la voz que a ella le resultó intolerable.

Paige sabía la hora que era y también sabía que desearía darle una paliza a ese hombre imposible a cualquier hora del día. Estaba muy por encima de su aguante normal y cualquier pequeña chispa podía prender su ira o su llanto, incluso aunque no estuviera realmente hastiada de aquel permanente desdén, que lo estaba.

Por suerte, el mayordomo dio por zanjada la cuestión. Se limitó a apartarse y cederle el paso al interior. Con toda la majestuosidad de que era capaz, Paige elevó el mentón y se adentró en la casa.

—Señorita Clearington —llamó una voz desde el despacho del duque.

«Ahora no, por Dios. Ahora no», gimió por dentro.

—¿Sí, su excelencia? —respondió cobardemente desde el recibidor.

Tras unos segundos de absoluto silencio en los que la tensión se apoderó de Paige, el duque se asomó a la puerta del despacho. Su alta figura se perfiló bajo el marco e hizo que el estómago de Paige se contrajera.

No podía enfrentarlo en aquel momento y en aquel estado. Necesitaba la paz de su habitación. De verdad que la necesitaba. ¿Qué diría él ante su lamentable estado? El vestíbulo estaba en penumbra una vez cerrada la puerta y eso le daba una posibilidad. Rezó por superar el escrutinio... y perdió.

—Pase unos minutos. —Órdenes disfrazadas de sugerencia. No parecía conocer otro modo de expresarse.

Sus pies aumentaron de peso al instante, como si el hormigón acabase de fraguar en torno a ellos. Se quedó clavada en el sitio, con un sentimiento de fatalidad recorriéndole en oleadas el pecho. La experiencia le había demostrado que ese tono en Breighton no presagiaba palmaditas en la espalda. No sabía qué nueva incorrección habría cometido. Aquel hombre siempre parecía encontrar motivos para desaprobarla. No del mismo modo que Carruthers, no. Eso era desprecio en estado elemental. Lo del duque era más bien una especie de decepción resignada, que a Paige le resultaba aún más intolerable que la hostilidad directa del mayordomo.

—¡Señorita Clearington! —tronó de nuevo con voz autoritaria.

Sacada del trance, Paige avanzó con pasos inseguros hacia el despacho y cerró la puerta al entrar. Breighton no la miraba a ella, sino que estudiaba unos papeles que tenía delante, sobre el escritorio. «Ojalá no levante la cabeza de ahí», pensó.

—Le rogaría que si va a salir a algún sitio me lo comunique.

—¿Me lo rogaría?

Se arrepintió de su contestación al instante, pero le había sorprendido aquel modo tan dócil de expresar lo que a todas luces era una orden. Otra más. El duque de Breighton no había rogado por nada en su vida.

Desde su púlpito, él alzó la cabeza para fulminarla con la mirada, pero su ira dio paso al asombro rápidamente.

«¡Esa lengua, Paige!», se reprendió.

Breighton se levantó de golpe como si fuera a salir a correr, pero en lugar de eso se paró en seco. Sus ojos verdes la recorrieron entera, desde la falda arrugada hasta el cabello desgreñado.

—¿Qué le ha ocurrido?

—Un pequeño altercado. —No quiso mentir. Y por la actitud desdeñosa de Carruthers, estaba claro que la explicación de una turba en plena tarde y en la *city* de más rancio abolengo no era convincente.

—Explíquemelo —ordenó con impaciencia.

—No tiene importancia.

—Eso lo decidiré yo, si le parece. —Arqueó una ceja—. La han atacado.

Tenía que señalar lo obvio, cómo no. La postura del duque era tan tensa que incluso llegó a pensar que si le decía lo que le habían hecho y quiénes se lo habían hecho, se lanzaría a la calle para buscar a los culpables y ajusticiarlos. No, eso era una tontería. Él jamás haría nada semejante.

—Pero apenas ha sido reseñable —adujo con poca convicción.

—Tiene el sombrero roto. —¡Oh, vaya! ¿Le habían roto el sombrero también?—. El pelo alborotado y marcas de golpes en la cara. ¿Y dónde demonios están sus gafas?

Paige cerró los ojos por un segundo, afligida. No tenía sentido negarlo y el corazón le palpitaba con tal fuerza que no se creía capaz de fingir normalidad durante mucho más tiempo. Solo quería llegar a su habitación y tumbarse en la cama para tranquilizarse. O para gritar contra la almohada. O quizá para llorar.

Aquella debilidad le parecía absurda y vergonzante. Se diría que una mujer que se enfrenta a la muerte con tanta frecuencia, y que a veces pierde contra ella, debería estar dotada de un mayor control de sus emociones, de un mayor pragmatismo.

No tenía sentido hallarse tan abatida y derrotada por cuatro jovenzuelos groseros y sinvergüenzas que no habían llegado a infringirle ningún daño real. Enderezó la espalda y se obligó a ser madura.

—Eso es porque ahora están rotas —consiguió decir con un

tono bastante firme—. Fui a la Universidad de Londres a escuchar la conferencia de un investigador alemán. Había un grupo de chicos en el vestíbulo en medio de una acalorada discusión sobre el nombramiento de la doctora Rorison como jefa de planta del Royal London. Creo que uno de ellos sabía que yo era una graduada de la Escuela de Medicina de Mujeres y, por algún motivo, mi presencia allí les ofendía. Así que vinieron y me increparon.

—Y en lugar de dar la vuelta y marcharse, usted les respondió. Como si lo viera.

—¿Marcharme? No podía marcharme y no tenía por qué hacerlo —protestó.

—Sí, si era su integridad la que estaba en juego —resolvió él, poniendo las manos extendidas sobre la mesa como si estuviera profiriendo, otra vez, una orden.

—¿Usted se hubiera marchado como un cobarde?

—Pero ¿de qué habla? —Se irguió con expresión ofendida—. Yo no tengo nada que ver con eso. Soy un hombre, y además...

—¿Y por ser mujer tengo que soportar que me insulten sin hacer nada? —explotó, poniendo los brazos en jarras. Siempre oía el mismo argumento y empezaba a cansarse de que todos supusiesen que una mujer debía cuidarse de causar problemas—. ¿No tengo derecho a defenderme?

—Yo... —Breighton dudó un segundo. Después salió de detrás de la mesa y apoyó la cadera contra el borde—. Sí, claro que sí; pero, dígame de qué le ha servido, maldita sea. ¿Qué quería conseguir enfrentándose a ellos?

—¡Respeto! —ladró, completamente furiosa.

—Orgullo —retrucó él, con un convencimiento absoluto.

Paige lo miró de hito en hito. Aún era incapaz de creerse que aquel hombre la estuviera amonestando por haberse defendido.

—¡Ellos no tienen ningún derecho a considerarme inferior ni intelectual ni físicamente!

—Ellos no deberían haberle importado, para empezar. Pero,

por invencible que se crea, lo cierto es que ellos ¡sí! eran más fuertes físicamente. Solo hay que verla... —El duque se mesó el cabello y comenzó a negar con la cabeza. A Paige no le gustó un ápice que pareciese decepcionado—. La única verdad es que es usted incapaz de controlar su lengua. Es insolente y terca, demasiado como para darse cuenta de cuándo tiene que abandonar una contienda.

Aquello le dolió de un modo que Paige ni siquiera pudo comprender. Su corazón dejó de latir o quizá le explotó en el pecho, no sabría decirlo, pero algo dolió allí dentro. No iba a mostrarlo, no obstante.

—¡Usted no sabe nada de mí! Lo único que he querido en mi vida es ejercer la medicina honestamente sin que nadie se sienta legitimado para tirarme fruta podrida por el hecho de ser mujer. ¡Y mucho menos a maltratarme! Quiero ser médico, es lo que he querido siempre y tengo derecho a serlo.

—Y lo es, maldita sea —bramó el duque con el ceño fruncido—. ¿No puede dejarlo así? ¿Tiene que obligar a todo el mundo a que comulgue con ello? ¿Tiene que ganarse el respeto a fuerza de meterse en líos?

—Me da igual el respeto de esos críos. ¡Y el suyo! —Después de chillar eso, Paige se dio cuenta de la escena que estaban interpretando. Intentó recomponerse, pero se sintió incapaz de controlar su genio; estaba casi temblando y casi llorando—. Me respeto yo misma, que es algo que muchos no pueden decir. Si la gente como usted me brinda su desprecio por atreverme a tener sueños y luchar por ellos... Que así sea. ¡Me importa un pimiento!

Se giró para marcharse, con los ojos ardiendo en lágrimas, pero antes de llegar a la puerta él la detuvo. La tomó por el brazo y la hizo volverse. Con la otra mano le retiró el pelo enmarañado del rostro en un gesto tan dulce que le pareció impropio del momento.

—Majadera —murmuró con una extraña expresión.

—Déspota —respondió ella en un susurro.

Los segundos se estiraron sin que Paige supiera hacer otra cosa que mirar aquellos impresionantes ojos verde jade que, para su sorpresa, no encerraban ningún tipo de condena, sino otra emoción a la que no supo poner palabras.

La tensión era tan insoportable que casi gimió de alivio cuando la mano del duque bajó de su brazo a la cintura y aquella boca la reclamó con una fuerza que la dejó aturdida, incapaz de reaccionar durante un largo instante.

Aquel beso no era como el de su recuerdo. No era persuasivo ni lento. Breighton la sujetaba casi con fiereza; los cálidos labios se abrían paso con ímpetu y con una urgencia que era sobrecogedora.

La angustia vivida durante la mañana eclosionó en su corazón, convirtiéndose en un anhelo tan poderoso que Paige se agarró a la levita del duque y comenzó a responder al beso con frenesí. Sus manos volaron al oscuro cabello de Breighton. Se apretó contra él y gimió ante la invasión de su lengua, que parecía consolarle todos los lugares dañados del alma.

La pasión había estallado de modo tan sorpresivo que la estaba engullendo. Le faltaba el aire, le temblaban las rodillas, el corazón bombeaba de un modo casi doloroso; pero Paige ignoró todas esas cosas porque quería seguir sintiendo aquella colosal plétora de emociones que la inundaban de alivio y bienestar.

Sin saber cómo, se encontró tumbada sobre alguna superficie, con el robusto cuerpo del duque sobre ella. No era el suelo, seguro, pero no podría decir dónde se hallaban. Lo que sí sabía era que él la estaba devorando, empujando las caderas contra ella de un modo rudo, pero delicioso, proporcionándole la plenitud que necesitaba sin saberlo.

Paige se dejó llevar. Se entregó gustosa a aquella delirante pasión que el duque ejercía sobre ella y dejó que curase sus muchas cicatrices.

Llevaban largo tiempo besándose cuando notó que Breighton metía los dedos por dentro de su escote para tirar del corpiño hacia abajo. Una vez. Dos. Hasta que supo que sus pechos se habían liberado del confín de la tela.

Estuvo a punto de protestar cuando él alzó la cabeza y dejó de besarla, pero la contempló de un modo tan intenso que las palabras murieron en sus labios. No se quejó cuando Breighton alzó una mano y le rodeó el seno, y tampoco fue capaz de decir una sola palabra cuando lo vio inclinarse y tomar el pezón con la boca. La explosión de placer fue tan aguda que gritó roncamente y se arqueó con infinito gozo.

Tiró de los cabellos que se enredaban entre sus manos, pero no con la intención de separarlo, sino con el único fin de dar escape a la ansiedad que la consumía. Era... devastador, hermoso y placentero hasta el borde del dolor.

Después sintió la mano del duque sobre el muslo derecho. De algún modo había conseguido encontrarle la piel por debajo de la falda y las enaguas. Aquella mano quemaba, como lo hacía todo su cuerpo por dentro.

Breighton se incorporó y la miró con fijeza justo antes de colocar el talón de la mano contra el pubis de Paige. Ella no pudo evitar un jadeo sorprendido y escandalizado que pareció satisfacerlo, porque la dejó de observar y volvió a besarla.

Sin embargo, la mano no se conformó con presionar en aquel punto tan íntimo, sino que empezó a vagar por entre sus piernas hasta que Paige pudo notar la caricia en el vello que le cubría el pubis. Volvió a jadear dentro del beso y se apretó contra aquel contacto inquisidor.

Una vaga noción de que había mucho más la invadió, y pudo comprobarlo apenas unos segundos después, cuando esos dedos al fin abrieron los pliegues de su sexo y los acariciaron con lentitud. Paige sollozó, mitad avergonzada mitad extasiada, pero el duque no dejó de acariciarla, dando rodeos hasta que ella se calmó y empezó a acomodarse a tan íntimo contacto.

Entonces, él se alejó de nuevo y la observó con esos impresionantes ojos verdes, que se pasearon por su rostro con auténtico descaro.

—Esas gafas no le hacían justicia, señorita Clearington —masculló con una voz que nunca le había escuchado.

Paige abrió la boca para decir algo, pero tenía la mente totalmente colapsada por las sensaciones que la recorrían como ráfagas de aire helado y ardiente. Sentir el peso de ese hombre sobre ella, ser receptora de tan íntimas caricias y de aquellos impetuosos besos le parecía la cosa más extraordinaria. Uno de los prodigiosos dedos del duque se aventuró más profundo y tocó un lugar que la hizo gemir más alto.

—Shhh —pidió el duque sin dejar de mirarla.

Pero ella no fue capaz de callar. No pudo evitar el sollozo de angustioso placer, como tampoco supo detener los estremecimientos que la asolaban, ni el ansia por más. Tan escandalosa debía de ser la expresión de su gozo que Breighton la besó para silenciarla, pero los sonidos siguieron brotándole de la garganta a medida que él incrementaba la presión de la caricia entre las piernas.

Los golpes en la puerta entraron paulatinamente en la mente de Paige, que se quedó rígida como una piedra cuando oyó la voz de Carruthers.

—Excelencia —dijo el mayordomo una vez dentro del despacho—, está aquí su siguiente visita. El señor Lisman lo espera.

La voz había sonado imperturbable, como si no fuera evidente lo que estaban haciendo encima del sofá, que era el lugar donde la había tumbado, comprendió Paige. Los tapaba el respaldo, pero de igual modo debía de saber lo que estaban haciendo.

—Enseguida lo haré pasar, Carruthers. Deme cinco minutos. —Eso lo dijo con la mirada clavada en ella. Acto seguido oyeron que la puerta se cerraba sonoramente.

—Dios mío. —Page se tapó la cara con las manos, incapaz de creer lo que había hecho—. Dios mío. Dios mío.

—Señorita Clearington, cálmese —dijo él en tono firme al tiempo que se levantaba.

Pero Paige no podía pensar, no podía calmarse, porque el

horror y la vergüenza amenazaban con arrancarle el corazón del pecho. Se encogió sobre sí misma, temblando. No solo se había entregado como una completa furcia, sino que la habían sorprendido de esa impúdica manera. En pocos minutos toda la casa lo sabría.

—Dios mío —gimió al borde del llanto.

—Ahora no puede perder su temple, señorita Clearington —insistió el duque mientras la ayudaba a ponerse en pie—. Cálmese y suba a su habitación. Puede utilizar el corredor del servicio y la escalera que sube directa a la primera planta. —Breighton le iba explicando todo eso mientras le acomodaba de nuevo el vestido en su lugar. Paige seguía con las manos contra la cara, incapaz de reaccionar, de modo que él se las retiró—. Le prometo que nada de esto la perjudicará. Me encargaré de todo, pero ahora tiene que salir de aquí del modo más discreto posible. Ese panel da al corredor del servicio. Salga por ahí.

Como ella no reaccionaba, dejó de señalar el panel del fondo y la empujó suavemente hasta allí. Lo abrió y le mostró el pasillo, pero los pies de Paige no se movían. El duque la agarró por los hombros y la apoyó contra la pared.

—Quédese aquí hasta que se calme, pero después suba lo antes posible a su dormitorio, ¿me ha entendido?

Paige cabeceó afirmativamente como respuesta, y Breighton esbozó una sonrisa compasiva antes de darle un breve abrazo y un beso sobre la cabeza. Después, dándose por satisfecho, volvió al despacho y cerró el enorme panel de artesonado como una pesada losa.

Ella fue resbalando por la pared hasta quedar sentada en el suelo, con la respiración hecha un nudo en el pecho, sin encontrar el modo de entrar o salir. ¿Qué había hecho? ¿Qué clase de desvergonzada era? Se tapó los oídos con las manos porque le zumbaban y tomó el aire en bocanadas. Al final, no necesitó llegar a su habitación para romper a llorar.

Max se llevó una mano a la sien y la frotó para aliviar la tensión que había estallado al oír la voz del mayordomo invadiendo el despacho.

«Señor bendito», se dijo. ¿Qué habría ocurrido si no los hubiesen interrumpido? ¿Cómo era posible que perdiera el control de ese modo? La única explicación que podía encontrar era que la preocupación y la furia por lo que le había ocurrido a la galena le desproveyeron de su habitual raciocinio. Estaba tan enfadado con ella por haber acudido a esa conferencia... Podrían haberle hecho mucho daño; y eso que ni siquiera se atrevía a imaginar lo que en realidad había ocurrido. Antes de que terminase el día exigiría una explicación a la universidad por la agresión a Paige Clearington. ¡Esos malditos estudiantes lo pagarían muy caro!

«Ella se les ha enfrentado», pensó con un ligero atisbo de orgullo. Podía imaginarla en medio de la trifulca, pataleando y gritando improperios a esos canallas.

Era una completa majadera, en eso no se retractaría ni media palabra, pero se arrepentía de haber cuestionado sus ideales y su dedicación. Los reproches, que tan a la ligera le había lanzado, no fueron más que el fruto de su rabia y su preocupación. Le pasaba en algunas ocasiones con Matthew, cuando él hacía alguna trastada que terminaba en llanto, y en lugar de consolarlo acababa regañándolo. Después siempre se arrepentía de su incapacidad para mostrar más piedad en aquellas situaciones, pero si le costaba racionalizar su propio miedo a que le pasase algo a su hijo, mucho más le costaba pedirle perdón.

Con la doctora Clearington, sin duda, tendría que buscar el modo de superar esa dificultad, porque le debía una disculpa, o un conjunto de ellas, a decir verdad. No solo debía excusarse por su muestra de insensibilidad ante la agresión que había sufrido, sino también por haber menospreciado su dedicación a la medicina. ¡Como si aquello no tuviese ningún valor! Tal vez, a esas alturas, Max habría perdido a su hijo de no ser porque un buen día la endiablada mujer tomó la decisión de luchar por sus sueños.

También debería pedir perdón por haberla besado. Y acariciado. Íntimamente. «¡Oh, Señor, bendito deseo!», se estremeció.

Él, que creía que no volvería a sentirlo de aquel modo tan salvaje. Pero al verla sumamente vulnerable y altanera a un mismo tiempo, no había sido capaz de controlarse. No había protagonizado un suceso tal desde su más exuberante juventud, cuando flirteaba y acosaba a cuantas jóvenes de vida alegre se le cruzaban por el camino.

Se volvió a sentar en el sofá donde había estado a punto de tomarla y cerró los ojos. No había protestado, no se había defendido de su ataque. Por el contrario, se entregó con una fogosidad que lo dejó pasmado y fascinado. Ella enloqueció de placer cuando él le besó los pechos, que eran sorprendentemente suaves y llenos.

Su erección se recrudeció y Max maldijo en voz alta. No era el momento para recrearse en la experiencia vivida. Tenía una visita que atender. Necesitaba borrar de su mente las reacciones físicas de la doctora. Esa mujer lo encendía a niveles intelectuales y físicos como nadie antes lo había hecho. Si no fuera tan terriblemente inadecuada...

No era que careciese de hermosura o que no tuviese el porte o la educación necesarios para considerarla una opción. Pero era transgresora, y ese tipo de personas no encajaba en la ordenada vida de Max. Si no fuese tan condenadamente exasperante, no le supondría tal problema ignorarla. Sin embargo, incluso cuando se comportaba como la recatada dama que debía ser, le encendía algo por dentro: un afán por quitarle esa máscara de dignidad.

Podrían escribirse tomos enteros con los modos que se le ocurrían para crispar la tranquilidad de su compostura. Una de las cosas que haría para molestarla —y que se le había pasado por la mente en numerosas ocasiones— versaba acerca de sus recatados fichús de encaje; le encantaría espetarle lo provocadores que eran y acusarla de querer seducir a los hombres con su uso.

Pero ¿qué hacía él pensando en semejantes banalidades? ¿Por qué buscaba diversión a costa de una mujer a la que solo debería profesar respeto o, como mucho, indiferencia? Su conducta estaba fuera de toda justificación, se reprendió. Si seguía por ese camino iba a acabar poniéndose en ridículo, o violentando a la señorita Clearington, que bien podía no responder tan sumisamente una próxima vez.

—Carruthers —llamó cuando se hubo tranquilizado.

—Sí, excelencia. —El mayordomo acudió de inmediato.

—¿Está el señor Lisman en la sala de recibo? ¿Le ha ofrecido algo de tomar?

—El señor Lisman ha aceptado una copa de clarete —respondió al tiempo que escrutaba la sala.

—La señorita Clearington ya se ha ido —aclaró, pues era evidente que la buscaba.

—Por supuesto, excelencia. Eso no es de mi incumbencia, como es obvio. —Una frase pareció pender tras aquello—. ¿Se me permite una observación, excelencia?

Max no estaba muy convencido, pero accedió con un gesto de impaciencia.

—La reputación de Breighton Hall no debería verse socavada por ningún tipo de intromisión, y esa mujer... Oh, milord, no puede ser más inconveniente su presencia aquí. Acaba de demostrar ser...

—¡Carruthers! —ladró—. Está usted a punto de cometer un gravísimo error. Le recomiendo que suavice su trato con la doctora Clearington.

Su mayordomo adoptó una postura mucho más tiesa de la habitual, si aquello era posible. Alzó el mentón con altanería, como si acabase de ser ofendido, y después asintió con solemnidad.

—Y, Carruthers —añadió—, si lo que acaba de ocurrir aquí llega de nuevo a mis oídos sabré quién lo ha propagado. No se lo recomiendo.

—Claro, discúlpeme, excelencia —contestó aséptico.

—Carruthers, la señorita Clearington ha sufrido un lamentable percance y ha perdido sus gafas. Haga venir de inmediato a un óptico.

—Sí, excelencia. ¿Hago pasar ya al señor Lisman?

—Espere un par de minutos y tráigalo.

—Como ordene, excelencia.

Max abrió y cerró varias veces las manos al tiempo que llenaba de aire los pulmones. Había estado a punto de agarrar a Carruthers de las solapas, porque iba a insultarla. Estaba seguro de que eso era lo que habría oído si le hubiera dejado seguir hablando. Una ira ciega lo golpeaba por momentos. ¿Quién era él para juzgarla? ¿Por qué asumía que lo ocurrido era culpa de ella? Si se atrevía a hacerle daño de algún modo...

Max volvió a tomar otra bocanada de aire. Tenía que tranquilizarse. No podía adoptar aquella emoción furibunda por alguien que no estaba bajo su protección. Se pondría en evidencia.

No obstante, la negligencia había sido suya. Él había acorralado a la doctora. No podía permitir que eso la perjudicara. En cuanto encontrase un momento tendría que hablar con ella de lo ocurrido. No iba a consentir que volviese a ocurrir, por supuesto. Aquello estaba totalmente fuera de lugar, por mucho que le despertase instintos y emociones que creía haber dejado de sentir para siempre. Era su empleada, una mujer de un mundo muy diferente al suyo. Ni siquiera como amante era una buena opción. Tenía que limitarse a tratarla como lo que era: la doctora de Matthew.

Para cuando Lisman accedió a su estudio, Max ya había tomado una determinación: mantenerse lo más alejado posible de la señorita Clearington.

14

Cuántas veces se había compadecido de jóvenes incautas a las que tuvo que comunicar un embarazo. Incluso en sus años de estudiante, algunas chicas de condición social no demasiado baja habían acudido a ella para manifestarle sus sospechas sobre una posible concepción. ¿Compasión? No era ese el sentimiento. No exactamente. Las había juzgado —con dureza— no por su desvergüenza, sino por su estupidez. No entendía cómo podían haber sido tan incautas de dejarse seducir por hombres que nunca actuarían honestamente ante hijos bastardos.

Ella no sabía.

Su conocimiento y experiencia vital eran muy limitados en el terreno de las emociones, como había quedado demostrado con una simple exhibición de su propia necedad. ¡Ah, cuán fácil le había resultado juzgar a otras!

¿En qué la convertía eso, dadas las actuales circunstancias? En una cínica, supuso, pues ya no era capaz de aplicarse aquella distinguida rectitud moral a sí misma. Oh, sabía que sus actos —lo que había consentido que ocurriese— estaban mal. Y, sin embargo, no era capaz de lamentarlo. No del todo.

Por un lado, le horrorizaba pensar en lo licenciosa que se mostró ante las indecentes caricias del duque; lo inadecuado que había sido el comportamiento de ambos.

Y por el otro... cerraba los ojos y notaba en cada fibra de su cuerpo el placer y el bienestar que sintió bajo esas diestras manos, lo ardientes y posesivos que le parecieron sus besos.

El margen de error como médico la había vuelto a tomar por sorpresa. Una cosa era conocer la teoría de los procesos del comportamiento humano y otra muy distinta, experimentarlos. Debería haber imaginado, por los recuerdos de aquel primer beso que compartieron, que la intimidad entre un hombre y una mujer era estremecedora, fascinante y cautivadora.

Esa vez, el encuentro había sido mucho más intenso, quizá porque el duque estaba furioso con ella y perdió el control. Los hombres tenían instintos muy diferentes a los de las mujeres. Ellos mostraban una mayor necesidad de contacto sexual y lo practicaban de una manera más desinhibida.

¿Le ocurría eso a Breighton con respecto a ella? ¿Sería posible que la deseara de verdad? ¿O solo se había dejado llevar por su enfado? ¿Importaba realmente el motivo?

Por indecente o inadecuado que fuera lo que ocurrió la víspera, Paige no lo lamentaba, ni lo lamentaría. Se había sentido gloriosamente excitada, deseada y atrevida. Un poder embriagador la había desbordado al ser consciente de que ella estaba desencadenando esa reacción en un hombre. En ese hombre. Ella. La muy sosa y estirada señorita Clearington a quien sus vecinos, los Polton —dos hermanos atractivos y libertinos que vivían tres casas más abajo—, habían tachado de «incasable». Pero había despertado los instintos masculinos de un duque, de uno muy guapo. La vanidad inherente en ella se regodeaba en ese conocimiento.

Tal vez era precisamente su vanidad la que estaba minimizando el asunto, por puro y salvaje orgullo. Si se concentraba en lo que había sentido y en el origen del deseo que despertaba en el duque de Breighton, su mente pasaría menos tiempo recriminándola por haber sido tan necia y atrevida.

Tanto daba. El resultado era que no podría mirarlo a la cara de nuevo. Le aterraba volver a cruzarse con el mayordomo; mucho más con Su Excelencia.

No tuvo que hacerlo; al menos, esa mañana. Y tampoco esa tarde. Ni en la noche. Breighton se las apañó bastante bien para no coincidir con ella en la habitación de Matthew ni en ninguna otra estancia, lo cual supuso un gran alivio. Paige se dijo que aquel pensamiento no solo era cobarde, sino poco pragmático. Hablar con el duque suponía un imperativo de su trabajo, pues debía comunicarle el estado del niño y cualquier avance que se produjera.

Eso le recordó su desafortunado intento por comunicarse con los científicos que habían descubierto la antitoxina para el tétanos. Ellos aún debían de permanecer en la ciudad, pues habría una gala de la Royal Society la semana siguiente, a la que estarían invitados. Paige se habría apostado todos los chelines de su hucha a que sir George Stokes no dejaría pasar la oportunidad de tener a tan eminentes personalidades en la casa de Crane Court. Tenía que localizarlos. No podía rendirse ante el primer escollo.

Decidida a encontrar el modo de ser recibida por Behring, Paige abandonó el gabinete, donde había dedicado gran parte de la mañana a repasar los estudios del bacteriólogo alemán, y buscó al secretario de Breighton, quien precisamente se encontraba en el vestíbulo ordenando la correspondencia.

—Portland, buenos días. ¿Sería tan amable de comunicar a Su Excelencia que he salido a hacer unos recados? —preguntó con impaciencia.

Aunque aborreciera tener que rendir cuentas de sus idas y venidas, prefería con mucho no volver a enfrentarse a la ira del duque por haberse marchado sin dar explicaciones; algo por lo que la había reprendido con severidad en otras ocasiones, como aquella en la que Paige intentaba no pensar.

—¿Se plantea la posibilidad de llevarse un abrigo? —retrucó el secretario con una sonrisa pícara.

Era tanta su prisa por acometer la búsqueda que ya casi tenía un pie fuera de la mansión sin siquiera haber pensado en ello. Además, de no ser porque Portland le hizo caer en lo impetuoso de su comportamiento, habría salido por la puerta principal, la que ella no debía utilizar.

—Dios mío, tiene razón. Mi entusiasmo me ha privado totalmente de coherencia por un momento. Claro que debo ponerme un abrigo. Y salir por la puerta de visitas para tomar el carruaje, por cierto. He sido muy despistada —se disculpó.

—¿Puedo preguntar a qué se debe su entusiasmo, señorita Clearington? —Portland parecía sentir un genuino interés por sus motivos.

Ponderó por un instante la posibilidad de inventar alguna mentira o excusa que sonara plausible, pero recordó lo mucho que el secretario se preocupaba por el pequeño Matthew. A fin de cuentas, no era más que una remota oportunidad, pues ni siquiera estaba segura de que la fueran a recibir. Decidió, no obstante, guardarse los detalles, por si la lealtad de Portland hacia el duque lo inducía a compartir aquella información.

—No dejo de buscar modos de curar a Matthew. Y creo haber encontrado a una persona que podría tener un conocimiento muy amplio de la enfermedad. Mi intención es pedirle una reunión, aprovechando su paso por la ciudad.

Los risueños ojos castaños del señor Portland se iluminaron de repente con ese halo de esperanza que ella misma no era capaz de controlar del todo. El hombre inspiró hondamente y después le hizo una respetuosa venia.

—Entonces, no la entretendré más, doctora. Le deseo toda la suerte en su empresa. Me encargaré de que le preparen el carruaje mientras sube a por su abrigo.

—Muchas gracias, Portland. Es usted un buen hombre.

A Paige le llevó el resto de la mañana averiguar el paradero de Behring y Kitasato. En la universidad donde había tenido lugar la conferencia no le hicieron el menor caso y tampoco consiguió gran ayuda en la Royal Society. Allí, a decir verdad, no les constaban los alojamientos de los invitados a la gala; el chico que la atendió era muy servicial, pero no disponía de la información que ella necesitaba. Recurrió a uno de sus pacientes, John McLaren, que trabajaba en el flamante hotel Savoy, el cual había abierto sus puertas hacía poco más de un año. El joven camarero le pidió que esperase en la recepción mientras él indagaba entre sus contactos, y volvió una hora después a decirle que los hombres a quienes buscaba se hospedaban en el Langham.

Dado que había perdido muchísimo tiempo esperando, tuvo que volver a Breighton Hall para supervisar el estado de Matthew, que había vuelto a tener un poco de fiebre a media mañana, después de pasar otra noche con la temperatura alta. Paige sentía que el tiempo se le escapaba entre los dedos, y que, por mucho que lograse ralentizar el avance de la enfermedad, la difteria estaba a punto de eclosionar en su pequeño cuerpo.

Ni siquiera tuvo fortaleza de espíritu para almorzar. En cuanto terminó de rasparle las membranas a Matt, lo dejó al cuidado de la enfermera Shove y se encaminó al Langham.

Había tenido la clarividencia de enviar una nota desde el Savoy antes de marcharse. En ella, solicitaba una visita a Behring en nombre del doctor A. Clearington. Pensó que si a esos hombres se les ocurría hacer averiguaciones sobre la persona que enviaba la nota, sería mucho mejor que escuchasen referencias sobre su padre que sobre ella. Además, siempre era más probable que la recibieran si pensaban que era un hombre.

A pesar de esa triquiñuela, no las tenía todas consigo. Era muy probable que se sintieran ofendidos al descubrir el engaño y se negasen a hablar con ella. Por esos y otros motivos más trascendentales, como la vida de Matthew, llegó al hotel más temblorosa e inquieta que el pudin de la señora Butler, la cocinera de Breighton Hall.

Tal como cabía esperar, la sorpresa de los científicos cuando entraron en la salita privada, a la que un botones del hotel la había conducido a su llegada, fue manifiesta. Behring se detuvo con el ceño fruncido, seguido muy de cerca por su socio japonés.

—Ha debido de haber un error —dijo en inglés el chico que los acompañaba. Era su traductor, recordó Paige; el mismo que había servido de intérprete en la conferencia—. Usted es la mujer de la universidad.

—No se trata de un error, caballeros. —Alzó una mano para indicarles que esperaran. El resto de su explicación tomó un tono implorante—: Les ruego que me escuchen. A mi padre le ha resultado imposible venir —mintió—. Nuestro paciente ha empeorado y él no ha podido apartarse de su lado, pero consideraba esta reunión de vital importancia y por eso me envía a mí. Lo que me trae a ustedes es una cuestión de vida o muerte.

A Paige le llevó un tiempo considerable convencer a los bacteriólogos de que actuaba en nombre del doctor Clearington. Se planteó, no por primera vez, por qué no había acudido a él realmente. Le hubiera podido allanar mucho el camino; claro que a ella nunca le había gustado que nadie hiciera tal cosa. Al final, consiguió que los doctores se sentaran y le prestasen atención; estaba segura de que se debía en gran parte al talante conciliador del joven traductor, que hacía todo cuanto podía por ayudarla.

No le pasó desapercibido que a Kitasato le causaba cierta simpatía tal atrevimiento; había un cierto brillo de diversión en sus rasgados y pequeños ojos. Se obligó a dirigir algunas de sus aseveraciones hacia él, pues Behring parecía darles mucho crédito a sus opiniones.

—Les agradezco su tiempo, y mi voluntad es que no pierdan más del necesario. Por ello, si me lo permiten, seré muy directa. —Miró al joven traductor, que les hizo llegar sus palabras de inmediato—. Sé que, además de haber encontrado la antitoxina para el tétanos, sus investigaciones recientes también se han orientado a encontrar una cura para la difteria. Incluso he leído uno de sus ensayos con cobayas.

Behring reacomodó su postura en el sillón, como si no le gustase lo que oía. Le dirigió una mirada suspicaz y Paige se concentró en el japonés, que parecía incluso más interesado en ella que al principio.

—Verán, doctores, tengo un paciente de cinco años que presenta un cuadro de difteria con un alto poder de toxicidad. Es cierto que he conseguido postergar los efectos más perniciosos de la enfermedad, pero su avance es inexorable. Mi paciente se muere. —Una oleada de profundo terror la invadió al poner en voz alta aquellos temores que no habían dejado de asomar a su cabeza cada día desde que Matthew comenzó a tener fiebre—. Sé que la bacteria presente en las membranas puede liberar una toxina, y que por mucho que yo quite el crup de su garganta esa toxina acabará matándolo. —Esa era una información que todavía no se había atrevido a compartir con Breighton—. Y mi pregunta, señores —continuó, con la garganta casi cerrada por la tensión—, es si, quizá, ustedes han logrado sintetizar una antitoxina igual a la del tétanos... para la difteria.

Se produjo un momento de silencio, incluso en el joven que iba traduciendo, una por una, sus palabras a los bacteriólogos. Cuando él terminó de darles el mensaje, Behring y Kitasato compartieron una mirada que estaba preñada de conocimiento, pero también de advertencia. A Paige, esos pocos segundos se le hicieron insoportables. Llegó a pensar que se levantarían y saldrían de la sala sin darle siquiera las buenas tardes, pero comprobó que, en las miradas cruzadas de los dos científicos, se estaba estableciendo algún tipo de acuerdo.

Para su sorpresa, fue el doctor japonés el que se encargó de contestarle; en alemán. El joven intérprete procedió a convertir sus palabras en el inglés de la reina.

—La escuela de Koch estudia desde hace muchos años los agentes causantes de la difteria, señorita Clearington. Está en lo cierto sobre la toxicidad generada por la bacteria que provoca esta enfermedad. Y acierta al pensar que su comportamiento es muy parecido al del tétanos. Sin embargo, nuestros avances en este campo son, por ahora, muy rudimentarios.

—Aún no han sintetizado la antitoxina —concluyó desolada.

Otra mirada de advertencia del científico alemán cruzó hacia el comisionado japonés. Paige clavó sus ojos en Kitasato.

—Sentimos no poder ayudarla —intervino Behring.

—Sí que la tienen —susurró conmocionada.

Paige había deducido que aquella cautela que ambos exhibían era el resultado de haber obtenido una cura que no podían proporcionarle. ¡Ellos la tenían! No le cabía la menor duda. Su voz había sonado como una clamorosa acusación.

—Es como en el tétanos, ¿verdad? —continuó—. El suero de aquellos pacientes que han sobrevivido a la enfermedad puede curar a los que la padecen. Una cura los llevó a la otra. ¡La tienen! —Miró al jovencito que se encargaba de que la comunicación fluyera—. ¡Dígaselo!

Él se había quedado pasmado, pero enseguida meneó la cabeza y tradujo sus palabras, u otras muy similares, a sus dos interlocutores.

La desconfianza de Behring era ya palmaria, mientras que Kitasato parecía sentir un nuevo respeto por ella. Con toda la calma que caracterizaba a la gente de su cultura, el doctor se inclinó en el sillón y apoyó los codos sobre las rodillas, al tiempo que alzaba las manos en un gesto de indefensión.

—Sería un riesgo utilizar un suero que todavía no hemos tenido la oportunidad de testar. No se han hecho pruebas en humanos, señorita Clearington.

—Pero lo tienen. Tienen una antitoxina que podría funcionar con la difteria. —Paige se sentía cada vez más exaltada. Había ido allí con poca o ninguna esperanza de que los avances en el tétanos pudieran suponer una diferencia en la vida de Matthew, pensando que cualquier posible cura estaba muy lejos de ser encontrada, pero la tenía allí mismo. Esos hombres la habían encontrado, pero se negaban a dársela—. Podría pagarles mucho dinero por ella. Mi paciente es el hijo de un hombre muy poderoso.

Era muy farragoso tener que esperar a que otra persona tradujera cada uno de sus pensamientos, y muy desesperante aguardar cada una de las respuestas, pero Paige se armó de paciencia, sentada casi en el borde del sillón, con una postura que declamaba su estado de ansiedad, y con los ojos llenos de esperanza y súplica.

—Es imposible —tradujo el muchacho, con auténtico pesar—. La investigación científica tiene unos procesos, señorita Clearington. Hemos tardado años en poder presentar los avances sobre el tétanos, y solo lo hemos hecho tras lograr un alto porcentaje de éxitos. Lo lamento, pero la cura para la difteria está todavía en una etapa muy embrionaria de su desarrollo. No podemos ayudarla.

Paige estuvo tentada de levantarse y gritarles que estaban dejando morir a un pobre niño inocente de tan solo cinco años; pero, por algún misterio divino, fue capaz de controlar su genio. Su padre la había reprendido mil veces por no ser capaz de manejarse con diplomacia en situaciones cruciales como esa; ojalá hubiera sido menos orgullosa y le hubiese pedido ayuda.

Había olvidado una premisa básica de cualquier negociación: a mayor semejanza entre las partes, mayor probabilidad de entendimiento. Arthur Clearington podría haber obtenido mejores resultados, a buen seguro, pero ya no venía al caso recriminarse por eso. Paige se levantó con la mayor elegancia posible e inclinó la cabeza en señal de respeto.

—Les ruego que reflexionen sobre ello. La vida de ese niño pende de un hilo, y su padre estaría dispuesto a pagar una fortuna para salvarlo. Si cambian de opinión pueden encontrarnos en Breighton Hall. —Paige le tendió al muchacho rubio la tarjeta del duque, que había tomado prestada de su despacho antes del encuentro—. Muchas gracias por su atención, caballeros. Buenas tardes.

Sentada en la alfombra, y viendo como Matthew hacía su mejor intento por colocar las piezas de madera en el orden correcto, Paige no paraba de analizar cada una de las huellas de la difteria en su pequeño cuerpo. Los ojos enrojecidos, la tumefacción en el cuello, la presencia de un pequeño sarpullido que comenzaba a ser visible en la frente.

Los episodios de fiebre eran cada vez más frecuentes. Ella se pasaba la mayor parte de las noches en aquel dormitorio, ayudando a la enfermera Kerr a cambiar las compresas frías o a dar algún baño al niño para regularle la temperatura. La infusión de corteza de arce también servía, pero no resultaba suficiente. Sus remedios no eran gran cosa; apenas unas tisanas caseras que ayudaban a limpiarle el organismo de toxinas y que proporcionaban efectos antitérmicos. Ninguno de ellos por sí mismo era capaz de hacer desaparecer la bacteria que proliferaba en las amígdalas de Matt. Ninguno de ellos iba a curarle. Solo estaban posponiendo lo inevitable.

Paige había vuelto andando del Langham; durante todo el camino reflexionó sobre qué debía hacer a continuación. Barajaba la posibilidad de hablar con su padre o incluso con la doctora Garret. Paige estaba dispuesta a recurrir a cualquier instancia con tal de hacerse escuchar y lograr que aquellos científicos —médicos que, al igual que ella, se regían por unos preceptos morales y profesionales con el principio y el fin de salvar vidas— le facilitasen un vial de su antitoxina.

—Creo que podría descansar un rato, doctora Paige.

Ella miró a Matthew y le dedicó una sonrisa preñada de amor. Incluso cuando estaba agotado mostraba una exquisita educación y se cuidaba mucho de quejarse. Era un niño de cinco años, postrado en una cama la mayor parte del día, y ni una sola vez lo había oído exigir nada ni ponerse inaguantable. Era un bendito, y empezaba a quererlo de un modo casi compulsivo. A menudo le sobrevenían unas ganas inmensas de abrazarlo o besar su frente, pero tenía que contentarse con gestos más sutiles y adecuados, como revolverle el pelo o sentarse a jugar con él sobre la alfombra.

Dado que en ese momento estaba sola, se permitió la indulgencia de cargarlo en brazos para llevarlo a la cama. No era que el niño necesitase de semejante delicadeza, pero de esa forma podía achucharlo un poco sin sentir que estaba transgrediendo la necesaria distancia que tenía que mantener con su paciente.

—Yo también creo que nos merecemos un descanso —le

dijo mientras lo arropaba—. Tal vez incluso sea recomendable una pequeña siesta.

Matthew cerró los ojos casi de inmediato, dando muestras de estar muy agotado. Debería haberle raspado las membranas antes de dejar que se durmiese, pero prefería que estuviera alguna de las enfermeras con ella. Había que manejarlas con mucho cuidado para no contagiarse, y estando sola podría cometer algún error.

El sonido de unos nudillos llamando a la puerta le ocasionaron un leve temblor en la boca del estómago. Breighton entró sin esperar respuesta. No pareció sorprendido de verla allí.

—Señorita Clearington —habló en tono seco y distante—. ¿Podría salir un minuto?

Estaban solos en la habitación, por lo que no parecía necesaria tal precaución. No obstante, Matt acababa de dormirse, o quizá aún no lo estaba del todo. Fuera como fuese, le pareció mejor idea atenderlo fuera del dormitorio, pues imaginaba cuál sería el fondo de la conversación. De repente, reparó en lo pesados que sentía los pies. No le apetecía ni lo más mínimo enfrentar al duque. Esperaba posponerlo hasta..., hasta que ambos olvidasen el asunto, pero estaba claro que su tiempo de gracia había finalizado.

—¿Sí, excelencia? —dijo tan pronto como se hallaron en el pasillo.

El leve rastro de incomodidad en la mirada de él la hizo sentir algo más tranquila. Paige no tenía ni la más ligera idea de cómo valoraba ese hombre lo que había sucedido entre ellos, pero, desde luego, no parecía soliviantado ni tampoco avergonzado; al menos no del todo.

—¿La ha visitado el óptico? —Paige parpadeó confusa.

—¿Disculpe?

—Hice venir a un óptico para que le confeccionara otras lentes. ¿No ha venido?

Volvió a parpadear y negó con la cabeza, sin saber qué pensar de aquel gesto. Lo cierto era que no se había acordado de enviar a alguien a por un duplicado de sus gafas. Supuso que, al verla sin ellas, el duque había recordado que se las habían roto.

—Se lo recordaré a Carruthers de inmediato. No puedo permitir que vaya por ahí como un topo, chocando contra las columnas.

Aunque estaba segura de que solo lo había dicho para molestarla, no pudo evitar abrir los ojos como platos por semejante injuria. ¡Ella veía estupendamente!

—Solo necesito las gafas para leer y ver los detalles más pequeños, su gracia. No soy una completa cegata —respondió indignada.

—¿Cosas pequeñas como las odiosas membranas que tiene que raspar de la garganta de mi hijo? —preguntó, de pronto airado.

«¡Pero qué insolente!», masculló para su coleto. Aquel hombre podía pasar del gesto amable al oprobio a una velocidad vertiginosa, y eso siempre la dejaba descolocada. Le fastidiaba horrores tener que lidiar con un talante tan volátil, pero se dijo que aquello era propio de los de su clase. Paige quería trabajar en las mejores casas de Londres. Si lograba manejar a Breighton, tendría el mundo a sus pies.

—Tengo unas de repuesto —aclaró con voz serena—. Mandaré una nota a mi padre para que me las envíe.

Entrecerrando los ojos, Breighton inspiró como si le resultase insoportable tanta altanería. A ella, esa forma de mirarla como si fuera un bichito insignificante la ponía de los nervios, pero se abstuvo de mostrarlo.

—También puede aceptar que la vea un profesional.

—Le agradezco su... gentileza —añadió con un matiz de sarcasmo que no escapó a la sagacidad de Su Excelencia—, pero puedo apañármelas yo misma.

Se dio la vuelta para entrar en la habitación de nuevo y con toda la intención de cerrarle la puerta en las narices, pero la garra de Breighton le apretó el brazo, deteniendo su avance.

—Lo que ocurrió la otra noche... —habló en voz baja contra su nuca—. No tiene que preocuparse por ello. Como le dije, me he encargado de todo.

Aquello sí que terminó de ponerla furiosa. ¿Era ese el modo en que pensaba abordarlo? ¿De verdad creía que estaba preocupada porque alguien se enterase? Bueno, desde luego que prefería que aquel irritante mayordomo se mordiese su lengua viperina, pero lo que de verdad le angustiaba, lo que le quitaba el sueño, eran las intensas emociones que había sentido en brazos del duque y que ahora no lograba sacarse de la cabeza.

«Y él viene y me dice que se ha encargado de todo», gruñó.

—¿Que no me preocupe, dice?

No pudo evitar que sus palabras trasluciesen la indignación que sentía. Se volvió para enfrentarlo y sus miradas se encontraron. La de ella, llena de reproche; la de él, sorprendida.

—Obviamente, fue un error —añadió Breighton— que no volverá a suceder. Yo le garantizo que jamás lo referiré, ¿o es que necesita una disculpa?

¡Oh, aquel ego tan horrorosamente ofensivo! Cada palabra que salía de su boca solo servía para menoscabar el amor propio y la dignidad de aquellos que lo rodeaban. «Un error. Jamás lo referiré», refunfuñó para sí; como si fuera una vergüenza, como si valiese menos que nada.

—Necesito que me suelte el brazo —siseó—. Y, sin duda, no necesito ninguna disculpa. Suélteme.

La orden directa tuvo un eco de asombro en la expresión del duque. Paige imaginó que no estaba acostumbrado a oír los verbos en imperativo y mucho menos acompañados de un tono belicoso como el que ella había empleado. Tiró de su propio brazo para remarcar el deseo de que la soltase, pero él no solo no le hizo caso, sino que, por un momento, el agarre sobre su brazo se afianzó. Después, lo oyó suspirar con cansancio y su semblante contrariado dio paso a uno de abatimiento.

—En realidad —explicó—, había venido a pedirle disculpas por mi actitud en el despacho. No entiendo cómo ha ocurrido, pero ha vuelto a sacarme de quicio.

Después de escucharlo, Paige se dio cuenta de que no quería una disculpa por lo que había ocurrido entre ellos. Y también le pareció que él la consideraba culpable de haber acabado discutiendo.

—No he hecho nada para...

—¿Me perdona? —soltó abruptamente.

Paige se quedó contemplándolo, atónita ante el tono suplicante y la mirada que lo acompañaba. ¿Acaso ese hombre había pedido perdón con anterioridad? ¿O estaba ella viviendo un momento inédito?

Docenas de preguntas acudieron a su mente, todas relacionadas con los motivos para besarla y con el arrepentimiento que sentía por tal acción. Si le decía que sí, acabaría con la conversación, y por razones totalmente estúpidas no quería que él se marchase aún.

Paige se humedeció los labios, turbada, y los sagaces ojos verdes de Breighton tomaron buena cuenta del movimiento. La miró con tal intensidad que un cálido y clamoroso anhelo le inundó el pecho, haciéndola consciente de que deseaba que volviera a besarla.

Eso era una calamidad de proporciones épicas, pues no había nada más inadecuado, más peligroso y devastador para su corazón que el hecho de permitirse cualquier sentimiento por el duque de Breighton.

Su mente preclara tuvo la deferencia de darle otro asunto en el que pensar. Le recordó, de pronto, que tenía otras cuestiones a tratar con Su Excelencia —sin duda más importantes—. Entendió también que ese era un buen momento, si no el mejor, para plantear un asunto que podría beneficiarse de la culpabilidad del duque. Se lanzó sin pensarlo.

—Le perdono si me promete que escuchará, sin interrumpirme, lo que tengo que contarle y que esperará a conocer la propuesta que debo hacerle.

Eso lo cogió de nuevo por sorpresa, sin lugar a duda. No hizo nada tan evidente como mirarla con ojos desorbitados, porque Breighton no era muy dado a exabruptos, pero estaba convencida de haberlo trastocado.

—¿Eso es lo único que pide para olvidar el incidente? —preguntó tras un ligero carraspeo.

«¡Incidente!», se indignó.

Paige contuvo el instinto de responder a eso y aplastó con firmeza el nudo de angustia que se retorcía en la boca de su estómago.

—Pero no podrá interrumpir hasta que termine de hablar —le recordó.

Breighton volvió a mirarle los labios como si fueran la caja de Pandora y lo que fuera a salir de su boca pudiera desencadenar todos los males del mundo. La mirada se mantuvo más tiempo de lo adecuado, y Paige carraspeó, incómoda.

—Tenemos un trato —dijo él, con aquellos ojos verde jade llenos de determinación.

—Bajaré después de la cena a su... —La imagen del despacho y de lo que había pasado allí le paralizó la lengua.

—La espero en el salón de visitas.

15

Qué cosa más absurda sentirse nervioso durante todo el día por el hecho de haber concertado una conversación con la doctora de su hijo. Maximilliam intentó de forma denodada olvidar la cita y a la propia mujer, de paso; mas su mente se obcecaba en recordarla una y otra vez.

Después de evitarla durante dos días completos, no podía decir que sintiese más indiferencia respecto a ella. Por el contrario, no solo notaba el mismo deseo de besarla que en ocasiones anteriores, sino que percibía un extraño anhelo al verla junto a Matthew, cuidando de él. En sus momentos más bajos, siempre se creía negligente al negarle al niño la presencia de una madre; y al verla a ella tan cariñosa y abnegada con su hijo... Era mejor no ir por ese camino. Ya tenía bastante con las emociones oscuras que le inspiraba aquella fémina; no necesitaba en absoluto recrearse en otras cualidades que la hicieran una buena candidata como madrastra.

Sacudió la cabeza ante ese pensamiento y observó el propio reflejo en el espejo de la pared. Su habitación ducal era sobria, aunque no se podía calificar de sencilla ni de espartana. Si por él fuera, contendría una cama y poco más, pues únicamente la usaba para dormir. Ni siquiera se cambiaba de ropa allí, porque para eso tenía un amplio vestidor de cuatro cuerpos que estaba atestado de prendas; todas o casi todas adquiridas bajo presión.

Angus Pilsey, su *valet*, era una persona pulcra y eficiente —el mejor de toda Inglaterra, con toda probabilidad—, pero también resultaba terriblemente obstinado, insolente y muy dado al derroche. La decoración del dormitorio ducal, así como su atuendo diario, eran síntomas evidentes de la tendencia de ese hombre a los excesos. No lo vestía como un petimetre; Max jamás lo consentiría —no tenía ni la edad ni el interés para ello—, pero de algún modo conseguía que siempre luciera elegante, conjuntado e impecable.

En realidad, le gustaba. A pesar de sus muchas quejas, mirarse al espejo y verse atractivo le producía una secreta satisfacción. Siempre había sido así, y sería muy hipócrita negarse a sí mismo que desde que tenía una presencia femenina en casa aún le gustaba más.

Mientras descendía por la escalera principal, camino del salón de visitas, se preguntó por enésima vez qué querría proponerle la señorita Clearington. ¿Tenía algo que ver con Matthew? ¿O se trataba de ellos? Ese era el motivo de su inquietud. Por más que le dijera a ella, y se repitiera a sí mismo, que su *affaire* no había sido más que un incidente o un error, no podía, ciertamente, sacárselo de la cabeza. Pero no subyacía culpabilidad tras el recuerdo, sino el deseo de volver a experimentarlo.

«Es la doctora de Matthew», insistía en recordarse.

Sin embargo, cuando llegó al salón y la vio a través de la puerta abierta, paseando nerviosa de un lado para otro con el ceño fruncido y murmurando —o más bien ensayando lo que le iba a decir—, la encontró adorable. Vestía ese conjunto gris perla con la falda drapeada y la chaquetilla abotonada al frente que tanto destacaba su estrecha cintura. Llevaba algunos mechones de pelo suelto; tal vez se habían desprendido del moño a causa de aquel errático deambular. Carraspeó para llamar su atención, y ella se detuvo. Lo miró primero con cierta turbación, pero enseguida se recompuso.

—Excelencia, lo estaba esperando. —Parecía bastante impaciente, desde luego.

—No habíamos fijado una hora concreta, ¿me equivoco?

—Sí, claro, quizá es que yo he cenado antes. —Miró en dirección al área de sillones y le hizo un gesto con la mano—. Siéntese.

A Max no dejó de hacerle gracia que una empleada, y la doctora lo era, lo invitara a sentarse en su propia casa, pero sabiendo lo inquieta que estaba, no se lo tuvo en cuenta.

—¿Tan grave es el asunto que necesito sentarme?

Max la vio dudar, como si realmente estuviera ponderando el alcance de lo que tenía que decirle. Eso, en lugar de asustarlo, lo divirtió. Paige Clearington no parecía preocupada, sino más bien concentrada en el mejor modo de hacer estallar una carga de pólvora. Siguiendo su consejo, se sentó. La doctora, sin embargo, permaneció de pie.

—Gracias, excelencia. —Cerró un instante los ojos, como para infundirse valor, y después le dedicó una mirada llena de decisión—. Estas semanas no he parado de buscar referencias científicas y médicas sobre la enfermedad de Matthew, y tampoco he perdido ojo de las publicaciones de la prensa. —Max era conocedor de su tesón en esa materia—. Así fue como supe que dos importantes bacteriólogos extranjeros que investigan la difteria iban a venir a Londres para dar una conferencia.

Un rayo de comprensión lo atravesó con tanta fuerza que si no hubiera estado sentado se habría tambaleado.

—La conferencia —graznó.

—Exacto —contestó ella con una expresión de disculpa.

Paige Clearington había salido ese día y se había puesto en peligro para asistir a ese evento en el que esperaba encontrar respuestas para su hijo. Max nunca habría creído que la esperanza pudiera venir acompañada de tanto terror. Ni siquiera fue capaz de preguntar en voz alta. Fue la galena quien tuvo que hacerse cargo de la situación una vez que le dejó digerir la noticia.

—Lo que menos deseo con todo esto es generar falsas expectativas, excelencia. —Se puso muy seria en ese punto—. Le ruego que ponga mis palabras en una duda preventiva hasta que termine de explicárselo. —Ella esperó a que Max diera su asentimiento, antes de continuar—: Esos doctores han descubierto que el tétanos puede curarse en pacientes enfermos al inyectarles un suero obtenido a partir de la sangre de personas portadoras de la enfermedad, pero que no han desarrollado los síntomas, o bien que la han padecido pero se han curado.

A Max solo le entró una palabra en la cabeza:

—¿Tétanos?

—Sí, tétanos. Ese es el avance que ellos han venido a presentar. Pero yo... —Sus enormes ojos castaños se llenaron de incertidumbre—. Sabía que también estaban trabajando con la difteria y les pregunté si habían intentado producir un suero similar con los individuos que no padecen síntomas. Sé que algunos niños muestran la presencia de la bacteria sin caer enfermos, y también sé de pacientes que se curan por sí mismos. —La galena cada vez se veía más nerviosa. Y Max mimetizaba aquel estado ansioso sin poder evitarlo—. Así que pensé... que podían estar trabajando en ello y quise interceptarlos al salir de la conferencia.

—Si me dice ahora que se había equivocado creo que podría estrangularla.

Intentaba ser cauto y no dejarse llevar por la euforia de lo que, suponía, podía haber hallado esa mujer, pero tardaba tanto en llegar al meollo del asunto que empezaba a perder la paciencia. Ella se limitó a fulminarlo con la mirada.

—No me hicieron caso. Al parecer llevaban mucha prisa, y me dejaron allí plantada. —La galena bajó la mirada—. Ya sabe lo que pasó después —farfulló.

Sí, claro que lo sabía. No se le borraba de la cabeza el aspecto tan maltrecho y desamparado que ella lucía al volver esa tarde.

—Entonces, no entiendo lo que quiere decirme, señorita Clearington.

—Volví —aclaró con gesto satisfecho—. Me he pasado la mañana fuera, buscándolos, y esta tarde he conseguido verlos.

Max se incorporó de golpe en su asiento, pero no se levantó.

—¿Y qué le han dicho? ¿Tienen ese suero? ¿Puede curar a Matthew?

—Excelencia —protestó—, me prometió que me dejaría terminar y que no me interrumpiría.

—¡Es que se está demorando una eternidad!

—¡Es que debe entender todas las complejidades de este asunto!

Max abrió la boca para protestar, pero se encontró con dos de los suaves y cálidos dedos de Paige Clearington bloqueándole los labios. La sensación le traspasó la piel y le aceleró los latidos del corazón. Ella, que seguía sin llevar gafas, abrió esos enormes ojos, sorprendida, como si no hubiera sido consciente de lo que hacía. Se quedaron petrificados un momento infinito en el que Max perdió el hilo de sus pensamientos.

Ella apartó los dedos lentamente, y él tuvo que contener el impulso de retenerlos y besarlos. «¡Maldición!», pensó. Tenía que dejar de pensar en esas cosas. Estaban hablando de Matthew; de su hijo enfermo. ¿Cómo podía olvidarlo por un solo segundo?

La doctora carraspeó y clavó los ojos en el suelo, al tiempo que se sonrojaba de un modo encantador. Después pareció recordar la importancia de lo que le estaba contando y se recompuso de inmediato.

—Tienen la antitoxina —proclamó con solemnidad—. Ellos no me lo han querido confirmar, pero estoy convencida de que la tienen. La versión oficial es que todavía se encuentran en una fase muy primaria de la investigación —explicó, mientras el corazón de Max bombeaba a toda velocidad—. En cualquier proceso de este tipo hay una serie de protocolos. Primero se experimenta el suero con cobayas, y después, con personas. Niños, en este caso. Ellos aseguran que aún no han llegado a ese punto. —Su tono era subversivo—. Pero hubo algo en la manera como se miraron que me hizo pensar que sí lo han hecho. O quizá es que están seguros de que puede funcionar, a pesar de no haberlo probado en humanos. Tiene que entender una cosa, excelencia.

—Se puso muy seria de repente—. Ellos niegan tener la antitoxina, y lo hacen por motivos de lo más comprensibles. Un suero que todavía no ha sido testado en personas es susceptible de provocar efectos impredecibles. Podría ser... peligroso. Y, aunque resultara ser una cura..., lo cierto es que esos hombres no se arriesgarían a dárnosla.

Max cerró los ojos, abatido, y suspiró. Era demasiado bueno para ser cierto.

—Entonces, no entiendo por qué me cuenta esto —dijo en tono de reproche.

—Quiero que la robemos.

Max la miró un instante, sin dar crédito a lo que acababa de oír. La última media hora le parecía una mezcla extraña de pesadilla y tragedia griega. Había pasado de estar esperanzado a sentirse como si le hubiera atropellado un carruaje. ¿Y ahora le salía con que no podían acceder a la fórmula a menos que la robasen?

—¿Puedo hablar con libertad? —Ella asintió, como si no acabara de proponer semejante disparate—. ¡¿Ha perdido usted el juicio?! —bramó, al tiempo que se levantaba del sillón—. No solo pretende inocular a mi hijo un suero que vaya usted a saber si puede curarlo o matarlo —la acusó—, sino que además pretende que cometa un acto de latrocinio. ¿Recuerda acaso que soy un duque de Su Majestad?

—Podemos teorizar todo lo que quiera sobre el conflicto moral que representa cometer un robo —respondió ella con desánimo— e incluso sobre el peligro de inocular a Matthew, pero vayamos a los hechos, excelencia: o hacemos algo o lo perdemos.

Max la contempló fijamente durante un largo instante y volvió a sentarse. Jamás lo había expuesto en términos tan claros; oírlo fue demoledor. Un instinto primario lo empujó a rebatirlo, a gritarle a aquella mujer solapada que se equivocaba, que su hijo iba a curarse. Pero en su fuero interno sabía que esa afirmación encerraba mucha certeza. La fiebre no cesaba del todo, cada día tenían que raspar las membranas con mayor frecuencia, y su pequeño Matthew estaba cada vez más delgado y pálido. Era algo que se había negado a aceptar, pero no se podían negar los signos, ahora que esa mujer los había puesto de manifiesto con semejante mazazo de realidad.

—¿Se da cuenta del dilema que me plantea, doctora?

—Me doy cuenta, excelencia, porque es el mismo que tengo yo —argumentó con sincero pesar—. Me asusta terriblemente la sola idea de darle algo que pueda perjudicarle, pero he comprendido que lo que hacemos no es más que retrasar lo inevitable. No podemos curarlo. Al principio, llegué a pensar que sí, que estaba mejorando, pero desde que apareció la fiebre...

—Déjeme solo —le pidió.

—Pero, excelencia...

—Por favor, señorita Clearington. Déjeme solo.

No quería tenerla allí en ese instante. No quería tener a nadie alrededor. Su cabeza era un hervidero de emociones confusas y abrasadoras. La desesperanza se imponía a todo lo demás, pero notaba rabia e indignación por la tremenda injusticia de que su hijo se hallase en una situación tan crítica. ¿Cómo había ocurrido aquello? ¿Por qué no había podido protegerlo? ¿De qué le servían toda su riqueza y su poder si la felicidad se reducía al final a una decisión que podía salvar o matar a su propio hijo?

—Está bien. Lo dejaré solo; estaré con Matthew, si me necesita.

Sintió su ausencia casi tanto como lo estaba asfixiando su presencia. Cuando Paige Clearington salió, se encontró con la tremenda desdicha de sentirse aún peor.

Puesto que se había quedado preocupada, Paige no tuvo éxito a la hora de conciliar el sueño. Sabía que Breighton había bajado a su despacho y que estaría dándole vueltas y más vueltas al asunto. Era absurdo sentirse culpable por haber planteado una salida al rápido deterioro de Matthew, pero Paige se lamentaba por el dilema ético y emocional que había puesto sobre los hombros del duque.

Pasó cerca de una hora buscando una postura cómoda que la indujese al sueño, pero tanto las piernas como la espalda se negaban a encontrar el confort. Eso, unido a su maleable conciencia, la empujaron a levantarse.

Según iba bajando la escalera, se decía a sí misma que no tenía ningún pretexto para molestar al duque a esas horas de la noche. Lo que debía hacer era descansar todo lo posible para estar espabilada en sus turnos de vigilancia con Matthew. Pero de qué servía quedarse postrada en la cama si todo su cuerpo se hallaba sometido a una presión dolorosa. Andar le vendría bien, y quizá el duque necesitase a alguien con quien charlar. Lo que había tenido lugar esa noche no fue un diálogo, sino una trifulca en toda regla. Ya debería haberse tranquilizado, quizá estuviera de mejor talante para razonar.

Lo encontró sentado en el sofá, con la cabeza entre las manos y los codos apoyados sobre las rodillas. Aquella postura, tan vulnerable, hubiera sido impensable en el hombre que Paige conoció unos días atrás en Saint James. Aquel hombre estaba hecho de granito, de pulimentado y brillante granito. Habría dicho de él que era incólume, infranqueable, inconmovible; su opinión había cambiado drásticamente en los días pasados. No solo por las emociones que dejaba traslucir hacia Matt, sino por las que había despertado en ella también. «¡Qué tonta!», se sorprendió. Se había permitido fantasear con hendir su dura coraza. Sin embargo, ahora que lo había logrado, el gusto era agridulce.

La duda echó raíces una vez más en su resolución. Quizá no le gustase que lo interrumpiera en esas horas bajas. Sus pies se quedaron anclados con temor, pero se obligó a apartar los titubeos con un manotazo mental. En cuanto dio un paso dentro de la sala, el duque se incorporó, como un niño al que pillan jugando con lo que no debe.

—Ah, es usted —farfulló.

Sí, Paige imaginaba que no era su persona favorita en aquel momento. Lo había enfrentado al abismo y espoleado para saltar al vacío, sin la más mínima certeza de éxito y transgrediendo las normas que él mismo se encargaba de imponer a los demás.

—No podía dormir.

—Oh, ¿los cerebros de operaciones criminales tienen problemas para conciliar el sueño? —preguntó con una sonrisa torva, y volvió a arrellanarse en el sofá.

Paige reunió el valor que se necesitaba para lo que debía hacer. No se sentía orgullosa, pero tenía la obligación de seguir insistiendo:

—Cuando llegué aquí, me dijo que utilizaría todos los medios a su alcance. Llevo dos semanas analizando cada una de las opciones, buscando una solución, y esto es lo único que he hallado —respondió con las palmas hacia arriba, en un gesto que intentaba expresar su propia impotencia.

—No es por el hecho de tener que robarla. Si hay alguien que puede conseguirla de modo legal o ilegal es el duque de Breighton. Pero no quiero arriesgar su vida.

Paige se le acercó y se quedó de pie frente a él. Breighton, quien de pronto parecía tan perdido e inexperto como un jovenzuelo de quince años, elevó aquellos ojos verdes hacia ella e inundó el corazón de Paige con una ternura desconocida.

—Entonces, no lo haremos —aseguró.

Debía admitir, a su pesar, que no era adecuado presionarlo en ese momento por una decisión que bien podría ser catastrófica. Se le veía tan abatido.

—Y quizá lo condene de ese modo —barbotó.

El duque volvió a la postura en que lo había encontrado, sin esforzarse por ocultar su preocupación. Paige dio otro paso hacia él.

—Tampoco nadie puede garantizar eso —convino—. No lo habría propuesto si no creyera firmemente que se puede lograr. Es cierto que los plazos para los ensayos no se han cumplido, pero también estoy convencida de que han hecho más avances de los que han querido confesar.

Con una confianza nacida de quién sabe dónde, Breighton alzó las manos hacia su cintura, la hizo avanzar un paso más y dejó caer la cabeza contra el vientre de Paige, quien, sorprendida y conmovida, llevó los dedos hasta su cabello sedoso y cálido.

—Cualquier padre —dijo con voz temblorosa— que ame a su hijo sufriría ante la sola idea de ponerlo en riesgo. No debe culparse por ello.

—No quiero equivocarme —dijo él, al tiempo que abrazaba sus caderas.

La emoción parecía desbordar el pecho de Paige. La intimidad del momento se le antojaba insoportable, pues tenía tanto de dramática como de reveladora. Aquel hombre se estaba despojando de todo el granito ante sus ojos y ella solo quería curar cada una de sus heridas, alejar para siempre las preocupaciones y el dolor de su corazón.

Siguiendo un impulso del que —estaba segura— luego se arrepentiría, se desasió de sus brazos y se arrodilló frente a él, le tomó la cara entre las manos y le acarició la mejilla con el pulgar. El acercamiento no pareció perturbarlo.

—Yo tampoco.

Atraída por aquel atormentado rostro, Paige se bebió la distancia que separaba sus bocas. Acarició con los labios las comisuras de los suyos, besó con dulzura sus contornos y, cuando el ansia le exigió más, se pegó al cuerpo del hombre y le entregó toda la pasión que la sobrecogía. Lo sujetó entre las manos con fuerza y lo degustó a placer, sin que él hiciera otra cosa que reclamarla con el mismo anhelo, al tiempo que la agarraba con fuerza por los hombros. Ambos intentaban aplacar el miedo y la preocupación en aquel contacto, pero Paige, además, esperaba infundirle algo de paz a su alma atormentada.

—Pare —pidió él con voz grave y afectada, apartándose bruscamente.

Paige se vio sacada por la fuerza de aquel momento increíble, para encontrarse con unos ojos que habían crecido en sufrimiento.

—Esto no está bien... —añadió.

No. Que alguien como ella besase a un duque no estaba bien. Aquella atracción, aunque fuese mutua, era inadecuada. Y el hecho de que se dejasen arrastrar por ella mientras la vida del niño peligraba, era detestable.

Pero, aunque entendía e incluso compartía los motivos del duque para detener aquello, Paige sintió una punzada de dolor e incluso, reconoció, de vergüenza por haber sido rechazada. Apartó la mirada de aquellos magnéticos estanques verdes, que parecían leerla con tanta claridad, e intentó incorporarse, pero él se lo impidió sujetándola por los codos.

—No voy a administrarle ese suero.

La noticia le cayó a Paige como un jarro de agua fría. Se quedó paralizada, mirando esos ojos que parecían implorar perdón por lo que acababa de decir, aunque la resolución en ellos era firme, y las palabras se habían pronunciado sin ningún rastro de duda.

—Excelencia, el estado de Matthew no... —Era incapaz de decirle que no podía mejorar. ¿Por qué? Nunca le habían faltado arrestos para ser sincera con sus pacientes—. No parece que vaya a evolucionar a mejor.

—Lo hará. Confío plenamente en sus métodos. Hasta ahora lo ha mantenido a salvo.

—Pero empeora —se obligó a decir.

—Ese otro tratamiento podría matarlo.

—La difteria también.

El duque cerró los ojos y negó con la frustración de un chiquillo castigado.

—No. No tiene por qué ser así. Usted dijo que la otra mujer se salvó. La que atendió en el East End.

—Sí, pero...

—Doctora Clearington, no voy a arriesgarme. No con la vida de mi hijo. Tendrá que encontrar otro modo de salvarlo sin exponerlo a ese peligro.

Con aquella ligereza ponían las personas el cargo de salvar vidas sobre los hombros de otras. Como si fuera igual de sencillo que chasquear los dedos, como si el simple hecho de conocer y entender el cuerpo humano la proveyera de facultades para obrar el milagro de la curación. Intentó no mostrar lo desvalida que eso la hizo sentir, pues en el caso de Matt las membranas crecían mucho más rápido de lo que ella y la enfermera Kerr eran capaces de limpiarlas.

Fuera como fuese, el duque había tomado una decisión, y Paige no podía rebatirla, como tampoco podía tomarla por él. Al menos por esa noche, aceptaría su resolución, pero al día siguiente volvería a la carga. Porque no le quedaba más remedio. Había leído lo suficiente para saber que Matthew había entrado en un declive de la enfermedad y que, a partir de ese momento, las cosas iban a ponerse peor.

—Haré todo cuanto pueda, excelencia.

El duque estuvo expectante, a la espera de su contestación, de modo que Paige compuso una expresión segura de sí misma, decidida y a la vez consoladora, pues aquel hombre necesitaba toda la resolución que ella fuera capaz de infundirle.

Breighton se echó hacia atrás en su asiento, y Paige sintió el frío de su ausencia en cada pulgada de la piel. Se levantó, diciéndose a sí misma que no había hecho nada que menoscabase su dignidad. Evitó mirarlo de nuevo, porque hacerlo sería como hundir más profundo el afilado estilete de su rechazo. Inspiró hondo y se dio la vuelta. Él no la detuvo, no dijo nada más, aunque Paige pudo sentir su pena y su culpa. Era terrible no poder consolar a quien lo necesitaba. Era devastador ser incapaz de ahorrarle aquel dolor.

—Esta noche apenas ha tenido fiebre —le comunicó la galena cuando entró esa mañana muy temprano en el dormitorio de Matthew.

No había podido descansar ni unos minutos en toda la noche. El peso de la culpabilidad lo tenía acobardado, y no hizo otra cosa que darle vueltas a su decisión. Temía equivocarse, por encima de cualquier otra cosa. Por complicado que fuera enfrentar un desenlace fatal, sentir que él podría haber cambiado el rumbo de ese resultado le causaba pavor. Max no creía que pudiera volver a dormir hasta que viese a Matthew recuperado.

Dadas esas inquietudes, lo reconfortó inmensamente el anuncio de la doctora.

—Entonces, habrá dormido bien, ¿verdad?

Ella se volvió para observarlo. Max sabía el aspecto que debía de tener.

—Mejor que usted, probablemente —sostuvo con cierta compasión.

Tenía tanta fe en ella... ¿Cómo se había ganado esa mujer tan rebelde y porfiada su confianza? ¿Por qué presentía que ella podía encargarse de todo? Tal vez fuera cobardía, pensó. Si dejaba en sus hombros todo el peso de la responsabilidad, él quedaba liberado de esa carga. Pero eso era egoísta e inmaduro; en todo caso, debería pensar en protegerla y no en apoyarse en ella, aunque no parecía necesitar ayuda de nadie. Aquella seguridad tan tozuda era lo que le permitía mirarla como a una igual.

Como en ese momento, sin ir más lejos. Max sabía que la había herido la noche anterior, cuando la apartó de un modo tan brusco. Sin esas gafas horribles, cualquier pensamiento o emoción que pasaba por su cabecita tenía un reflejo evidente en sus expresivos ojos castaños. Y él pudo leer la confusión y después el bochorno cuando detuvo el beso. Sin embargo, en ese instante ella había olvidado la ofensa y volvía a estar preocupada por si él no hubiera descansado lo suficiente. El deseo de abrazarla, de consolarla y buscar su propio consuelo en sus brazos lo golpeó como un mazo y tuvo que apartar la vista.

—Yo no importo. —Se obligó a decir, echando una mirada de reojo a la enfermera Kerr, que todavía continuaba allí desde el turno de noche—. Lo que quiero es que él descanse para que reponga fuerzas.

—Es un niño muy fuerte y valiente. —Ambos hablaban en tono bajo, pero, aun así, la enfermera debía de estar escuchándolos. Se había sentado en una butaca junto a la ventana y leía un libro—. Creo que su cuerpo está combatiendo la toxina de algún modo.

—Esa toxina..., ¿cómo funciona?

—He leído un estudio de la escuela de Pasteur, en Francia. Sostienen que la bacteria que origina las membranas también libera una toxina que circula libremente por el cuerpo y que puede intoxicar los órganos internos. Es tan peligrosa como las propias membranas, porque puede terminar envenenando al enfermo.

—¿Y eso le está pasando a Matthew? —preguntó, más consternado aún si cabía.

Ella asintió.

—He añadido diente de león a su infusión de angélica, y creo que eso está ayudando a limpiar su organismo. Pero, como le dije, no dejan de ser medidas paliativas. No es una cura.

Max cerró los ojos, apesadumbrado. Se preguntó una vez más si había tomado la decisión correcta; si no estaría condenando a su hijo a una muerte segura por no correr el riesgo de inyectarle ese suero que la doctora proponía robar.

—Nunca he conocido a un niño tan decidido a salvarse, excelencia —insistió ella—. Si hay uno que puede conseguirlo, ese es Matthew.

A Max dejó de importarle que la enfermera Kerr pudiera enterarse de lo que hablaban o de lo que hacían. La voluntad de aquella mujer por infundirle ánimo era tan admirable que olvidó toda cautela y alargó una mano para tomar la suya.

La galena se sobresaltó al principio, pero, tras una pequeña vacilación, entrelazó los dedos con los suyos, transmitiendo a Max una serenidad y un alivio que, estaba seguro, solo ella podía lograr que sintiera. A pesar de las cosas que ya habían compartido, aquel instante —con las manos entrelazadas y ocultas por la voluminosa falda, con la mirada fija en el niño, que dormía en su cama— le pareció el más íntimo y dulce que había vivido con ninguna otra persona.

—Me gustaría...

La doctora detuvo sus palabras con un ligero apretón de los dedos que sostenían los suyos, aunque lo cierto era que Max no habría sabido cómo terminar esa frase.

«Le gustaría... ¿qué?», se preguntó.

Las respuestas comenzaron a llegar de manera paulatina:

«Que Matthew se levantase de esa cama con su habitual sonrisa y me pidiera que fuéramos al parque; dejar de sentir este miedo a perderlo; poder contarte todos mis pensamientos y tomar tu mano cada vez que sintiese la necesidad; no tener que luchar contra las cosas que me haces sentir...».

—Si va a quedarse un rato con Matthew, creo que aprovecharé para redactar un par de cartas y bajar a desayunar —anunció ella con voz dificultosa.

Max la miró de reojo y contuvo la tentación de retenerle la mano cuando ella la retiró.

—Debo ver a Portland en unos minutos, pero vaya. Yo bajaré más tarde.

La vio marchar y se quedó con la sensación de estar siendo injusto. No debía ceder a tentaciones como aquella. No era honesto ponerla en situaciones difíciles que, evidentemente, una joven inocente como ella no sabía barajar. Oh, desde luego, era una mujer muy segura de sí misma, decidida y valiente; pero estaba indefensa ante la necesidad de un hombre que no sabía controlarse. A Max le costaba comprender por qué motivo se refugiaba en Paige Clearington; era una pulsión apremiante y ajena a su costumbre, pero empezaba a entender que nada podía hacer por evitarla.

16

Los nervios de Paige estaban tan crispados a la altura del vientre que miró la mesa del desayuno como si de una prueba de vida o muerte se tratase. El estómago le decía que no intentase ingerir nada, pero era consciente de que llevaba varios días hurtándole al cuerpo sus necesidades alimenticias. No podía seguir así.

Le sucedía lo mismo siempre que se encontraba ante una cuestión irresoluble. Y eso era lo que le ocurría con Matthew. Le parecía que estaba en un callejón sin salida, pues la negativa del duque había sido tan firme que no dejaba lugar a la esperanza. Sin embargo, Paige era capaz de ver esa alternativa asomando al fondo del túnel, con una viveza y luminosidad casi cegadoras.

No lograba ignorarla. Por consiguiente, llevaba toda la mañana pensando en diversos modos de convencer a Breighton para que aceptase su propuesta. Si él se negaba a administrar el tratamiento, sus opciones para sacar al pequeño de las garras de la enfermedad se verían reducidas a cenizas. El tónico estaba haciendo su función, no le cabía la menor duda, pues en otros casos de difteria en niños el avance había sido mucho más rápido. Ellos habían conseguido pausar la evolución de la enfermedad, pero ¿hasta qué punto? El tónico no era una cura.

Gimió en su interior al recordar que la antitoxina tampoco

lo era. Incluso cabía la posibilidad de que fuera contraproducente. Quizá acarreara efectos adversos en la recuperación de Matthew y provocara consecuencias fatales.

Ella no soportaría tener que lidiar con la responsabilidad de ese desenlace. Y, sin embargo, le estaba pidiendo al padre de aquella criatura tan maravillosa que tomara la decisión que podría desencadenarlo. La culpabilidad la carcomía, aun teniendo en cuenta que nada se había hecho.

En el corto periodo que llevaba ejerciendo la medicina, había sentido en numerosas ocasiones los estragos de la impotencia y la conmiseración, pero esa vez era diferente. Estaba acorralada por sus principios, sus propios miedos y sus emociones hacia Matthew. Y hacia Breighton. Negarlo sería una estupidez y una cobardía.

Paige no era estúpida ni cobarde.

El afecto por el niño interfería en su criterio, con todas las nefastas resultas de ello. Su corazón, por primera vez, se había implicado. Y lo más grave era que no solo se había encariñado con el paciente. Lo que sentía por Breighton no dejaba de crecer en su pecho y se alimentaba con cada gesto, cada caricia, cada pequeña sonrisa o mueca de preocupación.

—Este es el tipo de recibimiento que siempre debería tener en esta casa. —Una voz inesperada la sobresaltó.

Paige se volvió con violencia, sacada de sus angustiosos pensamientos, y se topó con una cara sonriente coronada por un sombrero de copa muy lustroso y elegante. El joven que la observaba con tanta alegría era alto y con buena presencia. Vestía unas elegantes calzas del color del té y un abrigo beis. Su porte era regio; sus facciones, suaves y atractivas. Boca ancha, nariz patricia, ojos verdes. Una copia exacta, aunque más joven y feliz, del duque Breighton.

—Buenos días, lord Crowle.

—Vaya por Dios, ¿tan evidente es?

Paige contuvo las ganas de sonreír, evadida por un instante de su anterior preocupación. Aquel júbilo era contagioso y el joven parecía verdaderamente fastidiado de parecerse tanto a su hermano mayor.

—Encuentro sumamente injusto que usted haya sido tan veloz en reconocerme —continuó él— y que yo no tenga el gusto de poder llamarla por su nombre, que, intuyo, debe de ser tan hermoso como su rostro.

Aunque hubiera tratado de no mostrar su sorpresa, no habría podido sino mirarlo con los ojos y la boca muy abiertos; era la consecuencia lógica, teniendo en cuenta que jamás un hombre —uno atractivo o de cualquier otra clase— había galanteado a Paige de manera tan directa.

Boqueó una sola vez, pero de inmediato se recompuso y adoptó su pose más estricta.

—Me habían prevenido de su zalamería, milord. Me llamo Paige Clearington.

—Me siento realmente afortunado de conocerla y le prometo que hasta ahora ninguna dama ha tenido queja de mis atenciones. Soy un perfecto caballero, mi querida... ¿Señorita Clearington, espero?

A la pregunta tan directa de si estaba casada, Paige no podía responder de otro modo que con desaprobación. Aunque, maldito fuera el muchacho, su buen humor le resultaba agradable y contagioso.

No se plantearía nunca seguirle el juego, porque, en fin, era el hermano de un duque, un lord, y porque probablemente no contaba más de veinticinco años, con suerte; pero tenía que reconocer que a simple vista era alguien con quien se podía bromear. Y ese tipo de personas le gustaban. No obstante, lo disimuló lo mejor que pudo.

—Milord, eso es...

—¿Delicioso, halagador?

—Inadecuado —corrigió, ocultando una sonrisa.

Paige conocía a los hombres como ese. Su propio primo, Andrew, era así: adulador, coqueto, bromista. El día que Paige lo conoció, estuvo media tarde flirteando con ella antes de confesarle que eran familia. Nunca olvidaría la decepción que sintió al ser consciente de que no había logrado atraer la atención de un hombre atractivo, como había creído al principio, sino que este había estado sembrando el buen ambiente para soltarle la noticia: que eran primos. El desliz de la condesa viuda con su tío, Horace, era un absoluto secreto y un motivo de preocupación para todos ellos, pero proporcionó a Paige un compañero al que adoraba. Uno divertido, socarrón y que la respetaba.

Veía el mismo brillo juguetón en los ojos de lord Crowle, esa misma alegría despreocupada que tanto le gustaba de Andrew, pero se parecía alarmantemente al duque, y eso le hacía flojear las rodillas. Solo con imaginar el efecto tan devastador que podría tener Breighton si enarbolara ese encanto y esas sonrisas, le hizo querer ir a buscar una silla. Evitó su mirada conocedora y se volvió de nuevo hacia la mesa, con toda la intención de servirse algún bollo y tomar el desayuno que su estómago demandaba.

—Permítame que la sirva, mi hermoso lucero estival.

—¿Su qué?

—Ay, Dios. ¿Acaso nadie le ha dicho que sus ojos son tan bellos y brillantes como los luceros en verano?

¡Por el amor de Dios!, empezaba a tener palpitaciones. ¡El chiquillo la estaba seduciendo! Era una bobada creerse aquellas carantoñas, pero... sonaban tan bien...

—Oh, es usted imposible —le regañó sin mucha convicción.

—También me llaman «el irresistible», «el inolvidable»...

Contra su mejor criterio, Paige acabó soltando una carcajada. Lo había evitado con ahínco; pero con tantas emociones bullendo en su interior esa mañana, no estaba en plenas facultades.

Él la acorraló contra la mesa, y Paige perdió la diversión de golpe.

—Y mire eso —susurró con voz ronca—, ahora acaba de llenar de luz el más oscuro rincón de mi alma con esa sonrisa.

«¡Señor bendito!», gritó en su interior. Sus rodillas dejaron de resistirse a los temblores. ¡Ese hombre era devastador! Se agarró con fuerza al borde de la mesa y contuvo un gemido torturado.

—¿Interrumpo algo? —tronó una voz desde la puerta.

Tras la alarma inicial de ser descubierta en tan precaria posición, Paige se alegró como nunca de volver a las facciones adustas y malhumoradas de Breighton. El duque acababa de salvarla —estaba segura— de caer derechita en la tentación de dejarse seducir por una copia más joven y agradable de él mismo.

—Ah, Breighton. Buenos días. Estaba cortejando a la señorita Clearington.

De pronto, la sujeción pareció insuficiente. Paige se afianzó contra la mesa.

—Cortejando —repitió secamente el duque.

—No le preste atención, excelencia —balbució—. Su hermano es un bromista.

Breighton dirigió hacia ella toda la desaprobación de sus inclementes ojos verdes, de tal modo que le pareció como si se encogiese varias pulgadas sobre sí misma. Ninguna regañina de su padre durante la infancia había tenido tal poder para hacerle bajar la mirada.

—Imagino que habrás venido para algo más que para... cortejar a la doctora de tu sobrino.

El joven se puso serio de repente.

—Ya sabes que tengo que llevarme esos documentos para Gloucester. He estado con Matt, también. Brei...

—Richard —interrumpió el duque ante el tono lastimero que había adoptado su hermano—, los asuntos que íbamos a tratar podemos hablarlos en mi despacho.

—¿Me estás echando? —inquirió un tanto ofendido.

Paige miraba la escena intentando pasar desapercibida, aunque sospechaba que no lo conseguía. Sendos pares de ojos verdes no dejaban de observarla.

—Sutilmente —respondió Breighton.

—No tanto como tú supones.

—Largo —ladró el duque, dando por zanjada la conversación.

Acompañado de una mueca digna de un cachorrillo, lord Crowle se despidió de ella con un guiño y salió del comedor sin decirle nada más. No habría creído posible que un joven tan alborotador se replegara de ese modo por una simple diferencia de opiniones con su hermano mayor, pero acababa de verlo ocurrir.

Aquello la dejó sola ante la mirada acusatoria del duque, lo que de ningún modo iba a consentir.

—No tendrá el valor de amonestarme por las acciones de su hermano, ¿verdad? —le espetó, convencida de que estaba enfadado con ella.

Luceros.

Sí, sus ojos eran como luceros, maldita fuera. Y ahora estaban completamente centrados en él, desafiándolo a que reconociera su furia tras haber estado escuchando la conversación que ella y Richard habían mantenido.

Cualquier otra mujer se sentiría avergonzada por haber sido descubierta a tan escasas pulgadas de ser besada —iba a matar a su hermano—; pero ella se veía altanera, a la defensiva. Max tomó aire y se recordó que no tenía derecho a sentir aquellos instintos asesinos.

—Ganas no me faltan, se lo aseguro —respondió con sinceridad.

Juraría que eso la ablandó, pues el rictus de su rostro se suavizó. Supuso que reconocerlo era tanto como admitir que se sentía celoso, tal como le sucedió aquel día en que Carruthers insinuó que ella y Portland habían estado coqueteando. Menuda sorpresa descubrir que sus sentimientos por aquella mujer venían de lejos.

—¿Y bien? —preguntó ella desafiante.

Estaba esperando una respuesta, con los brazos en jarras,

como si el que hubiera cometido un desliz hubiese sido él. Aquel punto de soberbia no le sentaba nada bien a la pequeña galena. O quizá le sentaba demasiado bien.

—Debería advertirle que Richard es un rompecorazones; un picaflor, si prefiere el término.

—No prefiero ninguno de ellos, y su advertencia está de más. Lo que menos se me ocurriría es coquetear con el hermano de mi empleador mientras me encuentro en el desarrollo de mi profesión.

El enfado se disolvió como espuma de mar al ver su ceño fruncido y su actitud belicosa. Era una mujer que no se doblegaba por nada ni por nadie; podría comandar ejércitos.

Gozaba, además, de una integridad incuestionable. Incluso en aquellas circunstancias, tenía que admitir que, aun siendo legendario e irresistible el encanto de Richard, ella no le había dado pie ni había devuelto el coqueteo. Aunque al final...

—¿Se lo habría permitido? —El motivo por el que hizo una pregunta tan delatora no llegaría a entenderlo nunca.

—De ninguna manera —contestó ella solemne. Y Max la creyó. Porque si algo no era la señorita Clearington, era mentirosa.

—Lo lamento —se disculpó—. Vuelvo a comportarme de forma poco moderada.

Aunque seguía en actitud desafiante, una mueca en el extremo de los labios delató un intento de sonrisa, que alivió el orgullo de Max. Oírla reír de aquel modo con Richard le había ocasionado una profunda herida en su ego.

—Sí que lo hace. —Apareció un diminuto hoyuelo junto a su boca, y la poca furia que le quedaba en el pecho se evaporó.

—Pero... ¿no le molesta que lo haga? —preguntó, sintiéndose también animado.

—Escuchar las disculpas de un duque es un lujo poco habitual. No puedo dejar de sentirme dichosa por ser receptora de ellas. —La alegría era cauta en su rostro, pero ya visible.

—En ese caso, mi torpeza completa su dicha. Parece que soy

muy proclive a tener que ofrecerlas —apostilló con una sonrisa torcida.

La doctora contuvo el aliento mientras se le acercaba. Era algo que no debía hacer; pero, sencillamente, no lo pudo evitar.

—No tiene por qué hacerlo —murmuró azorada.

—Ah, pero su mirada condenatoria siempre tiene un eco demoledor en mi conciencia.

—No puedo evitarlas.

—Entiendo mucho de debilidades inevitables —respondió, cerrando la distancia entre ellos a un suspiro y sin llegar a tocarla, pero con las puntas de sus narices a punto de rozarse.

La suya era tan respingona y orgullosa que parecía clamarle al mundo: «Eh, aquí estoy. No pienso rendirme». La rozó ligeramente con su propia nariz y volvió para buscar sus ojos, que, como auténticos luceros, brillaban con una miríada de emociones contenidas.

Quería besarla. Devorarla allí mismo. Incluso marcarla, maldito fuera, para que así ningún estúpido como Richard se creyera con derecho a abordarla. El descubrimiento de esa posesividad debería haberlo espantado, y una parte de su fuero interno lo hizo, pero el resto de su ser racional se dijo que no podía desperdiciar la oportunidad de tocarla.

La envolvió entre sus brazos y ella enterró el rostro contra el cuello de su chaqueta, sin resistirse lo más mínimo. Así de franca era. Así de transparente en sus anhelos.

Le besó la frente, que parecía porcelana fina y fresca contra los labios de Max. Y allí los dejó, durante muchos segundos. Minutos, quizá.

—Alguien podría entrar —susurró ella al cabo de un rato.

—Solo un segundo más —suplicó él.

Era ridículo e infantil pedirlo, pero no le importó.

Se habría sentido abochornado por su actitud si ella no le hubiera rodeado el cuerpo con los brazos, pero lo hizo. Lo envolvió con fuerza y hundió la naricilla contra la piel de su cuello, lo que le provocó estremecimientos por todo el cuerpo. Aquello casi consiguió desatar de nuevo su pasión, pero la contuvo con fiereza. Había descubierto que la ternura de la señorita Clearington era tan satisfactoria y placentera como el deseo.

Max se quedó allí, parado, abrazando a la mujer que estaba convulsionando su mundo, disfrutando de su calor y aroma tanto tiempo como su dignidad se lo permitió.

17

Breighton se aproximó con desgana al despacho donde lo esperaba Richard. En los últimos días, el interés por la investigación que le había encargado a su hermano había decaído a niveles casi inexistentes.

Se decía una y otra vez que las respuestas a esas preguntas no conllevarían ningún cambio en su vida; que descubriera lo que descubriese, no permitiría que nada modificara el estado natural de las cosas.

Sin embargo, la necesidad de conocimiento siempre había sido mayor que la cautela.

Con la mano en el picaporte, se dijo una vez más que debería suspender toda búsqueda y pedirle a Richard que se ocupara de otros quehaceres. Bien sabía Dios que había descuidado sus responsabilidades como propietario en las últimas semanas. Pero eso levantaría sospechas en su hermano.

Le había encargado el trabajo a él por lo delicado de la investigación. Consideró mucho menos peligroso que fuera alguien de la familia quien tirase de los hilos, y, a fin de cuentas, Richard no tenía ningún oficio ni interés aparte de meterse en líos. En el presente, sin embargo, no dejaba de preguntarse si estaba preparado para asumir la verdad, en caso de llegar a descubrirla.

Encontró a su hermano despatarrado en un cómodo sillón orejero, su favorito, en una postura tan indolente como vulgar.

—¿Podrías abstenerte de alterar la paz natural de mi casa? —le reprochó nada más entrar por la puerta con decisión.

—Querrás decir el aburrimiento natural de tu casa. ¡Por Dios, Brei!, intenta divertirte un poco, o al menos disfruta como mero observador de la diversión de tus congéneres. Eres un tipo de lo más cáustico, aunque he de decir que me consuela tu capacidad de celar a la galena.

—¡No la celo! —respondió demasiado rápido y demasiado alto—, pero no me parece que la situación sea la más idónea para tus coqueteos. Por si no lo recuerdas, esa mujer está aquí para cuidar de tu sobrino, que está en la cama con bastantes dificultades para respirar.

—Sí. Tienes toda la razón —asintió Richard, dejando a un lado su talante bromista—. Lo siento, Brei. He subido a ver a Matthew. En realidad, solo parece estar dormido, pero no es así, ¿verdad?

—Tiene difteria.

—Difteria... —repitió con aire pensativo—, me suena.

—¿Que te suena? ¿Es que no sabes nada de la enfermedad? —Max miró a su hermano pequeño sin poder ocultar su exasperación y se dirigió a la ventana para mirar hacia el exterior.

—Pues no sé mucho, la verdad. No he tenido contacto con las desgracias de este mundo en mi corta vida. ¿De qué se trata? ¿Y cómo se ha contagiado? Porque eso sí que lo comprendo. Alguien ha debido de contagiarlo.

—Una criada que limpiaba la habitación de Matthew ha sido la responsable. Si pudiera, la estrangularía con mis propias manos —farfulló con una rabia que no se había apagado desde el día que lo descubrió—. La difteria hace que se le creen unas membranas en la garganta, que le dificultan respirar. También le provoca fiebre.

—Vaya, pobre Matthew. Pero se recuperará, ¿no? Suena bastante prometedor si solo tiene unas flemas, ¿no?

Maximilliam soltó una carcajada llena de amargura y a la vez maravillada por la benevolente ignorancia de su hermano.

—Se nota que no has hablado de cosas serias con la doctora Clearington. Te aseguro que la manera como ella lo cuenta provoca ganas de salir corriendo.

—Oh, y de vuelta a la doctora —dijo con aire socarrón—. Me ha parecido una mujer muy interesante.

—No lo es —replicó al tiempo que se volvía hacia su hermano.

—Disiento, hermano. La verdad es que no he tenido tiempo de preguntarle por Matthew; estaba muy ocupado intentando metérmela en el bolsillo.

—¿Solo en el bolsillo, Richard? —preguntó con resignación y con un toque inevitable de suspicacia.

—Oye, no me culpes. Es muy guapa.

—Nadie la tacharía de guapa, excepto tú.

En cuanto terminó de decirlo, se sintió como un mentiroso y un traidor. No era galante decir algo así de una mujer que había despertado bastante más que su interés

—Brei, ¡por Dios! ¡Todas las mujeres son hermosas! Y, te lo aseguro, la que tienes bajo tu techo en este momento es mucho más apetecible que una perita en dulce. Cosa que, por cierto, me gustaría que me explicases. ¿Cómo es que esa joven desayuna en tu casa? ¿La tienes alojada aquí?

—Era necesario —respondió a la defensiva.

Richard enarcó una ceja y acto seguido se dio una palmada en la rodilla.

—Ah, ¡viejo zorro! Ya sabía yo que algo te traías entre manos. ¡La tienes aquí en calidad de amante!

Antes de darse cuenta de lo que hacía, Breighton había dado tres zancadas hasta poder alcanzar las solapas de Richard con los puños. Lo alzó del sillón y lo fulminó con sus ducales ojos. Su hermano, como el ser irreverente y despreocupado que era, le dedicó una sonrisa impávida.

—¿He ofendido tu sentido de la decencia, hermano? ¿O es que he acertado?

—Richard, no me provoques —siseó—. No estoy en mi mejor momento. Podría reconfigurarte la cara en dos segundos.

Eso hizo retroceder al joven con expresión de espanto, aunque no logró librarse de su agarre.

—Eso sí que no; las damas de Londres no podrían recuperarse de semejante tragedia. Retiro lo dicho, Breighton. Te transmito mis más sinceras disculpas y me queda perfectamente claro que la deliciosa señorita Clearington no es más que una huésped en tu casa y que sus funciones se restringen exclusivamente al cuidado de nuestro querido Matthew. —El muy sinvergüenza alzó una ceja y entonó una expresión elocuente—: Doy además por supuesto que tus manos jamás se han posado sobre su exquisito cuerpo y que tu boca no ha hecho otra cosa que intimidarla con ese pomposo lenguaje ducal propio de ti.

Max sintió renovado su deseo de destrozar la puñetera sonrisa de suficiencia de su cara, pero se limitó a soltarle las solapas con un empujón que lo obligó a sentarse de nuevo en el sillón.

—Algún día tus provocaciones te costarán esa bonita dentadura, Richard.

—Y ese día seré inmensamente feliz de darte una buena paliza, Brei. Llevo años deseándolo —convino él—. Mientras tanto, te ruego que mantengas a la señorita Clearington en esta casa. Te rejuvenece de un modo que creía imposible.

—¿De qué hablas?

—Pues de que en esta media hora he visto más sangre en ti de la que te ha circulado en la última década. Incluso me ha parecido que tu rostro ha intentado sonreír en cierto momento, pero no me atrevo a apostar ni una guinea por eso.

—O me cuentas algo crucial que explique tu presencia en esta casa, o voy a echarte a patadas yo mismo en cuestión de tres segundos.

La única verdad era que empezaba a contagiarse del humor descarado de su hermano, pero eso no pensaba demostrarlo ni reconocerlo. Nunca.

—¡Por Dios! Cuánta hostilidad. No recuerdo que fuera tan fácil hacerte perder los estribos. Esa mujer debe de ponerte los meses a cuarenta días, hermanito.

—Richard... —amenazó una vez más con unas ganas absurdas de reírse de las bobadas de su hermano.

—Esto es lo que he podido averiguar del barón —explicó al tiempo que sacaba una hoja de papel doblada del bolsillo interior.

—¿Algo revelador?

—Es difícil obtener información relevante sin exponer el nombre de Clarisse, Brei. Es un trabajo tan ambiguo que apenas consigo otra cosa que conjeturas. Parezco una vieja alcahueta más que un espía.

—Sabes que no te lo pediría si no fuera importante.

Tampoco le había dado muchos detalles a Richard. Aunque debería haberlo hecho, no se atrevió. No solo estaban en juego su reputación y honor. Toda la familia se vería afectada —y especialmente la posición de su hermano, que podría sufrir un cambio muy significativo— en el caso de que Maximilliam estuviera dispuesto a hacerlo público, cosa que dudaba. Jamás habría podido imaginar que se vería en semejante encrucijada.

Todos los pasos que había dado en la vida desde que se convirtió en el duque de Breighton iban encaminados a la respetabilidad y a la gloria. Era muy bochornoso que una sola decisión estuviese a punto de lanzarlo a la más completa ignominia.

—¿Cómo de importante, Brei? Creo que ya va siendo hora de que me proporciones algunos detalles más esclarecedores.

—Estoy pensando en suspender la investigación —dijo, sin embargo.

—No puedes hablar en serio —protestó sorprendido—. Brei, si Clarisse trataba con un hombre de la calaña de ese barón...

Pero Max no disponía de pruebas que vinculasen a ese hombre con todo aquello. Lo único que tenía era un nombre. Un maldito nombre que había tardado años en poder relacionar con una persona real. Solo un análisis muy minucioso de los tiempos y lugares le hacía posible ubicar a Lucius Morgan en el preciso momento en que él situaba la traición de Clarisse. Aquello era tanto como abrazar el vacío del aire.

—No has conseguido ninguna prueba de eso.

—Tal vez si supiera lo que estoy buscando, tendría una idea más precisa de lo que debo preguntar. O encontrar, ya que estamos. En su despacho había numerosa correspondencia y documentos de propiedad, pero no podía llevármelos de allí sin saber exactamente qué es lo que tú sospechabas. Brei...

—Richard. Creo que ya he tomado una decisión. Te digo que nada de lo que tenga ese hombre demostrará que conociera a Clarisse. Ella bien podría haber intercambiado información con cualquier persona de ese mismo apellido.

Su hermano se levantó con aire soliviantado. Dio tres largas zancadas hacia la ventana y luego se volvió para mirarlo.

—Te diría que no acepto tan ambiguas explicaciones, pero me he dado cuenta de que, sea lo que sea que te roe, no estás dispuesto a compartirlo conmigo. Nunca lo estuviste. Me has hecho dar palos de ciego, como un auténtico imbécil, y no ha servido para nada.

—Te ha servido para conseguir una excelente montura.

—Oh, sí, mi adorado Bracfor. Te perdono —dijo con indolencia, cambiando rápidamente de humor—. No me acordaba de tu regalo. Ese precioso semental compensa todas las estupideces que te aguanto. Me ha hecho ganar ya cuatro carreras contra Lindom. Está que se tira de las canas, Brei.

Le resultaba fascinante, y refrescante, la facilidad de su hermano para ser feliz. Había pocas cosas en el mundo que pudieran enojarlo o hacerle perder los papeles. A Max le gustaba pensar que, al asumir sus responsabilidades desde muy joven, le había permitido a él ser un niño, un adolescente y un joven despreocupado y libre de hacer lo que le viniera en gana. Tal vez lo había consentido, pero no se arrepentía en absoluto. Matthew y Richard eran las únicas personas que llenaban su vida de luz.

Su mente protestó ante esa afirmación, a todas luces incompleta, pero Max desoyó la queja.

—Pues está decidido. No tendrás que volver a Gloucester.

Siento todas las molestias, Richard, pero ahora tengo cosas más importantes en las que pensar.

—Brei, hiciera lo que hiciese Clarisse, fue hace mucho tiempo. Nada malo se ha derivado de esa eventual traición; y sí, estoy convencido de que tienes cosas más importantes en que pensar. Como en esa apetecible doctora. Debes decirme si tengo alguna oportunidad con ella.

—Ahora es cuando te largas de mi casa.

Por toda respuesta, su hermano se echó a reír. Max sintió un deseo imperativo de estrangularlo, pero luego se dio cuenta de cuánto hacía que no bromeaban y dejó escapar una diminuta carcajada. Richard no pudo ocultar su sorpresa, pero inmediatamente siguió como si nada hubiera pasado.

—Entiendo tu renuencia a compartirla, pero sabes de sobra que madre tiene todos sus puntos de mira puestos en ti otra vez. Considera que un heredero no es suficiente, y tiene a esa bonita chica de Faringdon suspirando por el título de duquesa.

—Dios mío —fingió horrorizarse—, no frivolices con eso, por favor. Y, dicho sea de paso, esa labor también debería correr de tu cuenta. Sigo sin comprender por qué no te acosa para que vayas sentando la cabeza.

La duquesa viuda, su madre, estaba empeñada en emparejarlo de nuevo, y con la hija de un conde, nada menos. Para Marguerite Hensworth ninguna mujer por debajo de ese estatus era digna de cualquiera de sus hijos.

—Soy demasiado joven.

—A mí me obligó a comprometerme con diecinueve años.

Se casó con apenas veinte, sin saber siquiera cómo tratar a una esposa. La duquesa viuda había sido implacable con él desde el preciso momento en que falleció su padre. Ella también hablaba muchas veces de la gran responsabilidad que le había supuesto garantizar la perpetuación de los duques de Breighton, y a Max le constaba que se ocultaba un grado de revanchismo en aquella imposición.

Así pues, en cuanto Max pasó a ser el duque y tras un año de luto, lo arrastró al torbellino social de Londres en busca de una esposa.

Ella encontró el molde perfecto en la figura de Clarisse Builford. Su difunta esposa había sido la beldad de la temporada. Una joven heredera, hija de uno de los marqueses mejor situados de Inglaterra, pariente directo de la corona. Jamás se había formado una pareja tan perfecta como aquella, insistía en señalar. Aunque se replanteó esa opinión cuando Clarisse tardó en quedar encinta, y después de que tuviera dos abortos seguidos. Deberían haber imaginado que no era la clase de mujer hecha para procrear, pues terminó dando su vida por la de su primogénito; sin embargo, a la duquesa viuda no le afectó demasiado, toda vez que vio cumplido el sueño de tener un heredero para Breighton.

Richard corrió la gran suerte de que su madre estuviera afanada en otros menesteres para el momento en que llegó a una edad casadera. En efecto, la frívola y recta duquesa viuda contrajo segundas nupcias y pasó a olvidarse prácticamente de su primera familia. Después recordó que era necesario disponer de un recambio para Matthew, por si ocurría una desgracia, y volvió a acosarlo. Su última visita había sido especialmente cáustica.

—Eras un crío, pero ahora ya no lo eres. Hay algo de justicia divina en ser un par del reino, ¿no te parece? —infirió su hermano.

Desde luego, si algo no tenía por qué aceptar un duque eran las imposiciones de su señora madre. Bien distinto sería que la monarca precisara un compromiso por su parte, cosa que hasta la fecha no había ocurrido. Sentía una gran admiración por Victoria, y ella sentía un sano respeto por su independencia.

—En este momento no me siento muy privilegiado, Richard. Ni siquiera un duque puede detener el avance de una enfermedad, y la que aqueja a Matthew es muy grave. La doctora Clearington... —Max tragó el nudo de ansiedad de su garganta— teme no poder salvarlo.

—¿Qué? —acertó a decir su hermano con voz estrangulada.

—No es un resfriado, Richard. Él no mejora y esas membranas van a terminar por asfixiarlo, o por envenenarlo —añadió, recordando la conversación de esa mañana.

—No puede ser —balbució, mostrando por primera vez los estragos del miedo.

Cuando volvió a mirarlo, sus ojos verdes, tan iguales a los suyos, estaban llenos de escepticismo. Suponía que era el primer paso antes de asumir la realidad. A Max también le había costado aceptar la gravedad de su estado y todavía no lograba resignarse.

—¿Es que no hay nada que tú puedas hacer? —preguntó entonces, con esa confianza ciega de hermano pequeño que siempre depositaba en él.

Max lo miró, y, por un instante, un clamoroso «sí» inundó su mente. Sacudió la cabeza y se sorprendió al darse cuenta de que por un momento se lo había vuelto a plantear. La antitoxina. Podían recurrir a ella. Podían arriesgarse.

—La doctora ha encontrado a unos científicos que están experimentando con un suero. No hay garantías de que funcione, e incluso podría..., podría ser letal para él.

—Dios mío —se lamentó Richard, entendiendo el dilema al que Max se enfrentaba.

Agotado de repente por aquella constante incertidumbre, caminó hacia otro de los sillones, en el que se dejó caer. Se llevó las manos al cabello y enredó los dedos en él, estirándolo hacia la nuca.

—Siento que haga lo que haga lo estoy enviando a la tumba, Richard. Es como tener que elegir entre arrojarlo al vacío o permitir que se ahogue en el lago.

—¿Y ella qué te dice?

Su hermano seguía buscando una salida. Una respuesta. Si Max no era capaz de dársela, él acudía a la siguiente persona que consideraba apta para encontrarla.

—Ella no es su madre. No puede saber lo difícil que es exponer a un hijo a un tratamiento que puede matarlo, no puede entender lo que significaría para mí perderlo.

—O sea, que te ha recomendado que pruebes con el suero —dijo entonces, pensativo—. ¿Confías en ella, Brei?

Max alzó la mirada y encontró a Richard bastante decidido en el argumento que iba a plantear. A pesar de que no quería seguir abundando en aquella cuestión, asintió.

—Entonces, pídele que te convenza. Dile que te dé todos los argumentos que tenga en su mano para persuadirte. Y si aun de ese modo no lo consigue, sabrás que estás tomando la decisión acertada.

Eso sonaba bien, podría intentarlo. Max dejó caer la cabeza contra el respaldo del sillón y compartió con su hermano una mirada de esperanza. No sabía qué les deparaba el destino, pero no era la clase de hombre que pudiera sentarse a esperar un desenlace, de eso sí estaba seguro. Necesitaba ayudar a su hijo, por eso le pediría a Paige Clearington que de nuevo le explicara las ventajas de correr tal riesgo.

18

Fue la difteria la que marcó los tiempos en los procesos mentales y morales de Maximilliam.

Cuando horas después de mantener esa conversación con su hermano bajaba para tomar el té, advirtió que no podría disfrutar de la compañía de la doctora Clearington, pues ella subía la escalera en ese momento. Iba tan ensimismada en sus pensamientos que no lo vio hasta que, desde unos peldaños más arriba, él carraspeó. Ambos se detuvieron y compartieron una mirada llena de desasosiego, pero también de dulzura. Max tenía mil palabras en la punta de la lengua y no sabía por dónde empezar.

Quería hablar con ella de la propuesta de Richard, pero también aclararle qué lo empujaba a cogerla de la mano o a abrazarla. Sabía que aquellos actos irreflexivos debían de confundirla, por más que los aceptara con absoluta honestidad.

Cuando por fin estaba a punto de pedirle que lo acompañara, un grito estridente y ronco al mismo tiempo resquebrajó el silencio y le heló la sangre. No reconoció la voz de la enfermera Shove, pero no fue necesario para saber que la alarma procedía de la habitación de Matthew.

Mientras que él se quedó paralizado y aterrado en la escalera, la galena echó a correr como alma que lleva el diablo, lívida como nunca la había visto. Para Max fue como si aquello le ocurriera a otra persona; como si estuviera en su palco del teatro viendo interpretar la escena bajo sus pies.

Tardó un tiempo indecible en salir de su estupor, pero cuando lo hizo devoró los escalones y el pasillo que lo separaban del dormitorio. La escena le pareció dantesca. La doctora estaba de rodillas en la cama abriendo la boca de Matthew y gritándole a la enfermera que le acercara su maletín. La señora Shove, histérica, volcó todo el contenido sobre el colchón, a todas luces sobrepasada por la situación.

—Se asfixia —decía entre lágrimas mientras se apartaba con expresión horrorizada.

Max se rebeló contra aquello.

—¡Abra las ventanas! —le gritó, presa de la más pura desesperación—. ¡Ábralas!

—Agnes, venga aquí —clamó la doctora—. Necesito ese abrebocas, vamos a tener que intubarlo.

La muchacha se acercó temblorosa, pero cumplió las órdenes que se le habían dado. Max se apresuró a abrir las ventanas él mismo y después voló hacia los pies de la cama para comprobar el estado de su hijo, que se arqueaba violentamente.

—No respira —sollozó la enfermera.

Si no fue el suelo lo que se tambaleó, entonces fue el propio Max, que tuvo que sujetarse a la columna del dosel.

—Deme el tubo metálico, y prepare también el bisturí y las gasas. —Las órdenes iban y venían, sin que él lograse entender lo que hacían ambas mujeres. Sin embargo, al oír la palabra «bisturí» notó la sangre correr por las venas e inundarle el cerebro, convirtiéndolo en un ser de puro terror.

—¿Qué está haciendo? ¡¿Qué le hace?! —La agarró del brazo.

—Por ahora lo estoy intubando —farfulló, desprendiéndose de su agarre.

—¡Le hace daño! ¡Déjelo, por Dios!

Le parecía que él tampoco era capaz de respirar. Ver como esa mujer cogía un tubo más largo que su propia garganta terminó de descomponerlo por completo. Volvió a sujetarle el brazo para apartarlo.

—Pare, por Dios.

—Suélteme —gritó ella, mirándolo como si no pudiera dar crédito a lo que veía. Mientras le hablaba, sus manos no cejaban en el empeño de introducir aquella cosa en la boca de su hijo—. Y salga de aquí de una maldita vez. Enfermera Shove, lléveselo afuera.

—¿Para que acabe de matarlo?

Ella se limitó a mirarlo de reojo y después volvió a lo suyo, pero había tanta condena en aquellas esferas castañas que Max se sintió devastado, aunque esa sensación no fue nada comparada con la que experimentó un segundo después.

—O sale inmediatamente de la habitación —lo amenazó—, o seré yo la que se marche mientras su hijo se asfixia hasta morir.

Retrocedió como si lo hubiera golpeado, incapaz de creer que ella fuera capaz de algo así. Ni siquiera era consciente de lo que él mismo había dicho o del modo tan compulsivo en que se había comportado; lo único que entró en su cerebro era que ella abandonaría a Matthew si él no se marchaba. Y aunque su miedo por lo que le estaba haciendo a su hijo era infinito, comprendió que le aterrorizaba aún más que dejara de hacerlo.

Se apartó lentamente; nadie tuvo que obligarlo. Caminó de espaldas, sin poder apartar los ojos de la cama, y vio cómo aquella mujer abría la boca de Matthew con una especie de cono metálico, cómo insertaba con destreza, pero sin ninguna delicadeza, un tubo de ese mismo material y lo empujaba hacia la garganta. Max contempló el color cianótico en la piel del torso desnudo de Matt y el modo tan desgarrador en que la carne se hundía sobre sus pequeñas costillas por la falta de aire. Pero, sobre todo, no perdió detalle de que el bisturí plateado continuaba encima de la colcha; no quería ni pensar para qué lo había pedido aquella mujer.

Max rezó. Rezó en una especie de estado remoto, sin saber lo que decía o pensaba, pues solo era consciente de estar elevando un ruego ansioso a Dios, aunque no tuviera claro lo que pedía. Se quedó pegado a la puerta, como en otro mundo, escuchando una especie de silbido laríngeo que brotaba de la boca de Matthew, el sonido más horrible que hubiese oído jamás.

Breighton seguía sentado junto a la cama del pequeño, vigilante, pero hacía mucho tiempo que el terror había abandonado su semblante. Ahora parecía derrotado, y ella sintió el tonto impulso de acariciarle el cabello y consolarlo.

En vez de responder a ese inadecuado anhelo, caminó hacia la puerta y salió de la habitación. Necesitaba unos minutos para despejarse. Saldría a la terraza del piso superior a tomar un poco de aire gélido; era lo más próximo a un alivio que podía conseguir.

A pesar de esa urgencia, no dio dos pasos fuera del dormitorio antes de detenerse y apoyarse contra la pared, abatida. Una especie de temblor reverberó en su estómago.

Había estado a punto de perderlo. Esa hermosa y deslumbrante vida estuvo a punto de apagarse, y ella experimentó un miedo distinto al que ya conocía. La cotidiana preocupación se transformó en otra cosa más profunda, más devastadora.

Ni siquiera sabía aún cómo había logrado reaccionar, pues todo pensamiento lúcido abandonó su cabeza al ver aquel pecho que subía y bajaba en esa disnea precursora de la asfixia que anuncia el final. El cuerpo de Matthew se estremecía y temblaba por la falta de aire, el silbido metálico de su garganta le había paralizado el corazón, y la sola posibilidad de tener que practicarle una traqueotomía le había arrancado un sollozo.

Inspiró hondo y alejó esos pensamientos de su cabeza. Lo había superado. La intubación había funcionado, y estaba convencida de haber hecho lo mejor para Matthew; lo único posible.

Decidida a olvidarse del mal trago, se encaminó por el pasillo hacia la terraza, pero antes de llegar a la escalera una voz la detuvo.

—Señorita Clearington —la llamó el duque.

Paige se quedó quieta con el corazón en un puño. Estaba demasiado agotada para otro enfrentamiento; pero, cuando se dio la vuelta hacia él, Breighton no parecía enfadado, sino arrepentido. Sus palabras le confirmaron esa impresión:

—Lamento lo ocurrido. No pensaba las cosas que dije.

La disculpa sonó sincera, y Paige supo que lo era. Había vivido los suficientes momentos de crisis como para saber que —llevadas por el pánico de una muerte inminente— las personas, y en especial los hombres, podían decir las cosas más crueles.

Las palabras de Breighton le habían dejado un vacío en el corazón semejante al de una bala de cañón al atravesar su pecho, pero no lo culpaba. Incluso podía llegar a creer que una parte de él no las había sentido de verdad. Pero otra parte sí. Era aquella la que dolía.

—No tiene por qué disculparse, excelencia. En momentos así, el miedo por las personas que... —le sorprendió que aquello pudiera sonar como una confesión, pues no lo era en absoluto, pero no dejó que eso la amilanase— amamos puede acrecentar nuestra ira y nuestros rencores. No tomaría en cuenta nada que sea dicho en circunstancias tan extraordinarias.

—Eso no disculpa mi abominable actitud —insistió él, terco como de costumbre.

—Créame, me han dicho cosas mucho peores en momentos de tensión.

—Que otras personas la traten mal no disculpa que yo lo haga. Lo que he hecho es imperdonable.

Debía reconocerle que podía ser muy humilde cuando la situación lo requería. Su capacidad de sentirse culpable por lo que había dicho en un momento que bordeaba la tragedia, daba una buena medida de la clase de hombre que era. Uno al que resultaba demasiado fácil estimar.

—No es cierto —respondió con tono compasivo—. Yo ya lo he perdonado.

—Ahora me humilla usted con su piedad. —Él negó con la cabeza, como si no estuviera dispuesto siquiera a aceptar su perdón.

—En absoluto. No quiero que añada la culpabilidad a las muchas emociones de este día. A pesar de lo que pueda creer, se ha comportado de un modo excepcional. Su Excelencia tiene un temple admirable. —Aquella era una flagrante mentira; una más de las que había dedicado a los familiares de sus pacientes en las horas más sombrías.

—Miente usted francamente mal.

Paige tuvo que contener la risa por tan directa respuesta. Aun así, notó que los ojos se le empequeñecían y las comisuras de la boca se le inclinaban hacia arriba sin poder evitarlo.

—Tiene usted razón —admitió jovialmente—. La gente no suele darse cuenta.

La mirada de aquellos ojos se agudizó tanto sobre ella que un estremecimiento frío recorrió la columna de Paige. Un leve indicio de movimiento la puso en tensión, pero el duque recuperó de inmediato su pose recta y esa expresión insondable.

—Prefiero que siga siendo sincera, señorita Clearington —declaró—. Siempre hemos sido francos, y necesito que me prometa, pase lo que pase, que será honesta conmigo y que no me ocultará nada.

Sonaba como si el duque estuviera esperando el peor de los desenlaces, y Paige sintió la necesidad repentina de convencerlo de lo contrario, pero ella misma no tenía ninguna certeza en aquel momento, y justo eso era lo que le estaba pidiendo: que reconociese las verdades difíciles.

—Se lo prometo.

La confianza que se vertió de su rostro fue un regalo inesperado. Paige sintió un deseo irracional de envolverlo entre sus brazos y consolarlo. No como un médico consuela a un paciente, ni como una madre consuela a un niño.

La fuerza del sentimiento la abrumó.

Quería enredar los dedos en las gruesas guedejas de cabello

oscuro, abrigar su cabeza contra el hombro y dejar que el aliento masculino le cubriese el cuello de vaho. Quería pegar el cuerpo al suyo y ofrecerle el consuelo del contacto más íntimo. Antes no hubiera imaginado que un hombre y una mujer pudiesen compartir esa sintonía, pero él se lo había enseñado. Paige había conocido la bendita paz del abrazo de un hombre, y le gustaría poder devolverle ese refugio a él.

—No debería mirarme así, doctora —masculló Breighton entre dientes.

Paige retrocedió avergonzada. Se había quedado mirándolo como una bobalicona o, peor aún, como una mujer que anhela el contacto de un hombre. Espantada de sí misma, no supo qué decir y se volvió tan rápido que las faldas se le enredaron entre las piernas y al dar el primer paso casi se dio de bruces. Se apoyó en el marco de la puerta al mismo tiempo que el duque le echaba las manos a la cintura para evitar su caída. Ese contacto le quemó de tal forma que se apartó y volvió a enredarse con la voluminosa falda.

Cuando su espalda quedó apoyada contra el marco de la puerta, él soltó una carcajada; un sonido rico y grave, más hermoso aún, si cabía, por lo excepcional que era.

Ella lo miró furibunda, aunque también fascinada.

—¿Cómo es que consigue hacerme reír incluso cuando menos motivos tengo? —preguntó, perdiendo de golpe la sonrisa.

Paige se quedó sin respiración cuando la intensidad de aquellos ojos verdes la atravesó como una lanza directa al corazón. El duque se aproximó muy despacio; su expresión, llena de un anhelo tan profundo como el suyo. Alzó la mano hasta su rostro y la puso en torno a su mejilla, mirándola como si quisiera desentrañar todos sus misterios. Iba a besarla, y Paige solo podía pensar en que no lograría sobreponerse a ello una vez más.

Con la puerta pegada a la espalda, la huida consistió en ponerse de puntillas e intentar articular los muchos motivos por los que no debían hacerlo. Ah, pero su garganta traidora no fue capaz de dejar salir ninguno de ellos en el momento en que pudo atisbar las motitas amarillas que salpicaban sus iris verdes y el aro oscuro que los rodeaba. Se perdió, y solo fue capaz de romper el contacto cuando él cerró los ojos para besarla.

Sujetó más fuerte el marco de la puerta y se elevó todavía más sobre las puntas de los pies, hasta que sus bocas estuvieron casi a la misma altura. El beso fue tormentosamente lento y persuasivo. Los labios del duque acariciaron los suyos con paciencia y precisión, hasta que la simple presión de las bocas no fue suficiente. La envolvió con los brazos y la pegó a su cuerpo, que era robusto y cálido, tan seguro y firme como una fortaleza en medio de la tormenta. Paige también lo abrazó, alargando las manos para envolver el rostro masculino y tomando cada onza de pasión de aquella boca exigente y dulce.

Breighton se separó un momento con la respiración agitada y las manos cerradas como amarras a su cintura. La conciencia culpable de Paige la obligó a decir:

—Tenemos que parar.

El duque miró detrás de ella.

—En este momento solo quiero pedirle que entre ahí conmigo.

Con «ahí» se refería a su habitación ducal. Se hallaban parados ante la puerta de su dormitorio. Las implicaciones de lo que acababa de decir deberían haberla espantado, pero solo pudo sentir compasión por él, por ellos.

—Eso sería un error del que ambos nos arrepentiríamos después.

—Lo sé, maldita sea —dijo, apoyando la frente sobre la de ella y sujetándola muy fuerte. Paige puso las manos sobre las de él y las acarició.

—Tiene que soltarme, excelencia —musitó abatida—. Será mejor que me vaya.

Él la miró en una expresión tan atormentada que Paige no pudo evitar la sonrisa maternal. La deseaba con tanta fuerza en aquel momento que renunciar le parecía un castigo, pero lo hizo. Se apartó de ella y se dio la vuelta, con la clara intención de calmarse.

—Después de lo ocurrido... —Seguía de espaldas, mirando en dirección al final del pasillo—. Sin ese tratamiento, Matthew no tiene ninguna oportunidad, ¿verdad?

Paige suspiró. No había tenido ocasión de reflexionar sobre ello, pero tampoco era necesario. Durante cada segundo agónico que había durado la disnea, visualizó todos los posibles desenlaces. Su mente había corrido veloz mientras sus manos trabajaban de forma mecánica. Sabía, sin lugar a duda, que se les acababan las opciones.

—La intubación es solo un arreglo provisional que nos ha permitido salvar la oclusión. —Armándose de valor, Paige tiró de la chaqueta de Breighton para que se volviese. Tenía que ser franca con él, admitir sus limitaciones y reconocer que había puesto en peligro la vida de Matthew—. Ni siquiera es eso lo que debería haber hecho, excelencia. —Su cabeza comenzó a negar de manera inconsciente—. Había muy pocas probabilidades de que funcionase, dada la obstrucción mecánica de Matthew, pero no fui capaz de abrirlo. No pude hacerle una traqueotomía porque... —Tenía mil argumentos, pero todos eran signo evidente de su cobardía—. Es una técnica muy compleja. Mueren tantos como sobreviven.

—Lo ha hecho bien —le susurró Breighton, acercándose para cogerle una mano—. Ha sido capaz de salvarlo, pero ahora comprendo que no hay nada que pueda detener esa maldita enfermedad. —Cerró los ojos con fuerza y cabeceó, cansado—. Mañana iré con usted a ver a esos hombres y los convenceré para que nos den la antitoxina. Moveré cielo y tierra si es preciso, pero no volveremos sin ella.

19

Ni siquiera el duque de Breighton, con todo su predicamento, pudo lograr que Behring y Kitasato accedieran a darle una muestra de su milagroso suero.

Se habían desplazado esa mañana hasta el hotel Langham, que era famoso por sus tapices persas y habitaciones ascendentes, las cuales permitían a los huéspedes subir y bajar las plantas sin usar la escalera. El gran edificio de robusta piedra se ubicaba en la bulliciosa Regent Street y contaba con una opulenta recepción que pareció impresionar a la doctora Clearington.

Se quedó parada en la puerta principal y lo miró como si necesitase permiso para entrar en aquel lugar, Max la tomó del codo y la condujo con seguridad hasta la recepción, donde pagó cuantiosamente a un mozo para que les entregara su tarjeta a los doctores.

Behring y Kitasato aceptaron recibirlos en un saloncito dispuesto para el encuentro, aunque tuvieron que aguardar una insolente espera de quince minutos para ser atendidos.

—¿Ha detallado usted que era yo quien solicitaba la visita? —preguntó al mozo, que esperaba incómodo junto a la puerta. Le parecía insólito que lo sometieran a aquella demora innecesaria.

—¿De qué otro modo aspiraría a intimidarlos, excelencia? —respondió la doctora Clearington con sorna—. Le voy a rogar del modo más encarecido que temple su... arrogancia. Estos hombres no están acostumbrados a tratar con la aristocracia y proceden de países donde el poder de los de su clase no es tan basto y extenso como lo es en Inglaterra. Deberá tener mano izquierda si quiere convencerlos de algo.

—Es usted una insolente, doctora.

—Sí, ilustrísima. Ya me lo ha mencionado alguna vez —respondió ella con una ligera sonrisa.

Los doctores que poseían la cura para su hijo tenían el aspecto que Maximilliam había esperado: eruditos y circunspectos. Se hablaba mucho de la flema británica y de la arrogancia de los de su clase —como había tenido a bien señalar la galena pocos minutos antes de su encuentro—, pero si había una raza árida en la humanidad esa era la alemana. El japonés, sin embargo, a pesar de la seriedad que requería el asunto, parecía un tipo más afable.

Maximilliam empleó toda la autoridad de su posición, pero ni sus dotes persuasivas ni sus veladas amenazas lograron intimidar a los científicos.

«Sería una irresponsabilidad, además de una negligencia, excelencia.» «No se han iniciado los ensayos.» Incluso llegaron a asegurarle que «nadie puede persuadirnos para poner en riesgo este proyecto, que va más allá de la curación de un único paciente».

Era imposible negar la congruencia de su argumento, ni la integridad de sus interlocutores, por más que a Maximilliam le pesara tener que concederles la razón. Lo que les estaba solicitando era muy poco ortodoxo, además de una negligencia de proporciones épicas, pero nada tenía que hacer la lógica en aquella negociación. Para nada la quería cuando su hijo se hallaba a las puertas de la muerte.

No hubo soborno ni amenaza que pudiera hacerlos cambiar de opinión, por lo que Maximilliam salió del encuentro hecho un basilisco. Silencioso e imperturbable a simple vista, por supuesto, pero furibundo en todo el amplio espectro de la palabra.

La señorita Clearington, tuvo que reconocer, se comportó de un modo admirable. Se mantuvo en silencio todo el tiempo y le ofreció una presencia segura en la que apoyarse, sin dar a entender en ningún momento que su soberbia no estaba resultando efectiva. Solo cuando llegaron al vestíbulo del hotel se detuvo para dedicarle una mirada que era decidida y cauta a la vez.

—¿Ha llegado ya la hora de poner en marcha mi plan? —inquirió sin más preámbulo.

—Señorita Clearington —dijo con un suspiro resignado—, ¿se ha parado acaso a analizar los pormenores de ese plan? ¿Sabe dónde se encuentra el suero? ¿Tiene alguna idea para acceder a dicho lugar sin ser vista? ¿Está dispuesta a asumir las consecuencias de ser atrapada?

—Excelencia, es usted un incordio —respondió fastidiada, repitiendo aquel gesto nervioso de volver a colocarse las gafas, a pesar de que no se habían resbalado ni una pulgada por su pequeña nariz.

—Y usted, una insolente.

—Sí, sí, sí. —¿Se estaba mofando de él? Porque, desde luego, si lo hacía, había elegido un mal momento para poner a prueba su paciencia. Estaba a punto de agarrar por el cuello al primer mozo que pasara y estamparle un puñetazo en la cara—. Lo único que le puedo decir es que esos hombres abandonarán Londres en dos días y que...

—¿Excelencia? —La voz de un joven los sorprendió a ambos.

Se dieron la vuelta para encontrarse de frente con un muchacho alto y espigado, de cabello rubicundo y ojos negros. Parecía avergonzado, aunque también decidido. Estaba a punto de despacharlo cuando la doctora Clearington lo detuvo poniéndole la mano sobre el antebrazo. Había tomado la costumbre de tocarlo de modo distraído, sin darse cuenta de lo inadecuado que era ni de los muchos recuerdos que despertaba en su cabeza.

—Es usted el intérprete del doctor Behring, ¿verdad?

Maximilliam la miró sorprendido; era cierto que durante toda la conversación con los científicos les habían traducido sus palabras, pero él estuvo tan concentrado en los hombres que guardaban en su poder la cura para Matthew que ni siquiera había reparado en el joven que tenía delante.

—Sí, señora.

—Díganos, ¿qué desea?

Ella le echó una mirada intencionada con la que quería transmitirle que debían ser amables con el muchacho. Max no lo puso en duda.

—¿Podríamos hablar en un sitio más privado? —preguntó mientras miraba con desconfianza alrededor.

—Por supuesto —dijo la doctora, haciéndose cargo con decisión—. Excelencia, ordene una sala para poder atender a este joven.

Max la miró de hito en hito por su osadía. Esa mujer incluso se atrevía a darle órdenes en público, cosa que, debía admitir, le producía una ligera diversión. Parecía tan decidida y dueña de la situación... Solo tuvo que levantar el índice con afectación para que el mismo mozo que los había atendido antes se les acercara servicialmente.

—¿Podría ofrecerme una salita privada y un servicio de té?

—De inmediato, excelencia. Acompáñenme.

Era notorio que al joven le gustaban las propinas. Max no se la escatimó cuando los condujo a una sala pequeña pero confortable en el ala opuesta. Ni siquiera tuvo que consultar a ningún encargado de mayor rango. Ese chico sabía que la petición de un duque debía cumplirse de inmediato. «Paige Clearington podría aprender algo de los trabajadores de hoteles», pensó con humor.

Todos aguardaron pacientemente a que se sirviera el té, y después Maximilliam tomó asiento para que también pudieran hacerlo la doctora y el joven intérprete, pero este optó, finalmente, por quedarse de pie. Max lo sometió a su mirada ducal durante los interminables minutos —que no fueron más de cinco— que tardaron en llevarles la tetera y las tazas, y pudo comprobar que, si bien el chico tenía un aire servicial, no parecía dispuesto a dejarse intimidar.

«¡Maldita sea! ¿Es que ya nadie se deja acobardar por un duque de Su Majestad?», bufó mentalmente.

—Bien, señor...

—Peckey.

—Bien, señor Peckey. Estamos a su entera disposición.

El joven pelirrojo se tomó su tiempo para ordenar lo que, imaginaba Maximilliam, iba a ser todo un discurso.

—La vi hace unos días en la universidad mientras esperaba un segundo carruaje —le dijo a la doctora—. Siento muchísimo lo que le ocurrió. Esos jóvenes desconsiderados deberían recibir una buena lección por el modo en que la intimidaron.

Maximilliam sintió que le hervía la sangre de nuevo al recordar el modo en que ella había aparecido en casa. Casi le tembló la mano de rabia y de ganas de ser él quien pusiera a aquellos bastardos en su lugar.

—No ha de desvelarse por eso —respondió ella con amabilidad—, pero le agradezco su preocupación. Señor Peckey, imagino que no es eso de lo que quería hablarnos.

—No, claro —confirmó al tiempo que parecía crecer en altura. Adoptó una postura decidida y desafiante—. Sé que no es muy leal por mi parte, pero, tras marcharse usted de allí el otro día, oí decir a Kitasato que habían traído muestras de ese suero para la difteria. Behring es muy celoso de sus investigaciones, pero han de entender que su único impedimento para darles una muestra es el miedo a que algo le ocurra al niño. Les garantizo que, a pesar de su seriedad, son buenas personas.

—¿Ha venido a disculparse en su nombre? —interrumpió Max, incrédulo ante la absurdez de aquello.

El muchacho se enderezó y lo miró con un gesto reflexivo, como si estuviera ponderando la opción de contestarle. Max se quedó de piedra cuando al fin se dignó a responder:

—Estoy aquí para ofrecerles un vial de esa antitoxina que ustedes quieren; lógicamente, a cambio de una compensación económica.

Si alguien le hubiera dicho que se vería defendiendo una venta ilegal, jamás lo habría creído. Iba en contra de todas las convicciones que habían sustentado su vida, la cual —ahora se daba cuenta— había sido bastante cómoda y protegida.

Sí, había luchado mucho para llegar a ser médico, había vivido sin una madre que la guiase; pero sus principios nunca se vieron puestos a prueba, las personas que amaba nunca habían estado en peligro, y jamás se había visto en la tesitura de tener que dejar de ser ella misma para conseguir el bienestar de un ser amado.

Amaba a Matt, a esa criatura adorable y risueña que ni una sola vez se había sentido desgraciado a pesar de verse postrado en una cama. Y, ahora entendía, estaba dispuesta a transgredir algunos de sus límites morales para salvarlo.

Le sorprendía esa otredad recién descubierta, y la asustaba, porque los cimientos de su cómoda existencia se removían sin que ella pudiera hacer nada por evitarlo. Desde que el duque y el pequeño entraron en su vida, se encontraba a menudo con facetas de su propio yo que antes desconocía.

Recordaba con dolorosa claridad su juicio a Breighton el día que la contrató, cuando él dijo que estaba dispuesto a cualquier cosa que se pudiera obtener con dinero o poder para salvar a su hijo. Curioso. En aquel momento era el duque quien dudaba, y ella quien intentaba hacer uso del dinero. Y no porque Breighton no fuera consciente de la importancia que tenía conseguir la antitoxina, sino porque parecía desconfiar de las intenciones del traductor.

—¿Cómo sabemos que lo que nos ofrece es una muestra auténtica del suero? —inquirió, segura de que ese joven no intentaba engañarlos, pero decidida a negociar aquello del modo más riguroso posible.

—Porque no sería tan estúpido como para vender un fármaco falso a un duque.

—Eres lo suficientemente estúpido como para morder la mano que te da de comer —argumentó Breighton.

—Esa actitud no le va a ayudar en la negociación, excelencia —respondió el muchacho con tono altanero.

—No estoy negociando con usted.

—No. Lo estoy haciendo yo —terció Paige—. Escúchenme los dos. Excelencia, nuestras opciones son cada vez más finitas. Si hubiera otro modo, por remoto que fuera, de garantizar la curación de Matthew, yo sería la última en recurrir a medidas tan drásticas; sin embargo, cada vez estoy más convencida de que no lo hay. Señor Peckey, haciendo esto se arriesga a perder no solo su trabajo y su reputación, sino a ser denunciado por un delito de robo. De modo que le recomiendo que piense muy bien el paso que está a punto de dar y las condiciones que quiere establecer, porque, si alguien ha estado alguna vez entre la espada y la pared, ese es usted.

—Señorita Clearington, mi hermana se encuentra en Toulouse sometida a la tiranía de un esposo que la veja y la maltrata —declaró con solemnidad—. Necesito el dinero para ir a Francia y sacarla de allí. Voy a convertirme en un prófugo de la justicia con su ayuda o sin ella, porque antes o después encontraré el modo de financiar el viaje de ambos, aunque para ello tenga que robar la corona de la mismísima reina.

Paige y Breighton se miraron con la incredulidad dibujada en el rostro. Qué egoísta es la preocupación. Uno no se pregunta qué motivos mueven los resortes de otros seres humanos.

El duque pareció ablandarse, o quizá entendió que los motivos del joven para ofrecerles un intercambio tan fraudulento no eran la simple ambición o la mezquindad, sino que tenían ante sí a un hombre justo buscando los medios para resolver un problema familiar. Quizá sintonizó con sus motivos incluso, porque Paige pudo notar el cambio de decisión en los ojos de Breighton al volverse hacia el joven.

—Necesito ciertas garantías —anunció entonces, para alivio de Paige.

—Dígame cuáles.

—Le pagaré la cantidad acordada ahora. Pero si espera a que

obtengamos resultados, doblaré el importe. Eso podría ser un excelente incentivo para esperar, ¿no cree?

—La situación de mi hermana es crítica, excelencia, y si realmente sus suposiciones de que le estoy dando un fármaco adulterado fueran ciertas, no me quedaría a esperar las consecuencias.

El chico era despierto, de eso no cabía duda.

—¿Cuántos días tardaría en hacer efecto? —preguntó Paige.

—La mayor parte de las pruebas del tétanos han arrojado resultados en cuarenta y ocho horas. No puedo estar seguro de qué ocurre con este otro suero. Ellos no mentían al asegurar que no lo han probado todavía en ningún paciente.

Breighton pareció tensarse al oír eso. No podía reprochárselo, era un riesgo enorme el que estaban dispuestos a correr.

—Denos la verdadera antitoxina y espere las cuarenta y ocho horas con nosotros —propuso ella, consciente de que su acompañante estaba atrapado en un debate emocional—. Le garantizo que sea cual sea el desenlace, el duque de Breighton se encargará de procurar los medios para que pueda rescatar a su hermana.

Los ojos de ambos se trabaron en un tácito acuerdo. Le estaba pidiendo que ayudase a ese hombre, con todos los medios a su alcance. Ni siquiera lo había pedido, para ser exactos. Había hablado por él y tuvo la satisfacción de comprobar que no la contradijo.

—Necesito asegurarme de que nos da el vial adecuado —añadió Breighton—. Puede considerar la oferta de la doctora Clearington como si fuera mía. Ni siquiera será necesario que usted viaje a por su hermana.

—Tengo que ir.

—En ese caso, conseguiremos que lo haga del modo más seguro y que pueda proporcionarle una buena vida.

El joven asintió con tal alivio que Paige no tuvo la menor duda sobre su historia.

Se subió al carruaje, minutos después, con el corazón apretado en un puño. Todo se había puesto en marcha con una rapidez vertiginosa. En su ridículo llevaba la fórmula que el señor Peckey les había dado. Solo tenían que llegar a casa e inocular a Matthew.

Estaba aterrorizada.

Nunca antes había sentido semejante nudo en las entrañas; nunca había temido tanto equivocarse. Sentía toda la responsabilidad de aquella gesta como suya. Si Matthew moría o si vivía, nadie más que ella sería la responsable.

El contacto de la mano del duque en la suya la sacó bruscamente de esos pensamientos. Se dio cuenta de lo tensa que estaba, de lo recta que iba sentada y de que sus manos se habían convertido en dos puños sobre su falda desde que se habían marchado del hotel. Relajó los dedos que él envolvía, pero no se atrevió a girar la palma y responder abiertamente al contacto, aunque lo deseaba. «No sería adecuado», se dijo, aunque tampoco lo era que el duque la tocase y mucho menos que levantase ambas manos y besara el dorso de la de ella.

Un estremecimiento le recorrió la nuca y las corvas de las rodillas ante el contacto de aquella boca, que no abandonó su mano.

—Excelencia... —se quejó. Era una queja inconsistente, que ni ella misma se creía.

—¿Tiene miedo, doctora? —Él seguía mirando a algún lugar perdido del carruaje, sin elevar la cabeza, como si solo pudiera concentrarse en el tacto de su mano y en el olor que desprendía.

—Sí.

—Yo también —reconoció—. ¿Podría llamarla Paige?

Aunque no daba crédito a semejante pregunta, una emoción cálida y jubilosa se le meció en el pecho. Él le miraba ahora los dedos, enredándolos con los suyos propios en una caricia de intimidad y dulzura casi insoportables.

—¿Por qué querría hacerlo? —musitó.

—¿Puedo? —insistió, sin dar más explicaciones. Fueran cuales fuesen los motivos, era evidente que el duque no estaba dispuesto a reconocerlos.

Debería negarse en redondo. El uso de su nombre de pila era algo muy privado y del todo contraindicado entre ellos. Ya habían transgredido demasiadas normas y, además, no entendía el motivo por el que querría hacer tal cosa. No significaba nada. No tenía ningún sentido. No obstante...

—Sí —susurró.

—Solo... —Alzó la mirada hacia ella, y Paige supo que podría ahogarse en aquellos estanques verdes. Ya lo había sospechado antes, pero el conocimiento la fulminó entonces con rabiosa claridad—. Cuando estemos solos. Solo en esas ocasiones, Paige.

Su corazón se acababa de saltar un latido. Era una imposibilidad biológica que, sin embargo, había ocurrido. No era consciente de en qué momento había ocurrido, pero ya no podía seguir negándolo.

¿Habían sido sus besos, tormentosos y dulces? ¿La pasión que había descubierto en sus brazos? ¿O aquellos momentos en que buscaba su contacto sin otra pretensión que compartir una caricia?

¿En qué momento preciso se había enamorado del duque de Breighton?

Paige quería hablar, pero las palabras no fluían a su boca. Tampoco sabía qué añadir a lo dicho. Estar a solas era algo que debían evitar. Suponer que él podría llamarla por su nombre cuando estuvieran sin más compañía era tanto como suponer que en ocasiones lo estarían; y se había prometido a sí misma no propiciar ni permitir esos momentos, porque ambos habían demostrado una alarmante inconsistencia de carácter.

Sintió el acuciante impulso de cerrar los ojos, puesto que casi no podía soportar el peso de aquella atormentada mirada ni las implicaciones de su petición. Pero ¿no sería esa una clara demostración de los sentimientos que albergaba hacia él? No podía permitirse ese lujo.

—Todo saldrá bien —respondió en cambio—. La fórmula

funcionará, y Matthew estará correteando otra vez por la calle antes de que se dé cuenta.

Omitió el trato de «excelencia» porque cabía la posibilidad de que él pidiera entonces el uso de su nombre de pila —que ella ni siquiera conocía—, y no podía imaginar tal cosa.

—Es usted una mujer valerosa —dijo él, dejando caer ambas manos sobre su regazo, aún entrelazadas—. Ocurra lo que ocurra —añadió tras pasar un nudo de saliva—, siempre agradeceré haberme topado con usted aquel día en Hyde Park.

—Todo saldrá bien —repitió, porque no era capaz de decir otra cosa.

Él no le soltó la mano en todo el camino de vuelta a la mansión ni tampoco durante los segundos o quizá minutos que el lacayo tardó en poner la escalerilla y abrirles la puerta. Suspiró, entonces, tal como Paige suponía que suspiraban los generales antes de enfrentar la batalla. Ambos bajaron del carruaje con el temor atenazado en el estómago.

20

Paige le recomendó que permaneciera fuera de la habitación, al menos hasta que estuviera preparada para inocular la antitoxina a Matthew. Primero quería retirar la intubación, lo que sería una labor muy complicada y angustiosa, le había dicho.

—Tendré que administrar un poco más de láudano para asegurarme de que no lo sienta —explicó—. El problema no es tanto retirar el tubo que le permite respirar como limpiar las membranas más profundas que le provocaron ayer la obstrucción mecánica. Es evidente que se hallan en un lugar mucho más interno de lo que hemos logrado extraer a simple vista. Será casi una cirugía, y quiero ahorrarle la observación del procedimiento. Además, deberemos esperar a que se le pase un poco el efecto del tranquilizante para asegurarnos de que respira por sí mismo antes de inyectarle el suero.

Max aguardó pacientemente en el pasillo, junto a la señora Bridgerton. Adele se veía muy desmejorada desde que Matthew había enfermado. La mujer había perdido peso y lucía unas ojeras que no le veía desde su trajinada juventud.

—¿Es seguro ese método, Brei?

—No lo sabemos, Adele. Pero estamos al borde de un precipicio con Matt. Si no hacemos algo drástico, lo perderemos.

—¿Y por qué no te veo convencido, querido? —inquirió con tristeza.

—Porque tengo miedo a equivocarme. Si ese suero no lo cura, tal vez acabe por matarlo.

—Ella cree que lo curará —sentenció su aya, como si aquello fuera todo cuanto hubiera que decir.

Habían trabado una afectuosa relación, Paige y Adele. Y una de las cualidades más notorias de ese afecto era la fe absoluta que depositaba esta última en las habilidades y predicciones de la galena. A Max no le sorprendía, porque él mismo había desarrollado esa misma confianza ciega en ella. No sabía si se debía a aquella serena seguridad tan característica de la doctora Clearington o al modo tan profesional y a la vez sumamente tierno en que trataba a su hijo, pero la veía casi como un ángel misericordioso cuyas manos eran las únicas capaces de devolverle a Matthew.

Se sentía un poco culpable por permanecer allí fuera, evadiendo la cruda realidad que se desarrollaba dentro. No estaba en su naturaleza protegerse de las situaciones duras y complicadas mientras ella, Paige, afrontaba tan penoso momento. Tal vez debería entrar y ofrecerle su apoyo, tal y como ella había hecho otras veces.

Era sorprendente e inesperada, aquella necesidad de protegerla. Precisamente a ella, quien aparentaba requerir menos protección que nadie.

¿A qué venía aquella ternura?

Max jamás había conocido en su vida —y había alternado mucho en sociedad— a ninguna mujer tan fuerte y arrogante. Siempre parecía tener una respuesta para todo. Era soberbia e insolente. Y ni siquiera se avenía a dejarse afectar por el temor que el duque de Breighton solía inspirar en todo el mundo.

Su propia esposa lo había tratado siempre con una cuidada distancia, hecho que él lamentó profundamente. Pero Paige no se arredraba ante su mal humor, ni guardaba el más mínimo sentido del decoro o la diplomacia cuando tenía que ponerlo en su sitio.

Era un disparate, por tanto, sentir que debía cuidarla, y era preocupante empezar a pensar en ella como la única persona capaz de aliviar su alma, de reconfortarlo y darle consuelo con su sola presencia. ¿Y desde cuándo necesitaba él consuelo, para empezar?

—¿Va todo bien?

La voz de Portland lo sacó de sus pensamientos. Él y Carruthers habían vuelto a subir, interesados por la evolución de Matt. Toda la casa estaba al tanto de que esa tarde iban a administrarle un tratamiento experimental, aunque desconocían los métodos empleados para conseguirlo.

—Aún no se lo han dado. Primero han de retirarle ese horrible tubo.

—Gracias a Dios —intervino su mayordomo, que había resultado ser más aprensivo de lo que imaginaban.

—Señor, he mandado avisar a lord Crowle, como me pidió.

—Gracias, Portland. ¿Podría acompañar a la señora Bridgerton a su habitación? —Se volvió hacia ella—. Deberías descansar un poco. Este no es lugar para aguardar durante horas.

—No quiero irme aún, Brei. Mi habitación está en la otra punta de la casa y no quiero estar tan lejos. Aunque podría retirarme un rato a la habitación de juegos.

Max recordó que allí había dos cómodos sillones y asintió, dando permiso a su secretario para que la acompañase.

—Yo podría ordenar a la señora Butler que prepare un almuerzo ligero, excelencia. —Max iba a rechazar la sugerencia, pero Carruthers se mostró inflexible—. Ninguno de nosotros debe añadir la debilidad a la preocupación. La doctora y la enfermera Kerr, sobre todo, necesitan reponer fuerzas.

Era de agradecer que el servicio de Breighton Hall fuera tan diligente y considerado; como también lo era el hecho de que su mayordomo hubiera enterrado el hacha de guerra que esgrimía contra Paige.

Qué natural y sencillo le resultó pasar a usar su nombre de pila para pensar en ella, reflexionó mientras veía al hombre marcharse. Le asustaba la intimidad que eso suponía, y también el sentimiento que se escondía detrás de aquella necesidad de llamarla «Paige», pero estaba demasiado agotado para cavilar sobre sus motivos.

Llevaba varias semanas, desde que Matt enfermó, dejando que sus instintos guiaran algunas de sus decisiones. Las referidas a ella, más que nada. Sabía que debería arrepentirse de algunas, pero no encontraba la fortaleza o las ganas para hacerlo.

—Excelencia, ya puede pasar.

La enfermera Kerr salió a avisarlo. La habían hecho llamar antes de su turno porque Paige la consideraba más preparada para afrontar cualquier complicación. La enfermera Shove se había dejado llevar por el pánico cuando Matt sufrió la disnea, algo que Max no podía reprocharle a la mujer, puesto que él se comportó de un modo bastante histérico, para ser honesto.

—Le hemos retirado la intubación y respira con normalidad —sostuvo Paige con sus redondos ojos castaños llenos de cansada tristeza. Se había quitado las gafas, y parecía un ser muy vulnerable en ese momento—. Raspar las membranas es lo que más tiempo nos ha llevado. Había... —hizo un gesto de desánimo— una gran cantidad de ellas. Creo que le dolerá la garganta cuando despierte. No debería tardar mucho más en hacerlo.

Esperaron durante más de dos horas a que desapareciera el efecto de los opiáceos que le habían suministrado a Matt para adormecerlo.

Richard llegó a la hora del té y se sentó con ellos en las butacas que habían dispuesto frente a la chimenea. Con ese don que tenía para distraer y animar a las personas, se dedicó a sonsacar información a la galena, que, a pesar del cansancio, pareció agradecida por poder evadirse un rato.

—Creo que, si se abrieran consultas sanitarias en esos barrios, llegaríamos a mucha gente que no tiene acceso a los hospitales.

—Pero ¿quién las sostendría? —inquirió Richard interesado.

—Dependerían del altruismo de los médicos, en gran medida. Cada uno de nosotros tiene su propia clientela, pero podríamos dedicar algunas horas a la semana para atender a esas personas sin recursos. Sé que muchas de mis compañeras estarían dispuestas a colaborar. Y estoy convencida de que también lograríamos convencer a otros colegas que ya prestan sus servicios de forma desinteresada a familias necesitadas. Mi padre, sin ir más lejos —alegó con una sonrisa—, siempre ha dedicado su tiempo a ayudar en lo que podía. Ser médico implica una cierta disposición a la generosidad, ¿sabe?

—Bueno, no lo sabía antes de conocerla a usted. Le aseguro que Jackson nunca fue un hombre dadivoso.

—No —rio ella—. Él no. Pero hay muchos otros que sí. Solo necesitamos fondos para empezar a abrir consultas y ver cómo funcionan.

—También necesitarán material y medicinas —apuntó Max.

—Lo sé. De ahí la importancia de encontrar benefactores decididos a combatir las penurias de esta ciudad.

—¡Ya despierta! —les avisó la señora Kerr.

Los tres se levantaron de un brinco y se dirigieron a la cama. Matthew solo se estaba removiendo, sin siquiera abrir los ojos o articular palabra alguna.

—Deberíamos inocular el suero antes de que despierte del todo —propuso la enfermera.

—Sí —musitó la doctora.

Alzó la mirada hacia él, buscando su aprobación y, tal vez, su apoyo. Max, conmovido y nervioso, caminó hasta ella y le puso la mano sobre el hombro.

—No tenemos otro remedio, doctora —le recordó.

Ella parpadeó para ahuyentar unas incipientes lágrimas, y Max comprendió entonces lo difícil que debía de haber sido para Paige defender una decisión de la que ni siquiera estaba segura, que la asustaba tanto como a él. Sin embargo, ella había demostrado ser más fuerte que su miedo.

—Está bien. —Se dio la vuelta para hablarle a la enfermera—. Tráigame la lanceta.

Las horas comenzaron a descontar en aquella inquieta y culpable espera. Cuando apareció la fiebre y después la hipotermia, todos los presentes en la habitación de Matthew Hensworth y en el pasillo de Breighton Hall cruzaron miradas que tenían tanto de aterradas como de esperanzadas. Era una consecuencia habitual de cualquier proceso de desintoxicación en las enfermedades infecciosas. El cuerpo se revelaba contra el veneno y la temperatura caía. Aquel argumento fiable y sólido, ofrecido por el doctor Arthur Clearington —quien también había acudido a la llamada de su hija—, logró calmar los ánimos; mientras tanto, la galena y las enfermeras Shove y Kerr iban alternando compresas frías y calientes en la frente del niño según oscilaba la temperatura, para ayudar a regularla.

La tarde dio paso a la noche, y la oscuridad fue cediendo su reino a la mañana. Matthew luchó contra el veneno, con su cuerpecito agitado incesantemente por espasmos y escalofríos que eran observados con inquietud por aquellos que tanto lo amaban.

Nadie más pudo cerrar los ojos durante aquella vigilia. Nadie fue capaz de descansar. Las miradas estaban llenas de conmiseración, de miedo y, a veces, también de desesperanza.

Pero el tiempo no es sino el justo valedor de la paciencia, y todos aquellos que amparaban el sueño inquieto de Matthew Hensworth recibirían la recompensa de verlo escapar de las fauces de la muerte otro día más.

Veinticuatro horas después de inocularle la antitoxina, Paige pudo al fin respirar tranquila. La temperatura de Matthew se había estabilizado y su cuerpo dejó de manar sudor. Los ganglios cervicales se habían desinflamado, las membranas parecían estar desprendiéndose de las amígdalas y el pulso errático de la víspera se había normalizado.

Se había ventilado y caldeado la habitación, de modo que Paige ya no sabía si tenía frío o calor.

Tampoco sabía si se sentía feliz y aliviada, porque únicamente tenía ganas de llorar. Se notaba el cuerpo extenuado y la mente abotargada. Su estómago había dejado de protestar tras saltarse la cena. Guardó silencio en el desayuno, y también en el almuerzo y la merienda.

La enfermera Shove dormitaba en un sillón, pues habían enviado a la señora Kerr a su casa para que estuviera descansada en el turno de noche.

La doctora, por su parte, necesitaba cerrar los ojos unas horas. Los sentía arenosos y secos. Se había quitado las gafas en algún momento y en algún lugar. No lograba encontrarlas.

Se dio la vuelta en busca de Breighton, quien tampoco había abandonado la habitación en aquellas angustiosas horas. Estaba apoyado en la pared, cerca de la puerta.

—Debería descansar también, excelencia —le propuso cuando llegó a su altura.

Él clavó aquellos intensos ojos verdes en ella, por toda respuesta. Era muy sorprendente que una mirada, *a priori* inexpresiva —o al menos indescifrable—, lograra causar semejantes estragos en el ánimo y la compostura de una persona, pero Breighton tenía esa habilidad. Como en otras muchas ocasiones antes que esa, Paige no pudo sostenerle la mirada, por lo que volvió a dar un vistazo a la cama donde dormía Matthew y al sillón donde la enfermera echaba una cabezada.

—Venga conmigo —oyó que le susurraba Breighton.

21

Paige se volvió bruscamente para mirarlo y comprobó que le tendía la mano. Notó un súbito temblor en la boca del estómago y volvió a mirar en dirección a la enfermera Shove mientras el duque abría la puerta de la habitación. La mujer parecía completamente dormida, pero aun así la doctora fue presa de un tremendo nerviosismo, provocado por tan inesperada e inadecuada petición. Querría hablar de Matthew, con toda seguridad.

Se armó de valor y depositó la palma de su mano sobre la del duque, que era suave y cálida. Inspiró con decisión y lo acompañó fuera de la habitación del niño. Se dirigieron hacia la escalera, pasando la puerta del dormitorio de la niñera y también la de la difunta duquesa. Mientras atravesaban el largo y suntuoso pasillo, Paige sintió un escalofrío. Había llegado a acostumbrarse a aquella perfecta elegancia, a los aparadores taraceados, las columnas retornadas, los ornamentados candelabros, la alfombra de un color vino apagado; pero en ese momento su grandiosidad volvió a resultar apabullante.

Antes de llegar a la escalera, Breighton pareció dudar y se detuvo en medio del pasillo con la mirada clavada en el suelo. Paige le dio unos segundos antes de hablar, pero se decidió cuando el agarre sobre su mano se volvió más fuerte.

—¿Está enfadado conmigo? —preguntó.

Quizá era eso. Quizá se daba cuenta de que el suero no había funcionado aún y se había abocado al fracaso. Pero su expresión fue de sorpresa.

—¿Qué?

—Entiendo que duda de la efectividad del suero y que teme...

—No es eso —refutó él—. Tengo fe en usted. Y en el suero.

—¿Entonces? —Breighton la soltó y se mesó el cabello con la mano antes de volverse hacia ella.

—Me pregunto si yo también estoy enfermando —dijo en voz muy baja y remota.

Una alerta primitiva se cernió sobre Paige, quien enseguida echó las manos al rostro del duque para observarle los ojos y —si alcanzaba— las amígdalas en busca de membranas.

—¿Qué síntomas ha notado? —preguntó frenética.

—No, no —aclaró entonces con una sonrisa cansada, sujetándole las manos—. No me refiero al crup. Sino a..., a mí. Siento una congoja que hasta ahora me era desconocida. Y mi pecho... Paige, mi pecho está completamente desbordado.

El de Paige también se retorció de un modo casi doloroso. Se atrevió a pasar el pulgar por el ceño fruncido del duque. Cuántas veces había querido borrarlo de ese modo. En cuántas ocasiones había querido consolarlo.

Aún en medio del pasillo, el duque le envolvió el rostro con las manos, y antes de que tuviera tiempo de pensar ya la estaba besando. Sin comedimiento. Con un ansia que la estremeció.

Por más que se dijera que devolver aquellos besos era el mayor error de su vida, Paige parecía empeñada en cometerlo una y otra vez.

Gimiendo con abandono, se sujetó a los antebrazos masculinos y se puso de puntillas para poder alcanzarlo mejor. Él lo facilitó envolviéndola entre sus brazos y estrechándola contra aquel cuerpo fuerte y confortable.

La desesperación, el miedo y el cansancio de las últimas horas se mezclaron con el torbellino de emociones que la sobrecogió ante el toque sensual y hambriento que azotaba su boca. El corazón le latió con desenfreno y eliminó cualquier otro pensamiento coherente.

Paige rodeó la cintura de Breighton, y él la fue empujando hasta que ambos encontraron el apoyo de la pared, sin dejar de besarse en ningún momento. El sabor de su lengua era embriagador, y la pericia con que la exploraba le debilitaba las rodillas.

No dejaba de sorprenderla que ese hombre, oscuro y atractivo, se sintiera tentado por ella. La única explicación posible era que no había ninguna otra mujer en los alrededores para satisfacer sus apetitos varoniles, y que él se sentía tan devastado por los acontecimientos que necesitaba encontrar algún tipo de desahogo. Y, con todo, a Paige, que siempre se había creído carente de vanidad, aquello la extasiaba. Porque ella, la vulgar y corriente doctora Clearington, podía provocar aquella emoción delirante en el duque de Breighton.

Sus manos treparon por el robusto cuerpo que la presionaba contra la pared; las molduras de escayola se le clavaban en la espalda. Le abarcó los hombros y se maravilló con la sensación de aquella piel cálida y firme a través de la fina tela de batista. Él no había vuelto a usar levita desde la mañana, y Paige había sido muy consciente de lo apuesto que se veía en mangas de camisa.

De un momento a otro, el beso se tornó intoxicante. El duque la apretó con fuerza y gimió roncamente; la boca se volvía más osada y las caricias, más atrevidas. Se sujetó a él y respondió con las mismas ansias, maravillada por el sabor del aliento masculino, por la caricia tan atroz de su lengua y por la fuerza que todo aquel cuerpo ejercía contra el suyo.

Las manos de él le recorrieron las caderas, los costados. Una de ellas le envolvió la nuca y comenzó a soltar las horquillas del rodete mientras la otra le subía por el torso hasta colmarse con uno de sus pechos. Paige gimió y se retorció. ¡Por Dios, estaban en el pasillo! Cualquiera podría verlos. Se separó y tomó aire en una ruidosa bocanada.

—Dijo que no volvería...

—Sé lo que dije —la interrumpió él; esos enigmáticos ojos

verdes estaban llenos de tal tormento y desespero que se le encogió el corazón—. Necesito esto. —Su mirada atrapó la de ella al tiempo que se lo pedía, suplicante, culpable—. Te necesito.

El duque se quedó quieto, aguardando respuesta como si fuera una absolución lo que anhelaba. Comprendía lo que le pedía, el motivo por el que lo hacía, el dolor y el miedo tan elementales que movían su resolución. Y a pesar de ello, a Paige no se le ocurrió negarse. Porque ella tenía esas mismas emociones anegándole el alma, y también lo necesitaba para encontrar algo de paz.

—Y yo —acordó con un asentimiento de cabeza casi imperceptible.

Breighton la pegó a su cuerpo por la cintura, la arrastró el paso y medio que los separaba de la puerta del dormitorio y abrió con la mano libre. Ambos entraron y él la acorraló contra la pared nada más cerrar.

La pasión volvió a estallar en él de un modo frenético, desaforado. Se apoderó de su boca con brusquedad y le ofreció un despliegue de lujuria muy similar al que ya había experimentado en el despacho la noche que la agredieron.

Paige, sin saberlo, había estado hambrienta de esa pasión desde entonces. No dudó ni por un segundo en entregarse al desmedido énfasis del duque. Le tomó los mechones de cabello entre los dedos y empujó sus propias caderas contra él.

Podía desconocer los entresijos prácticos del lecho de un hombre, pero era muy consciente de todos los procesos a nivel teórico. Aunque aquello era más que simple mecánica. Era inexplicable, grandioso e incomprensible. Debía de ser la cosa más fascinante que podía experimentar una persona.

Gimió de gozo cuando la enorme mano de Breighton volvió a rodearle el pecho y lo apretó con fiereza. Sintió un punto de dolor placentero en aquella ruda caricia, y le gustó.

—Paige —murmuró él en un gemido roto.

Le había pedido permiso para llamarla por su nombre en privado, pero nunca ejerció ese derecho, hasta unos segundos atrás en el pasillo. Era natural que Paige no supiera negarse a lo que estaban haciendo, a lo que iban a hacer.

—Béseme —solicitó.

No quería tener la oportunidad de reflexionar sobre lo que hacían. No quería pasar un segundo extrañando la lengua de él en su boca.

El duque la obedeció y volvió a tomar sus labios, aunque de un modo más controlado, más tentador. Le brindó pequeños mordiscos, seguidos de lamidas y succiones que la hicieron arder de anhelo. Entretanto, sus manos no dejaron de explorarle los pechos, hasta que tuvo la sensación de que la tela entre ellos había desaparecido. Pero no era así. Seguía entre sus cuerpos, aunque no por mucho tiempo, pues las diestras manos repartían el tiempo entre acariciarla y desabrocharle los botones delanteros del vestido.

Le apartó el frente del corpiño, y se quedó mirándole el torso envuelto por la camisa interior.

—No lleva corsé —dijo con cierto grado de asombro.

—Son mortíferos. —explicó. Él seguía mirándola—. ¿Ha llevado alguna vez uno?

—No —gruñó mientras ceñía su cintura con las manos.

—Entonces, no me juzgue —sentenció.

La besó con renovada intensidad, como si le hubiese gustado aquella descarada rebelión femenina. Paige aceptó los embates de su lengua y la retuvo dentro de la boca con las mismas caricias que él le había enseñado. Inclinó la cabeza para darse mayor comodidad y se estremeció cuando fue consciente de la mano exploradora del duque por dentro de su camisa. Notó la delicadeza con que él sostuvo el peso de uno de sus senos antes de pasar la yema del dedo por la punta.

—Oh —susurró.

Era una sensación gloriosa e intrigante. Hizo que la tensión creciera dentro de ella para después transformarse en una turbia vergüenza cuando él se distanció para observar su reacción. No le quedó otra que cerrar los ojos y dejar caer la cabeza contra la pared; ocasión que él aprovechó para pasar las atenciones de la boca al expuesto pulso de su cuello.

Paige se estremeció entera con cada succión de los labios en su garganta y aprovechó el hueco entre los cuerpos para desabrocharle la camisa.

Sacó los faldones y terminó la tarea de quitársela, sin que él hiciera nada por ayudarla o impedirlo. Posar las manos sobre el firme pecho masculino, sentir en la yema de los dedos el calor palpitando bajo la piel, dotó a Paige de una arrogancia inexplicable. Estaba tocando a ese hombre. Al duque de Breighton. Le acarició el contorno de los músculos mientras él volvía una y otra vez para explorarle la boca.

Las manos del duque se afanaban en acabar de bajarle el vestido, que era bastante voluminoso, pero la tela se resistía.

Tomándola de la cintura, la giró de cara a la pared y comenzó a tirar del tejido que se le había quedado enganchado en los hombros. Le sacó el vestido y lo arrastró hasta el suelo acompañado de unos sonoros crujidos.

Se puso tras ella y comenzó a besarle la nuca de un modo enloquecedor. Paige pegó la cara al papel pintado de la pared y apoyó las manos contra ella, mientras las del duque le subían por el torso hasta colmarse de sus pechos. Los masajeó con delicadeza, tirando de la camisola cada poco tiempo para poder palparlos sin el estorbo de la tela.

Notó como la piel ardiente del pecho masculino se le pegaba a la espalda y la pulsante erección se apretaba contra la unión de sus nalgas. Dejó salir todo el aire de los pulmones y cerró los ojos, sobrepasada por la grandiosidad de aquello que estaba ocurriendo.

Tenía tintes de irreal, si se paraba a pensarlo. El duque de Breighton, el estirado duque de Breighton, la estaba seduciendo en su habitación, sin ninguna ceremonia, sin promesas de amor ni delicadezas virginales. Parecía querer devorarla. Era sobrecogedor.

Se vio aupada del suelo por esos fuertes brazos, que la llevaron a la cama y la depositaron allí con cuidado. Los tormentosos ojos del duque parecían proyectar una miríada de emociones tan distintas que Paige no acertaba a decir si él se sentía conforme con lo que ocurría o si, por el contrario, se lo reprochaba. Le habría gustado creer lo primero, pero la lógica le decía que su nobleza e integridad estaban librando una batalla contra el deseo.

Las manos, desde luego, eran seguras y firmes cuando la fueron despojando de los zapatos y después de la camisola, los calzones y, por último, de las medias. El duque la fue desnudando con más lentitud que prisa y con una mirada tan fija y perturbadora que Paige sintió el deseo de cerrar los ojos para no verlo. Sin embargo, los mantuvo abiertos. Le sostuvo la mirada, para indicarle que aceptaba sus actos, que se entregaba libremente, sin miedo y a conciencia.

Por su parte, él no dijo ni una palabra al despojarse de los zapatos y del pantalón. Solo se mantuvo allí parado, junto a la cama, silencioso y oscuro como un ensueño mientras le iba mostrando su cuerpo y le daba, quizá, la oportunidad de arrepentirse.

No pudo evitar mojarse los labios cuando él apartó los extremos de la cinturilla del pantalón. Contempló su virilidad como quien mira un objeto largamente deseado, si bien aquello no era cierto. Lo había anhelado a él, un momento como ese, pero nada tan concreto como verlo desnudo o que la poseyera; poseerlo.

Iba a poseer al duque de Breighton, comprendió, pues era una pertenencia que viajaba en ambos sentidos. Esa noche iba a ser suyo, por un efímero instante.

Se apoyó sobre los codos y lo observó sin timidez ni recato al tiempo que él acababa de desprenderse de las prendas y se tumbaba a su lado sobre el costado izquierdo.

En lugar de besarla, o tocarla de algún modo, el duque decidió desprender las pocas horquillas que aún le sujetaban el pelo. Su mirada nunca dejó la de ella mientras iba sacando, uno por uno, los alfileres. No se preocupó de colocarlos en ningún sitio, sino que fue dejándolos caer sobre el edredón.

Después de eso, perfiló el nacimiento de su pelo y el puente de su nariz. Acarició y presionó el labio inferior justo antes de inclinarse hacia abajo y reclamar su boca. Sin cerrar los ojos, se buscaron y acariciaron con lentas embestidas de la lengua a medida que él se iba recostando sobre ella.

Paige necesitaba un beso más profundo, pero estaba decidida a aprender el modo en que él quisiera hacerlo. Así que se conformó con aquellos toques incompletos, aunque eróticos, mientras una mano de dedos largos y cálidos iba recorriéndole el cuerpo con lentitud.

Primero palpó sus muslos por la cara interna. Después avanzó hacia la unión de las piernas y pasó el dedo pulgar sobre el vello púbico; Paige se estremeció en ese punto y cerró los ojos, pero solo un instante, lo justo para coger fuerzas. Luego deslizó la mano hacia su vientre, donde la abrió y colocó la palma sobre la piel. Continuó subiendo, con movimientos erráticos, hasta que las yemas alcanzaron su pecho. Las pasó por el costado, por el borde de la areola y por la punta fruncida. Encerró el pezón entre la yema del pulgar y del índice para aplicar una pequeña presión, una especie de pellizco que le resultó deliciosa y que tuvo un eco inmediato entre sus piernas, en ese lugar donde latía de deseo.

Todo eso Paige lo sentía, pero también lo visualizaba, aunque lo único que tenía ante sí eran los profundos ojos verdes del duque.

Decidida a tomar algún tipo de control sobre la situación, llevó las manos hasta la cabeza de él y lo acercó para poder besarlo tal como deseaba. Le introdujo la lengua en la boca y recorrió todas sus partes blandas. Había un resto de té en el sabor masculino, pues era lo único que había tomado en todo el día.

El duque no opuso resistencia. Por el contrario, se tumbó sobre ella y también le sujetó con una mano el rostro para devolverle el beso, mientras con la otra continuaba explorándole el cuerpo con absoluta impudicia. Los dedos se paseaban por los lugares más íntimos mientras ambos retozaban en la cama: las axilas, la unión de las nalgas, el triángulo de vello que cubría su sexo... No había un lugar que él no se sintiera con derecho a explorar. Paige se preguntaba por qué no llegaba más allá, por qué no la tocaba por dentro, como era su deseo; pero, honestamente, todo lo que hacía le resultaba sumamente erótico y maravilloso.

Rodaron por la cama, intercambiando a ratos los papeles. A veces, ella se tumbaba sobre él, enterraba los dedos en su cabello oscuro y le besaba los párpados, el cuello o el pecho. Aunque la mayor parte del tiempo era él quien controlaba la situación, quien se ponía encima, quien besaba partes de su cuerpo que jamás habían sabido lo que era la atención masculina. Le había dado besos ligeros sobre los pechos, que a Paige le habían parecido excitantes, aunque insuficientes. Sentía que jugaba con ella, que no le daba todo lo que podía experimentar, que se contenía, quizá.

En una de las pocas ocasiones en que Paige se encontraba encima, tuvo la curiosidad y la audacia de llevar las caricias más allá del vientre masculino. Se estaban besando cuando ella le colocó la palma de la mano sobre el pene. Hubo un gemido por parte de ambos, pero nada le hizo pensar que la caricia le había disgustado, de modo que continuó. Lo rodeó con los dedos y se maravilló de aquella extensión de carne tan sedosa y tan dura a la vez.

Paige se apartó y dirigió su mirada hacia el lugar donde lo tocaba. Era muy grande, con una dureza sorprendente, a pesar de la suavidad de su envoltura.

—¿Qué demonios hace? —preguntó él con la voz ronca y los dientes apretados.

—Lo... ¿siento? Es que nunca he visto uno en erección —explicó un poco nerviosa—. Quiero decir que sé cómo son, pero nunca había podido verlo, porque mis pacientes no suelen... No se ponen... Y quería saber cómo es de grande y...

—¡Por el amor de Dios! —gruñó él al tiempo que volvía a invertir sus posiciones y a ponerle la espalda contra el colchón.

Si los besos anteriores le habían parecido una pobre demostración de todo su potencial, el modo en que el duque pasó a devorarle los pechos la compensó sin ningún paliativo.

Paige ahogó un grito en la garganta, pues no estaba en un lugar donde pudiera exteriorizar aquella ansiedad, y eso no lo olvidaba ni por un instante. Sujetó los mechones oscuros del duque entre los dedos y gimió de forma errática mientras aquella boca devastadora chupaba y succionaba su carne con frenesí. Era increíble, algo inexplicable, una excitación como jamás hubiera imaginado posible. Era la gloria en la Tierra.

No habría tálamo nupcial para Paige Clearington. No habría esposo, hogar e hijos. No habría sueño romántico ni cortejo público. No habría futuro. Pero tendría eso. Esa pasión desbordada, esa única noche en la que amó al duque de Breighton.

Maximilliam se sentía dividido entre la culpa y la lujuria. Ambos extremos tiraban de su mente consciente, gritándole cosas bien distintas. Y luego estaba el dolor, ese que le había atenazado el corazón desde hacía tanto tiempo que ya ni lo recordaba.

El dolor se solazaba con el alivio que le proporcionaba el cuerpo de la señorita Clearington. El dolor se consumía de gozo por el suntuoso placer que ella experimentaba con tanta naturalidad. El dolor se alimentaba del modo en que ella se estremecía y jadeaba con cada descubrimiento sexual, del modo en que lo acariciaba sin reparo. Max estaba consternado y fascinado por su respuesta, por su abnegada entrega.

Aquella mujer no se sentía atemorizada por la intimidad que estaban compartiendo ni por la rudeza de su cuerpo. Más bien al contrario: dejaba vagar la mirada —que debía de ser borrosa sin sus lentes— por todo él. Besaba y lamía cualquier porción de piel a su alcance. Se mostraba dispuesta y ansiosa, a pesar de su evidente virtud. Y esa divina reacción, esa entrega, esa inusitada lascivia lo estaba catapultando a un punto en el que dejaba de ser racional.

¿Qué le ocurría? Solo era una mujer. Y sin embargo su piel era el más exquisito de los tactos, sus besos lo abocaban al delirio, su cuerpo lo reclamaba con tan evidente abandono que quería extender el momento hasta el infinito y olvidar todas las angustias de su vida.

Empujó las caderas contra ella y obtuvo un angustioso gemido. Se apartó para observarla y encontró esos asombrosos ojos fijos en él.

—¿Desea llevar esto hasta el final?

Ella parpadeó, como si la opción no se le hubiera pasado por la mente.

—¿Cuál es el final? —preguntó confundida.

Max sintió un temblor en la boca del estómago y se censuró a sí mismo por lo que tenía la intención de hacer con ella, pero eso no lo detuvo. Nadie más que Paige Clearington podía detenerlo ya.

—Quiero estar dentro de usted. ¿Nota esa tensión insoportable entre sus piernas? —Ella se ruborizó hasta un punto imposible; pero asintió, tan franca y directa como siempre era—. Quiero colmarla, satisfacerla. Quiero arruinarla y hacerla mía, Paige.

El temor combatió con la lujuria en aquellos bonitos óvalos castaños que se veían más verdes y luminosos a causa de la pasión.

—Sí. —Fue la prerrogativa más tenue, pero Max no pensaba cuestionar su suerte.

Cerró los ojos y volvió a empujar su pulsante erección contra el valle de sus piernas. Ella gimió más fuerte aún.

—Procure no gritar, querida —solicitó Max al tiempo que se posicionaba.

Introdujo una mano en esa indómita cabellera que ella solía recoger de forma tan eficiente en intrincados moños y con la otra le sujetó la cadera.

«Calma, Max. Ve despacio», se ordenó. No solo por la inocencia de Paige o el hecho de que aquella primera experiencia fuera a resultar dolorosa, sino también por él. Porque había olvidado cuánto tiempo hacía que no sentía una lujuria tan excelsa y quería prolongarla todo lo posible. Si iba a condenarse en el infierno por tomar lo que no le correspondía de ella en el momento más inadecuado, al menos quería recordar cada instante de lo que compartieran.

Le resultó fácil encontrar el camino sin ayuda de la mano. La pulsante cabeza del pene se introdujo hasta quedar abrigada en el cálido portal femenino, de una forma deliciosa, sublime.

Con un quejido sordo, Paige se reajustó y suspiró. Max buscó de nuevo su boca y la besó con fruición al tiempo que se balanceaban con una escasa cuarta parte de su miembro enterrado en ella. Así consiguió avanzar poco a poco, imitando con la lengua los envites de su cadera y sintiéndose rodeado por las manos femeninas en todo momento, acariciando, masajeando, exigiendo.

Ahí se detuvo, pues lo que quedaba de él era más grueso y difícil. Le dio besos en la nariz, en la barbilla, en el hueco que formaba la clavícula, y con sumo cuidado llevó las manos hasta los costados del torso, que elevó hacia su boca justo en el momento en que los labios llegaban a las receptivas cimas de sus pechos.

Volvió a escapársele otro de esos adorables gemidos guturales que le indicaron lo mucho que ella gozaba de sus caricias. Max hincó los codos en el colchón y rodeó aquellos magníficos senos con los dedos. Eran plenos, redondos, firmes: perfectos. Ella seguía encorvada sobre la espalda, disfrutando del placer que le proporcionaba, de modo que Max jugueteó a su antojo intercalando besos y tiernos mordiscos que la volvieron loca.

—Por favor... —suplicó con una vocecita temblorosa.

Por muy inocente que fuera, una mujer al igual que un hombre, notaba esa sensación de vacío, esa ansiedad que la haría sentir incompleta hasta que él no la colmase. Max entendía que ella necesitaba algo sin saber el qué; pero aquello era tan erótico, tan fascinante que se mantuvo firme y continuó jugando con su cuerpo, balanceándose levemente sobre ella, con una contención que a él mismo le sorprendía.

Ella lloriqueó cuando él encerró un pezón entre sus dientes; se agitó nerviosa. Max sintió un acceso de piedad y supo que no podía seguir negándole la culminación. Serpenteó con los dedos por la cadera y el vientre de ella hasta alcanzar el nudo de nervios bajo sus pliegues.

Eso la hizo gritar y empujar las caderas con tal fuerza que lo enterró casi por entero. Max maldijo en voz alta y se sintió tan desprovisto de control que la penetró con dureza y silenció con la boca el grito de dolor de Paige cuando toda la extensión de su miembro la llenó.

—Estese quieta —le ordenó al cabo de un instante, porque ella no dejaba de moverse, desesperada por la invasión.

Era delicioso, como todo lo que ella hacía, pero también lograba debilitar el control del cuerpo de Max, que solo quería empujar y saciarse. Se mantuvo quieto, profundamente enterrado en su calor, e inició una serie de besos por la frente, la mandíbula. La exploró de nuevo. Estudió sus pechos, aprendiendo cada detalle, memorizándolos. Poco a poco, ella fue perdiendo la tensión y quedó laxa bajo su peso.

Max le dio un beso suave en los labios y comenzó a moverse. Paige gimió con el ceño fruncido al principio y, después, suspiró con placer cuando el vaivén comenzó a resultar agradable.

Y en ese momento, a pesar de lo que había prometido, se impulsó con fuerza hasta chocar de nuevo con su pubis y se dejó llevar por una marea intoxicante de sensualidad. Mantuvo la cordura a duras penas, el tiempo suficiente hasta que ella se arqueó con violencia y lloriqueó su orgasmo. Max la silenció de nuevo con su boca, del modo más eficiente que pudo, pero la necesidad de culminar lo estaba volviendo loco, y una vez ella se hubo calmado ya no pudo controlarlo más. La penetró con fuerza, con embestidas rápidas y profundas, sin dominar en absoluto su fuerza ni su mente. La poseyó con toda la podredumbre de su alma, con todo el deseo acumulado, con la culpa, con el dolor, con el miedo..., con absoluto delirio.

En algún momento de aquel caótico ensueño, un rayo de placer le atravesó la ingle. Se detuvo un instante para disfrutarlo y seguidamente se estremeció con nuevas penetraciones más duras, más profundas, para intentar maximizar esa sensación que luchaba por escapársele de las manos. Cerró los ojos y gimió su nombre, una y otra vez. El nombre de aquella mujer hermosa y apasionada que lo acogía en su momento de mayor debilidad, de mayor locura. La nombró una y otra vez hasta que su cuerpo cayó exhausto sobre el de ella.

22

Max fue recuperando el uso de la razón de forma gradual y progresiva.

El cuerpo cálido y suave de Paige se hallaba envuelto entre sus brazos en la más absoluta quietud, pero a pesar de su estatismo lo sentía vibrar de vida. Se había estremecido de un modo exuberante y grandioso apenas unos segundos antes, ante la atenta mirada de Max, en una visión sobrecogedora que se había grabado para siempre en su cabeza.

Era tan hermosa... ¿Cómo no se había dado cuenta en el primer momento en que la vio? Con el cabello revuelto y extendido sobre los almohadones, desprovista de las gafas y con el candor efervescente de haber sido satisfecha su lujuria, podría tentar al más ascético de los santos.

Empezó a ser muy consciente del modo tan abominable en que la había utilizado, del bochorno tan punzante por haber sucumbido a la tentación de buscar consuelo en su cuerpo. No sabía si lograría perdonarse a sí mismo, o si ella lo perdonaría alguna vez por lo que le acababa de hacer, pero seducir a Paige había sido una pulsión imperiosa, un pecado irrefrenable. Jamás había necesitado a ninguna mujer como la necesitaba a ella. Nunca se había sentido tan desvalido como esa noche.

Su falta de control transgredía cualquier principio o precaución. Al pensar en lo que acababa de hacer y en cómo lo terminó, cerró los ojos con pesar.

Jamás en su vida se había derramado dentro de ninguna mujer, excepto en Clarisse. Era una norma que cualquier varón con dos dedos de frente establecía para sus relaciones sexuales a temprana edad. Incluso se previno contra ello en el justo momento en que tomó la decisión de seducirla. Entonces, ¿qué locura se había apoderado de él para olvidar toda precaución?

No tenía sentido lamentarse ni ahondar en la culpa o el remordimiento. De nada servía tratar de excusar la verdad: lo deseaba, con todas sus fuerzas, y, por tanto, lo hizo. No podía ser tan cínico como para negarlo.

Supuso que eso respondía con creces a la naturaleza caprichosa de la que siempre lo acusaba ella. Casi se sintió tentado de sonreír al pensarlo. Era un absoluto despropósito, pero Paige Clearington despertaba sus instintos más posesivos.

La estrechó contra su cuerpo y aspiró su perfume de jazmín. Ella suspiró complacida.

Tampoco recordaba haber sentido ese deseo de compartir las postrimerías del sexo con ninguna otra mujer. Era un evento inédito, y sumamente reconfortante. Se sentía... propenso a la dulzura. No acababa de encontrarle la lógica a la ternura que le despertaba esa mujer. Con lo insolente y recalcitrante que podía resultar a veces, en otras ocasiones lograba llenarlo de una sensación de plenitud que ninguna otra cosa o persona conseguía en él.

Eso contradecía claramente la justificación que su mente se empeñaba en argüir para tamaña tropelía. Paige Clearington no solo había sido una válvula de escape para huir de sus preocupaciones y acallar la intranquilidad que sentía por el estado de Matthew. Mucho antes de que la situación se volviera tan dramática, el deseo ya estaba ahí.

E incluso en ese momento, lo que sentía al yacer junto a ella iba más allá del alivio momentáneo. Tenía la sensación de que el mundo entero se había reducido a los pequeños confines de su dormitorio; el lugar donde solo ellos dos importaban. Max daría cualquier cosa porque el tiempo se detuviese, por poder cristalizar y conservar para siempre las emociones que había experimentado al compartir el placer con aquel cuerpo suave y blando que ahora se acurrucaba junto al suyo. Quería más. Quería tener el derecho a olvidarse de todo, a encerrar a Paige y retenerla para siempre en su dormitorio, a hacerle el amor hasta perder la consciencia.

¡Por el amor de Dios, sí que se había vuelto loco por completo!

Aquella paz.

Nunca había experimentado una emoción así. Su cuerpo y su alma flotaban, saciados de una necesidad que ni siquiera había sabido que tenía. La neblina de placer y felicidad le tenían embotados los sentidos y la mente. Paige no quería salir jamás de ese sueño, no quería volver a estar sola nunca más.

Tardó un tiempo en volver a ser consciente de sus percepciones. El sonido de la respiración de ambos, aún agitada, el sabor de la piel de él en su boca, el calor que desprendían sus respectivos cuerpos y que parecía alimentarse mutuamente, el olor de lo que acababan de hacer mezclado con ese sobrio perfume que era tan parte de él. Todo empezó a entrar de forma paulatina en su cerebro, mientras ella memorizaba cada sensación.

Los brazos del duque la envolvían con confianza, con familiaridad, lo que le generaba una emoción indescriptible. Él se había tumbado de espaldas después de hacerle el amor y la había acercado a su costado hasta que estuvo casi recostada sobre ese cuerpo grande y cálido. Estar allí, encerrada en su abrazo, parecía la cosa más natural y, al mismo tiempo, la más extraordinaria. Se acurrucó un poco más contra él y enredó las piernas con las suyas sin encontrar resistencia. Breighton se amoldó a la nueva postura, e incluso creyó sentir un altibajo de satisfacción en el pecho.

¿Qué iba a hacer ahora? ¿Tenía que decir algo? Desconocía en absoluto los rigores de una situación como esa, pero se negó a hacer cualquier cosa que pudiera alterar el equilibrio. Se quedaría allí muy quieta, disfrutando del abrigo que le proporcionaba el cuerpo del duque de Breighton. De su amante. ¡Señor, era tan difícil de creer!

Una mano subió por su espalda y le masajeó la nuca, la parte trasera del cráneo. Paige suspiró. ¡Qué cosa tan placentera era aquella!

—¿Se encuentra bien? —le preguntó.

Paige temía decir cualquier cosa que pusiera fin a ese momento, pero tampoco podía obviar la cuestión. No podía fingirse dormida, ¿verdad?

—Si se refiere a algún tipo de dolor, no siento ninguno —manifestó, optando por calmar sus inquietudes.

—¿Siente algún tipo de remordimiento?

Le pareció que el duque se sentía inseguro, o quizá culpable.

No era extraño. Él había sucumbido al desahogo físico llevado por el tormento y la angustia; una debilidad ajena por completo a su persona. Para un hombre tan serio y rigorista como él, arrebatarle la virginidad a una empleada debía de ser un acto vil y procaz. A buen seguro, se estaba fustigando sin piedad por ello. Pero Paige no era una jovencita debutante con una intachable reputación, no era la clase de mujer virtuosa e inocente cuya pureza debe ser salvaguardada. Tampoco era una descocada, ni habría cometido semejante acto impúdico con un hombre si no hubiera estado enamorada.

Ella era muy consciente de que se había acostado con alguien que no podía contemplar la sola idea de restituir su honor; como también sabía que él únicamente había cedido a la tentación que ella suponía debido a una situación extrema, en la que se habían sentido, ambos, muy vulnerables.

Todas esas circunstancias no eran responsabilidad de Breighton. No iba a culparlo a él de una decisión que habían tomado los dos libremente.

Por tanto, le pareció importante enfrentarse a aquellos ojos verdes que minutos antes la habían mirado como si ella fuera el mayor tesoro sobre la Tierra. Así de maravillosa la había hecho sentir. Se incorporó sobre un codo y le dedicó una sonrisa reservada.

—Nada de lo que haga puede provocar que me arrepienta de esto.

Breighton cerró los ojos. Sí que se sentía culpable.

—Un padre preocupado no debería ocupar su tiempo en actividades como la de desflorar jóvenes inocentes —se lamentó.

Su apuesto rostro, incluso con aquel matiz de pesar, se veía ahora más sereno, más joven, más bello. Paige contuvo el deseo de alzar una mano y acariciarlo.

—Habría pasado este tiempo en la biblioteca, bebiendo. No se martirice por haber buscado consuelo. La bebida no es muy diferente de...

Los dedos de Breighton sobre sus labios le impidieron continuar.

—He caído muy bajo si mi amante ha de consolarme a pesar de ser ella quien acaba de perder la inocencia.

Paige sintió un temblor en la boca del estómago ante la mención de su nuevo estado. Era su amante. Aunque solo fuera durante el tiempo que permaneciera en aquella cama, donde, para empezar, una mujer sencilla como ella ni siquiera debería estar. Era una bobada sentir emoción por ser algo suyo, algo tan insignificante como la mujer con la que se había acostado; así que tuvo que hacer caso omiso del sentimiento de pertenencia que quiso entrar en su corazón. «Sé pragmática, Paige», se recordó.

—No debe pensar de ese modo, excelencia. —Él arqueó una ceja—. Debe tener en consideración que, en el plano académico, yo no era tan inocente como...

Esa vez la calló con la boca. Le tomó la cara entre las manos e irguió el cuello para besarla y silenciar de ese modo su respuesta. Aunque la cogió por sorpresa, pues no esperaba que él aún sintiera algún tipo de deseo después de hacerle el amor, Paige no dudó en responder a la caricia de sus labios. Dejó que la explorase, de aquel modo tan pausado y excitante, tanto tiempo como quiso.

—Es usted la mujer más impertinente que he conocido —aseguró con una expresión no del todo seria, pero aún preocupada.

—Parece usted el arrepentido —murmuró, con el consiguiente pavor a recibir una respuesta afirmativa.

No se engañaba al respecto, claro que él lo lamentaba, pero prefería no tener que escucharlo. La sonrisa tibia que apareció en su rostro calmó el repiqueteo de su corazón antes de que llegasen las palabras.

—En absoluto, Paige.

La hizo girar sobre el colchón hasta colocarla encima de él y volvió a besarla. Una y otra vez. Durante minutos enteros. De todas las formas que ya conocía y de algunas otras formas nuevas. Terminó apoyando la frente sobre la suya; ambos jadeantes por la batalla de labios y lenguas.

—¿Se quedará unos minutos conmigo? Necesito dormir. —El silencio se prolongó como si el duque tuviera miles de pensamientos que traducir en palabras, pero al final se limitó a repetir la pregunta—: ¿Se quedará?

Era la cosa más sorprendente que un duque de Su Majestad, título que a él le gustaba recordar que ostentaba, pudiera parecer tan inseguro a la hora de pedirle a una mujer con la que acababa de intimar que se quedase a dormir con él.

Tal vez temiese que ella malinterpretara ese ruego, que llegara a pensar que eso implicaba algún tipo de acuerdo entre ellos; sin embargo, Paige no era tan tonta como para creer que esa noche se había establecido algo parecido al compromiso de una relación. Y tampoco lo esperaba. Se sentía feliz tan solo con haber podido ser su amante una única vez.

—Me quedaré —respondió.

Él volvió a colocarla sobre el colchón y ambos adoptaron aquella postura tan cómoda y natural en la que ella se recostaba sobre él. La abrazó con fuerza al principio, pero al poco tiempo comenzó a quedarse dormido y relajó los brazos en torno a su espalda.

Paige no se durmió, aunque se sentía agotada. Pensó en algunos de sus pacientes a quienes, en ocasiones, había envidiado por las cosas sencillas de las que disfrutaban. Ellos no eran conscientes de que también eran privilegios que otros seres humanos, mejor posicionados, no tenían la suerte de conocer. La simple y cotidiana acción de dormir con la persona amada era para la gente humilde un logro a menudo fácil y natural. No estaban sometidos a los estrictos rigores sociales de la clase acomodada. No tenían que sufrir un minucioso escrutinio de sus vidas y comportamientos. Sencillamente se enamoraban, se casaban y vivían sus sencillas vidas.

Tampoco podía ser tan hipócrita de pensar que los menos afortunados vivían mejor que ella. A fin de cuentas, quienes estaban sometidos a la escasez económica no se podían plantear sueños como dedicarse a la medicina. No era que ella envidiara su suerte o que infravalorase los sacrificios y sufrimientos que padecían, sino que, a veces, se daba cuenta de que también eran poseedores de la felicidad más pura y sencilla.

Paige podría haber elegido ese tipo de vida, o alguna bastante parecida. Podría haber olvidado el empeño por ser médico, educarse para ser una mujer resuelta en el hogar, y tal vez los hombres de su círculo social no la habrían visto como una extravagancia peligrosa.

Quizá no sería una solterona de treinta años si hubiera elegido un camino más fácil, más cómodo. En ese caso, tal vez sería una amorosa madre; se habría enamorado de un hombre sencillo —con aspiraciones asequibles y una personalidad afable— en lugar de encontrarse totalmente fascinada y arruinada por uno de los hombres más poderosos de Inglaterra. Uno que, por desgracia, jamás podría ser suyo.

23

Salió de la cama cuando eran poco más de las cinco de la madrugada. Había dormido a intervalos, debatiéndose entre el sueño por el cansancio y la vigilia por la preocupación. Breighton tampoco había tenido un descanso reparador, que se dijera. Se movía mucho, e incluso se sobresaltó un par de veces, creyendo que ella se había marchado. En esas ocasiones, Paige le cogía la mano hasta que se volvía a tranquilizar.

Abandonar el abrigo de su cuerpo fue una tarea ingrata y triste. Lo miró mientras se vestía y sintió una pena infinita al pensar que nunca volvería a disfrutar de su calidez y su aroma con la cercanía que habían compartido.

«Así es la vida para las jovencitas transgresoras que se atreven a soñar con duques apuestos y extraordinarios», pensó con sencillez. Había tenido más de lo que nunca hubiera llegado a soñar. No era cuestión de fustigarse. Además, la ocupaban preocupaciones mucho mayores que su ajado corazón.

Concluyó que nadie se sorprendería al verla con el mismo atuendo que el día anterior. En caso de no haber terminado en la habitación de Breighton, tampoco habría hecho otra cosa que tumbarse en la cama sin desvestirse y dar una cabezada para volver más tarde. Con ese argumento en mente, se abstuvo de cruzar toda la casa hasta su dormitorio y salió sigilosamente al pasillo.

En la habitación de Matthew, la enfermera Kerr había sustituido ya a la señora Shove y en ese momento se hallaba cruzada de brazos junto a la cama. Alzó la vista hacia ella y luego volvió a mirar al niño con el ceño fruncido.

—Sigue inconsciente —comunicó.

A Paige la exasperaba no tener una idea de cuál debía ser la evolución de Matthew. Ningún precedente podía indicarles qué esperar o cuáles serían las consecuencias de inyectar la antitoxina. Ni siquiera cabía la posibilidad de consultar a los creadores del suero sobre la manera como había funcionado en sus ensayos, puesto que no les habían dado el vial por voluntad propia.

—La temperatura sigue bajo control, ¿verdad?

La enfermera Kerr negó con la cabeza, apesadumbrada.

—Ha vuelto a bajar en la última hora. Parece como si su cuerpo quisiera expeler todo el calor junto con el veneno.

«O puede ser que el veneno se haya expandido por el cuerpo y le esté robando todo el calor», pensó Paige con amargura. Era tan escaso su conocimiento, que eso solo conseguía exacerbar su miedo.

—No lo sé, Edna. —Los lazos con las enfermeras eran tan estrechos a causa del contacto permanente que ambas le habían pedido que las llamase por su nombre de pila—. Quiero creer que hemos hecho lo mejor para él, pero nos enfrentamos a lo desconocido. La bacteria diftérica, además, puede presentar desenlaces muy distintos, incluso sin la intermediación de la mano humana.

—Eso es cierto —convino la enfermera—. En el Saint Thomas supe de curaciones milagrosas en pacientes que estaban desahuciados. Y también conocí casos en los que la evolución era muy prometedora y, de un momento para otro, el corazón dejó de funcionar.

—Ni siquiera sé cómo interpretar las reacciones que ha tenido Matthew —admitió, al tiempo que se sentaba a los pies de la cama—. Y no dejo de cuestionarme cada una de las decisiones que he tomado.

La enfermera Kerr sonrió y se acercó a ella para ponerle una mano sobre el hombro con un afán de consuelo perfectamente visible en sus pequeños ojos castaños.

—Cualquiera lo diría, doctora. Se la ve siempre tan segura de sí misma y dispuesta a todo...

—No es así en absoluto. Lo miro y siento tanto remordimiento...

—¿Se arrepiente de haberle dado el suero? —preguntó ella asombrada.

Paige había tenido que explicar a las enfermeras, al igual que al resto de los empleados que tanto se preocupaban por Matthew, la decisión que habían tomado. Al ser tan delicada la situación y pensando en librar a Breighton de cualquier posible responsabilidad, les contó lo menos posible; un esquema muy simple que excluía la parte delictiva. A ojos del mundo, habían sido los propios científicos quienes accedieron a incluir a Matthew entre sus pacientes, después de haber probado el suero en numerosos ensayos con humanos. Si algo salía mal, el duque y ella deberían cargar para siempre con el peso de su decisión, pero nadie más sabría hasta qué punto habían transgredido cualquier precepto legal o moral.

—Jamás se lo habría dado si no creyese que era el único modo de salvarlo —resolvió con sinceridad—. Pase lo que pase, podré decirme a mí misma que cada cosa que hice, la hice desde el corazón, pensando en él como..., como si fuera mi hijo.

—Usted lo quiere mucho.

—Sí —musitó, con el pecho encogido. Lo quería más de lo que tenía derecho a quererlo—. Es imposible no tomarle afecto a un niño tan valiente y dulce. ¿Se ha dado cuenta de que no es nada exigente ni soberbio? Y eso que seguramente se le ha malcriado a conciencia.

—Es un jovencito formidable, doctora. Yo también lo adoro, lo confieso. Mis hijos son ahora un poco mayores y echo de menos esta época, cuando eran tan frágiles y dependientes de mí.

—¿Cuántos hijos tiene, Edna?

—Tres. El mayor cumplió dieciocho, y el pequeño, doce. Todos chicos —aclaró con una alegría resignada, pero con un orgullo innegable—. Siempre anhelé una niña, pero el último parto fue tan complicado que mi marido se negó a seguir intentándolo.

—Es comprensible. Debe de quererla mucho.

La enfermera Kerr mostró su acuerdo con un asentimiento impregnado de cariño, y Paige volvió a centrarse en su paciente. Le tocó la frente y comprobó que la hipotermia había pasado. Se inclinó sobre su pecho y le asombró que el murmullo torácico hubiera desaparecido casi por completo.

—Su capacidad de respirar mejora —comentó la enfermera.

—¿Le ha vuelto a inspeccionar las membranas? —Tocó la muñeca del niño y le pareció que el pulso era demasiado débil. Se preguntó de qué modos estaría combatiendo ese pequeño cuerpo el veneno de la difteria y el que ellos mismos le habían inoculado.

—¿Quiere que lo hagamos ahora?

—Sí, por favor. Traiga el instrumental.

La enfermera Kerr y Paige no pudieron evitar el entusiasmo al comprobar con qué facilidad se podían retirar los depósitos opalinos de las amígdalas de Matthew. Parecía como si se hubiesen secado y desprendido ellos solos.

—Es una buena señal —concluyó la enfermera cuando terminaron.

Paige se sentiría mucho más tranquila si el paciente mostrase alguna reacción cognitiva, pero seguía profundamente inconsciente y con unas constantes vitales casi mortecinas.

Estaba tan metida en sus pensamientos que no oyó abrirse la puerta ni se dio cuenta de que alguien entraba hasta que la enfermera Kerr lo saludó.

—Buenos días, excelencia.

No podría decir qué esperaba que ocurriera al enfrentarse de nuevo a Breighton, pero, desde luego, no suponía que pudiera llegar a sentir tanta incomodidad. Él parecía no haber descansado mucho, pero al menos se había aseado y cambiado de ropa.

La miró con una mezcla de desconcierto y culpabilidad, lo que le dolió profundamente, a pesar de que tampoco ella sabía qué pensar o cómo sentirse.

Desechó esas fútiles inquietudes y se esforzó por comunicarle al duque todos los aspectos relevantes de la evolución de Matthew en las últimas horas. Se negó a interpretar la evanescencia de las membranas como un motivo para felicitarse, y procuró ser muy sensata a la hora de interpretar el cuadro de mejoría que presentaba el pequeño.

Pocos minutos después, la habitación y la compañía comenzaron a resultarle oprimentes y perturbadoras, por lo que anunció su intención de tomar un té en la cocina.

La señora Butler, la cocinera, era la persona mejor humorada de la casa y también una de las más madrugadoras; le vendría bien charlar un rato con ella para silenciar todos aquellos pensamientos convulsos que no dejaban de atormentarla.

El té con leche tenía la mezcla perfecta de dulzor, espesor y temperatura. Aquella mujer era celestial preparando las tisanas e infusiones; sin embargo, también debía reconocer que el té usado en Breighton Hall era de la más alta calidad y exquisitez. «Malacostumbrada», se reprendió mentalmente mientras disfrutaba de aquel momento de solaz.

La cocinera no la interpeló en exceso. Se dedicó más bien a distraerla con chismes amenos y banales como el desliz de Mindy Surray, la doncella, quien había llamado a lord Crowle por su nombre de pila y ya no quería volver a servir al vizconde a causa del terrible bochorno que sentía. O el nuevo corte de pelo de Smithson, el lacayo, que no había lucido más peripuesto en la vida; todos lo achacaban a la contratación de una nueva criada en la mansión de lord Watford, que vivía dos casas más abajo.

Aquellas triviales confidencias mantuvieron a Paige entretenida y ausente de cualquier angustia, pero —más pronto que tarde— llegó el momento en que la taza quedó vacía y sus motivos para evadir la realidad dejaron de ser justificables.

Se despidió de la señora Butler, abandonó la cocina y se

encaminó hacia la zona de las habitaciones. Subió la escalera con auténtica desgana, apreciando la perfecta pulimentación del barandal de madera. Todo en aquella casa era perfecto; todo menos el horror y la tragedia que se habían filtrado en el ánimo de cada uno de sus habitantes a causa de una odiosa enfermedad.

Cuando abrió la puerta, después de tomar una amplia bocanada de aire para infundirse ánimos, presenció una escena que la dejó paralizada: Breighton estaba sentado en la cama y sostenía contra su pecho al pequeño Matthew mientras la enfermera Kerr lloraba a escasa distancia de ambos, cubriéndose la cara con un pañuelo. El abrazo tenso del duque, el gesto contraído de su rostro, la atmósfera de tragedia que se respiraba...

«No.»

Esa negación profunda quiso emerger de su garganta, pero la tenía tan oprimida que no hizo otra cosa que graznar. Una sensación de irrealidad la embargó, mientras los segundos se estiraban en un bucle infinito y su mente se veía inundada por una pérdida tan absoluta que temió desmayarse.

—Papá...

La queja disfrazada de murmullo tardó un tiempo en penetrar en el dolor sobrecogedor que le abotargaba el cerebro. Paige alzó la mirada, que había caído al suelo, presa de la confusión.

—Lo siento, hijo, lo siento —oyó decir al duque en una especie de eco mientras se apartaba del cuerpo vivo del pequeño.

Parpadeó, aturdida. Al ver esos pequeños ojos azules abiertos, sintió que todo el aire abandonaba sus pulmones y que un mazo enorme le golpeaba las costillas. Todo se tornó confuso, borroso, irreal. Cuando logró volver en sí fue consciente de haber resbalado hasta el suelo, sobre las rodillas, y de que una profusión de lágrimas le bañaba la cara. Tomó la mano de la enfermera Kerr cuando ella se la tendió para ayudarla a levantarse, se acercó con piernas temblorosas a la cama y contempló con nuevos ojos la estampa que antes la había aterrorizado.

Breighton abrazaba al niño de un modo más sosegado, y la

miraba con una expresión de alivio y gratitud que se vertieron sobre ella como un manto de cálida redención.

—Matthew —murmuró.

—Se ha despertado hace unos minutos —explicó la enfermera Kerr—. No tiene fiebre, doctora, pero le cuesta mucho hablar.

—¿Me permite que lo examine, excelencia? —logró decir.

Al darse cuenta de lo efusivo que estaba siendo, Breighton esbozó una sonrisa arrepentida y se apartó un poco de su hijo. Hicieron tumbarse al niño y le hallaron la garganta totalmente libre de membranas; la temperatura era la adecuada y el pulso, aunque lento, era fuerte y firme.

—¿Te duele la garganta, Matthew? —El niño negó y volvió a mirar a su padre, que no dejaba de observarlo como si estuviera ante un milagro, lo que, probablemente, no distaba mucho de la realidad—. Te cuesta hablar porque has estado muchos días sin hacerlo, pero te prometo que en cuanto te hayamos hidratado un poco, te resultará mucho más fácil.

Las siguientes horas fueron un deambular de personas y de efusivos abrazos. A Paige la emocionó especialmente el de lord Crowle al duque cuando fue a visitar al pequeño. Verlo así, tan vulnerable y abrazado a su hermano, la hizo pensar en cuánto necesitaba él tener gente a su alrededor que lo cuidase y velase por su felicidad. Daba la sensación de que aquella armadura de indiferencia y seriedad que siempre lucía le impedía acceder a esas otras emociones tan necesarias. Paige rezó por que la experiencia vivida con Matthew le hiciera darse cuenta de lo frágil que era la vida y de la importancia que tenían las personas a las que se amaba.

La señora Bridgerton también permaneció largo rato en la habitación y le mostró tanto agradecimiento y devoción que incluso llegó a sentirse violenta y ruborizada. Aquella mujer quería a Matthew como una abuela a un nieto, y se prodigó en atenciones con el chiquillo.

Tantas fueron las visitas que, en un momento dado, Paige se vio obligada a pedir a todos los presentes en la habitación que la desalojasen. La enfermera Kerr se había marchado temprano, cuando la recuperación de Matt ya era completamente obvia. El turno de día le correspondía a la enfermera Shove, quien echó sus buenas lágrimas al llegar esa mañana y enterarse del esperanzador vuelco que había dado la salud del niño.

La felicidad de aquel día estuvo mezclada con el remanente de todo el cansancio, miedo y dolor que los habitantes de Breighton Hall habían sufrido durante semanas a consecuencia de la difteria y de su preocupación por el pequeño Matthew.

Fue el mejor desenlace que podían haber esperado, pero la angustia vivida había dejado en todos ellos esa conciencia de la fragilidad de la vida que imprime una huella imborrable.

Breighton no se apartó ni un segundo de la cama de su hijo. Allí comió y cenó. Allí echó largas siestas, vencido por el agotamiento. Allí lo encontró la noche, y allí lo dejó Paige cuando su propia fatiga la fue venciendo.

24

Aunque no era honesto ni noble ni decente, fue a buscarla.

Cuando Max logró salir de la nebulosa de emociones que le habían provocado los acontecimientos vividos en las últimas horas, se dio cuenta de que solo le quedaba el anhelo de hallarse entre los brazos de Paige. La necesitaba. Siempre parecía necesitarla de un modo incontrolable, ya fuera la preocupación, la furia o la dulzura lo que le inundaba el corazón.

Era muy consciente del modo tan errático en que se estaba comportando con ella. Para empezar, había tomado su inocencia en un arrebato de tormento, en el momento más bajo, cuando ni siquiera era capaz de diferenciar si lo hacía llevado por el deseo o por el dolor. Solo después de satisfacer la lujuria supo comprender que sentía hacia ella mucho más de lo que había admitido para sí.

Y con todo, seguía estando mal. Max actuaba de un modo absolutamente egoísta e irresponsable, pues sabía que no podía restituir el daño que le causaba, que estaba adueñándose de una inocencia que no le pertenecía.

Pero aquello no detuvo sus pasos.

Su corazón bombeaba por encima de cualquier pensamiento racional en tanto que devoraba las zancadas que lo separaban del dormitorio de la doctora. Tendría que reflexionar sobre ello más adelante. Debía encontrar el modo de conservarla, para la salvación o condenación de sus respectivas almas.

La fuerza con que empujó las dobles hojas que cerraban la habitación la asustó. Estaba de pie, trenzándose el pelo frente al espejo; aquel pelo inusualmente largo y suave que ella escondía con eficiencia en intrincados moños. Lo miró con esos enormes ojos castaños, que también se empeñaba en ocultar tras los horribles lentes.

Maximilliam la observó, fascinado por la sencilla belleza de Paige Clearington, por la innegable respuesta que ella ni siquiera se esforzaba en ocultarle: los labios entreabiertos, la respiración agitada, el frunce de sus pezones —notables a través de la tela—, la caída sensual de sus pestañas... No necesitaba explicarle para qué había acudido allí. Ella lo sabía tan bien como él. Y lo aceptaba.

Cerró las puertas sin mucha ceremonia y devoró los pasos que los separaban.

—Lo has salvado —farfulló. Se había reprendido duramente antes por no haberle dado las gracias. Y no quería ser descortés. En ese aspecto al menos. Porque en otros..., bueno, la sangre palpitaba por encima de cualquier cortesía o decencia.

—Fue la antitoxina.

—Que tú descubriste y conseguiste administrarle.

—Cometiendo un delito.

Seguía negando su mérito, y Max no tenía paciencia para pelearse en aquel momento. La sujetó por la nuca y tiró de ella.

—Testaruda —barbotó antes de arrasar su boca con un beso en el que volcó toda la desesperación que le contraía el pecho.

Paige se mantuvo tensa en un primer instante, pero Max la fue seduciendo con sus labios hasta vencer cualquier resistencia que aquella cabecita obstinada e insolente pudiera tener. El cuerpo voluptuoso y cálido se ablandó a su contacto, se arqueó y estrechó contra el de él, mostrando sin palabras la rendición de la mente.

—Gracias —le susurró junto al oído, en tanto que sus manos bajaban por la cintura hasta llenarse con sus nalgas—. Gracias por salvarlo.

La doctora gimió cuando la estrechó de ese modo, con la boca pegada a su mejilla. Max se apartó para estudiar su expresión y le complació darse cuenta de que estaba tan sumida en el placer como él. Suspiró aliviado, pues no se creía capaz de iniciar una campaña para seducirla.

—Paige —musitó contra sus labios antes de volver a acariciarlos con la lengua—. No me siento un hombre muy civilizado en este momento.

La risita que le brotó de la garganta consiguió en él un efecto sorprendente. No solo lo calmó, sino que le hizo ver un matiz despreocupado en ella que en raras ocasiones era perceptible; una cualidad altamente atractiva.

—Parece un poco alterado, sí —concedió con una sonrisa que tenía más de provocadora que de avergonzada.

¿Tan pronto había terminado con la inocencia de aquella joven? ¿La había tenido alguna vez, para empezar? «¡Oh!, ella había sido pura, eso sin duda», se dijo. Él había sido su primer amante. Pero la inocencia iba más allá de una barrera física, y el conocimiento que ella había demostrado en la materia quizá fuese el responsable de su falta de inhibición. A Paige Clearington no la intimidaban las bajas pasiones del duque de Breighton, lo cual solo podía ser una bendición.

—Tú me alteras —confesó Max—. Haces que me olvide de mis convicciones y mis principios.

La sonrisa desapareció de su dulce rostro y una expresión más grave la sustituyó. Las manos de ella se detuvieron a ambos lados de su cara, los pulgares le rozaron levemente las mejillas.

—Me ocurre lo mismo —reconoció con franqueza; entonces desvió la mirada al suelo un segundo para después volver a enlazarla con la suya—. Pero ya no quiero seguir aferrada a ellos.

Una combinación tan exquisita de exuberancia y fragilidad podían ser la ruina de cualquier jovencita soñadora y, desde luego, era una tentación irresistible para un hombre como él. Le acarició la mejilla con la mano y le besó la punta de la nariz.

—¿Confías en mí?

Era demasiado lo que le exigía; no se engañaba al respecto. Max ni siquiera sabía qué hacer con ella todavía. No lograba encontrar el modo de aunar sus responsabilidades con el deseo de tenerla, pero sí estaba convencido de que iba a protegerla y a mantenerla a su lado al precio que fuese. Paige no podía entender todo eso, pero, aun así, asintió.

—Dios, cuánto te necesito —gimió antes de volver a inclinarse sobre ella.

Se besaron con un ansia ajena a los disfraces. Max saboreó sus labios y los succionó hasta que lucieron hinchados y suaves. Enredó la lengua con la suya y la paladeó hasta que las respiraciones se hicieron dificultosas. Y, mientras tanto, fue explorando el sensual cuerpo que se le ofrecía tan complacientemente. Moldeó los redondeados glúteos y empujó las caderas femeninas contra las suyas para hacerle notar la abultada erección que ella le provocaba.

Introdujo las manos por debajo del camisón y palpó los bien formados muslos, la estrecha cintura. Deslizó la yema de los dedos hacia abajo y palpó el vello crespo de su pubis mientras ella se retorcía en el beso y él la aprisionaba con el otro brazo en torno a su cintura. La torturó, en resumidas cuentas, porque él dominaba plenamente la excitación que serpenteaba entre ellos, mientras que Paige apenas lograba hacer otra cosa que jadear y gemir. Apretaba las piernas y se impulsaba contra él, impidiéndole el libre movimiento.

—Déjame tocarte —pidió con voz ronca al tiempo que abría un espacio entre los cuerpos.

Paige inspiró hondo y cerró los ojos. Apoyó la frente contra sus labios y, obediente, separó las piernas. Max no pudo evitar el gruñido de triunfo cuando logró sortear con los dedos el vello que la protegía y tocar la suave piel de su feminidad. Era como cristal caliente, liso y satinado, pero esponjoso.

—¡Por Dios...! —balbuceó ella, y Max tuvo que sonreír contra su frente.

Se moría por tumbarla sobre la cama, por perderse entre

esos muslos y alcanzar el éxtasis sumergido en su calor, pero se contuvo y le ofreció la exquisita tortura de su toque, al tiempo que el cuerpo de él se tensaba por la oleada de sensaciones que le producía aquel tacto tan privado.

Se dio cuenta de que la otra mano agarraba con excesiva fuerza el brazo de Paige y decidió que sería más útil enredada entre el pelo, mientras la guiaba de nuevo hacia los besos. Pero la trenza estorbaba a su mano, así que se entretuvo en deshacerla. Fue sencillo, pues ella no había llegado a terminarla.

Después cumplió su deseo de meter los dedos entre las guedejas de la sedosa melena femenina. Abarcó la base del cráneo y la distanció. La imagen de aquel rostro colapsado por el placer le pareció la cosa más bella que había visto nunca. Paige cerró los ojos, incapaz de observarlo mientras él continuaba acariciando su sexo.

—Tienes un alma vanidosa, Paige —comentó al comprobar que el cabello le llegaba a la altura de los glúteos—; es más largo de lo que imaginaba.

—No puedo... Oh.

Max suspiró con delectación. Ella empezaba a perder las fuerzas. Las rodillas le habían hecho un ligero quiebro hasta en dos ocasiones, pero seguía resistiendo su pequeña travesura. Era tan bonita..., tan valiente...

Liberado de la tensión al saber a Matthew a salvo, se podía permitir disfrutar de cada instante con ella, y sería lo más meticuloso posible en la tarea de darle placer y tomarlo en la misma medida.

La besó con suavidad, encandilado por ella, por el tacto de su lugar más íntimo, por el sabor de su boca, el cual era distinto, más intenso, en aquellos preludios de la pasión. La garganta femenina gimió dentro del beso y las caderas se movieron en consonancia. Max se apartó lo justo para hablarle:

—¿Quieres que me detenga?

Ella abrió los ojos y lo observó con cierta conmoción, haciendo un paréntesis en su propio paroxismo.

—No hablo de marcharme, Paige. —Su semblante se relajó—. Pero quizá quieras la comodidad de tu cama. ¿La quieres?

—Sí.

Antes de cargarla en brazos, Max la despojó del camisón y se alejó un paso para admirarla. Devoró con los ojos el estrecho talle de su torso; sabía que sus manos podían abarcarlo sin dificultad. Ella era tan diminuta allí... Los pequeños pechos, suaves y redondos; la sinuosa pendiente que formaba la cintura hacia esa voluptuosa cadera donde nacían unos muslos llenos y estilizados; todo en ella era hermoso y sensual, todo bañado de piel sedosa y marfileña con sabor a jazmín.

—Soy un hombre afortunado.

Se acercó y la abrazó, sin más objeto que sentir la calidez del cuerpo desnudo y deslizar las manos por su espalda. Después la alzó y la acomodó con cuidado sobre el colchón, como si de fina porcelana se tratara. Ella se incorporó sobre los codos, en una postura muy sugerente.

—También quiero verlo desnudo —confesó con voz ronca.

Max le ofreció una sonrisa oblicua y comenzó a desabrocharse la camisa.

—¿Crees que, dada la intimidad de nuestra... relación, podrías hacerme el honor de tutearme?

A eso, ella reaccionó mordiéndose la mejilla, tal como solía hacer cuando estaba muy concentrada.

—Me resulta... extraño.

—No voy a hacerte el amor con semejantes formalismos. —Max había dejado caer la camisa y ahora se despojaba de los pantalones, a lo que la valerosa doctora Clearington reaccionó con un sonrojo bastante virginal.

—¿Tan importante es?

—Tan íntimo como todo lo demás, Paige. No puedes entregarme tu cuerpo y seguir manteniendo las distancias.

Dicho eso, Max se bajó los pantalones y le mostró cuán excitado estaba. Como la mujer de ciencia que era, Paige lo observó con más curiosidad que pudor. Era algo que le fascinaba de ella. En las mujeres había encontrado remilgos o atrevimiento, pero nunca una reacción tan natural y sincera.

—¿Lo harás? —insistió.

Ella asintió, pero no hizo gala de esa confianza por el momento. No importaba. Lo haría.

Se recostó sobre ella con la firme determinación de disfrutar de su cuerpo. Capturó con la boca uno de esos preciosos pechos y arrastró la lengua por la finísima piel de la areola antes de que esta se arrugase. Le rodeó la caja torácica con ambas manos y se maravilló de la fragilidad de aquel cuerpo que se tendía bajo el suyo con ciega confianza.

Max fantaseó con seguir bajando por la anatomía de Paige Clearington con su boca, con saborear la piel más fina y sensible de su cuerpo. ¿Cómo reaccionaría? ¿Sabía la eficiente doctora que aquel era un modo placentero de llegar al éxtasis, tal como parecía saber el resto de las cosas? Ah, pero parecía tan inexperta en otras...

Eran intimidades que nunca había querido compartir con nadie. A decir verdad, era bastante remilgado en las relaciones sexuales. Menos con Paige. Con ella deseaba hacerlo todo y probarlo todo. En las ocasiones en que se permitía soñar con hacerle el amor, su imaginación ideaba modos bastante perversos de tomarla. Pero ese, concretamente, tendría que esperar.

Había otros, sin embargo, que ella ya conocía. Max deslizó los dedos por la cintura y por la cadera hasta llegar a la unión de sus muslos. Friccionó con ternura al principio, con mayor exigencia después, siendo consciente de la creciente excitación de la joven, que se contorsionaba y gemía con las manos aferradas a sus hombros.

—Dios mío...

Max alzó la cabeza y se estremeció al contemplar tan exquisito despliegue de lujuria. Ella lo miró con los ojos entornados y suplicantes, alzó las manos hasta su cabello y tiró de él hacia arriba exigiendo un beso.

—Por favor —musitó.

—Dime qué deseas, Paige. —No necesitaba oírlo. Cualquier hombre entendía esa súplica, en cualquier idioma que fuese pronunciada. Su cuerpo entero clamaba por ello, aunque Max sabía que ella no tendría el valor de decirlo—. ¿Quieres que te haga el amor?

—Sí. —Esos redondos ojos castaños lo miraron con clamorosa exigencia—. Quiero sentirte dentro de mí.

Era más de lo que cualquier hombre merecía poseer. Ella era sencillamente perfecta: sensual, confiada, tan franca en sus pasiones como lo era en todo lo demás. Max dejó de postergarlo y se colocó entre sus piernas, observándola, que era como más placentero le resultaba tomarla.

Apretó los dientes y se obligó a ser lento mientras penetraba aquella carne satinada y esponjosa. Cerró los ojos y se concentró en percibir cada sensación. Una humedad caliente lo envolvía y lo apretaba con fuerza, porque ella no estaba del todo relajada. Elevaba las caderas al recibirlo y cerraba el portal donde ya se hallaba inmerso, aunque no del todo.

La dolorosa lentitud no era del agrado de su amante, o eso debía de creer ella. Pero Max sabía cuán placentero resultaba retardar la culminación y de qué manera aumentaba la excitación de su compañera al negarle lo que necesitaba.

—Por favor. —La súplica volvió a brotar de sus labios, y Max se apiadó de ella con una profunda y breve embestida que la hizo gritar.

Sintió deseos de reír y estuvo a punto de emitir una carcajada eufórica, pero murió en su garganta cuando aquellos dulces y enormes ojos color castaño se abrieron para él. La mirada que le obsequiaron no la había visto nunca: vulnerable, lujuriosa, implorante. De repente, el juego se volvió más serio que nunca, y sintió todo el peso de la necesidad de Paige, que se convirtió en la suya propia.

Rodeó su hermosa cara con las manos y se olvidó de toda estrategia. La penetró de forma errática, instintiva, y ella manifestó su acuerdo con elegantes ronroneos y un leve asentimiento de cabeza.

—Paige...

Mientras se sostenía en un codo, con la mano libre le recorrió los muslos, el vientre, los pechos. Sujetó su frágil garganta, arrastró el pulgar por la hinchada yugular y después lo llevó hasta su boca, hasta el regordete labio inferior para exigir un beso posesivo y húmedo, al que ella respondió con ardor.

Él también estaba al borde, muy cerca de perder el control, pero aún esperaba la contracción en el cuerpo de Paige para dejarse ir. La penetró con mayor firmeza, manteniendo un ritmo que poco a poco la llevó hasta la cúspide, hasta ese lugar oscuro en que su placer estalló. Y lo hizo con un sonoro gemido, que todo ser viviente de la manzana debió de oír.

Max rio ante tal naturalidad; una profunda carcajada escapó de su garganta y se fundió de inmediato con sus propios jadeos de liberación, mezclando todo y confundiéndolo, hasta que, segundos después, fue consciente de estar tumbado sobre ella, aún en su interior y con la cara enterrada en su cuello. No quería moverse. Maldición, quería continuar, una y otra vez, sin salir del cuerpo de aquella mujer. Pero nuevamente tuvo que recordarse que ella era una jovencita inexperta. Una ilustrada, pero inocente, jovencita que había logrado derribar las defensas del duque de Breighton.

25

Las lágrimas le llegaron a los ojos sin necesidad de que Paige hurgara en sus sentimientos. A veces solo era necesario tocar la felicidad con los dedos para comprender cuánto vacío podía dejar al marcharse.

La plenitud que sentía en ese momento, la grandiosidad de haberse enamorado de aquel hombre tan imperfecto y a la vez tan inigualable, haber podido ser suya... Todo eso era suficiente, o debería serlo, para alimentar los sueños del resto de su vida.

De modo que aplastó cualquier tristeza, cualquier compasión o rabia que quisiera brotar de su corazón. Desterró el egoísmo, como también la malentendida dignidad y el resentimiento. Y entonces solo le quedó él, la embriaguez de su aroma, el calor de su cuerpo, la dulzura de sus caricias.

Era tan fácil quererlo... Más incluso después de saber que el consuelo no era el único motivo que él encontraba para necesitarla.

La había buscado tras resolver su miedo, preocupación y dolor. Solo por el hecho de que la deseaba. Y eso era glorioso.

—Ahora que sé que Matt está bien, daría lo que fuera por quedarme aquí contigo durante días enteros.

Paige sonrió contra su pecho, abrazada a él y dichosa por escuchar una declaración tan sincera y que lo exponía de un modo tan abierto. No esperaba palabras románticas ni halagos, pero era un hombre que, definitivamente, siempre sorprendía.

—Debe de ser por tu naturaleza caprichosa de «duque de Su Majestad» —bromeó.

Breighton se apartó y la miró con fingido reproche. Después le clavó los dedos en la carne blanda del abdomen, produciéndole unas cosquillas horribles que la hicieron retorcerse.

—¡Para!

—Deslenguada —le susurró al oído mientras seguía torturándola.

Paige se apartó entre risas lo más ágilmente que pudo, se sentó sobre sus talones y después lo miró, incapaz de ocultar su sorpresa.

—¿Qué ha sido eso? —preguntó con voz aún chillona.

—¿Nadie te ha hecho nunca cosquillas?

Paige abrió los ojos de par en par. No era eso, sino...

—¿Alguien te las ha hecho a ti?

Parecía imposible que el serio y estirado duque de Breighton pudiera ser un amante juguetón. Eso sí que escapaba al entendimiento humano.

—Adele me las hacía cuando era un crío —respondió melancólico, dejando ver el afecto que sentía por la que fue su aya.

Qué tonta. Claro que le habían hecho cosquillas; él también había sido un niño.

—Mi padre también me las hacía cuando era pequeña. Dice que mi madre siempre se desternillaba de risa con las cosquillas. Me parezco a ella en eso —proclamó orgullosa. Eran pocas las cosas que había heredado de su madre—. Los adultos deberíamos reírnos más a menudo.

Breighton fue perdiendo el gesto divertido y se recreó en mirarla de arriba abajo.

—Eres hermosa, Paige —le dijo muy serio tras un breve silencio.

Estaba desnuda, sentada sobre sus talones y con el cabello rubio cayéndole en ondas por los hombros y los pechos. Su corazón brincó de felicidad. No quería ser vanidosa, pero supo que jamás se cansaría de oír esas cosas, por absurdas que fueran.

—Tal vez también debería usar lentes, su gracia.

Él esbozó una sonrisa oblicua en respuesta a la suya y estiró una mano para acariciarle la rodilla, que tenía al alcance. Era tan atractivo con esas facciones cinceladas y proporcionadas... Sus ojos verdes y profundos contrastaban de manera fascinante con la piel blanca y el cabello oscuro.

—Hermosa e insolente, mucho mejor todavía.

—¿Te gusta que sea insolente? —preguntó con una ceja enarcada.

—No imaginas cuánto.

Breighton se incorporó hasta sentarse y tiró de ella para que se recostase contra él. Paige se dejó envolver por el calor de su cuerpo y adoró el modo en que esos brazos protectores la envolvieron. Alzó el rostro y enfocó la mirada en la mancha con forma alargada que lucía en el hombro. Posó los labios sobre ella y dio gracias por que existiese aquella pequeña mácula de color vino tinto que lo proclamaba como mortal.

—Es una marca de nacimiento y le encantan los cuidados que le prodigas —ronroneó, enredándole los dedos en el pelo para fijar su boca allí.

Paige rio por la facilidad con la que él podía excitarse y volvió a besar la marca para después subir por su hombro, en dirección al cuello.

—Ya sé lo que es —aclaró—. Matthew la tiene igual, pero en el torso, bajo la axila.

Después de un suspiro extasiado cuando ella le succionó la piel bajo la mandíbula, notó que se ponía rígido. Los dedos en su cabeza se volvieron garras y dejó de respirar. Paige se apartó con cuidado y le pareció que él había empalidecido. Sus ojos se volvieron hacia ella, conmocionados.

—¿Qué has dicho?

Solo una cosa de las que había dicho podía requerir una aclaración.

—La de Matthew es más oscura y redonda, pero son iguales. ¿Es que no lo sabías?

Breighton negó, confundido. Se apartó de ella y se sentó en el borde de la cama. Después se levantó y comenzó a andar por la habitación, pensativo. Aunque era un espectáculo maravilloso verlo pasearse desnudo, Paige no dejó de preguntarse por qué aquello le sorprendía.

Bueno, era bastante factible que un padre no hubiera visto esa marca en su propio hijo. Los hombres no solían ocuparse del aseo de los niños, que era el momento en el que ella la había descubierto. Pero ¿por qué parecía disgustado?

—Muchos niños las heredan de sus padres —explicó, a pesar de que eso era más que evidente.

—Muéstramela —dijo al cabo de unos segundos, tras detenerse.

Para ese momento, Paige había perdido la concentración, pues ese hombre no tenía ningún reparo en continuar paseándose desnudo y semierecto ante ella. Tenía un cuerpo escultural, fuerte y bien formado. No se le podía reprochar a una mujer que hubiera perdido el hilo de sus pensamientos contemplándolo. Sacada del trance, se bajó de la cama y comenzó a vestirse.

—¿No puedes ponerte una bata y ya está? —preguntó él, impaciente.

—Y tú podrías ir desnudo, y lograríamos provocar varias apoplejías mientras cruzamos la casa —respondió, sarcástica—. Vístete, por favor.

Se miró entonces como si no fuera consciente de su desnudez o de dónde se encontraba. Su ceño estaba marcadamente fruncido, y su preocupación era notoria.

Mientras se vestían, Paige encontró la respuesta a la pregunta obvia y sintió que se le partía el corazón. Evitó mirarlo con compasión o mostrar algún indicio de haber entendido su dilema y lo acompañó en silencio al dormitorio de Matthew. Dio gracias por no toparse con ningún criado o habitante de la casa, pues si adivinaban de dónde venían podría suponer su ruina.

La enfermera Kerr había llegado ya para hacer su turno de noche y estaba bordando a la luz de una vela. Había tejido un hermoso pañuelo con el nombre de Paige una semana atrás; tenía buena mano para la costura.

—Edna, ¿podría dejarnos a solas un momento?

Era una petición de lo más inusual y sospechosa, pero nada podía inventar que justificara la necesidad de que ella saliese del dormitorio. Una mirada suspicaz le confirmó que la enfermera Kerr recelaba de sus intenciones, pero tuvo que conformarse con ello.

Una vez hubo salido, Paige caminó hasta el lecho de Matthew, que dormía boca arriba. Eso facilitó la tarea de levantarle el camisón y mostrarle a su padre la marca de nacimiento. Estaba ubicada en el costado izquierdo de su espalda, justo bajo la axila.

Él se quedó mirando el enorme lunar con los ojos empañados. Se acercó, como sonámbulo, se sentó en la cama y extendió la mano para acariciarlo con aire ausente. A Paige le pareció que algo se había desmoronado en el interior del duque. Debía de ser terrible ocultar tal sentimiento durante tantos años. Deseó acercársele y abrazarlo, pero intuía que él necesitaba digerir ese momento a solas. Matthew comenzó a removerse y abrió los ojos; los enfocó en su padre y, después de esbozar una sonrisa somnolienta, se espabiló y lo miró preocupado.

—¿Qué pasa, papá? ¿Por qué lloras?

Breighton lo cogió por los hombros y lo abrazó con una fuerza desmedida.

—Auuu. —Sorprendido por aquella actitud tan arbitraria de su padre, Matthew la miró a ella con gesto confundido y le preguntó—: ¿Me moría otra vez?

Paige, que ya estaba al borde de las lágrimas, se tapó la boca con la mano para contener un sonido que fue mitad risa y mitad sollozo. Incapaz de contestarle, negó con la cabeza.

—Papá, ya no tienes que preocuparte —le dijo en cuanto su padre lo soltó—. La doctora Paige dice que ya no me voy a morir. ¿Verdad que no?

—Oh, por supuesto que no, Matthew.

—Perdóname, hijo —farfulló el duque, quien empezaba a sentirse abochornado por su comportamiento, a juzgar por el modo en que había enrojecido—. Es que he tenido un mal sueño y necesitaba venir y ver que estabas bien.

—¿Quieres quedarte a dormir en mi cama por si vuelves a tener pesadillas?

Una risa cansada escapó de los labios del duque, quien no dejó de encontrarle la gracia a las ocurrencias de su hijo.

—Eso no será necesario, Matt. Pero gracias por ofrecerte.

Parada junto a ellos en la cama, observó la belleza de aquel momento, el semblante aliviado de Breighton, la mirada de adoración del pequeño hacia su padre. Era hermoso saber que él se había hecho querer de tal modo a pesar de sus dudas. Apenas los había visto interactuar antes de que Matthew cayera enfermo, e intuía que el duque no era muy dado a demostraciones públicas de afecto, pero había cultivado el suficiente amor en el niño como para dar lugar a aquella escena.

—Deberíamos dejarlo descansar, excelencia.

A fin de cuentas, no hacía más de unas horas que Matthew había escapado de las garras de la muerte. Tenía que reponer fuerzas durmiendo y también comiendo.

—¿Qué te parece si mañana bajas a almorzar en el comedor conmigo? —propuso el duque.

—¿De verdad, papá? ¿Puedo?

—Ya eres lo bastante mayor, sí. A menos que la doctora Clearington indique lo contrario. No sé si entraña algún riesgo...

Ambos la miraron entonces, esperando su resolución. Tuvo la tentación de hacerse la pensativa; pero, con aquella carita de querubín mirándola con tanto anhelo, no tuvo corazón para hacerse de rogar.

—Por supuesto que puedes, Matthew.

Dejaron al niño la mar de contento, ilusionado por aquella nueva etapa que lo acercaba más al mundo de los adultos y, con toda probabilidad, poco dispuesto al sueño. La enfermera Kerr, que esperaba pacientemente en el pasillo, tuvo la deferencia de no exteriorizar su opinión sobre la razón de que se encerrasen allí en plena madrugada y con el agravante de haberla echado fuera. Se limitó a hacerle una venia al duque y a darles a ambos las buenas noches.

Breighton se recostó contra la pared cuando se quedaron a solas y, después de suspirar, clavó sus expresivos ojos verdes en ella. Había un sinfín de preguntas aprisionadas allí, aunque estaba segura de que ninguna iba dirigida a ella. Decidió ayudarle a soltar aquel lastre que debía de haber sido como un yugo en su vida.

—Podría haberte dicho que tiene los dedos de los pies tan regordetes como los tienes tú, y que sus orejas son tan pequeñas y adorables como las tuyas. También que cuando ve el frasco del tónico frunce el ceño de la misma forma o que...

Max tiró de ella con una mano y le envolvió el rostro con la otra antes de fundir los labios con los suyos. Paige lo abrazó y se olvidó de todo lo que no fuera el sabor de ese hombre, su fuerza, su forma tan perfecta de sostenerla entre los brazos.

—Gracias —musitó cuando terminó el beso, con la frente apoyada en la de ella—. Por todo. Dios mío, siento que me han sacado de una celda donde he pasado cinco años encerrado sin luz ni comida. ¡Podría haber seguido engañado el resto de mi vida!

—Debe de haber sido muy angustioso. —Miró a ambos lados del pasillo—. No deberíamos hablar aquí.

Él mostró su acuerdo y la tomó de la mano para conducirla a su habitación, que estaba unas puertas más allá. Se quitó la chaqueta cuando entró y fue hacia una pequeña cómoda que había junto a una de las ventanas. A Paige le sorprendió que sacara una botella de coñac y dos vasos.

—¿Te sirvo uno?

—No, gracias.

Con una sonrisa de aceptación, sirvió un vaso para él y fue a sentarse al borde de la cama. Paige fue hacia él y se sentó a su lado.

—Yo..., me obsesionaba que él lo notase —comenzó a hablar tras dar un trago—, que no fuese capaz de hacerle sentir apreciado. Me preocupaba no saber ser padre por no estar seguro de si lo era.

—Creo que lo has hecho bastante bien. Es un niño formidable.

—Pues te aseguro que no sé cómo ha ocurrido. No tenía ningún referente en el que inspirarme. Lo único que conocí siempre por parte de mis padres fue una fría y distante desaprobación. He intentado dejar que Matt sea... —se encogió de hombros— un niño. Sin presiones, sin esperar nada particular de él. No lo reprendo por pasarlo muy bien o por tener el ingenio suficiente para engañar a su niñera. No quiero que sienta que no estoy orgulloso de él. —Entonces se volvió para mirarla—. Porque lo estoy. Y lo he estado siempre, aunque no supiera si él era mío.

Paige puso una mano sobre la suya. Jamás se le ocurriría juzgarlo, pero entendía que él tuviera la necesidad de justificarse. Sería de esperar que muchos sentenciasen, erróneamente, que las dudas sobre su paternidad lo habían llevado a ser frío con el niño. Sin embargo, desde el momento en que ella lo conoció, el duque de Breighton se había mostrado muy protector con Matthew, a pesar de tener un comportamiento adusto con el resto del mundo. Probablemente ni siquiera era consciente de la mitad de sus propios gestos de cariño y preocupación hacia el niño.

—¿Puedo preguntar por qué pensabas que no lo era?

—Clarisse deliró durante horas después del parto —contó con voz remota—. No dejaba de llamar a un hombre. Morgan. También decía cosas del bebé, y todo se hizo muy confuso en mi cabeza. Tras su muerte, registré el dormitorio y encontré una carta dirigida a ese hombre. En ella se disculpaba por haber aceptado casarse conmigo y le decía que siempre lo amaría.

«Debió de ser un golpe terrible para su orgullo», pensó Paige. Un hombre tan joven, tan atractivo y poderoso empequeñecido por la sombra de un amante misterioso.

—Cuánto lo siento.

—Lo he investigado durante años. No porque pensase hacer nada al respecto —aclaró de manera casi atropellada—. Matt es mi hijo sin importar lo que hiciera su madre. Pero... necesitaba saber. Necesitaba ver si..., si se parecía a él.

—Pero se parece a ti —le recordó con cariño.

—Dios mío, Paige —dijo entonces, mirándola de nuevo—, ¿te das cuenta del regalo tan grande que me has hecho?

Ella se encogió de hombros, incómoda. No le gustaba ser la responsable de semejante revelación. Soportar aquella mirada llena de gratitud se le antojaba perturbador.

—Cualquiera hubiera terminado por darse cuenta.

Max frunció el ceño y le dio un apretón en la mano.

—¿Por qué te cuesta tanto recibir con naturalidad el reconocimiento por tus logros? Hiciste lo mismo cuando curaste a Matthew. —Dicho eso, la miró con una nueva gravedad—. Es mucho lo que te debo, Paige.

Eso era justo lo que no quería. Si se establecían deudas morales entre ellos, terminarían por acceder a cosas imposibles para subsanarlas. No soportaría la idea de que las emociones de él estuvieran ligadas al agradecimiento, se negaba categóricamente.

—No me debes nada —murmuró.

—Estás muy equivocada —dijo, acercando los labios a los suyos—, pero, como no quiero ruborizarte hasta lo imposible... —Sí, era probable que se hubiese ruborizado—. Voy a ver si puedo distraerte de algún otro modo.

Llegados a ese punto, se relajó y cedió con gusto. Disfrutar de los besos de Breighton resultaba una bendición en cualquiera de las circunstancias. No iba a cuestionar si eran de gratitud o de pasión, porque ella los codiciaba todos.

26

El hombre que asomaba la cabeza de vez en cuando por el borde del periódico, que lucía una imperceptible sonrisa llena de picardía y una luz incorpórea en los ojos entrecerrados, que cazaba distraídamente migas del bizcocho de pasas y se las llevaba con descuido a la boca, no parecía el duque de Breighton.

Llevaba casi diez minutos sentada a su lado en la gran mesa del comedor, donde —por algún motivo que nadie le había explicado— se había dispuesto un servicio para ella. Eso fue lo que intuyó cuando, al entrar esa mañana en el salón de desayunos, el lacayo la condujo hasta allí, le apartó la silla y le sirvió una generosa ración de comida. No era el lugar que debía ocupar, tal y como le había explicado la señora Vinson tras aquella bochornosa primera cena. Y, sin embargo, allí estaba, codo con codo, desayunando a su lado.

Breighton no dijo nada al respecto, más que el sucinto «Buenos días» de rigor. ¿Era una concesión por lo ocurrido la noche anterior? ¿Tendría que sentarse allí a partir de ese momento? ¿La proclamaba aquello como amante del señor?

Paige lo observó detenidamente mientras tomaba un sorbo de té con leche, sin ser capaz de poner palabras a sus pensamientos. Aunque tampoco podía permitirse tal disquisición, pues el sempiterno lacayo estaba plantado en la columna derecha del salón de desayunos cual coliflor. Jamás se movía de allí, a no ser que el duque se lo ordenase, tal como ocurrió al instante siguiente.

—Vaya a los establos y pida que ensillen un par de caballos, Mathers.

Paige enarcó una ceja antes de que el chico tuviera ocasión de dejarlos a solas. Con ese gesto la encontró Breighton cuando dejó de fingir que estaba leyendo el periódico.

—¿Te apetece un paseo por Hyde Park, Paige?

—¿No debería haber formulado esa pregunta antes de mandar ensillar los caballos?

—Pero entonces no podría haber usado tu nombre de pila. No delante de un lacayo.

—Eso es una soberana tontería, por supuesto. —En realidad, a ella le resultaba adorable que hiciera lo posible por pronunciar su nombre—. Pero sí, excelencia, me encantaría dar un paseo, aunque preferiría un lugar menos concurrido.

—¿No podrías llamarme tú también por mi nombre cuando estemos a solas? —preguntó con el ceño fruncido.

¿Cabía la posibilidad de que fuera aún más guapo esa mañana?

—Me temo que no sería adecuado. Se abrirían los cielos y lloverían escarabajos como si de una plaga del antiguo Egipto se tratase. Además —añadió con un dejo cargado de humor—, no tengo la más remota idea de cómo se llama, excelencia.

Breighton soltó una carcajada que, incluso en aquel contexto de broma, la dejó boquiabierta. Esa era, sin duda, la primera vez que lo oía reírse a pleno pulmón. Quizá, incluso fuera la primera vez que el duque de Breighton condescendía a imitar ese gesto vulgarmente mortal.

—Me llamo Maximilliam Hensworth —dijo con alegría y una venia socarrona—, pero desde que me convertí en duque todo el mundo me llama Breighton. Brei, los más allegados. Y, aunque es cierto que nadie ha vuelto a llamarme Max desde que tenía diecisiete años, me gustaría que tú lo hicieras.

Su corazón se saltó un latido. Esa vez no podía negar que

aquella imposibilidad biológica había sucedido. Inspiró hondo para pasar el nudo y le sonrió.

—Solo cuando estemos solos —añadió con complicidad.

Era una lástima que la aristocracia fuera capaz de alienar a sus propios miembros de ese modo; de repente le pareció una crueldad que un jovencito de solo diecisiete años perdiera el uso de su nombre. Y eso, dicho de un hombre que había ostentado todo el poder y la riqueza posible antes de cumplir su mayoría de edad.

—Solo cuando estemos solos —repitió él con un gesto sereno.

Por Dios, ¿quién era ese hombre? ¿Qué había pasado con el taciturno duque? ¿Cuándo había —y seguro que era un secreto de Estado— bromeado con anterioridad?

Evidentemente, el descubrimiento de su paternidad, o más bien su corroboración, unido a la recuperación de Matthew parecían haber obrado un milagro en él.

¿Sería solo eso? Paige se encontró deseosa de tener una parte de responsabilidad en ese nuevo aspecto de Breighton, en esa ligereza de sus movimientos, de sus gestos, en las veladas sonrisas y —sí, por Dios— también en esa carcajada.

—¿Será entonces en Saint James? —continuó al cabo de un segundo—. Es uno de mis parques favoritos.

—También es demasiado concurrido —replicó, negando con gesto resignado.

—Estoy empezando a pensar que te avergüenzas de mí, Paige.

Se obligó a ponerse seria. Por mucho buen humor que exhibiese el duque esa mañana, no podía permitir que sentase las bases de un comportamiento indecoroso.

—Me temo que no puedo salir de paseo con el duque de Breighton porque todas las personas con las que nos topemos se preguntarán quién es esa mujer desconocida que pasea a su lado. Tendría que explicarles entonces que se trata de una simple doctora, y los escandalizaríamos para toda la eternidad.

—Me encanta tu humor ácido, ¿no te lo he dicho nunca?

—Paige negó con la cabeza, divertida, a su pesar—. El caso es que quiero salir a pasear contigo, pero admito que tienes razón en que eso podría ponernos en evidencia a ambos, a menos que me ocupe de buscarte una carabina adecuada.

—¿Una carabina? ¿A mi edad? —Paige soltó una carcajada—. No me preocupa lo que opinen de mí, excelencia. Ya se lo dije una vez. Y debemos admitir que la señora Bridgerton tampoco ha sido muy buena ejerciendo esa labor.

Ambos se ruborizaron por lo que aquello implicaba. La única verdad era que la pobre Adele no había hecho mucho por salvaguardar su reputación. Fue un argumento muy efectivo en su momento, cuando él la coaccionó para que se alojase en Breighton Hall, pero había resultado inútil con toda solemnidad. La pobre señora se había limitado a cuidar el decoro tomando el té con ella por las tardes. ¡Ni siquiera bajaba a comer!

—Ibas a llamarme Max. Y a tutearme, por cierto —la regañó.

—Está bien, Max. Por mucho que me apetezca ese paseo, me parece que estamos ante una cuestión irresoluble. Es una hora indecente para salir en mala compañía a ningún parque. Deberemos hacerlo de manera más furtiva y a una hora más temprana. Como el día de la carrera.

—Fue la primera vez que te vi sin gafas —advirtió con un toque risueño.

Paige lo miró con curiosidad. No veía qué importancia podía tener eso. Cogió un bollo de canela y le dio un pequeño mordisco.

—Ajá —se limitó a decir.

—Hasta ese día no sabía de qué color tienes los ojos —comentó con cierta nostalgia.

—Son verdes.

Él la miró de hito en hito, e incluso se echó hacia atrás en su asiento. Ella contuvo el deseo de encogerse. Lo había vuelto a hacer.

—Pero ¿qué dices? —replicó asombrado—. ¡Son castaños!

Paige enrojeció hasta la raíz del cabello. Había tenido esa misma discusión con Andrew años antes. Con más personas, a decir verdad. Su padre era el único que no insistía en el hecho de que tuviera los ojos castaños de los Clearington en lugar de los verdes de su madre. Y solo lo hacía porque sabía cuánto quería parecerse a ella. Había sido así desde niña, y le costaba renunciar a esas mañas.

—Pero tienen un matiz verdoso —protestó, sin poder evitar un gesto enfurruñado.

—¿Insinúas que tienes los ojos verdes como yo?

«Ah, no», eso era del todo imposible. Nadie en todo el universo podía tener unos ojos tan hermosos, enigmáticos y subyugadores como los del duque de Breighton.

—Bueno, quizá no tanto.

—¿Quizá? —respondió con una ceja arqueada.

—Vale, pero tienen un poco de mezcla.

Con cara circunspecta, Max se inclinó hacia ella. Olía a mantequilla y café.

—A ver, quítate esas gafas horribles.

—No son horribles —se quejó, al tiempo que las apartaba—. Y tampoco son tan gruesas como para que no se distinga el color de mis ojos.

—Paige, yo juraría que son castaños —insistió con actitud crítica.

Ella se apartó e hizo el amago de volver a ponérselas.

—Cuando les da el sol... —Max le detuvo la mano antes de que lograra colocarlas de nuevo.

—Lo sé —murmuró con una expresión cariñosa y una voz ronca que le hizo un nudo en el estómago—. Cuando les dio el sol aquella mañana los vi. Y también los tienes más claros cuando te acabas de despertar, o cuando estamos... juntos. Y son enormes, Paige. Tan enormes como dos luceros.

Sonreía al decirlo, recordando aquella bonita lisonja que le había regalado lord Crowle. Paige también sonreía cuando él se inclinó un poco más y le rozó los labios con los suyos.

«Oh, qué delicia», se dijo. Él sabía a mañanas dulces, a pan caliente y a mermelada de cerezas.

Suspiró dentro del beso, embriagada por la ternura de aquel momento, por su sencillez. Max le envolvió el rostro con la mano y buscó también el sabor de su boca. La exploró con lentitud, recreándose en caricias estremecedoras y rozándola con la lengua hasta lograr que todo su cuerpo lo anhelara con una fuerza abrasadora.

—Eres deliciosa, Paige Clearington.

Apartándose para poder enfocarlo mejor, pues sin las gafas veía borrosas las cosas cercanas, lo contempló como quien observa una extraña obra de arte: fascinada, a pesar de no poder comprender la intención de su creador.

—Y tú eres un completo desconocido para mí, Maximilliam Hensworth —subrayó con genuino asombro—. No entiendo qué has hecho con el hombre que me prohibió abandonar esta casa hasta que curase a su hijo.

—Ha sido la mejor decisión que he tomado en mi vida. —Le acarició la mejilla—. Me has devuelto a Matthew, en más aspectos de los que yo mismo esperaba. Y también me...

De repente, se apartó con un sonoro carraspeo y Paige tomó conciencia de que el lacayo al que habían mandado al establo volvía de su encargo.

—Los caballos están ensillados, excelencia.

—Finalmente será solo uno, Mathers. —Volvió a mirarla—. Si no vamos a pasear supongo que debería visitar al señor Peckey.

Paige se sintió consternada al darse cuenta de que había olvidado por completo a aquel joven valeroso que les había proporcionado la cura para Matthew y que necesitaba salvar a su hermana de las garras de una bestia que la maltrataba.

Se cubrió la boca con las manos, como quien acaba de decir lo incorrecto.

—Tranquila, le envié una carta anoche para que aguardase mi visita. Le comuniqué el éxito de nuestro trato, por lo que estoy convencido de que me estará esperando.

—Ese pobre muchacho. Debe hacer cuanto esté en su mano...

—Lo sé —dijo con una mirada intencionada en dirección al lacayo. Paige entendió que no podían seguir hablando con la misma confianza que antes por muy discreto que fuera el servicio. Había aspectos de su relación con el señor Peckey que no habían desvelado—. Me aseguraré de que él y su hermana reciben un pago justo por lo que han hecho.

Paige asintió, tranquilizada a ese respecto, aunque aún había otro que le producía resquemor.

—Me da pena que no podamos comunicar a Behring y a Kitasato el éxito de la antitoxina —comentó en voz baja.

—Eso sería un suicidio. Podrían no tomar a bien nuestros... métodos.

—Estoy segura de que así sería, excelencia. Entonces, no lo entretengo más. Las metas del señor Peckey son urgentes y nobles. No debemos retrasar su partida.

—La veré más tarde —dijo con un asentimiento y un tono que sonó a promesa.

Solventar su deuda con el señor Peckey resultaría más complicado de lo que había previsto en un principio, comprendió Max mientras abandonaba el Langham.

Por muy pocos minutos, el joven perdió la oportunidad de embarcar en un navío con destino al puerto de San Sebastián, en España, que era el punto de acceso más cercano para llegar hasta Toulouse. El siguiente barco no partiría hasta cinco días más tarde, lo que tenía al señor Peckey molesto y desesperado.

—Me había convencido de que pronto podría estar con ella y ponerla a salvo, pero ahora...

—Señor Peckey, le prometo que haré todo cuanto esté en mi mano para que parta lo antes posible. —Ya le había entregado una generosa suma de dinero por sus servicios—. Gracias a su intermediación, mi hijo se ha salvado, y esa es una deuda que ni con todas mis riquezas puedo pagar. Le conseguiré un modo de viajar a Francia, aunque tenga que comprar un barco.

De modo que Max se desplazó hasta el puerto al salir del hotel para eso mismo: comprar un barco, si era necesario.

No fue preciso, sin embargo, llegar a ese extremo. Dedicó las siguientes horas a hacer averiguaciones, pero tuvo el acierto de pasar primero por casa para tomar un carruaje y pedirle a Portland que lo acompañase, pues él sabía desenvolverse en cualquier situación y entorno.

Gracias a él, descubrió que un viejo amigo suyo —de aquella época de correrías juveniles que parecía no haber tenido lugar nunca— se había convertido en capitán de barco. Trabajaba para la British Shipping Company, a las órdenes de Kennett Adams, quien había erigido un emporio desde la más absoluta nada.

Gregory White era su mejor oportunidad para conseguir un pasaje. Solo había un problema. Dos, en realidad. Ni quedaban plazas libres en el barco que trazaba el itinerario requerido, ni White se hallaba en ese momento en Londres para negociar con él una posible excepción para el señor Peckey.

—No llegará hasta una hora antes de embarcar, excelencia —informó Portland—. Tal vez si le explicamos al maestre...

—No —interrumpió—. Debo asegurarme de que el señor Peckey viaje con todas las comodidades. Y, dado que es White quien lleva esta ruta, me gustaría hablar con él en persona para lograr garantizarles una salida de Francia si la situación se les complica.

—Me parece una buena estrategia, excelencia.

Había puesto a Portland en antecedentes mientras se dirigían a los muelles. Todos los criados de Breighton Hall sabían que Matthew se había salvado gracias a un tratamiento que había localizado la doctora Clearington, lo cual la había convertido en objeto de plena admiración, incluso por parte de Carruthers. Pero solo Portland conocía en qué términos habían conseguido aquel suero milagroso.

—Déjele una nota al maestre para que se la entregue a White. Dígale que necesito un favor y que esta tarde antes de zarpar le pondré al tanto de todo. Y envíe también un mensaje al hotel Langham con objeto de que el señor Peckey esté preparado antes de partir.

—Desde luego, excelencia.

Para cuando iniciaron la vuelta a casa, una densa cortina de lluvia había comenzado a caer sobre Londres, y eso facilitó el acceso de Max al interior, pues no tuvo que detenerse en la calle a atender peticiones de todas aquellas personas que se acercaban hasta su puerta a suplicarle limosna.

Lo que sí encontró, para su desencanto, fue una visita poco deseada.

No se habría percatado de ello si la puerta de su gabinete hubiera estado cerrada y si no hubiese oído la risa cantarina de Paige salir de esa estancia. Pero la oyó, y fue incapaz de ignorar su curiosidad. Se acercó con sigilo a la puerta, pues no tenía intención de delatar su presencia, y reconoció la voz de quien la acompañaba. Andrew Birckham, lord Redditch.

Aquel primer día le había extrañado que la doctora Clearington estuviera acompañada por el aristócrata, y que parecieran tenerse cierta confianza; sin embargo, dadas las circunstancias, no había vuelto a pensar en ello. Al oírlos hablar de nuevo, se dio cuenta de que se tuteaban y, puesto que aún le costaba que ella hiciera tal cosa respecto a él, le molestó.

—Ya lo sé, Paige, pero me gustaría que al menos me diese una razón —se quejaba Redditch—. El señor Button es un hombre muy amable y educado. No entiendo qué le pasa por la cabeza a Lorraine cuando lo rechaza. Cualquiera pensaría que una mujer metida en la treintena apreciaría la oportunidad de formar una familia. He investigado a Button y me parece un hombre de lo más sensato y sencillo.

—No me gusta cómo suena lo de «mujer metida en la treintena» —protestó ella, quien a buen seguro había fruncido el ceño.

—No seas boba, sabes de sobra que tú puedes casarte cuando quieras —le dijo con un tono zalamero que puso a Max de un humor indeseado.

—Ya. —El tono de ella era de resignación—. La cuestión es que Lorraine no quiere casarse con tu señor Button, Andrew, y debe de tener sus motivos. A mí, la verdad, me parece un hombre muy aburrido.

—No se puede decir que mi hermana sea una comedia grecorromana, querida.

Ambos rieron en voz baja, cosa que también molestó a Max.

—Eso es cierto —admitió Paige—. Pero algunas mujeres no aspiramos al estatus de mujer casada como modelo de vida, y quizá ella solo esté dispuesta a abandonar Shearaton House por un matrimonio basado en el amor.

—Oh, por favor, Paige. No empieces con esas ideas románticas.

«¿Paige Clearington? ¿Ideas románticas?», se extrañó Max con el ceño fruncido. No la identificaba con ese tipo de mujer.

—Además, Lorraine no es como tú, no tiene tus ideales ni tu efervescencia. Ella es una mujer sencilla, y como mejor está es casada —continuó Redditch.

—Por Dios, Andrew, ¿te das cuenta de lo que dices? —replicó indignada—. Estás tomando decisiones que no te corresponden.

—Soy su pariente varón más cercano, y...

—¡A mí no me vengas con esas!

Por una parte, era refrescante escuchar a Paige hablando de un modo tan natural y confiado, pero, por otra, a Max le exasperaba que entablara aquella conversación con otro hombre.

—Y si tuviera alguna potestad sobre ti, ten por seguro que también te casaría. Sigo pensando que deberíamos hacerlo: casarnos tú y yo.

—¡Madre mía! —se la oyó farfullar.

«Y un cuerno», pensó Max.

—Sería la solución ideal, tú cuidarías de mí y no me someterías a ese conjunto de reproches, lamentos y deprecaciones constantes que conforman un matrimonio —añadió el lord.

—Y te daría libertad para saltar de cama en cama, ¿no es eso?

—Oh, eso por descontado, y yo tendría la misma deferencia contigo.

¿Aquellos dos estaban hablando en serio? Porque había algo en su tono y en el modo tan franco en el que se comunicaban que hacía pensar más en una bravata que en una conversación real, pero aun así...

—¡Qué considerado! —bromeó ella, como si aquello no fuera absolutamente escandaloso—. El tema de los herederos lo obviamos, por supuesto.

Maximilliam corrió el riesgo de asomarse al quicio de la puerta para estudiar la posición de ambos en la salita. Aquel descarado de Redditch estaba sentado, o más bien espatarrado con disipación, en uno de sus sillones. Paige se mantenía de pie, con los brazos cruzados, mirándolo con censura y con grandes dosis de resignación. Conocía esa mirada, la usaba con él a menudo.

—Maldición, es cierto. Siempre olvido ese detalle.

—Pues yo no lo olvido, Drew. —Ella se volvió hacia la ventana y, de repente, le pareció afligida—. Y me preocupa que no te tomes en serio el matrimonio. Deberías...

—¿Y tú? —interrumpió—. Siempre defiendes los sentimientos y el compromiso, pero no veo que hagas ningún esfuerzo por encontrar un esposo.

—El matrimonio no es para mí —adujo con un tono impregnado de tristeza.

—Oh, vamos. —Redditch se levantó y se acercó a ella, pero Paige lo esquivó—. Tú eres el material perfecto para una esposa, querida.

Con una risa desencantada y un gesto de negación, se apartó del conde y se acercó más a la ventana para levantar un poco la cortina y mirar afuera. La lluvia continuaba cayendo con fuerza y parecía sintonizar con el humor cariacontecido de la doctora.

—Olvídalo, Drew. Además, estábamos hablando de Lorraine. Tú quieres que se case, y tal vez ella también. Lo que deberías hacer es ofrecerle una gama más amplia de pretendientes que ese aburrido señor Button. Tu hermana no tuvo la temporada que merecía debido al luto por el fallecimiento del conde. Ofrécele eso.

—Es un poco mayor para debutar, Paige.

—No seas borrico. —Lo miró de soslayo—. No tiene que debutar. Pero Lorraine es una mujer hermosa. Vístela como una duquesa y paséala por fiestas y *soirées*. Estoy convencida de que el hombre adecuado sabrá ver lo perfecta que es.

Cuando ella se dio la vuelta para enfocar de nuevo la mirada en su acompañante, Max advirtió que estaba en su trayectoria y se ocultó lo más rápidamente posible. No creía que lo hubiese visto, pero, por si acaso, se retiró un poco más allá para esconderse tras una gran peana en la que descansaba un enorme arreglo floral.

—¿Y crees que podrías ayudarme a organizar eso?

—Oh, desde luego. Lo que sea por Lorraine.

Al alzar la mirada, Max se encontró con el semblante intrigado de Carruthers, quien concluyó al instante qué estaba haciendo él. Había que reconocerle al mayordomo que sabía ser críptico y discreto cuando quería, pero desafortunadamente en ese momento no sintió tal necesidad. Enarcó una ceja y lo miró con gesto elocuente, de esa forma tan condescendiente que Max odiaba.

Decidido a no dejarse intimidar, se irguió en toda su altura y lo fulminó con su mirada ducal más entrenada. Al hombre no le quedó otro remedio que dar media vuelta y marcharse por donde había venido. Aunque eso no evitó que Max se sintiera ridículo y abochornado: escondido tras una planta de su casa y espiando cómo su amante mantenía una conversación con un amigo.

Enfiló hacia la escalera, molesto consigo mismo. Aquella actitud absurda no estaba en su naturaleza; no recordaba haberse comportado de un modo tan pueril ni siquiera cuando era un jovenzuelo inexperto. Pero, puestos a ser sinceros, debía admitir que tampoco se había sentido nunca tan confundido respecto a una mujer.

No sabía cómo debía tratarla después de lo que había ocurrido. Pensaba en ella como su amante, pero ¿lo era? ¿Se había establecido ese acuerdo tácito entre ellos? Max no estaba nada convencido. No imaginaba a Paige Clearington en ese papel; ella no lo admitiría. Era muy factible que no volviese a recibirlo en su dormitorio. Acababa de escuchar que era una romántica, ¡por Dios bendito! ¿Por qué jamás tuvo el menor indicio de eso?

Al oírla hablar con Redditch se dio cuenta de que no la conocía en absoluto. Le costó identificar a la mujer sarcástica e impetuosa que tan bien había manejado al conde; la que hablaba de matrimonios por amor y defendía los sentimientos de las personas.

«El matrimonio no es para mí», había dicho con resignada tristeza.

¿Por qué pensaba de ese modo? Si era romántica, ¿no debería querer casarse? ¿O pensaba que no tenía esa posibilidad? ¡Ella debería tenerla!

La ironía de ese planteamiento lo dejó paralizado en medio de la escalera. Él le había arrebatado cualquier opción de hacer un buen matrimonio al acostarse con ella. Ningún hombre respetable la aceptaría sabiendo que había permitido esa licencia a otro.

Lo que debía hacer colisionó con lo que podía hacer en un estallido de comprensión. Él era el duque de Breighton, y ella, una mujer corriente, y doctora además.

«Si tan solo no fuera tan inadecuada...», reflexionó mientras avanzaba por el pasillo.

Paige Clearington no estaba hecha para los rigores de la vida de Max. Sin ir más lejos, iba a exponerse de un modo bastante notorio al organizar esas reuniones para buscar benefactores y montar sus «consultas de barrio», como ella las llamaba.

«¡Insistiría en trabajar!», bramó para sus adentros.

Max no quería ni imaginar lo que pasaría si su nombre se

viera ligado al de una mujer como ella. Paige Clearington no era una opción elegible como duquesa. Ni siquiera podía creer que se lo estuviera planteando. Pero ¿qué otra cosa podía hacer? Incluso siendo considerada una solterona, él la había mancillado. Y nada deseaba más que poder restituir su honor. Ella merecía respeto y veneración. Era una mujer única; valiente, inteligente, sensual, cariñosa y dotada de una belleza tan particular que a Max se le hacía impensable la posibilidad de olvidarla.

«¿Qué demonios voy a hacer?», se preguntó por enésima vez.

Apartó a un lado todos esos pensamientos al llegar a la puerta del dormitorio de Matthew. Le había prometido que saldrían a dar un pequeño paseo a la terraza superior. Era una distancia irrisoria, pero, después de tantos días en cama, su cuerpo estaba aún muy frágil para grandes esfuerzos. Debía ir ganando vigor poco a poco, recuperando hábitos en función de su mejoría. Eso era lo que había prescrito la doctora, Paige, y ella siempre sabía lo que había que hacer.

27

Disfrutar del sencillo placer de almorzar con un niño y una anciana no debería haber resultado tan excitante en condiciones normales; pero, dado que Matthew acababa de recuperarse de la difteria y que era la primera vez que compartía con los adultos el comedor, dicho almuerzo resultó todo un acontecimiento.

No obstante, la presencia de Max, tan insoslayable, fue para Paige el elemento que realmente convirtió la escena en un recuerdo inolvidable. Matt y Adele eran la familia más cercana del duque, sus seres más amados junto con su hermano, Richard. Y, por absurdo que fuera, ella se sintió en familia.

El niño aún estaba débil, pero hizo gala de un humor excelente y de un exquisito comportamiento que él cuidó en cada momento. Era evidente que conocía todos los detalles de la etiqueta en la mesa, algo fascinante y lamentable al mismo tiempo. Según Paige, los aristócratas deberían permitir que los niños fueran solo eso: niños. Pero el hijo de un duque debía tener una conducta intachable, incluso a los cinco años, y Matthew Hensworth había aprendido sus lecciones a la perfección.

—¿Me puede servir un poco más de crema, doctora Paige? —Aun siendo un primor, también era lo suficientemente pequeño para no alcanzar casi nada de lo que había en la mesa.

Max había ordenado que los lacayos no entrasen más que para servir la diversidad de platos, pues no quería que Matthew se sintiera incómodo en exceso. También había condescendido con las ubicaciones en la mesa; Adele se sentaba a la izquierda del duque mientras que su hijo y Paige lo hacían a la derecha, con el pequeño entre ambos.

—¿No opinas que es la *crème brûlée* más deliciosa del mundo, Matthew? —le preguntó mientras le servía un poco más de postre.

—No lo sé, doctora Paige. Es la primera vez que la pruebo. —Paige lo miró con las cejas enarcadas, como si no pudiera creerlo—. Pero es muy deliciosa. Mucho.

Su sonrisa de pequeños dientes nacarados reforzó aquella opinión. Después, se volvió para mirar a su padre y, aunque ella no pudo ver su carita de anhelo, sí que pudo percibirlo en su aguda voz infantil:

—¿Y podré también salir al parque esta tarde, papá?

Max frunció el ceño. Era normal que el niño quisiera recuperar su libertad; llevaba semanas encerrado en casa. No obstante, una fina lluvia seguía cayendo sobre Londres desde esa mañana, y eso fue justo lo que el duque le explicó:

—El día es muy desapacible, Matthew. Además, me temo que echarías a correr para poner a prueba a la señorita Clark. —Por lo que sabía, uno de los juegos favoritos del marqués era intentar dar esquinazo a su niñera—. Y todavía estás muy débil como para eso.

—Entonces, subirás a jugar conmigo, ¿verdad?

La pregunta sorprendió mucho a Paige. No concebía cómo Matthew podía esperar que su padre jugase con él, puesto que no imaginaba a alguien de la posición de Maximilliam Hensworth visitando la salita de juego de sus vástagos. Le tocó asimilar esa nueva faceta del duque, porque asintió con satisfacción:

—Supongo que eso sí podemos recuperarlo, pero tendrás que ser paciente, hijo, tengo un asunto que arreglar después del almuerzo.

Alzó la mirada entonces hacia ella, y después también hacia Adele, para incluirlas en la conversación.

—Tengo que acudir a los muelles para asegurarme de que el señor Peckey embarca con todas las garantías —explicó—. Me he pasado la mañana buscándole un pasaje, y el mejor modo de lograrlo es acompañándolo yo mismo.

—¿Ese fue el joven que ayudó a nuestra doctora Clearington a encontrar el suero? —preguntó Adele, cuya información al respecto era muy limitada.

—En efecto, querida —confirmó Max con cierta travesura bailando en sus ojos verdes. Al parecer, le gustaba la idea de compartir ese secreto solo con ella. Paige le ofreció una sonrisa de conocimiento—. Ha sido una persona clave para que hoy Matthew esté compartiendo con nosotros esta comida en perfecto estado de salud. Debemos recompensarlo, ¿no crees, Matt?

—Puedo hacerle un dibujo, si quieres, papá. Así sabrá que yo también se lo agradezco. —Fue inevitable que los tres adultos presentes esbozasen una sonrisa llena de orgullo y adoración. Era encantador el valor que daban los niños a sus dibujos.

—Eso sería fantástico, Matt. De hecho, si ya has terminado la crema, deberías subir y dedicarte a ello, porque tendré que partir dentro de unos cuantos minutos.

—¿Quieres que te acompañe y te ayude, Matthew? —le preguntó Paige, quien también había dado por concluido el almuerzo.

—Sííí —respondió contento—. Eso me gustaría.

Buscó la aprobación de Max con la mirada y, cuando este asintió, se levantó y ayudó al niño a bajarse, pues había un adaptador hecho con madera y acolchado para que alcanzase a la mesa.

Le habría gustado quedarse y que le explicase cómo fue su reunión de esa mañana con el señor Peckey, pero suponía que también podía esperar a que el joven hubiera embarcado para conocer la historia completa. Se despidieron de Adele y Max con una educada venia y subieron juntos a pintar.

Quince minutos más tarde, Paige trataba de encontrar a Max para darle el dibujo que debía entregar en calidad de ofrenda al señor Peckey. Lo buscó en el comedor, en el gabinete y en la biblioteca. Fue a su despacho, pero tampoco lo halló. Se entretuvo un instante a mirar el retrato que colgaba sobre la chimenea. En él se veía a un Maximilliam joven, con toda la apostura y elegancia de su posición, pero con un ligero aire pícaro que el artista había sabido captar a la perfección. Paige no lo habría descifrado una semana atrás, cuando esa faceta concreta del duque aún no se le había revelado. Pero la percibió en ese instante, agazapada en la intensidad de aquellos ojos verdes.

El ruido en el vestíbulo la sacó del trance. Alguien había llamado a la puerta y Carruthers había abierto. Cuando se acercó a ver quién era, comprobó que Max bajaba la escalera. Seguramente había ido él mismo a por el dibujo.

—Breighton, querido, hemos tenido un viaje espantoso.

—Lamento oír eso —dijo Max con tirantez—. Bienvenida, madre.

Paige logró contener el jadeo de sorpresa ante la presencia de la duquesa viuda. No la había visto nunca y le extrañó encontrarla allí de repente. No sabía por qué, pero en algún lugar del subconsciente creía que Max era huérfano de padre y madre. Solo le habló de los duques en una ocasión y, además de no hacerlo con mucho afecto, lo relató en tiempo pretérito.

Pero era evidente que se había hecho una idea equivocada, pues allí estaba aquella augusta mujer en compañía de un señor mayor y una jovencita muy elegante, a pesar de que vestía ropas de viaje.

—He estado semanas enteras sin saber nada de ti, Breighton —refunfuñó la señora—. Ni una sola misiva.

—Te he escrito, madre —protestó él con una ceja enarcada. El rostro de Max era el único que lograba ver, pues los demás estaban de espaldas a ella.

De pronto, a Paige le pareció mal estar escuchando a hurtadillas una conversación a la que no la habían invitado. Tenía que entregarle a Max el dibujo, pero por nada del mundo pensaba atravesar el recibidor en medio de esa extraña conversación. Decidió que saldría por el panel del despacho que daba al pasillo de servicio, el mismo por el que huyó el día de la conferencia, cuando Max y ella se propasaron en el sofá. Ruborizada por el recuerdo, giró sobre sus tacones y se dispuso a marcharse.

—Oh, quizá tengas razón. Es que decidimos cambiar un poco nuestra ruta. ¿No piensas saludar a tu prometida?

Sus pasos se congelaron y el pecho le hizo una rara contorsión. Los segundos se estiraron de forma estática mientras su conciencia desesperada suplicaba para escuchar una negativa... que no llegó.

—Por supuesto. Discúlpenme. Lord Faringdon, lady Olivia..., les doy la bienvenida.

El tono de Max fue seco; mientras tanto, Paige hacía cuanto podía por comprender la punzada de dolor intenso y genuino que le atravesó el pecho y que después la bañó por completo, como una ola. Fue intensa, pero breve. La abandonó con la misma fuerza con que había arremetido, y pareció llevárselo todo a su paso.

La opresión se tornó en vacío, y Paige buscó un punto de apoyo. Una silla. Llevó las manos hasta ella y oprimió el respaldo hasta verse los nudillos blancos. ¿Qué sensación era aquella? Parecía que se hubiera hundido en un lugar muy frío, en la misma nada, privada de la capacidad de moverse. Se esforzó un poco y volvió a oír las voces, pero la conversación había virado en otra dirección. La duquesa alzaba la voz:

—¿Cómo es posible? Deberías haber enviado un mensajero, Breighton. No puedo creer que mi nieto haya estado enfermo y no se me haya comunicado.

—¿Y adónde iba a enviarlo, madre? Usted misma acaba de decir que cambiaron su itinerario. La carta con la noticia debe de estar aguardándola en la casa de Bath.

—Es terrible. ¡Terrible! ¿Dónde está mi nieto? Quiero verlo de inmediato. Llévame con él.

—Lamentablemente, tengo que salir. —La respuesta había tardado en llegar, como si el duque hubiera reflexionado antes—. Es por una cuestión muy urgente, pero... sabe de sobra dónde está el cuarto de su nieto, ¿verdad?

—Excelencia —terció la voz de un hombre—, yo..., lamento mucho la convalecencia de su hijo, pero, verá, hay asuntos que tenemos que tratar. Asuntos urgentes que...

—Después, Faringdon —respondió Max inflexible—. Tendrá que ser después. Carruthers, acomode a mis invitados. Volveré lo antes posible.

Paige contuvo la respiración hasta que oyó cerrarse la puerta de entrada. El resto no dijo ni una palabra más ante la sentencia del duque. Percibió que se movían por el frufrú de las faldas de la duquesa viuda. Y de la prometida de Breighton, de ella también. Pero nadie dijo nada más.

Aquel silencio parecía cargado de un peso intangible, o quizá era que el aire alrededor de Paige de repente no tenía el oxígeno suficiente. Observó la habitación en penumbra a través de una borrosa neblina y comprendió que se debía a sus propias lágrimas.

Debería irse de allí. Cualquiera podía llegar y darse cuenta de que había presenciado la escena. Sus ojos repararon en el dibujo de Matthew, que se le había caído de las manos y descansaba sobre la alfombra. Se agachó a recogerlo y sintió la rigidez de su cuerpo.

Él no lo había negado. No había corregido a la duquesa viuda.

Si a alguien le pedían que saludara a su prometida y esta no lo era, ese alguien lo negaría, ¿verdad? Pero él no lo había hecho, porque no era mentira.

Oh, qué estúpida había sido.

Se había enamorado como una tonta de ese hombre, sin pensar en las consecuencias, creyendo, quizá, que podían mantener algún tipo de relación clandestina. Su condición de viudo la llevó a pensar que era un hombre libre, sin ataduras. Y la dulzura que mostraba hacia ella también influyó en su presunción de que lo ocurrido había sido algo más que un simple desliz. Pero el error era ahora manifiesto. Breighton estaba prometido y, mientras llegaba el momento de casarse, aprovechaba la oportunidad que ella le brindaba. Tan sencillo y maquiavélico a la vez. Para él no habría sido más que una distracción, un desahogo a la tensa situación que estaba viviendo.

No debería sorprenderla. Sabía cómo se comportaba la alta sociedad en ese aspecto; la ristra de amantes que los nobles acumulaban a lo largo de su vida. ¿Por qué Breighton iba a ser diferente? La ingenua fue ella, que había olvidado lo suplementarias que pueden ser las mujeres para los hombres poderosos.

«Tonta, más que tonta», se llamó. ¿Había creído que tenía algo especial con el duque solo porque le había pedido que lo llamara Max?

Paige nunca se había sentido utilizada y humillada a ese nivel. Era una sensación horrible, porque, además, iba cargada de una importante dosis de culpabilidad y desprecio por sí misma. No le gustó nada sentirse así.

Cuando reunió el coraje suficiente, enderezó la espalda y echó a andar hacia el pasillo del servicio. El lugar por el que siempre debería moverse. Había hecho mal en olvidarlo.

28

Se encontró a sí misma un par de horas después frente a la cama de Matt. El niño aún necesitaba echar alguna siesta durante el día para superar el agotamiento de la enfermedad. Su cuerpo ya no estaba tan exangüe, pero sí resentido. Y no ayudaba el hecho de que no parase un segundo quieto cuando estaba despierto.

Paige imaginaba cuánto habría impresionado su quietud a quienes lo conocían de antes. Imaginaba cómo debió de afectar a Breighton verlo indefenso en esa cama.

¿Qué iba a decirle cuándo volviese? La sola idea de enfrentarse a él le tenía el estómago descompuesto.

Salió de su estado reflexivo cuando se abrió la puerta para dar paso a dos mujeres elegantemente vestidas. Paige no necesitó más que dos segundos para identificar a la duquesa viuda y a lady Olivia, aunque antes solo las había visto de espaldas. La prometida de Max era francamente bonita. El rostro ovalado, aunque con un tono ceniciento, formaba una encantadora proporción con el resto de su figura, esbelta como un junco. Cabello rubio, ojos azules, nariz aristocrática; bien podría pasar por la madre de Matthew. Tenía un aspecto muy similar.

—Usted debe de ser la doctora Clearington —dijo la duquesa viuda con desaprobación.

—A su servicio, excelencia.

Paige podía ser muchas cosas, pero no maleducada. Conocía

perfectamente el modo de dirigirse a los de su clase y sabía cuánto adoraban ese tipo de mujeres la sumisión. En un día normal, hubiera contestado de otro modo, sin embargo. No era muy dada a replegarse ante los desafíos, y en la mirada de la duquesa había uno muy claro: no le gustaba que una mujer fuera doctora, y mucho menos que atendiera a su nieto. Sí, otro día cualquiera Paige Clearington le habría presentado batalla, pero a duras penas conseguía mantener la postura erguida cuando todo lo que quería era hacerse un ovillo en su cama.

Optó por la sumisión, pues.

—Tengo entendido que su intervención ha sido decisiva para la cura de lord Willonshire. Todos nosotros hemos de estarle agradecidos.

—Ha sido un honor poder ayudar a su nieto, excelencia. —Se negaba a llamarlo lord Willonshire. Era tan antinatural...

—Dicho esto, que es necesario y de bien, considero que su presencia en esta casa está completamente fuera de lugar. Lady Olivia Boswood, que es la prometida de Su Excelencia, podría sentirse, y se siente, gravemente ofendida por esta irregularidad tan... poco ortodoxa.

Los ojos de la jovencísima y hermosísima lady salieron disparados al bajo delantero de su falda, mientras que Paige se tragaba el nudo de indignación que se le formó en la garganta.

—Entiendo.

Desde luego que sí. Lo entendía. Era inherente a la condición humana proteger los intereses propios, aunque Paige tenía la sensación de que esa niña, pues debía de tener alrededor de veinte años, no sentía ofensa alguna. Cualquiera diría que lady Olivia solo quería desaparecer, esfumarse y no tener que vivir un momento tan incómodo. Era la duquesa la que se sentía insultada por el hecho de que Paige se alojase allí. Ni siquiera podía reprochárselo. Sabía lo poco adecuado de la situación. Siempre lo supo.

—Dudo que lo entienda —continuó ella en un tono que podría calificarse de hiriente. Las palabras salían de su boca con incisivo desdén—. Su presencia aquí supone un agravio imperdonable que solo un cabeza hueca como mi hijo podría haber permitido. Probablemente, ya se hable de ello en los salones y quién sabe en qué otros corrillos de menor estofa.

Paige apretó muy fuerte los puños a los costados de su falda, pero se negó a apartar la mirada de los ojos de la duquesa, que, Dios se apiadase de ella, eran del mismo verde exótico que los de Breighton.

—Por suerte, he llegado a tiempo de impedir un escándalo de proporciones épicas —continuó—. Todavía podemos justificar que haya estado unos días durante los momentos más duros de la gripe de mi nieto, pero, una vez recuperado, su presencia aquí es un insulto a las buenas formas.

Ni siquiera pensaba reconocer que su nieto hubiera tenido difteria. Imaginaba que era impensable para una señora de su categoría contraer algo así en el seno familiar. Una gripe era más... elegante, por supuesto.

—Ya he dado orden a una doncella de que empaque todas sus cosas.

En ese punto, Paige tuvo que protestar:

—No tiene ningún derecho a...

—¿No lo tengo? Esta ha sido mi casa durante varias décadas, señorita, y aún lo es. Si tiene un mínimo de decencia abandonará este lugar ahora mismo y sin montar ningún escándalo.

En contra de su deseo de increpar a esa mujer, de gritarle o zarandearla por los hombros, Paige decidió salir de allí de la forma más digna posible. La duquesa viuda, en su senectud, era una mujer formidable, y ella no lo iba a ser menos.

«La soberbia se combate con elegancia, Paige, no con imprudencia», se dijo. Aunque claro, tendría que nacer de nuevo para marcharse sin mediar palabra.

Alisó unas arrugas inexistentes en su falda y se encaminó hacia la puerta. Al llegar a la altura donde se hallaban las dos mujeres, giró la cara hacia la duquesa viuda.

—Me iré en cuanto haya dejado unas indicaciones para el

tratamiento que debe seguir Matthew. —La mujer entrecerró los ojos, entendiendo el desafío velado de Paige—. Y en cuanto me haya despedido de mi empleador, que no es usted, excelencia. Buenas tardes.

Entonces sí salió, con pasos firmes al principio, temblorosos más allá de la habitación de Matthew y agotados al llegar a la suya.

Las cotas de humillación parecían ir en aumento para ella. Primero descubría que no había sido más que el entretenimiento de un hombre prometido en matrimonio, y después era expulsada del lugar en el que se la había obligado a hospedarse. Y de la forma más bochornosa posible. En presencia de la joven que iba a ser la esposa de Breighton. La bellísima y jovencísima lady Olivia, que, además, no podía ser tachada de mezquina ni de odiosa, porque se había sentido tan incómoda y avergonzada como ella. «Señor, qué horror. Qué situación tan dantesca y lamentable», pensó mientras abría el armario y lo contemplaba en un estado absorto.

No había llevado mucho equipaje. Tardaría solo unos minutos en recogerlo todo, pero debía esperar a que Breighton volviera para comunicarle su marcha. No pensaba huir como si la hubieran descubierto robando. Su naturaleza no era ni apocada ni cobarde. Lo esperaría y le explicaría los motivos por los que dejaba Breighton Hall. Lo mínimo que ella merecía era una salida digna.

Al notar el leve estremecimiento de terror en la boca del estómago, se volvió hacia el secreter, donde descansaba su papel para cartas y el plumero. No le vendría mal algo de ayuda, admitió resignada.

Pensó que nada podría ponerlo de peor humor que la inesperada visita de su madre y los Boswood, pero el mensaje que le dio Carruthers nada más volver a casa le hizo cambiar de opinión.

—Excelencia, la doctora Clearington lo espera en su gabinete con lord Redditch. —El tono del mayordomo fue críptico, pero temió que no le iba a gustar lo que encontraría.

Su madre no había tenido tiempo a desbaratarlo todo, ¿verdad? Había salido hacia el puerto preocupado por la confrontación que podría darse entre ella y Paige si él no se hallaba presente, pero no veía qué relación podría tener Redditch con aquello. No, a buen seguro se trataba de otra cosa. Aquello no tenía nada que ver ni con su madre ni con Olivia Boswood. De eso se encargaría luego; no iba a consentir que la duquesa volviera a salirse con la suya.

Al ver lo que le aguardaba en el gabinete, sin embargo, Max comenzó a tener serias dudas sobre esa percepción anterior. Lo más cercano a la puerta era una maleta, más allá estaba el conde de Redditch, apoyado en la mesa con los brazos cruzados, y mirando por la ventana se hallaba Paige, que ni siquiera se volvió al escucharlo.

—Redditch —saludó tenso.

—Breighton. —Había una clarísima condena en los ojos del conde.

—¿Qué es esto, Paige?

Empezaba a intuirlo, y se maldijo por haberse marchado después de ver el modo en que su madre se había presentado allí; debería haber adivinado que la presencia de Paige en aquella casa suscitaría problemas.

—Excelencia —respondió, volviéndose hacia él con una expresión indescifrable—, lord Redditch ha venido a ayudarme con mi equipaje.

«Excelencia.» Nunca le había molestado tanto aquel tratamiento en la boca de ella. Incluso preferiría uno de esos «su gracia» que le soltaba al principio con tanta impertinencia. Aunque cualquiera de ellos le sonaba insoportablemente distante; más teniendo en cuenta el desafecto que flotaba en sus enormes ojos.

—Te vas —confirmó en voz alta.

—Matt está lo bastante repuesto para que la enfermera Kerr

se encargue de todo. No obstante, le he dejado instrucciones para su cuidado, y pueden llamarme si ocurre algún cambio importante.

—O también podríamos reconocer que ya no te encuentras cómoda aquí.

—¿Os tuteáis? —intervino Redditch.

—Drew —lo amonestó ella entre dientes.

—No tanto como ustedes, al parecer.

Max no pudo evitar el comentario mordaz; no le gustaba la confianza que esos dos se tenían. Y no comprendía por qué era él quien venía a buscarla y a acompañarla. La conversación que había escuchado anteriormente entre ellos tampoco ayudaba a calmar sus ánimos.

—Excelencia —intervino Paige con una postura conciliadora en sus manos—, es cierto que mis servicios en esta casa ya no son necesarios, pero el motivo de que me encuentre aquí con la maleta preparada es que he sido invitada a marcharme.

—¿Cómo? —siseó Max.

—Su madre, la duquesa viuda, me ha hecho ver lo inconveniente de mi presencia en Breighton Hall. Es algo que yo ya sabía. Y usted también.

—Ella no es nadie para echarte. —Max conjuró tal venganza que la duquesa iba a perder las ganas para siempre de entrometerse en su vida—. Olvida lo que te haya dicho, Paige. No tienes que marcharte. No quiero que te marches.

—No puedo quedarme. Con independencia de lo que ella haya dicho, ambos sabemos que esta situación no es nada ortodoxa. Jamás debí consentirla.

Max empezó a ponerse nervioso. Aquella declaración parecía tan definitiva y él estaba tan perdido en ese momento que no veía el modo de solucionarlo. La marcha de Paige, su enfado, eran la consecuencia de una serie de errores que él había ido cometiendo. Debería haber aclarado las cosas con ella desde el primer momento, establecer cuál era la relación que quería mantener. Si tan solo lo supiese...

—Eso no tiene por qué ser así, y, en cualquier caso, deberíamos hablarlo. En privado.

—Eso es parte del problema —terció Redditch con preocupación—, la... privacidad que usted ha mantenido con Paige.

Los ojos de Max volaron disparados hacia ella, con un matiz acusatorio. No podía creer que hubiese compartido con ese hombre confidencias sobre su relación.

—Basta. No pienso convertirme en un objeto arrojadizo entre los dos. Puedo asegurarle que no he desvelado ni una sola palabra al respecto, ni a lord Redditch ni a su madre. —Desvió la mirada—. Ni tampoco a su prometida. Creo que mi tiempo en esta casa ha llegado a su fin. Eso es todo. Me gustaría pensar que podemos afrontarlo como personas civilizadas.

De modo que era eso. Su madre había tenido la desfachatez de presentar a lady Olivia como su prometida. Max cerró los ojos, furioso consigo mismo. Jamás habría pensado que la absurda situación que había vivido un par de meses atrás con los Boswood podría desembocar en el drama del que ahora era protagonista. Debió haber sido más claro respecto a sus intenciones; debió haber expresado su poca disposición a aceptar el compromiso con la joven. Solo necesitó un par de horas a solas con ella para saber que no podía tomarla como esposa, pero dejó que todos los interesados continuasen elucubrando respecto al tema, porque prefirió no tener que someterse al tedio de una duquesa viuda indignada. ¿Hasta cuándo iba a seguir aquella mujer martirizando su vida?

—No es lo que piensas, Paige. —Max miró después a Redditch.

No podía explicarle la situación mientras aquel hombre siguiera allí plantado. Lo cierto era que no había rechazado el compromiso con lady Olivia, y que ella pensaba, con razón, que sí estaba comprometida.

—Me voy, excelencia. Solo quería comunicárselo en persona.

Aunque quería negarse y retenerla junto a él, acabó por darse cuenta de que la situación había llegado a un punto insostenible. Paige y su madre no podían convivir bajo el mismo techo. «¡Señor, era su amante!» Ni siquiera debería vivir en su residencia, con su hijo... Lo había hecho todo mal. Jamás habría llegado a creer que su rectitud moral fuera a volverse tan maleable. Y pensar en cuánto había despreciado a otros hombres por acomodar la honestidad a sus intereses personales...; menudo hipócrita.

—No deseo que te vayas —admitió con sinceridad. Era la única virtud que, al parecer, le quedaba intacta—, pero entiendo que te he puesto en una posición muy incómoda, incluso...

—Humillante —retrucó ella, con la barbilla en alto.

A Max se le rompió el corazón al darse cuenta de que era eso lo que había hecho. Humillarla.

—Sí —suspiró—. Y lo siento, Paige, no sabes cuánto lo siento. Pero te prometo que aclararé todo esto. Es un error. Mi madre..., lady Olivia... Es todo un error. Lo solucionaré, y después hablaremos.

La mirada que aquellos ojos verdosos le devolvieron no tenía ni una pizca de confianza, o ni siquiera incertidumbre. No, lo único que Paige experimentaba en ese momento era resignación. Max se sintió hundido, incluso antes de escuchar su conclusión.

—Deberíamos dejar de cometer errores, excelencia. —Echó una mirada a Redditch, como si fuera a pedirle que los dejase solos. Pero debió de decidir que era más seguro que se quedara, porque se irguió con decisión y continuó hablando—: Lo mejor para todos será que terminemos esto aquí y ahora. Mi labor como médico ha terminado, y ese fue siempre el objeto de mi estancia en Breighton Hall. Todo lo demás... ha sido eso: un error.

«No.» No era cierto. ¿Cómo podía decirle eso? Max clavó los ojos en ella, desolado y sin saber qué responder. Tampoco nadie esperaba una respuesta suya, al parecer, porque Paige caminó hasta la maleta, la cogió y salió del gabinete de forma un tanto abrupta y precipitada.

Redditch se quedó unos segundos más, aunque tampoco dijo nada. Cuando sus miradas se encontraron, podría jurar que había algo de compasión en la expresión del conde, aunque fue una sensación que se desvaneció enseguida. Después, él también abandonó la sala, dejándolo solo con sus demonios.

Horas después, Max aún no había encontrado las ganas para enfrentarse a su madre. El abatimiento era muy superior a la rabia, tanto que sentía todo el cuerpo rendido. Seguía sentado en el sillón del gabinete donde Paige había pasado tantas horas examinando tratados de medicina e investigaciones científicas. En ese lugar donde también se quedaba dormida en posturas imposibles, y donde había almorzado muchas veces, a solas, mientras buscaba la cura para Matthew.

Necesitó todo ese tiempo, además, para comprender que sus errores tenían un alcance mucho mayor del que pudiera haber pensado. No solo había ocasionado un malentendido de proporciones considerables con los Boswood, que ahora tendría que resolver con el consiguiente oprobio para el buen nombre de los Hensworth, sino que había cedido a la tentación de una mujer sin la cual, ahora lo entendía, no podía vivir.

Había caído en una trampa tan antigua como el tiempo. Se había enamorado. De la mujer a la que deshonró y humilló. Asumir eso era incluso más difícil que reconciliarse con su comportamiento irresponsable. Las consecuencias eran fatales, por supuesto, porque no podía desentenderse de aquellos sentimientos como lo haría de cualquier otro problema de su vida. No podía solucionarlo. Porque no existía más que una solución: casarse con Paige Clearington.

La amaba; de un modo que nunca conoció con anterioridad. Había experimentado afecto y deseo por otras mujeres, pero nada parecido a lo que sentía por Paige, porque con ella se comprometían otras emociones nuevas, como la admiración, el anhelo o la confianza. Quería pasar tiempo con ella, dentro y fuera del lecho. Deseaba contarle anécdotas de su vida y discutir por cosas tan tontas como el color de sus ojos. Podía imaginar lo buena madre que sería para Matthew, porque había sido testigo del profundo cariño que ella sentía hacia su hijo.

Poco a poco, fue atesorando todas esas cosas, clasificándolas como felicidad sin darse cuenta de que solo las tendría por un tiempo limitado. Había sido un necio.

¿Cómo pudo creer que mantendría una relación indefinida con ella mientras se ocupaba de sus obligaciones ducales? ¿De verdad le pasó por la cabeza formalizar un matrimonio y seguir engendrando herederos al tiempo que la conservaba a ella como amante?

No. En realidad no. Esas cosas no habían logrado penetrar en su mente. Simplemente, obvió toda la cuestión, como el cobarde que no sabía que era. Sus pensamientos se concentraron en Matt para no tener que resolver aquella cuestión tan peliaguda. Se negó a ponerle nombre a su relación con Paige, a reflexionar sobre dónde los conducía. Y, sin duda, borró de su recuerdo cualquier mención al supuesto compromiso con lady Olivia.

Podría reírse de sí mismo y de su estulticia si no estuviera tan preocupado. Los errores le parecían irresolubles. Nada le aseguraba que lograría el perdón de Paige, incluso cuando solucionase la cuestión de los Boswood. Aquello solo había sido el detonante de su marcha —dolida, no podía olvidarlo—, pero el verdadero escollo para su felicidad se hallaba en una cuestión tan esencial como inmutable: él era un duque, y ella, una mujer corriente.

Era un impedimento para Max, pero estaba dispuesto a obviarlo con bastante descaro. Sería un escándalo, de eso no cabía duda alguna. Sin embargo, se creía con la suficiente madurez para asumir cualquier consecuencia que recayese sobre él al elegir a una mujer poco convencional. La cuestión era: ¿Pensaría Paige del mismo modo? ¿Estaría dispuesta a aceptar las complicaciones de casarse con un duque? ¿Lo amaba?

La hora de la cena llegó antes que de costumbre, y lo pilló

inmerso en aquella zozobra. Fue Carruthers quien fue a avisarle de que Su Excelencia, la duquesa viuda, y sus invitados, los Boswood, lo esperaban para cenar.

Resignado a su suerte, Max se levantó y se mentalizó para la pelea que le aguardaba en el comedor. Si algo tenía claro era que en primer lugar debía tachar aquel problema de su lista. Se obligaría a aclarar las cosas respecto al compromiso y lograría que aquella gente abandonase Breighton Hall cuanto antes. No se hacía una idea de lo complicado que en realidad iba a ser.

El poder de Marguerite Hensworth se notaba nada más entrar en el comedor. Los lacayos parecían haber incrementado su altura, tan erguidos y tiesos como estaban. La iluminación era justo la necesaria para no tropezar con uno mismo. Tanto la vajilla como el menaje, la cristalería y la cubertería habían sido dispuestos según el expreso deseo de la duquesa. Eran las piezas más recargadas de la colección familiar, aquellas que Maximilliam había desterrado nada más convertirse en un hombre casado y dueño de su propio hogar. Los platos, sin ir más lejos, lucían tal profusión de dibujos, filos de oro y bajorrelieves que costaba diferenciar la comida en ellos.

—Lord Faringdon, lady Olivia, madre...

—Excelencia —lo saludaron con una venia, todos en pie excepto la duquesa viuda, que sufría de reuma y había abandonado tiempo atrás la deferencia de levantarse por nadie.

Max tomó asiento en la cabecera y esperó a que les sirvieran el primer plato, pero en cuanto el lacayo se retiró, interrumpió el inicio de la frase de su madre, quien ya parecía dispuesta a acaparar la conversación.

—Me temo que cometí una terrible negligencia la última vez que nos visitaron, lord Faringdon.

El hombre parpadeó en su dirección, como si realmente le hubiera sorprendido ese reconocimiento; lo que no llegó a entender fue el alivio que también adivinó en su expresión.

—Oh, de eso no me cabe la menor duda, excelencia.

Max frunció el ceño ante esa respuesta. Ni el tono de censura ni la afirmación en sí misma tenían sentido alguno, pues Faringdon no podía imaginar lo que iba a anunciarles.

—¿A qué se refiere? —quiso saber antes de continuar.

—Breighton, querido —intervino la duquesa—. Ciertamente es una situación muy inconveniente, y tal vez nuestros invitados no esperaban que lo plantearas tan directamente, pero siempre he admirado tu determinación. Sin duda, este es un problema que debe abordarse con valentía, no esperaba menos de ti. Le dije, lord Faringdon —se volvió hacia él—, que Breighton se haría cargo de todo. Ya ve que no había nada de qué preocuparse.

—Presiento que no hablamos de lo mismo —interrumpió Max. Le intrigaba la raíz de la confusión que se estaba produciendo, pero empezaba a intuir que no le iba a gustar. La palabra «problema» no auguraba nada bueno.

—Hablamos de la reputación de Olivia, por supuesto —bramó el hombre, con aire fatuo—. Es perentorio que anuncie el compromiso y que consiga una licencia especial.

Max inspiró hondo y se dirigió a su madre, convencido de que se estaba perdiendo alguna parte importante del razonamiento de Faringdon.

—Lady Olivia ha quedado encinta, Breighton —aclaró la duquesa, ruborizada—, y dada la situación tan avanzada de su estado, debemos tomar medidas de inmediato.

Max se tomó su tiempo para asimilar las distintas repercusiones de lo que escuchaba. Olivia se había quedado encinta, y esperaban que él anunciara, a pesar de eso, el compromiso entre ambos, y que se casaran lo antes posible. Como no hubo nada que lo iluminase, comenzó a negar con la cabeza, sin que aquella sensación de extrañeza lo abandonara del todo.

—Disculpen, pero no lo entiendo.

—¿Qué es lo que no entiende? —Faringdon había plantado los puños sobre la mesa. Parecía ofuscado, pero cauteloso al mismo tiempo. No era de extrañar, lo que menos le convenía a ese hombre era propasarse con el duque de Breighton.

—Parecen ser de la opinión de que voy a casarme con lady Olivia. —Miró entonces a la susodicha, aunque no pudo verle la cara, pues andaba cabizbaja desde que se habían sentado a cenar—. Algo que me parece del todo impensable si, además, y como han señalado, la joven ha concebido un bebé.

—¡Un bebé suyo!

El único motivo por el que Max no se levantó de la silla para protestar fue que había comenzado a entenderlo: no existía otro motivo plausible para que esa gente pretendiese que se casara tan a la ligera. Buscó la mirada de Olivia, pero ella seguía con la vista clavada en la mesa, aunque eso no lograba ocultar su estado de turbación. Parecía estar temblando. ¿Era ella la mentirosa? ¿O su padre la obligaba a inventar esa falacia para cazarlo? Tanto daba. Debían de ser muy estúpidos si pensaban que podían forzar al duque de Breighton a un matrimonio que no deseaba.

—Permítanme que disienta.

Faringdon sí que se dio el lujo de levantarse para mostrar su indignación.

—¿Se atreve a negarlo? —tronó, sin darle oportunidad para responder—. ¿Va a intentar convencerme de que no se aprovechó de mi hija, abusando de la confianza que le presté al dejarlos un tiempo a solas?

¿Ese era el cuento que la tímida Olivia había inventado? Max casi sintió deseos de reír, por la ironía del momento. Lo cierto era que había pedido esos minutos a solas con la muchacha para averiguar, precisamente, si existía algún tipo de atracción entre ellos. No pensaba tomar esposa de nuevo arriesgándose a que esta sintiera miedo o indiferencia en el aspecto sexual; ya había tenido suficiente de eso con Clarisse. De modo que quiso poner a prueba a su aspirante a prometida y estuvieron paseando por los jardines de la finca familiar en Lancaster. El único objeto de dicho encuentro, debía admitirlo, fue el de propasarse con lady Olivia, pues era el único modo de comprobar si podían tener un matrimonio que se amoldase a los estándares de Max.

Resultó un fiasco, obviamente. Paige Clearington tenía más viveza y pasión en un bostezo que aquella Olivia Boswood en su más tórrido escarceo sexual. Aceptó sus besos con incomodidad y gritó como un conejillo asustado cuando se le ocurrió acariciarle el pecho. Desastroso, pero, sin lugar a duda, totalmente inocuo.

—Yo no tengo que convencerle de nada. Solo debe esperar unos meses y comprobará que no existe la posibilidad de que su hija haya engendrado un bebé.

—¿Cómo se atreve? —aulló el hombre, tan rojo como la grana.

¿Podía ser ella tan inocente? Tal vez creía que lo que hicieron en el jardín era suficiente para quedar encinta y no tenía la claridad mental para expresar sus sospechas. No era una joven muy despierta, y si había confesado a su padre que habían intimado, tal vez todo fuera un terrible malentendido.

—Basta —chilló la duquesa—. Esta conversación es absolutamente intolerable, y mucho menos en presencia de mujeres. Miren a la pobre Olivia. Está a punto de desmayarse.

Max miró en su dirección. Estaba pálida, sí. ¿Y su madre? ¿Podía haber sido ella quien orquestó aquella función? Sabía de sobra las ganas que tenía de volver a casarlo para engendrar más herederos que garantizasen la línea de sucesión, pero... No. Ella jamás hubiera aprobado una maquinación que pusiera en peligro la continuidad de la estirpe Hensworth. Lo que planteaba Faringdon no dejaba de ser un escándalo, por muy eficientemente que se resolviera. Aunque... siempre podían decir después que ella había perdido el bebé.

Recordó con meridiana claridad el lío en el que se vio envuelto el conde de Burnley, un compañero de Eton que se casó de modo apresurado con lady Caroline para intentar ocultar un embarazo indeseado que luego resultó inexistente.

Mientras él elucubraba las posibles líneas de evolución del planteamiento de sus huéspedes, lord Faringdon, ayudado de un lacayo, cogió a Olivia por el brazo y la sacó del comedor.

Debía reconocer que la muchacha parecía verdaderamente indispuesta. Max dudó que pudiera tratarse de un ardid; estaba casi amarilla.

—Breighton, qué bochorno —dijo la duquesa, dejándose caer en la silla—. No había vivido una situación más humillante en toda mi vida.

—Lo lamento, madre —respondió con descuido—, pero debería saber a quiénes mete en nuestra vida y en nuestra casa. Pensé que estos Boswood eran personas de fiar.

—¿Insistes en que la criatura no es tuya?

Esa carcajada no la contuvo. Empezaba a estar harto de la función.

—A mi edad, sé cómo se engendran los niños. Créame, no he podido engendrarlos con ella. Es cierto que... intimamos un poco, pero mis ducales pantalones nunca han abandonado mi cintura.

—¡Por Dios, Breighton! —protestó su madre escandalizada—. No seas vulgar.

—No quiero dejar lugar a dudas. —Se encogió de hombros.

La duquesa pareció ponderar sus palabras, y a Max no dejó de molestarle que tuviera que plantearse sus lealtades.

—Aunque ella pueda estar equivocada... ¿No crees que podrías estudiar la opción de...?

—¿Se ha vuelto loca? ¿Y si realmente está embarazada de otro hombre? —Frunció el ceño—. ¿Querría que un bastardo ocupase la línea de sucesión de Breighton?

—Desde luego que no —respondió ella, estirándose en la silla—, pero seguro que se trata de un malentendido. Esa joven debe de pensar que sí lo está. Es tremendamente inocente y debe de creer que lo que hicisteis es suficiente para..., bueno, en fin. Es una buena chica.

—¿Y por eso he de casarme con ella? ¿Porque es lo suficientemente tonta para suponer un embarazo tras unos cuantos besos?

—Breighton, me preocupas —admitió la duquesa viuda con gesto cansado.

—¿Que le preocupo? —repitió incrédulo. Debería ser él quien estuviera no solo preocupado, sino muy enfadado.

—Tu comportamiento..., lo de esa doctora. Aquí, bajo tu techo, con tu heredero postrado en cama... Y tú sin ver la necesidad de volver a casarte para asegurar la sucesión...

La desaprobación que flotaba en cada una de esas palabras, unida al hecho de que Max tenía mucho que reprocharle a su progenitora en ese aspecto, hizo que se olvidara de un plumazo de los Boswood y del compromiso.

—Mi hijo, madre. No mi heredero. Ha sido mi hijo el que ha estado a punto de morir, y si no lo ha hecho ha sido gracias a esa doctora y a que estaba aquí para salvarle la vida cuando casi se asfixió. Dos veces. No se atreva a juzgarme. —La expresión ultrajada de su madre no hizo más que espolear su propia ira—. Lo que ha hecho usted hoy ha sido imperdonable. El modo en que ha expulsado de mi casa a esa mujer que solo merece nuestra admiración y agradecimiento... —La fulminó con la mirada—. Óigame bien, será la última vez que tome una decisión en mi nombre, ¿me ha oído, madre? Mañana quiero de vuelta mi mantelería y vajilla habituales. Y, en cuanto haya solucionado esta tragicomedia que usted ha traído a mi vida con sus intentos por comprometerme con lady Olivia, la quiero de vuelta en Bath. Tiene allí una mansión completa a su disposición. Úsela.

Dicho eso, Max se levantó de la silla. Había perdido por completo el apetito y le importaba muy poco el semblante escandalizado de Marguerite Hensworth. Su madre había traspasado la línea por última vez. Abandonó el comedor, decidido a tomar las riendas de su vida. Todo se había convertido en caos, pero todavía estaba a tiempo de solucionarlo.

29

La carta que recibió a la mañana siguiente hizo tambalear todos los cimientos de su resolución. Max había decidido que, para poder ser libre y obrar con la honradez que se le presumía, primero debía solucionar el entuerto con su supuesta prometida: tenía que conseguir que Olivia Boswood admitiera la falacia de su embarazo. Hasta que aquella condición no se cumpliera y lograra echarlos de Breighton Hall, no le quedaba más remedio que mantenerse alejado de Paige. Ella tenía derecho a lamer sus heridas, aunque Max temía que eso pudiera abrir una brecha insalvable entre ambos.

Con razón o sin ella, no podía ofrecerle restitución a su amada antes de aclarar las penosas circunstancias que le habían sobrevenido.

Por ese motivo, había pedido desayunar con sus huéspedes, pero solo lord Faringdon se presentó a la cita, y con el único objetivo de comunicarle que su hija se encontraba tan indispuesta por el disgusto y por el embarazo que estaría en la cama durante el resto del día. «Tiene que responder de sus actos, excelencia —le dijo—. No podrá seguir negándolo cuando hayan pasado unas semanas, pero entonces ya será demasiado tarde para la reputación de mi hija y para la suya propia.» Esas eran las respuestas más elaboradas que consiguió arrancarle. La cerrazón de ese hombre iba a ser difícil de vencer, pero

Max tenía la verdad de su parte, y no pensaba amilanarse ante el reto.

Salió del comedor aún más fortalecido en su resolución de apartar cuantos obstáculos se interpusieran en su felicidad junto a Paige, empezando por eliminar, con fiereza si era necesario, a aquellos arribistas embusteros de los Boswood.

No fue hasta que Portland le entregó el correo en su despacho que el ánimo de Max tocó fondo. Su secretario había tenido el acierto de dejar la carta personal al final del montón, o de lo contrario Max no habría leído ninguna más. Se dio cuenta de que conocía la letra de Paige nada más leer el enunciado del sobre: «A la atención de Su Excelencia, Maximilliam Hensworth, duque de Breighton».

Estimado Max:

Siento mucho lo ocurrido ayer. No es el modo en que me hubiera gustado despedirme; todo se escapó de mi control. Dije cosas que no quería decir y callé otras tantas que debería haberle dicho. Lo lamento, pero estaba demasiado afectada por los acontecimientos como para reaccionar de un modo coherente.

Ha de saber que no lo culpo. No podría hacerlo, pues jamás me interesé por las condiciones de su vida, ni me pregunté qué podía haber de malo en la amistad que llegamos a tener. Siento si ayer le hice sentir culpable. No es cierto. No lo es en absoluto. Si me sentí humillada no fue por sus acciones, que siempre han sido honestas, sino por las consecuencias de mi propio comportamiento.

Siempre guardaré un buen recuerdo de mi estancia en Breighton Hall, de Matthew y de Su Excelencia. Lamento que la despedida fuera tan dramática, pero, incluso después de haber tenido tiempo para reflexionar, sigo creyendo que la mejor forma de proceder es no volver a vernos. Le ruego que respete esta decisión, aunque, ha de saberlo, no me complace tener que tomarla.

Cuide mucho de Matthew; es un niño maravilloso.

Con todo mi afecto,

PAIGE CLEARINGTON

El dolor sordo que esas palabras le produjeron en el pecho tardó varios minutos en remitir. Max se quedó contemplando los renglones perfectamente alineados y la femenina letra de su autora, sin hallar la capacidad para asimilarlo.

Llevó la carta contra su pecho, se recostó en el sillón y cerró los ojos. No lo culpaba, pero establecía un abismo insalvable entre ellos.

«Le ruego que respete esta decisión», le decía.

Max suspiró y enfocó la mirada en los elaborados rosetones de escayola del techo.

«No puedo, Paige —se lamentó interiormente—. No puedo cumplirlo.»

Era una persona formidable, aquella capaz de hacer a un lado su dignidad y su orgullo para ofrecer una disculpa al causante de su dolor. Una vez más, ella volvía a humillarlo con su grandeza y su sencillez, con su piedad. ¿Cómo podía pedirle que renunciase a ella mientras le demostraba continuamente que era la única mujer a la que podía amar?

Max se frotó una sien y trató de hallar una escapatoria de todos los obstáculos que se interponían en su felicidad. Olivia Boswood le había tendido una encerrona, su madre quería presionarlo para que se casase con aquella joven farsante, y Paige le pedía que se alejase de ella para siempre.

Ninguna de ellas, ni siquiera Paige, iba a salirse con la suya.

Dos días más tarde seguía varado en aquella inerte disyuntiva. Lord Faringdon no tenía intención alguna de dialogar ni comprender lo absurdo de su pertinacia en un matrimonio que no iba a tener lugar. Se había apoltronado en su casa y se negaba a irse, a pesar de que Max lo había invitado a ello. La señorita Olivia seguía enclaustrada en su dormitorio, tan indispuesta que ni siquiera podía atenderlo. La había visto en dos ocasiones, pero siempre en presencia de su padre. Que le aspasen si ella no parecía culpable.

Mientras, la impaciencia por ver a Paige lo carcomía, y el temor a que ella crease muros insalvables entre ambos lo tenía acobardado. A saber qué clase de infundios podía estar metiéndole el conde de Redditch en la cabeza.

Su única alegría era Matthew, que se había recuperado de la difteria con una facilidad pasmosa. En cuestión de tres días había recobrado su viveza y las ganas de jugar, aunque todavía no había ganado todo el peso perdido durante la enfermedad. La actitud del niño también ayudaba a que extrañara a Paige: le preguntaba por ella y consideraba que deberían hacerle una visita, ya que la doctora estaba tan ocupada con sus otros pacientes y no podía venir a verlo. Era la justificación más piadosa que se le ocurrió para que no se sintiese olvidado.

Fue ese razonamiento, a la postre, el que le dio el valor para ir a visitarla. Matthew no dejaba de extrañarla, y era muy desconsiderado por parte de la doctora haberse desentendido así de su paciente. Debía hacérselo comprender.

Se presentó en el número 8 de Wharton Street con un ramillete de jazmín que le había costado tres paradas, en distintas floristerías. Debería habérselo pedido a Portland, que era un maestro consiguiendo cosas imposibles, igual que el jazmín en aquella época del año; sin embargo, la decisión de salir había sido, como poco, intempestiva.

Así pues, no debería haberle extrañado el fracaso de su maniobra, pero lo hizo. Su decepción fue infinita cuando, tras invitarlo a entrar, el doctor Clearington le comunicó que su hija no se encontraba en casa.

—Ha salido a alquilar un local en Holborn —le explicó.

Al parecer, Paige había retomado su proyecto de consultas de barrio en cuanto volvió a su vida normal, lejos de los designios e imposiciones de un duque malhumorado y absorbente.

Al menos encontró consuelo en comprobar que no tenía un enemigo en el doctor Clearington. Le pareció un hombre moderado, que se sentía agradecido por el hecho de que contratara a su hija durante aquel *impasse* que la difteria había causado en sus vidas.

Podría ser también que la benevolencia del buen doctor radicase, de algún modo, en la sinceridad con la que Max le expuso la situación. No mintió en ningún momento y ni siquiera intentó dulcificar las cosas. La absoluta verdad era que quería iniciar una relación de compromiso con Paige y que, por motivos ajenos a su deseo y a la cordura, los infundios de una inverosímil prometida habían retrasado sus planes.

Le habría gustado explicarle a Paige el estado de las cosas. Quería tranquilizarla con sus avances, pues estaba convencido de que la culpabilidad asfixiaba a lady Olivia, quien pronto no soportaría ya más la presión que su padre y él mismo ejercían sobre ella. Era cuestión de tiempo que reconociese la mentira de su supuesto embarazo. Pero aún no había ocurrido y Max comenzaba a perder la paciencia, pues mientras los Boswood permaneciesen en su casa en calidad de invitados y esa muchacha atolondrada siguiese evitando afrontar la verdad, Max no podría visitar de nuevo a Paige.

Todos los ojos de Londres estaban siempre puestos sobre un duque, por discreto que este pudiera ser. Si lo veían salir tres veces del mismo sitio, alguien ataría cabos y elucubraría una teoría sobre su relación con la familia Clearington. Bastantes escollos tendría en el camino si lograba casarse con Paige como para añadir una conducta impropia antes del compromiso.

La observación del buen proceder siempre rigió su vida, hasta el punto de haberse casado con la mujer que todo Londres, periódicos y publicaciones de cotilleo incluidas, había definido como la ideal para él. Y mientras tanto, el fogoso y travieso joven que él había sido se acabó diluyendo entre la montaña de responsabilidad y corrección que todos esperaban del nuevo duque de Breighton.

Cabría esperar que toda aquella educación elitista le hubiera sido de ayuda cuando él mismo abrió la puerta de los Clearington para abandonar la casa —pues la clase media no siempre gozaba del servicio adecuado—, y en la calle, ante sus ojos, se dibujó una imagen que habría sacado de sus casillas a cualquier hombre de cualquier clase social, país o ideología.

El conde de Redditch, vestido como el petimetre que era y con la mirada fija en la puerta por la que él salía, envolvía entre sus brazos a Paige, quien, a su vez, tenía la palma de las manos abiertas contra el pecho de aquel desgraciado.

Max lo vio todo rojo. Antes de darse cuenta, e incluso después de que Paige se apartase del conde espantada e intentase frenarlo, se vio agarrando las solapas de la levita de Redditch y levantándolo por los aires.

—Usted... —farfulló con un odio tan inmenso que no le cabía en la boca.

—¡Max! —gritó Paige entre dientes, visiblemente abochornada—. Suéltalo ahora mismo. Dios mío, suéltalo antes de que alguien os vea. ¿Te has vuelto loco?

—Se diría que sí —respondió el conde, con un semblante despreocupado; el muy sinvergüenza parecía esforzarse por no reír.

Un hombre mejor, un hombre más digno, se habría contenido. Él mismo había arrojado a Paige a los brazos del conde con sus acciones y su cobardía; pero, por mucho que lo mereciera, no podía soportar la idea —y mucho menos la visión— de que otro hombre la abrazara.

—¿Cree que puede tocarla de ese modo en medio de la calle? —le preguntó con el alma corroída de celos. Un monstruo se había apoderado de él, y solo podía pensar en desfigurar la cara de su oponente.

—Es peor lo que tú estás haciendo —dijo Paige con voz alarmada—. Conseguirás arruinarnos a todos. ¡Mírame! —exigió—. ¡Mírame, Max!

Conteniendo su ira, se volvió para mirarla y pudo ver las lágrimas que ella aún no se había limpiado; lágrimas que ya estaban ahí cuando se había apartado de Redditch.

—Solo me estaba consolando, Max —aclaró—. No hay nada entre Andrew y yo. Por favor, necesito que me creas y lo sueltes.

La visión de Max comenzó a aclararse y la neblina furiosa de su mente se fue disolviendo. No porque antes hubiera creído lo contrario, o porque ahora creyese lo que ella decía, sino porque la vio muy afectada y no soportó la idea de estar causándole ese bochorno en plena calle. Soltó al conde con un empujón muy por debajo de lo que le hubiera gustado.

—Se toma demasiadas libertades —le espetó.

—No, Breighton. —Fue Paige quien contestó. Después de recomponerse no existía ningún «Max», sino el molesto título que se interponía entre ellos. Había que llevar a esa mujer al límite de sus emociones para que olvidase los modales—. Es usted quien se está extralimitando. Andrew es un amigo muy querido y no tiene derecho a increparlo de ese modo.

—Tú sabes...

—Excelencia —interrumpió incómoda—, por hoy ya hemos dado bastante entretenimiento a los vecinos. Le pido, por favor, que se vaya.

—Tenemos que hablar —dijo a la desesperada.

—No ahora. Ni en este lugar. Vuelva cuando tenga algo constructivo que decir y la actitud correcta para expresarlo. Puede que se encuentre aquí con lord Redditch. Espero que también sepa tratarlo con el respeto que se merece. Buenas tardes.

Y sin siquiera darle oportunidad de contestar, sin siquiera limpiarse esas lágrimas que le pesaban en el corazón como losas de granito, se dio la vuelta y subió los tres peldaños que la separaban de la puerta. Entró con porte decidido y la cerró tras ella.

Cuando se volvió, Redditch lo observaba con más interés que mofa.

—Ese no ha sido un paso inteligente.

—Váyase al diablo —espetó. Si algo no podría soportar en ese momento era que aquel tipo le diese consejos paternalistas.

Se dio media vuelta y emprendió el camino a casa. ¿Lo había echado todo a perder por celos? No, no podía ser cierto. Su comportamiento fue imprudente, sin ninguna duda, pero Paige lo conocía, sabía que su genio a veces le jugaba malas pasadas. Lo perdonaría. Max rezó para que lo hiciera.

30

No podía decir que tuviese aptitudes para juzgar el carácter de la gente. Existían numerosos ejemplos en su pasado que desmentirían semejante arrogancia.

En general, la esencia de las personas era algo que se le escapaba; no acertaba a distinguir cuál era su verdadera naturaleza, excepto con un puñado de ellas. Su madre y Richard se hallaban en la lista, junto con algunos miembros del servicio. Portland, sin ir más lejos, era un hombre fiel y eficiente; demasiado alegre y poco juicioso. Por Carruthers no pondría la mano en el fuego, sin embargo. Tenía algunos pocos amigos a los que no se atrevía a catalogar, pues, aunque hubieran tenido lazos muy estrechos en la juventud, habían madurado en esferas muy distintas y no acertaría a saber si seguían siendo gente confiable.

Conocía a Paige Clearington.

De un modo que aún le resultaba sorprendente.

No solo la conocía. Admiraba cada aspecto de ella.

¿Dejaría de echarla en falta?

«Ojalá no tenga que descubrir la respuesta», pensó. Quizá hubiera alguna oportunidad, porque —si no se equivocaba— sí que había conseguido captar la esencia de Olivia Boswood.

No se le habían presentado muchas ocasiones de tratar con ella desde la fatídica tarde en que le comunicaron su supuesta paternidad. Al principio sospechaba que la joven se parapetaba tras la figura de lord Faringdon para no tener que enfrentarse a él, pero con un poco más de atención descubrió que era el padre quien hostigaba el espacio de la hija.

Aguzando el oído pudo intuir algún susurro indignado por parte de Olivia tras sus enfrentamientos verbales con Faringdon, que no fueron pocos en aquella última semana. Pero, sin duda, su mayor aliciente, lo que aún le hacía mantener la esperanza, era la culpabilidad que podía leer en aquellos ojos azules. Era una muchacha temerosa y asustadiza. Ya se lo había parecido en el momento en que la conoció, motivo por el cual la había descartado como esposa —aunque no de forma explícita— desde el principio.

Los días pasaban y Max empezaba a cansarse de aquel juego que estaba destinado a no perdurar. El empecinamiento de Faringdon en aquel falso postulado del embarazo casi le hacía perder su legendaria paciencia a diario. ¿Cómo pretendía aquel hombre hacer pasar a su hija por una mujer en estado de gravidez? ¿Era consciente de que con el paso de los meses debería empezar a notarse el abultamiento de su abdomen?

Claro que no necesitaba de esa condición en concreto, no realmente, porque sus destinos quedarían sellados mucho antes. O eso era lo que debía de imaginar el viejo zorro. Max estaba seguro de que la argucia incluía una boda precipitada y una posterior pérdida del bebé.

Los Boswood estaban convencidos de que el honor terminaría por obligarlo a aceptar la boda, por eso no dejaban de presionar. ¡Mentecatos! Era un error de principiante no estudiar a la víctima antes de perpetrar el timo. Ciertamente, el honor se hallaba en un puesto muy alto en la escala de valores de Maximilliam Hensworth, pero la justicia y la verdad no le quedaban por debajo. Además, habían tenido la mala suerte de llegar en un momento de su vida en el que no estaba dispuesto a renunciar, otra vez, a su felicidad.

¿Cuál era la baza de Faringdon? Debía de tener alguna más que el simple honor. Se mostraba demasiado convencido de que

Max terminaría por ceder, pero ni siquiera el apoyo incondicional de la duquesa viuda podía justificar aquella seguridad.

Le faltaban datos, y sabía de quién obtenerlos: Olivia. «Ella es el eslabón débil de esta cadena», pensó mientras la observaba sentada al piano, arropada por su protector padre, el cual debía de imaginar que todo seguía el cauce deseado por el hecho de estar compartiendo una velada que todos se esforzaban en revestir de normalidad. Nada más lejos de la verdad, Max solo estaba esperando su momento. Más pronto que tarde lograría quedarse a solas con Olivia Boswood, y por todas las llamas del infierno que le arrancaría una confesión.

«La oportunidad es mucho más venturosa cuando nace del propio ingenio.»

Mediante la minuciosa observación de las rutinas de su presa, Max dedujo cuál era el momento preciso para abordarla. Todos los días, desde que había llegado a Breighton Hall, lady Olivia compartía con la duquesa viuda una hora de bordado en las dependencias personales de esta última. Esa era, con toda probabilidad, la coyuntura más favorable para sus intereses, con la única salvedad de que su madre era casi tan fiera como el propio lord Faringdon a la hora de proteger a Olivia Boswood.

No le enorgulleció tener que usar a Matthew como ardid; sin embargo, no dudó en hacerlo. Tampoco le sorprendió que el niño se mostrase entusiasmado ante el planteamiento de su padre:

—Matthew, necesito tu ayuda. Tengo la esperanza de que la señorita Clearington pueda volver a casa con nosotros. —No compartió más detalles del cómo, pero no hizo falta. Matthew no había dejado de preguntar por la doctora Paige ni un solo día. Se mostró entusiasmado y le pidió que siguiera—. Pero necesito que distraigamos a la abuela un momento para poner en marcha mi plan. ¿Crees que podrías fingir un dolor de barriga para que ella venga a visitarte?

Le dio las explicaciones pertinentes, no solo al niño, sino también a la niñera, quien se mostró mucho más reacia a participar del subterfugio. Solo cuando le explicó que era para corregir una injusticia contra la doctora Clearington, la joven señorita Clark accedió a participar.

De ese modo, Max hizo creer a todo el mundo que pasaría la mañana fuera e indicó a la niñera cuál era el momento exacto en que debía mandar a llamar a la duquesa viuda —ante la ausencia del padre de Matthew—, en cuanto este se pusiera enfermo.

Oculto en el recodo del pasillo, aguardó como un forajido a que Marguerite Hensworth abandonase sus dependencias, precedida de la doncella que había corrido a avisarla, y se coló en su sala de costura.

—Lady Olivia —la llamó.

Por su expresión de terror, cualquiera habría pensado que era el mismísimo Lucifer quien había entrado en la salita. Fue evidente que el cebo de que iba a pasar la mañana visitando al duque de Rochester había surtido efecto. Incluso le comunicaron que Faringdon se había permitido la negligencia de salir a comprar tabaco.

—Excelencia. —Olivia se levantó de un brinco y le dedicó una profusa reverencia. La misma recargada y sosa reverencia que le dedicaba todas y cada una de las veces que la saludaba. En esa ocasión, reconoció, tenía mucho más mérito, pues aún portaba en las manos el bastidor, los retales de tela y los hilos que descansaban en el ruedo de su falda.

—Espero no perturbar su labor —añadió a modo de disculpa.

—No. Claro que no, excelencia —barbotó nerviosa—. Aunque... no es adecuado que estemos a solas. Iré a buscar a mi doncella, si desea...

—En absoluto, milady. Eso no será necesario. Me gustaría tener unas palabras con usted.

—Pero, excelencia... —protestó.

—Solo serán unos minutos —aclaró con gesto conciliador—

y mantendré la puerta entornada para que nadie pueda poner en tela de juicio nuestro decoro, lady Olivia.

—A mi padre no le gustaría saber que nos estamos viendo a solas —alegó con voz débil.

—De eso no me cabe la menor duda.

Olivia Boswood lo miraba con expresión temerosa. Sus ojos casi titilaban como la llama de una vela a punto de apagarse mientras la tensión de sus manos sujetando los útiles de costura se hacía casi dolorosa. Max estuvo a punto de sentir compasión por ella, pero se reprendió duramente cuando recordó lo que estaba en juego.

—Siéntese, milady. Estoy seguro de que debe de estar incómoda en esa posición.

Ella se sentó al cabo de unos segundos y dejó la mirada perdida. Casi se podía mascar la rendición. Max estaba convencido de que ella no sería capaz de mantener la fachada sin el apoyo de su padre, o de la duquesa viuda. A pesar de todo, era una víctima, se recordó. Si había un instigador en aquel fraude era el padre, estaba convencido.

—Quiero ayudarla, Olivia.

—¿Excelencia? —musitó ella contrariada.

—Puede llamarme Breighton. ¿Lo haría? Me resulta muy incómodo oír «excelencia» todo el tiempo, y dado que... estamos prometidos creo que no es adecuada tanta formalidad.

—¿Aceptará casarse conmigo, excelencia? —inquirió con asombro.

Max no podía pedir mucho más a una mujer que estaba en shock, así que lo dejó pasar.

—Lo cierto, mi querida Olivia, es que jamás me he distinguido por ser una persona dócil ni complaciente. Y no se me ocurre que la mueva otro motivo que la mansedumbre para someterme a los dictados de su padre. Puede que usted no tenga más remedio que obedecerle, pero ese no es mi caso.

—Ah —dijo por toda respuesta.

—Sin embargo, también se me conoce por mi generosidad

con aquellos que me son leales. Yo podría protegerla de la ira de su padre, si accede a contarme la verdad.

Lady Olivia se quedó en silencio.

—Ambos sabemos que es materialmente imposible que esté encinta. Quizá su inocencia vaya mucho más allá de lo que yo puedo llegar a suponer, pero le garantizo que nada de lo que hicimos aquella tarde en el jardín ha podido desembocar en un embarazo. Dado que es una imposibilidad biológica y que el tiempo dejará muy clara esta circunstancia, no tengo ninguna prisa por celebrar la boda. Solo tengo que posponer el compromiso indefinidamente, y cuando su abdomen no sufra ningún cambio todo el mundo la tomará por una mentirosa.

—Pero sí estoy embarazada, excelencia —insistió.

—No lo está, Olivia, créame.

—Lo estoy, pero... —Después de un suspiro lleno de conmiseración, la joven bajó la cabeza y musitó en voz muy baja—: No de usted, excelencia.

No era fácil dejar a Max sin palabras, pero durante un largo minuto aquella noticia lo consiguió. Aunque la idea se le había pasado por la cabeza, en realidad no había esperado que una dama tan respetable y anodina como Olivia Boswood le contase que estaba embarazada de otro hombre y que pretendía hacer pasar al hijo por suyo. Necesitó tomar aire varias veces para no gritarle cualquier clase de improperio; se la veía tan amedrentada que habría sido un error imperdonable dejarse llevar por la ira. Necesitaba su colaboración; si la aterrorizaba con su genio, no conseguiría nada de ella.

—Estoy seguro de que hay una explicación perfectamente aceptable para todo esto, Olivia —dijo al final, en tono conciliador—. Le aseguro que soy un hombre muy comprensivo y de verdad estoy dispuesto a ayudarla, pero necesito entender cómo hemos llegado hasta una situación tan extrema como esta.

Sin levantar la mirada de su regazo, la muchacha comenzó a acariciar las flores del bordado. Tardó un buen rato en reunir el valor y confesar lo que, con toda probabilidad, era un relato plagado de sufrimiento. No había más que observar su talante para darse cuenta de que se sentía muy avergonzada y asustada.

—Yo soy la única culpable de lo ocurrido. Quedé tan afectada por nuestro encuentro que no supe disimular ante mi padre y terminé por contarle lo que... —tragó saliva antes de lograr decirlo—, lo que habíamos hecho en el jardín de Aldcliffe Manor. Él se puso furioso conmigo y me dijo que era una estúpida por haberme asustado. Días después me convenció de que si quería terminar siendo duquesa tenía que estar preparada la próxima vez que volviéramos a vernos. —A Max se le revolvieron las entrañas al intuir lo que Faringdon le había pedido a su hija, pero se abstuvo de preguntar—. Yo le dije que no sabría comportarme con normalidad, así que él...

Llegados a ese punto, la voz de Olivia se apagó y sus hermosos ojos azules se llenaron de lágrimas. Max acudió a su lado y se sentó en el sillón que había ocupado antes su madre. Recordó entonces que debían darse prisa, pero no quiso acelerar el relato de la muchacha. Le tomó la mano e intentó ser paciente.

—No debe sentir miedo ni vergüenza, Olivia. No voy a juzgarla.

—Me dijo que tenía que aprender.

Sí, aquello confirmó sus sospechas. Debía admitir que ni en sus peores pronósticos habría podido imaginar que Faringdon fuera capaz de semejante bajeza. Utilizar a su hija de ese modo para escalar socialmente era deleznable, además de cruel.

—Olivia, ahora tiene que ser valiente y decirme si su padre le impuso el contacto de algún hombre.

—No —sollozó la joven, llevándose las manos al rostro—. Solo me dijo que debía descubrirlo por mi cuenta, así que recurrí a Tom. Él y yo..., bueno, queríamos casarnos, pero mi padre no lo aprobaba. —Alzó la mirada hacia él; parecía desolada—. Él solo es el cuarto hijo de un caballero, pero alguien muy querido para mí, así que pensé que podría pedírselo. Y él aceptó enseñarme.

Max cerró los ojos. «Por el amor de Dios», se dijo; ¿se podía ser tan cándida? ¿De verdad aquella joven no había podido intuir las terribles consecuencias que tendría su estrategia?

«No, desde luego que no», se lamentó. A las mujeres no se las formaba para resolver aquel tipo de conflictos. Todo lo contrario, se las mantenía ignorantes sobre las consecuencias del deseo carnal.

—Dígame una cosa, Olivia. —Se le ocurrió entonces que con él se había mostrado muy asustada pero que había terminado por unirse a otro hombre—. ¿Qué le llevó a entregarse a un joven con quien jamás aceptarían prometerla mientras que apenas pudo soportar mi contacto?

—Oh, excelencia, no sabe cuánto lo lamento.

—No se preocupe. No ha herido mi vanidad. Solo tengo curiosidad.

—Usted es... —Olivia Boswood parecía no encontrar las palabras para no ofenderlo—. Tom es un hombre muy atento, y dulce. Es un gran amigo y siempre ha sido muy gentil conmigo.

—Lo que le hizo no fue gentil, Olivia. La ha colocado en una situación muy complicada, por si no se ha dado cuenta.

—Pero fui yo quien lo instigó —lo defendió con feroz dulzura—. Fui yo quien comprometió su honor pidiéndole que me ayudase. Él solo quiso responder a mis súplicas; pero después..., supongo que después ninguno de los dos supo muy bien qué estaba pasando... hasta que pasó.

—Ya, porque era atento y dulce. —Max negó con la cabeza—. ¿Me tenía miedo, Olivia?

Quería escucharlo. Durante su matrimonio, lo había atormentado el comportamiento de Clarisse; siempre recelosa, siempre temerosa. Quería entender qué había en él que causara aprensión en jóvenes delicadas como lo era Olivia Boswood y como lo había sido su propia esposa.

—Sí, excelencia. Más del que podía siquiera reconocer. Su sola presencia ya es imponente, y pensar en cualquier tipo de intimidad entre nosotros me daba pavor. Le pido perdón por mi estupidez. Ahora veo que es usted un buen hombre y que mis miedos eran infundados, pero aquel día solo podía ver su tremenda presencia, su arrogancia, su... seriedad. Me pareció casi inhumano, aunque eso sea una tontería. —Sonrió—. Y siento muchísimo el daño que le he causado.

Max inspiró hondo para calmar el atronador sonido de su corazón. «Casi inhumano.» Imaginaba que ese era el modo en que lo había visto Clarisse. «Pobre Clarisse», pensó de repente; qué injusto que se viera obligada a casarse con un hombre al que temía mientras renunciaba al verdadero amor. Uno puede odiar con toda su alma a una mujer mezquina y desleal, pero cuesta mucho más cuando se trata de una cría indefensa y asustada.

—Se casará con Tom, Olivia. —Ella lo miró con ojos desorbitados—. No le quepa la menor duda. Me encargaré de hablar con su padre en cuanto regrese de sus gestiones. Cuando vuelva a verlo estará convenientemente aleccionado sobre lo que no debe reprocharle y sobre lo que no voy a tolerar a partir de ahora. No debe temer nada de él. Siempre estará bajo mi protección. Le agradezco que me haya contado la verdad, a pesar de lo mucho que tenía que perder. A cambio, espero poder hacer algo por su felicidad.

31

Ver el primer consultorio de barrio terminado no le produjo la gratificación que esperaba. Se alegraba, por supuesto; se sentía muy orgullosa de su logro y creía con firmeza en las posibilidades de una futura red ambulatoria para las zonas más humildes de Londres.

Los benefactores se mantuvieron fieles a sus compromisos y, para regocijo suyo, encontró un apoyo inesperado en la Sociedad Fabiana.* Una reunión casual con Beatrice Potter había dado lugar a un inusitado interés por parte de esta, quien después habló en su favor al resto de los socios fundadores. No solo contaba con su apoyo económico, sino también moral. A fin de cuentas, luchaban por un mismo ideal: todas las personas —con independencia del estatus social y económico— merecían un trato digno tanto en el ámbito sanitario como en el laboral.

A decir verdad, su proyecto marchaba mucho mejor de lo que habría cabido esperar tras casi un mes de ausencia; aunque eso, por sí mismo, no lograra hacerla feliz.

Los consultorios no eran lo que pesaba dentro de su corazón. Más bien se habían convertido en una excusa perfecta para

---

* Movimiento socialista británico que cimentó la creación del Partido Laborista británico.

mantener la mente ocupada y alejada del verdadero motivo de su anhedonia.

Los echaba de menos. A Max y a Matthew. Intentaba hacerse a la idea de que formaban parte de su pasado, pero resultaba tan irreal pensar en ellos como un recuerdo que no lograba disipar la pena causada por sus ausencias.

Si se paraba a pensarlo, era absurdo añorar tanto una etapa de su vida que había estado plagada de preocupación e inseguridades. Había sufrido importantes reveses durante su estancia en Breighton Hall, pero le resultaba inevitable pensar en todos los momentos hermosos vividos junto a ellos.

Se preguntó si Matthew habría vuelto al parque, a corretear por sus caminos de tierra y grava, a intentar despistar a su niñera para después aparecer por sorpresa y asustarla.

«¿Se acordará de mí? —se preguntaba—. ¿Y Max? ¿Habrá logrado calmar su enfado?»

Paige no dejaba de cuestionarse la actitud del duque una y otra vez. Trataba de comprenderlo: sus celos, aquella desolación con la que le había pedido que no se marchara de su casa, la ternura con que la trataba en la intimidad, incluso aquel talante despreocupado y risueño que mostraba al día siguiente de que Matthew se curase.

Sentía que apenas había logrado conocer una insignificante parte del hombre que era y sospechaba que aún lo amaría más si llegase a desentrañarlo por completo.

«Paige, sé realista, por favor», se regañó.

Miró en derredor para comprobar que todo quedaba listo para comenzar las consultas al día siguiente. Las paredes pulcramente encaladas, la sencilla mesa de roble y la camilla adquiridas a precio de saldo en Grissom Market, los utensilios perfectamente ordenados en la vitrina de cristal... Era un lugar aséptico, pero listo para atender cualquier urgencia médica que pudiera producirse en un barrio trabajador.

Echó la llave al salir y se subió al pequeño cabriolé blanco. Le gustaba conducir aquel coqueto artilugio que había comprado por un módico precio a la baronesa Orpington gracias a las gestiones de Andrew. Era muy cómodo para moverse por la ciudad, incluso en las calles más concurridas, y le daba una libertad de movimiento que siempre había valorado en gran medida.

Entró en la cochera y lo dejó a resguardo, echando una mirada risueña al rincón donde todavía permanecía su madriguera para ratones abandonados de Pentonville.

Le habría encantado poder enseñársela a Matthew, ayudarlo incluso a atrapar alguno y ponerle algún sofisticado nombre francés. Él se habría reído muchísimo, con aquel sonido infantil y musical que brotaba de su garganta cuando se sentía feliz.

Como si tuviese el poder de conjurarlo con la mente, fue la primera persona a la que vio cuando entró en casa, dejó el abrigo y el sombrerito en el armario y se dirigió a la biblioteca para decirle a su padre que había vuelto. A través de la puerta abierta, se divisaba la imponente figura del duque de Breighton y, junto a él, al pequeño Matthew.

Al verlos, fue presa de una ansiedad tan grande que no supo cómo reaccionar. Se detuvo en medio del vestíbulo, petrificada. El ritmo de su corazón se hizo más lento, pero atronador, mientras una sensación tan extraña como incomprensible se apoderaba de ella.

Fue precisamente el niño quien se dio cuenta de su presencia y rompió aquella especie de hechizo en el que se había sumido.

—¡Doctora Paige! —exclamó entusiasmado al tiempo que se daba la vuelta soltando la mano de su padre.

Aquel arrebato, tan natural, fue sustituido enseguida por una educación basada en la contención: el niño alzó la cabeza para pedirle permiso a su padre y, cuando este asintió, se acercó a ella, con pasos comedidos.

Paige adelantó las manos para tomar las del pequeño y parpadeó para ahuyentar las lágrimas que se le habían acumulado en los ojos. El duque también avanzó hacia ella, pero se quedó parado en la puerta que unía la biblioteca y el vestíbulo.

—Te veo magnífico, Matthew. —Le colocó un dedo bajo la barbilla y le hizo alzar el rostro—. Lozano y feliz. Me alegra muchísimo encontrarte tan recuperado. —Tomó aire, pero aun así no pudo evitar que le temblara la voz al preguntar—: ¿Qué hacéis aquí?

—Matthew la echaba mucho de menos —respondió el padre.

Al escuchar esa voz grave y rotunda el suelo se tambaleó para Paige. Quiso alzar la vista y mostrar valentía, pero no fue capaz. Se limitó a sonreírle al pequeño.

—Como recompensa —continuó el duque—, por haber seguido todas sus indicaciones y haber sido tan buen paciente, lo he traído para que pudiera verla.

Entonces sí que tuvo que mirarlo. No podía seguir evitándolo; no sin dejar patente lo nerviosa que estaba y el modo tan atroz en que la afectaba su presencia. Contemplar sus increíbles ojos verdes trajo más lágrimas a los suyos. Era mucho más fácil soportar el amor que sentía cuando no tenía que verlo.

—Gracias —murmuró con voz ahogada.

—Doctora Paige, he aprendido a escribir mi nombre —anunció Matthew orgulloso.

—¡Vaya! ¿No me digas?

Qué sonrisa tan radiante y qué felicidad tan sencilla podía suponer para los seres humanos alcanzar una meta insignificante. Era una pena que con los años se fuera perdiendo aquel entusiasmo infantil por los propios logros. En la edad adulta, incluso la alegría más plena estaba siempre empañada por otros sentimientos.

—Sí. Se escribe con la eme, que se hace así. —Dibujó el signo en el aire—. Y después una a. Y luego hay que poner no una sino dos tes.

—¿Y ya está?

El niño se enfurruñó un poco, pensativo. Parecía que esos ojillos azules hacían un esfuerzo por recordar. Estaba tan hermoso como un querubín, con su cabello rubio perfectamente peinado y aquella expresión tan concentrada.

—Papá dice que hay más, pero las estamos aprendiendo.

—Es maravilloso. Tienes que escribirlo para que yo lo vea.

Aquella posibilidad lo entusiasmó de inmediato. Esbozó una sonrisa plena y después dirigió una mirada animada a su padre. Paige también volvió a alzar la mirada hacia él. Los observaba a ambos con una especie de curioso orgullo.

—Y el de papá también sé escribirlo, porque se escribe igual, pero el suyo no tiene ninguna te. Hay que poner al final...

—¿Una equis? —lo ayudó.

—Sí —murmuró pensativo, y alzó los dedos para signarla—, dos palitos así.

—Ah, querida. —El doctor Clearington apareció por el pasillo que daba a la cocina—. Había ido a buscarte. No te encontraba por ningún lado.

—Te dije que iba a visitar el consultorio para llevar el último pedido de material.

Paige casi se sintió agradecida de que alguien interrumpiera aquel encuentro que empezaba a emocionarla a niveles que no debía permitirse. Ser protagonista de una escena tan íntima con el hombre que amaba, y el niño al que también quería con toda su alma, solo podía alimentar su anhelo por una familia que jamás llegaría a tener.

—¿Me lo dijiste? —Arthur Clearington frunció el ceño, extrañado. Paige le devolvió una sonrisa afectuosa a su padre.

A menudo les ocurría, no eran capaces de dirimir quién había olvidado qué. Unas veces, Paige omitía decirle lo que iba a hacer, y otras veces era el doctor quien no se acordaba de haberlo escuchado.

—Juraría que sí, padre.

Por un momento, se produjo un silencio bastante incómodo. Paige no sabía cómo debía actuar ante una situación de ese calibre. Jamás la había visitado un duque, y mucho menos un amante —y con su hijo, para mayor escarnio—. Al doctor Clearington se le veía más interesado que violento, y Max..., bueno, él parecía olvidarse de que no estaban solos. La miraba con tanta intensidad que hasta Matthew acabó por dejar salir una risilla al advertir que todos se habían quedado callados.

—Matthew, ¿te gustan los gatitos? —saltó el padre de Paige con tono jovial. El niño asintió con entusiasmo—. ¿Te gustaría ver a unos cachorrillos que acaban de nacer? Los tengo junto a la cuadra.

—Sííí.

Después de pedir consentimiento a su padre y de recibirlo, Matt tomó de la mano al doctor y se olvidó por completo de ella. Era tan fácil ser relegada en el orden de prioridades de un niño cuando se debía competir con animales... Paige sonrió mientras lo veía alejarse, a pesar de los nervios que le atenazaron el estómago.

—¿Usted también rescata ratones, doctor? —le preguntó Matt.

Arthur Clearington giró la cabeza mientras andaban y lo miró extrañado.

—¿Ratones, dices?

El recuerdo arrancó una sonrisa a Paige. Le había contado a Matthew sus aventuras con los roedores de nombres franceses a los que acogía en su casa y, a buen seguro, traía en la mente indagar sobre aquel asunto. Si tenía oportunidad, le enseñaría la madriguera antes de que se marchase.

—Pensé que tal vez tú también lo echarías de menos. —La confianza de tutearla hizo a Paige tomar conciencia de quién era ese hombre, lo cercano que lo sentía a su corazón. Se estremeció por el simple hecho de saberse a solas con él—. Que nos echarías de menos a los dos.

«¡Oh!, si él supiera...», suspiró.

Los había añorado tanto que no terminaba de acostumbrarse a vivir con aquel dolor latente en el pecho; hasta el punto de no saber disfrutar ni celebrar sus logros profesionales después de años luchando por conseguirlos.

—Imagino que ha evolucionado según esperábamos —comentó incómoda—, porque no he recibido ninguna comunicación de la enfermera Kerr. Le dije que me avisase si se producía algún cambio o si Matthew se sentía mal, pero no he tenido noticias.

Max aceptó el cambio de tema con elegancia. Esbozó una sonrisa ladeada y asintió. Se veía magnífico con el traje de corte recto en tono azul Oxford. Su cabello oscuro estaba elegantemente peinado hacia atrás con pomada, lo que acentuaba sus facciones esculpidas. Era una visión que robaba el aliento.

—Ese suero fue realmente milagroso, Paige —apuntó con agradecimiento—. En menos de dos días ya tenía la misma energía que antes de caer enfermo. Fue imposible mantenerlo en la cama tras tu partida. —Su semblante se ensombreció, pero no añadió nada al respecto—. Es mucho lo que tengo que agradecerle al señor Peckey. No llegué a contártelo, pero lo embarqué hacia España en el navío de un antiguo amigo mío. Fue terriblemente complicado conseguirle un pasaje; sin embargo, con la ayuda de Portland lo logré. Le di también una buena suma de dinero, lo suficiente para que su hermana y él vivan sin preocupaciones el resto de sus vidas. Me llegó ayer una carta suya desde Italia. Decidieron huir a ese lugar y, al parecer, se encuentran bien.

—Me alegro mucho —susurró Paige emocionada.

Era alentador saber que consiguieron hacer algo bueno por aquel joven tan valiente que había arriesgado todo lo que tenía para salvar a su hermana. Le enorgullecía que Max hubiera utilizado sus influencias para recompensarlo y que se lo contara con tanto entusiasmo.

—También he logrado resolver lo otro, Paige. —Se puso serio de repente—. No sé si quieres oírlo, o si te importa, pero he aclarado el malentendido con lady Olivia. —Ella se puso tensa de inmediato—. Ni es mi prometida ni está embarazada de mí.

«¿Qué? ¿Embarazada?», gritó para sus adentros.

Paige se tambaleó por un instante y tuvo que sujetarse al marco de la puerta. Max acudió presto a sostenerla, pero el vahído solo fue momentáneo y enseguida se enderezó y se apartó de él.

—Lo siento, he sido demasiado brusco. Estoy tan aliviado

que lo he soltado sin pensar en que había cosas que no te había contado.

—¿Ella está embarazada? —barbotó a duras penas. Tenía la garganta seca.

—De un joven del que está enamorada —aclaró con una mirada tranquilizadora—. Te fuiste antes de que yo mismo descubriese que pretendían hacer pasar por mío al hijo de otro hombre.

Un afilado estilete le atravesó el pecho con lentitud. Aunque no conseguía abarcar la dimensión de todo ello, sí entendía que, para poder argumentar que Max era el padre, había tenido que mantener relaciones sexuales con la joven.

Sintió que el cielo plomizo y frío del exterior le invadía el corazón. Saber que había hecho con otra mujer lo mismo que con ella le resultó doloroso. ¿Qué clase de persona era el duque de Breighton, por todos los cielos? Jamás se había sentido tan desconcertada.

—Paige, ¿qué te pasa? Estás muy pálida.

—No me toques —dijo con voz rota cuando él intentó acercarse.

—¿Qué? —Se apartó, contrariado—. ¡Por Dios, Paige! No la toqué. ¿Cómo puedes haber pensado que —bajó la voz— me acosté con esa joven? ¡Tiene veinte años! ¿Qué clase de persona crees que soy? —protestó indignado—. Mi única falta fue la de no manifestar claramente que no deseaba casarme con ella. Debí hacerlo en cuanto me di cuenta de que éramos incompatibles, pero sencillamente no me ocupé de ello porque dejó de interesarme, y después ellos se fueron. Nunca hemos estado prometidos. Yo jamás he pedido su mano.

Eso no explicaba lo del embarazo, ni la conversación que Paige había escuchado, ni el hecho de que esa joven no desmintiera a la duquesa viuda cuando la presentó como tal.

—No comprendo... —No supo si lo había dicho en voz alta o solo lo había pensado, pero debió de ser lo primero, porque Max la miró con compasión y le pidió que se sentase.

—Déjame que te lo cuente todo. Ven. —La tomó de la mano—. Siéntate. ¿Quieres que te pida un té o algo que te haga sentir mejor?

—No.

Max esperó un instante a que se recompusiera y después se sentó junto a ella, en un sillón parejo al suyo. Hizo el ademán de tomarle la mano, pero se lo pensó mejor y las dejó caer entre sus piernas, con los codos apoyados sobre las rodillas.

—Voy a ser muy conciso, porque me niego a darle más protagonismo a esa muchacha del que merece. A fin de cuentas, ha intentado estafarme —argumentó, tirándose de los puños de la camisa hacia fuera. Ella ya se lo había visto hacer otras veces. Max estaba nervioso—. Mi madre lleva empeñada en ese compromiso casi un año. Hace dos meses estuvieron de visita en la finca familiar. Se sugirió la posibilidad de un matrimonio y, tonto de mí, pensé que Matt necesitaba una madre y que tal vez la muchacha fuera una buena candidata. En cuanto pasé unos minutos a solas con ella me di cuenta de que sería imposible. Ella me tenía miedo, Paige. —Lo dijo con tanta amargura que eso la conmovió—. Yo la asustaba. Ya sentí eso con Clarisse; no necesitaba repetir la experiencia. Así que me marché al día siguiente sin dejar clara mi postura.

—¿Que la asustabas? —preguntó, llevada por la curiosidad.

—Mi contacto. —Max bajó la vista—. La besé con la intención de descubrir si había... algo de pasión entre nosotros. No fue el caso. —La mirada que le dedicó después la hizo estremecer. No necesitaba decirlo. Estaba pensando en la pasión que sí había encontrado en ella. Paige se sonrojó y, para su sorpresa, él también—. Olivia quedó trastornada por el encuentro y cuando su padre lo descubrió la reprendió duramente. Ese hombre es un indeseable. Le dijo que había de aprender a responderle a un hombre para la próxima vez que estuviera conmigo. Así que la mandó directa a los brazos de otro.

—¡¿Qué?! —chilló espantada.

Max suspiró y negó con la cabeza, apesadumbrado.

—Siento lástima por ella. Es tan inocente que ni siquiera sabía dónde se estaba metiendo. Le pidió ayuda a su enamorado, un jovencito que no supo controlarse y la dejó embarazada. Al enterarse, Faringdon pensó que, puesto que habíamos estado a solas, podía extorsionarme diciendo que el niño era mío. Contaba con que yo temería tanto el escándalo que accedería a ello.

—No puede ser.

«¿De verdad la gente hace ese tipo de cosas? ¿A eso se dedica la distinguida aristocracia británica? ¿No deberían estar por encima de bajezas semejantes?», se preguntó Paige.

—Ni te imaginas a lo que pueden llegar algunas personas con tal de medrar socialmente. Faringdon no supo aceptar que había perdido su oportunidad y se aferró a una mentira. Se convenció de que podía conseguirlo.

—Es horrible, Max. No puedo creer que haya intentado algo tan ruin. —De pronto, Paige sintió una pena tremenda por aquella jovencita tan delicada y hermosa que había sufrido por la desalmada astucia de un padre tan mezquino—. ¿Qué le pasará a ella?

—Me he encargado de que su padre no vuelva a amenazarla. Se casará con su enamorado y vivirán sin estrecheces en una casita del condado de Hertfordshire gracias a mi generosidad.

—Max —exclamó, emocionada por su compasión.

—No me mires de ese modo. No soy ningún ángel ni tampoco un mártir. Hice lo que creí necesario para librarme de ellos, dejar mi conciencia tranquila y... —Volvió a ponerse serio—. Y para ser libre de venir a buscarte, Paige.

«Ay, no», gimió interiormente. Se encogió sobre sí misma al darse cuenta de que la conversación había llegado al punto que ella querría haber evitado. No deseaba hablar de ellos. No había nada que hablar. La aliviaba saber que Max no estaba prometido, que no le había mentido ni la había usado, contrariamente a lo que había creído. Sin embargo, eso no cambiaba la imposibilidad de formar parte de su vida.

—Eso no...

—Quiero que vuelvas —confesó con voz ronca—. Matt y yo necesitamos que vuelvas.

Ah, qué hombre tan ruin; usar al niño para conmoverla, ofrecerle aquello que más anhelaba en el mundo, aun sabiendo que sería una deshonra para ella y para su padre. No le gustaba ser testigo del carácter egoísta de Max, aun sabiendo que para él era tan inevitable como su arrogancia. Ser duque y serlo en toda su apoteósica impunidad lo convertía a veces en un ser consentido e insensible.

—Maximilliam —le dijo con suma paciencia y con un tono que pretendía ser conciliador—, te agradezco mucho la oferta. De verdad, me siento muy halagada y sé que no debe de haber sido fácil para ti venir a mi casa después del modo en que te traté la última vez que estuviste aquí. Sin embargo, he tenido mucho tiempo para pensar en lo que quiero y en lo que estoy dispuesta a sacrificar. Lo siento, pero no puedo irme contigo.

Prefería ser directa; de ese modo podía ahorrarle a Max la incomodidad de tener que hacer una propuesta explícita, y a ella la vergüenza de caer en la tentación de planteárselo.

—Paige, debes escucharme.

Su expresión cerrada le dijo que pensaba ser insistente e implacable. Estaba segura de que ella no soportaría un asedio en toda regla. Su resolución era, como poco, endeble. Lo quería más que a su propia dignidad, y aquello podía ser su perdición si no se mostraba lo suficientemente firme.

—Antes, déjame hablar a mí. —Se aclaró la garganta—. Lo que te dije en mi carta era cierto. No te culpo y no espero ningún tipo de resarcimiento. Hice lo que hice con los ojos bien abiertos. Quería estar contigo; era lo que más deseaba en el mundo.

Esa declaración le valió una mirada llena de orgullo por parte de Max. Para él debía ser un motivo de satisfacción que ella reconociera abiertamente su deseo si lo que esperaba era que se convirtiera en su amante. Paige debía hacerle entender que aquello no iba a ocurrir, y la mejor manera de conseguirlo era la sinceridad.

—Te amo, Max. Tienes derecho a saberlo. Pero no es un amor egoísta ni codicioso. —Una risa amarga escapó de sus labios—. Tampoco es del tipo que se rebajaría. —Cerró los ojos un instante y después alzó la mirada con valentía—. No me convertiré en tu amante; no sabría representar ese papel. Entiendo que pueda parecerte injusto que me entregase a ti y te permitiese pensar que había un futuro para nosotros. —Las negras y dilatadas pupilas de Max tenían una expresión insondable—. Pero yo no haría otra cosa que decepcionarte. No soy la clase de mujer que puede ocupar un puesto de... subordinada, Max. Por favor, no te enfades. —Su voz se redujo a un murmullo—. Solo estoy siendo sincera.

Él guardó silencio durante un corto instante, ponderando la información que acababa de proporcionarle. Paige rezó por que la entendiera.

—Mentiría si dijese que no me duele el concepto que tienes de mí —frunció el ceño, negando con aire resignado—, pero siempre me has considerado una criatura caprichosa, y creo que por eso también piensas que soy banal en mis afectos. Supones que te necesito en mi cama, y supones bien, Paige, porque siento que no volveré a sentirme pleno y completo si no es contigo. —Una ráfaga de reproche titiló en sus iris verdes, aunque enseguida la dominó. Tan rápida que no podría jurar haberla visto—. Pero he de decirte que en tu ciega y obstinada percepción de mi persona has pasado por alto cierto carácter humano del que dispongo. Tengo sentimientos, Paige. Los tengo hacia ti, y no son del tipo que tú piensas.

—Ah, ¿no? —musitó, cohibida por la regañina.

—No. Son la clase de emociones que se retuercen cuando oigo que me amas en medio de un discurso en el que me rechazas. Debería enfadarme por el modo en que lo has dicho; pero tal vez no te he dejado muchas más opciones que pensar lo peor de mí.

Todo lo que estaba escuchando le resultaba confuso. Podía entender que a Max le hubiera molestado su franqueza, pero ¿a qué sentimientos se refería?

—No te entiendo. —Aunque sí comenzaba a entenderlo.

—Crees que he venido a pedirte que vuelvas a mi casa para ser mi amante. —La expresión de Max se llenó de intención—. ¿Qué pensarías si te dijera que lo que quiero es que seas mi duquesa?

Paige tragó saliva mientras la incredulidad se apoderaba de ella. La situación se le antojó tan irreal que su propio cuerpo se rebeló. La piel se le volvió tirante y sus órganos internos comenzaron a retorcerse de un modo insoportable. Se vio obligada a levantarse, pues permanecer sentada le era imposible. Sin darse cuenta, comenzó a pasearse por la habitación, mirándolo de vez en cuando, mientras tejía alguna respuesta acorde a la barbaridad que acababa de escuchar.

—Te diría que estás loco —exclamó, cuando por fin encontró la voz.

—Sin duda, en eso tienes razón. —Max también se levantó, mirándola con cierta compasión—. Debo de estar loco para amar a una mujer tan terca y orgullosa, e impertinente, por cierto. No se me ocurre una peor candidata para ser la duquesa de Breighton y estoy seguro de que pasarás a la historia como la más escandalosa, pero eres la única que quiero a mi lado para el resto de mi vida.

Si no hubiera visto sus ojos verdes llenos de ternura, si no tuviera delante aquella sonrisa que era una muestra de humildad y de esperanza, no habría podido creerlo. Jamás pensaría en una broma tratándose de él, pero ¿un sueño?, ¿una alucinación? Max no podía estar pidiéndole que fuera su duquesa.

«No. No. No», gimió interiormente.

—¿Me estás pidiendo que nos casemos? —preguntó con ojos desorbitados.

—Me parece que era justo lo que estaba haciendo. ¿No he sido lo suficientemente explícito? —Paige solo boqueó—. Déjame que lo exponga claramente.

Max se aproximó a ella, provocándole un estremecimiento en la columna. Tenerlo cerca no la ayudaba a focalizar sus pensamientos, que correteaban dispersos por su mente, enfervorecidos y aterrorizados. Hasta que no la tomó por la cintura no fue consciente de que se tambaleaba.

—Paige, he cometido tantos errores en mi vida que apenas puedo entender por qué he merecido que tú estés en ella; pero, desde que te conocí, he descubierto una parte de mí mismo que creía muerta. —Sonrió con verdadero agradecimiento—. Y otras que ni siquiera yo sabía que tenía. Soy mejor contigo. Aunque ese no es el motivo por el que quiero que te cases conmigo. —Max se aproximó a su boca. Un estremecimiento primitivo, cálido y doloroso se le extendió por el cuerpo—. Te necesito, Paige. Te echo tanto de menos que me paso el día en mi gabinete, porque allí todavía huele a jazmín. Te amo como no sabía que se podía amar.

—Max —susurró, conmovida y apenada a la vez.

Él no la entendía. Una vez más creía que todo era posible, solo porque él lo deseaba.

—Mi amor.

No logró reunir las palabras necesarias antes de que los labios de Max entrasen en contacto con los suyos. Los pensamientos, las razones y el mundo entero se desvanecieron. Paige solo supo entonces del calor y la ternura de aquella boca que la exploraba con lentitud, las fuertes manos que sostenían su cuerpo y el reconocimiento de cada fibra de su ser ante la pasión que ya conocía.

Max la sedujo sin prisa, intercalando tiernos besos con otros más voraces, estrechándola y murmurando su nombre como si fuera una plegaria.

Cuando sus frentes quedaron apoyadas la una en la otra y sus labios pararon para recuperar el aliento, Paige volvió a tomar conciencia de lo que hacían allí.

—No puedo hacerlo, Max.

Pudo notar que él se tensaba. Se apartó lentamente, con una mirada llena de recelo. Ni siquiera protestó, solo se quedó mirándola, como si no la comprendiera.

—Sé que es eso lo que quieres. Ahora. —Tragó saliva—. Pero no imaginas lo complicada que yo haría tu vida. Te rechazarían, Max; todos aquellos que te respetan te darían la espalda.

—Ellos no me importan —le dijo con vehemencia—. Nadie tiene derecho a elegirme una esposa. Ya no. Las únicas personas cuya opinión me interesa sois Matt y tú, y él te adora, Paige.

—Y yo a él, pero mi amor por vosotros no hace que olvide el hecho de que pertenecemos a mundos distintos. Tú no puedes casarte con una plebeya. Lo sabes, Max.

—Ya me casé una vez con la mujer que todo Londres esperaba —le recordó—. No solo no salió bien, sino que me convirtió en una persona amargada durante tanto tiempo que ya ni recuerdo cómo era antes de Clarisse. Te lo repito, Paige. Me es indiferente si el mundo acepta nuestra relación o no.

—No solo se trata de la gente, Max. —Había creído que ese sería un argumento convincente, pero no contaba con que la soberbia propia de su rango le haría desdeñar cualquier obstáculo externo. Él se creía en posesión de un poder infinito e incuestionable, pero no era así. No podía verlo, porque estaba cegado por su obstinación, de modo que tuvo que esgrimir el único argumento que le quedaba—: He luchado mucho para ser la mujer que soy. Para ser independiente, libre; para poder dedicar mi vida al cuidado de otras personas. Lo que tú me pides es que renuncie a eso, que me convierta en una duquesa que no será libre de pensar o hacer lo que quiera, que no podrá pisar un lugar donde haya enfermos contagiosos o un barrio peligroso en el que alguien necesite atención. Me pides que participe de una vida social que aborrezco y que me mezcle con personas que me mirarán por encima del hombro y me humillarán porque siempre sabrán que no soy una de los suyos.

Max había comenzado a negar con la cabeza y a mirarla como si no estuviera de acuerdo con lo que decía. Ella sabía que intentaría negarlo, que no querría reconocerlo, pero no había mayor verdad que aquella.

—Jamás lo permitiría.

—No podrías evitarlo. —Con un suspiro que contenía toda su ansiedad y resignación, Paige le tomó las manos entre las suyas—. Max, debes aceptar que lo que pasó entre nosotros fue algo maravilloso, único, pero irrepetible. Le hicimos trampas al destino y tomamos algo que no nos pertenecía, que no podía durar.

—Tú no piensas así —protestó, atónito al comprobar que aquella situación se escapaba a su control.

—Yo soy realista. Sé cuál es mi lugar en el mundo y también cuál es el tuyo. Te conozco, Max. —Lo miró con compasión—. No me dejarías ser la persona que quiero ser, me constreñirías y me exigirías una prudencia y un decoro de los que no soy capaz. Acabarías... —se encogió de hombros— anulándome.

—No... —Su voz no era fuerte, ni segura. Los argumentos de Paige comenzaban a hacer mella en él. Si era porque los comprendía o porque lo estaba decepcionando, ella no podía saberlo.

—Sé que crees que no le darías importancia a lo que pensaran de mí, y al principio así sería, pero cuando pasasen los años, cuando eso afectase a Matt, cuando lo despreciasen a él... terminarías por culparme, por apartarte de mí. Y yo te odiaría por ello.

Durante unos segundos, la miró tan serio que le resultó doloroso. Después se apartó de ella, y eso aún la hirió más. Max dio una muestra excelente de su comedida educación; no alzó la voz ni exteriorizó su ira. Sabía crecerse en los momentos complicados, cuando lo herían, como ella acababa de hacer.

—Veo que tienes una visión preclara de lo terrible que sería tu vida junto a mí.

A Paige no le preocupaba tanto su vida como la del propio Max. No quería renunciar a ser ella misma, desde luego, pero en los últimos tiempos había aprendido que los sueños pueden mutar y sorprender. Lo que añoraba más que cualquier otra cosa era compartir su futuro con las personas que amaba: su padre, su tío, Andrew... Pero sobre todo con Max y Matthew. Quería una familia —esa familia—, sentarse todas las noches junto a ellos y enseñar a su hijo a escribir todos los nombres, llegar a ser tan querida por él que algún día la llamase «mamá», arrebujarse en la cama contra el cálido cuerpo de su esposo y confesarle sin miedo ni pudor cuánto lo amaba.

Sus sueños habían cambiado, y eran aún más inalcanzables que los que tuvo siendo niña.

Tejiendo un caparazón lo suficientemente firme para sostenerla, Paige cerró los ojos un instante y después alzó la mirada con determinación para contemplar a Max.

—Estoy intentando ser realista, por los dos. Puedes engañarte y decirte que lo que deseas no tendría consecuencias, pero ya conocemos el mundo en el que vivimos, y tú no eres inquebrantable, Max. Deberías aceptar que se ha terminado, renunciar a ello y no volver a buscarme.

Aquellos ojos verdes volvieron a mirarla como si no pudieran reconocerla. Ella tampoco sabía de dónde salía una resolución tan firme, tan pragmática. Paige estaba sepultando bajo toneladas de objetividad a la mujer idealista y romántica que había en ella.

—Podrías estar embarazada —argumentó, de repente, como si acabara de darse cuenta.

—No lo estoy. —No mentía. Dos días después de dejar Breighton Hall comenzó a indisponerse. Fue triste, pero también un inmenso alivio.

—Entiendo —concluyó con voz firme—. Entonces, supongo que no tenemos nada más que hablar.

Estaba enfadado. Dolido. Paige era consciente de que era ella quien lo arrinconaba, pero no había encontrado otro camino para disuadirlo. Lamentaba profundamente despedirse de aquel modo, pero, como tantas otras veces en su vida, se resignó.

—¿Quieres que vaya a buscar a Matthew?

—No. No te molestes.

Un frío glacial se apoderó de ella cuando Max pasó por su lado para marcharse. El dolor fue instantáneo, y tan rotundo que casi le impidió oír su despedida. Pero la oyó, aunque solo sirvió para hacer más insondable su pena.

—Te amo, Paige. Tú también tienes derecho a saberlo.

32

Miró el líquido ambarino de su vaso y los tonos oscuros le recordaron las esquirlas más castañas de los ojos de Paige. Sonrió. Con qué afán defendía los matices verdes, también presentes, en sus iris.

Era una mujer inigualable. Hermosa más allá de lo evidente. Inteligente, graciosa, luchadora, íntegra. Resultaba fascinante que pudiera existir alguien como ella, tan creada a su medida, tan perfecta en todos los aspectos que importaban.

La echaba terriblemente de menos.

Tenía el cuerpo destemplado de añoranza por el suyo, el corazón ávido de su afecto y de sus palabras siempre reconfortantes. La casa, que nunca había sido un lugar que le despertase sentimientos, se le hacía inhóspita, como si también extrañara su presencia. Y Matthew. Había tenido que explicarle por qué la doctora Paige no podía volver a vivir con ellos. Él no entendía por qué algo que les hacía felices a ambos —Max le había confesado cómo se sentía— no podía sencillamente hacerse. Divina inocencia. Ojalá también la conservara él mismo para no tener que entender las consecuencias de haberla perdido.

No.

Todavía no la había perdido, porque todavía no se había rendido. De acuerdo que el dolor por su rechazo le había privado, en aquel momento crucial, de la capacidad de defender sus razones, pero en absoluto se había resignado a vivir sin ella. Eso, sencillamente, no podía consentirlo.

—Excelencia, tiene una visita —comunicó Carruthers, parado frente a la puerta abierta.

—No quiero ver a nadie, Carruthers. Dígale que vuelva mañana.

—Mañana tengo otros planes —terció una voz conocida, justo detrás del mayordomo.

Cuando su empleado de mayor rango se apartó, Max, indignado, comprobó que era el conde de Redditch quien pedía audiencia. Allí estaba, parado, con una sonrisa jovial y despreocupada, mirándolo como si viniera a buscarlo para jugar una partida de *whist*.

«Fantástico», se quejó.

—Puede retirarse —claudicó con una mirada de agradecimiento al mayordomo.

—¿Bebiendo para olvidar? —preguntó su invitado no deseado al entrar en la estancia y haciendo gala de una arrogancia que le sentaba muy natural.

—Buscando clarividencia —dijo con sinceridad—. ¿Qué hace aquí?

—He pensado que necesitaría algo de ayuda.

—¿Ayuda? —No hizo nada por disimular su pasmo—. ¿Suya? ¿Para qué?

—Para convencer a Paige de que sea su duquesa, ¿para qué si no? Suponiendo que siga interesado en casarse con ella.

Max lo miró fijamente. Desde luego, leer a las personas no era lo suyo —no se le daba bien—, ya lo tenía asumido, pero comprender a aquel tipo en concreto debía de ser una tarea inasumible para cualquiera. El hombre desvariaba.

—Según tengo entendido, usted también quiere casarse con ella.

Redditch lo miró con cara de espanto y se llevó una mano al pecho con aire dramático.

—¿Yo? —La voz le salió ahogada—. ¿De dónde saca esa majadería, excelencia?

Dando otro trago y dispuesto a no dejarse arrastrar por la evidente falta de seriedad de su interlocutor, se recostó en el asiento.

—Los escuché hablar en este mismo salón hace un tiempo.

—Ignoraba que los duques hicieran cosas tan pueriles como espiar a sus huéspedes.

—No estoy de humor, Redditch —agregó con cansancio—. Hágame el favor de marcharse.

—Sí que está irascible, Breighton. —El conde alzó las manos en un gesto de rendición cuando Max hizo un amago de levantarse del sillón—. Aunque yo también lo estaría si me hallase en su situación; perder a una mujer como Paige Clearington no es algo que un hombre pueda digerir de forma amable.

—No me gusta que hable de ella.

—Sí —dijo con resignación—, lo sé. Debería explicarle que los lazos que me unen a Paige son los familiares, aunque no puedo contarle exactamente cuáles ni por qué. Secretos oscuros, ya sabe: mi esqueleto en el armario. —Le guiñó un ojo—. Lo esencial aquí es que la quiero como a una hermana y que por eso me permito bromear con ella del modo en que nos escuchó, por casualidad, el otro día. Si no fuera así, no estaría hoy aquí, ofreciéndole mi ayuda para conquistarla.

Max dudó un largo instante, ponderando si la conversación de días anteriores podía responder a esa clase de amistad. Llegó a la conclusión de que sí, aunque más por el carácter de Paige que por la explicación de Redditch. Cuando no estaba cegado por los celos, la sabía incapaz de coquetear con ningún otro hombre. Caramba, ni siquiera lo hacía con él. «¿Cómo será la Paige coqueta y juguetona? —se preguntó en ese momento—. ¿Será tan audaz e ingeniosa como lo es en otras facetas de su vida?»

«Mejor no lo pienses», se reconvino. No tenía sentido fantasear con una dicha que tal vez nunca conociese.

—No veo cómo podría ayudarme usted. ¿Piensa interceder por mí?

El conde negó con la cabeza y fue a servirse una copa a la licorera. La desfachatez de aquel tipo era enervante.

—Eso no funcionaría con Paige.

—No me gusta que la llame Paige.

—Sí, también lo sé —resopló impávido—. Ambos la conocemos y sabemos que ni convenciéndola ni coaccionándola llegaríamos a ningún sitio. ¿Se ha parado a pensar en el motivo por el que ella lo ha rechazado?

Max lo miró contrariado. ¿Que si había pensado en los motivos? ¡No había hecho otra cosa!

—Dice que pertenecemos a mundos distintos —aclaró con resentimiento—. Que me arrepentiría de convertirla en mi duquesa.

Paige había dicho muchas cosas. Algunas de ellas las recordaba de forma confusa. Debería haberla silenciado con besos, seducido y asediado hasta que no le quedara un solo pensamiento lúcido en la cabeza ni ningún argumento coherente. Max no dudaba de que ella acertaba en algunas de sus predicciones, pero había llegado a un punto en el que no le importaba. Si se convertía en un paria: bien. Si ella correteaba Spitalfields y Seven Dials curando a enfermos pustulosos: pues bien también. Lo único que Max quería era que volviera a su cama cada noche, que lo abrazara y que lo quisiera sin condiciones, sin reservas. Y que amase a Matthew del modo en que, estaba seguro, ya lo hacía. A eso se habían reducido sus anhelos en la vida.

—Intenta protegerlo. —La voz de Redditch lo trajo de nuevo a la realidad.

—¿A mí?

—Por supuesto. No quiere que tenga que afrontar el rechazo de la *ton*. Me costó años que se dejara ver conmigo porque ella pensaba que suponía un deslustre para mí, y piense en lo poco que me importan las convenciones o la reputación. Usted, excelencia, es justo lo contrario. Se ha guiado siempre por la contención, la educación y la respetabilidad. Paige lo ve como alguien inalcanzable e intocable. No quiere mancharlo o dañarlo de ningún modo. Y, de paso, se protege a sí misma. Porque, y esto no lo ha admitido, cree que cuando reciba el rechazo social se dará cuenta de que ella no merece la pena.

Con el ceño fruncido, Max tuvo la sensación de que o bien no se había parado a analizar la situación de la forma correcta, o bien había muchos aspectos de su amada que le eran ajenos. Se culpó por no saber leer en ella, por no entenderla.

—¿De verdad la conoce tan bien?

—Es un ser peculiar y extraordinario, pero es tan transparente como un libro abierto. Lo comprobará en cuanto deje de esconderse de usted. —Al ver que Max profundizaba su ceño, sorprendido por estas palabras, continuó—: No se enfurruñe, excelencia, solo lo hace porque lo quiere demasiado como para arriesgarse a que le rompa el corazón.

La conversación se estaba tornando insoportablemente íntima y confiada. Eso lo hacía sentir incómodo, además de expuesto. Tuvo el arrebato de cortar por lo sano, pero supo que después se arrepentiría; aquel hombre intentaba ayudarlo a conquistar a Paige y parecía tener las piezas del puzle que a él le faltaban.

—Es lo último que quiero —repuso con amargura—. Y no sé si estoy siendo egoísta al exigirle que lo arriesgue todo para estar conmigo.

—El corazón de Paige ya está maltrecho —concluyó su interlocutor—. Eso es lo que ambos tienen que entender, excelencia. Llegados a este punto, ya están sufriendo la peor parte de las consecuencias de haberse dejado llevar por... los sentimientos. Comparado con lo que están pasando ahora, los rumores serán una nadería.

—¿Siempre lo tiene todo tan claro?

—Normalmente sí.

En realidad, esa confianza arrogante lo reconfortaba. Era fácil dejarse llevar por ella y creer posible lo impensable. ¿Podía convencer a Paige con la ayuda que Redditch le ofrecía? Cierto o no, estaba dispuesto a arriesgarlo todo.

—¿Y qué propone que haga? He sido absolutamente honesto con ella, me he declarado; por el amor de Dios. Y me ha rechazado. Me pidió que no volviera a buscarla a su casa, y no quiero actuar en contra de su voluntad.

—Pero no le ha pedido que no asista a la fiesta que doy la semana que viene —arguyó con tono complacido.

—¿Una fiesta? —inquirió extrañado.

—Ajá. Es el lugar perfecto. He invitado a la flor y nata de Londres para celebrar el sexagésimo cumpleaños de mi madre. Incluso tengo a algún que otro duque en la lista de invitados; se sentirá como en casa. —Redditch adoptó una expresión calculadora—. Lo que Paige teme es desprestigiarlo y que, cuando se sienta rechazado, usted la rechace a ella. Demuéstrele que eso no va a ocurrir.

—No puedo garantizar el comportamiento de los demás.

—Pero sí su reacción ante el rechazo. Además, estoy convencido de que solo tiene que entrar en mi salón con esa mirada glacial suya al iniciarse el baile, y nadie tendrá la osadía de llevarle la contraria. Excelencia, usted podría pintarse monos en la cara y crearía tendencia.

Max gozaba de un respeto y un prestigio sin igual. Pensaba que eran un escollo para su felicidad junto a Paige, pero... ¿y si era justo lo contrario? Siempre había oído que los de su clase podían obrar con impunidad y que nadie se atrevía a despreciarlos. ¿Por qué no aprovecharse de eso?

—He tenido una idea. ¿Cuándo ha dicho que es esa fiesta?

—El viernes que viene —respondió con expresión intrigada—. ¿En qué está pensando?

—En que tengo una semana para convertir a Paige Clearington en una mujer que todas las mentes desocupadas del *beau monde* estén deseando conocer.

Max pasó una semana de lo más entretenida. Nunca había tenido por objetivo la difusión de rumores, pero lo encontró sumamente divertido. La ayuda de Redditch y de su hermano, Richard, fue inestimable, sin duda. Ambos adoraban a Paige, y hablar bondades de ella era algo que les salía con naturalidad.

De ese modo, se encargaron de extender una serie de premisas que ayudasen a ensalzar la figura de la que habría de convertirse en la duquesa de Breighton, si la suerte decidía ponerse de su lado.

Se hizo saber en los mejores salones que la doctora Paige Clearington había salvado, en un acto absolutamente heroico, la vida del pequeño marqués de Willonshire; noticia que corrió como la espuma hasta tal punto que Max tuvo que prohibir las visitas en su casa de Berkeley Square.

Hicieron correr la voz, además, sobre la afectuosa admiración que el duque había comenzado a sentir hacia ella, la cual, según algunas lenguas viperinas, iba más allá del simple agradecimiento.

Sin que la duquesa viuda de Breighton lo supiera —pues había vuelto a residir en Bath—, se dio a entender que había tomado a la doctora bajo su protección, y que esta estaba siendo recibida en las mejores casas. Incluso hubo alguna baronesa que ayudó de manera fortuita, asegurando que la había contratado como médico para la familia.

Las columnas de cotilleos comentaron que la princesa Beatriz había alabado la austeridad y elegancia de su vestuario en un encuentro casual. El hecho de que la princesa apenas salía no pareció ser un obstáculo para que lo creyesen a pies juntillas.

A ese respecto, había que añadir el hecho de que Max hizo llegar un exquisito vestido en tono madreselva con bordados en oro y plata al domicilio de Paige, haciendo que pareciera un regalo de Redditch. Cuando la viesen en la fiesta de la condesa, nadie dudaría de que era todo cuanto habían oído de ella.

Para redondear la estrategia, lord Redditch y lord Crowle persuadieron a varias damas de la alta sociedad —Max se negó a preguntar sobre los métodos usados— para que mostrasen una actitud amigable con Paige durante el baile, en cuyo transcurso tendría lugar la puesta en escena.

Por último, se difundió el rumor de que ambos estarían presentes en la celebración del natalicio de la condesa viuda de Redditch.

Se sentaron, en definitiva, todas las bases para que la noche de ese crucial viernes cada uno de los presentes estuviera pendiente del encuentro entre el duque de Breighton y la doctora Paige Clearington.

Max llegó nervioso esa noche. No recordaba haberse sentido tan inquieto desde el día en que nació Matthew. En aquella ocasión, como en esa otra, sentía que estaba en juego su futuro y todo lo que le era importante en la vida.

Entregó el abrigo de gamuza y cachemira al lacayo, los guantes y el sombrero, y se tiró de las mangas de la camisa, que habían quedado escondidas. Había elegido un atuendo elegante y sobrio: camisa blanca de lino con corbata de piqué, chaleco dorado de corte bajo y unas calzas de vestir en tono hueso. Lo único que destacaba era la levita en verde musgo con pasamanería y botones de vidrio dorado, que le otorgaba una especial prestancia a su aspecto y que destacaba, además, el color de sus ojos.

Cruzó el vestíbulo, siguiendo a otro de los criados, y alcanzó el pasillo que daba acceso al salón de baile. Max entendió perfectamente por qué aquel espacio había sido designado a tal efecto. Era una gran sala a doble altura, que permitía tener una clara visión de quien accedía a ella. Fue por ese motivo que Max se quedó un poco rezagado y se permitió observar aquello que lo rodeaba; no quería ser visto aún. Shearaton House era, en general, una mansión extravagante, no tanto por la abundancia de elementos decorativos como por la fusión más bien extraña de colores y estilos arquitectónicos. Parecía haber sido construida por dos condes que no se soportaran y decorada por dos condesas declaradas enemigas acérrimas.

Vio con el rabillo del ojo que Redditch se acercaba a él.

—Lo sé, el salón es horrible, pero fue del gusto de mi madre y no soportaría ser yo quien le dijese que no tiene dotes para la decoración.

Max sonrió de soslayo, sin que sus ojos abandonasen el salón de baile. Al fin había conseguido localizar a Paige. Estaba al fondo, apartada en una esquina, junto a un helecho tan enorme que tocaba el techo. La vivaz tonalidad de su vestido de noche lo ayudó sobremanera a distinguirla entre la multitud.

—Está en la esquina junto a la orquesta.

—Ya la he visto. —Estaba demasiado lejos, pero juraría que se veía más hermosa que nunca—. No lleva las gafas.

—Sí, ya me había percatado de ese detalle. —El conde suspiró—. Me temo que la ha echado a perder, excelencia. Se ha vuelto vanidosa.

—Lo dudo. —Sonrió—. ¿El siguiente es el vals?

—Sí. Ha llegado justo a tiempo.

—Perfecto. Entonces, ya es hora de que comience la función.

Max lo dijo porque sabía lo que ocurriría en cuanto se adentrase en el salón. Estaban en un intermedio de la orquesta, por lo que fue perfectamente audible el coro de jadeos sorprendidos que se extendió por la estancia cuando comenzó a bajar los escalones; todas las miradas se volvieron hacia él. Muchos de los invitados lo estaban esperando y muchos otros se quedaron pasmados al descubrir que asistía a un baile, en contra de su costumbre. Pero Max no tenía ojos para nadie más que para Paige, quien parecía ajena al revuelo que se estaba formando, o al menos lo fue hasta que los curiosos invitados, que estaban tan pendientes de él como del objeto de su mirada, abrieron un pasillo entre ambos. Entonces ella sí lo vio.

Sus enormes ojos castaños, y también verdosos, se abrieron con estupor. Empalideció ligeramente, aunque solo un instante, después se le tiñeron las mejillas de un rosado casi tan brillante como el del vestido. Paige miró a su alrededor y se dio cuenta de que todos los presentes eran conscientes de que el duque de

Breighton se dirigía hacia ella con paso firme y decidido. Su asombro fue tal que incluso retrocedió ligeramente, aunque afrontó su mirada con cierta valentía.

Le quedaban unos pocos pasos para alcanzarla; Max giró el rostro hacia el atril de la orquesta y les pidió con un gesto que iniciaran el vals. No hacía falta más explicación; las primeras notas comenzaron a sonar cuando, por fin, llegó hasta Paige.

—Señorita Clearington —dijo en voz alta y clara para que todos pudieran oírlo—, ¿me haría el inmenso honor de bailar conmigo este vals?

33

Cualquier compostura o lucidez se esfumó de su mente nada más verlo aparecer. Paige miraba a Max sin ser capaz de creer que estuviera allí, que se hubiera acercado a ella de ese modo, que todo el salón de baile estuviera pendiente de aquel instante.

¿Qué demonios hacía? ¿Se había vuelto loco?

«Por Dios —se ruborizó—, qué guapo está.»

Desde el momento en que lo vio avanzar hacia ella perdió la capacidad de hablar, de pensar y de respirar. Si alguna vez había creído que aquel hombre era el más elegante y apuesto que existía, era porque no lo había visto vestido de gala. Ahora podía decir, sin miedo a equivocarse, que era una creación divina totalmente fuera del alcance de cualquier mujer mortal.

Y estaba allí, pidiéndole un vals, tendiéndole la mano con confianza. A ella.

Ni siquiera se le pasó por la cabeza la posibilidad de negarse. A decir verdad, en su cerebro no ocurrió nada. Se paró. Dejó de funcionar. Tanto fue así que Max tuvo que buscarle la mano para ponerla en movimiento.

—Lo tomaré como un sí. —Con todo el rigor, le apresó los dedos y se los colocó sobre el antebrazo.

Por el motivo que fuera, las piernas de Paige hicieron lo adecuado y caminaron junto a las de Max hasta la pista de baile. Justo en el mismo centro. Cerró los ojos y agachó la cabeza, abrumada por la sensación de ser observada por todos y también por la cercanía de él.

«Señor, no dejes que me desmaye», oró.

—Solo tienes que aferrarte a mí —le susurró un instante antes de envolverla con los brazos—. Bailemos el vals, Paige.

Los primeros compases le salieron torpes, dado que su cerebro ni siquiera era capaz de percibir la música; sin embargo, cuando alzó el rostro hacia el de Max y contempló esa expresión dulce y alentadora, los pies comenzaron a moverse al unísono, su cuerpo encontró acomodo en el de él y los movimientos se volvieron fluidos y armoniosos.

Con los ojos anclados en los suyos, Paige empezó a gozar de la sensación de deslizarse con Max por la pista de baile. Dejó de ser consciente del resto de los bailarines, o de si alguien los observaba. El mundo entero se diluía ante ella, porque solo había una cosa que le importase en ese momento: Max. Estaba bailando un vals con Max.

No había ni una gota de condena, de rencor o de recelo en aquellos estanques verdes. La miraba como si no hubiera nadie más que ella en el mundo, como si no se hubieran dicho jamás palabras duras, como si no lo hubiera rechazado. ¿La había perdonado? ¿Era aquello una ofrenda de paz?

—Te sienta muy bien el madreselva.

Paige frunció el ceño, confundida. Ah, se refería al vestido que Drew... Un rayo de comprensión la atravesó. Miró a Max con ojos entrecerrados mientras el entendimiento pasaba a través de ella. Nada de lo que estaba ocurriendo era fortuito. Él no estaba allí por casualidad, ni había ido a buscarla para el vals a pesar de que todos lo observasen, sino precisamente por eso. La grandiosidad de aquel vestido tampoco era casual, sino que había sido pensada cabalmente para la ocasión.

—¡Válgame Dios! —susurró con los ojos abiertos de par en par—. Todo esto es obra tuya. Tú me has enviado el vestido. —Max sonrió con deleite mientras ella lo fulminaba con la mirada—. Lo has orquestado todo.

—Sabía que te favorecería sobremanera.

—Y yo sabía que Drew no podía tener tan buen gusto —farfulló, molesta con ambos por haberla engañado.

Max rio en voz alta, con un sonido rico y potente que sorprendió a todos los que bailaban alrededor. Hubo incluso dos parejas que se quedaron clavadas en el sitio por un segundo, pero luego continuaron como si nada. Pobres, debía de ser la primera vez que lo veían reír de ese modo.

—Me siento estafada —lo reprendió.

—Has de reconocer, amor mío, que no me has dejado otra opción.

Escuchar el modo tan cariñoso en que la había llamado casi hizo que el corazón se le detuviese. El enfado se disolvió al instante, sustituido por la habitual congoja que sentía al pensar en cuánto lo quería.

—Max, no hagas esto —susurró.

Al notar su aflicción, la estrechó entre los brazos, de un modo totalmente impropio. También le rozó la frente con los labios, en un gesto que habría pasado por imperceptible si no fuera porque cientos de ojos estaban pendientes de ellos.

Él tenía que ser consciente de lo que estaba haciendo. No era posible que pensara que podía actuar de un modo tan escandaloso y que eso no tendría repercusiones. La estaba acorralando, comprometiéndola del modo más notorio.

—Te has vuelto loco —murmuró, desalentada por la fatalidad de la situación.

—Jamás he estado más lúcido. —Un dedo errante le acarició la columna vertebral. Era imposible que le quemara a través de la tela, pero lo hizo—. En toda mi vida no he sentido mayor anhelo que el que siento por ti. No puedes reprocharme que haga hasta lo impensable para recuperarte.

—No sigas, por favor. —Empezaba a sentirse mareada. Aquel fabuloso vestido la había obligado a usar corsé y, tal vez por eso, le faltaba el aire—. Podrían escucharte.

—Acabarán sabiéndolo de todos modos. Estoy dispuesto a

llegar a cualquier extremo, Paige —prometió con voz ronca—. ¿Crees que sería demasiado atrevido que te besase?

Paige trastabilló, pero él la estrechó de inmediato entre sus brazos. Aun así, se vieron obligados a detenerse, pues en verdad empezaba a sentirse indispuesta.

—Está bien. Veo que me he excedido —comentó en tono preocupado—. Deberíamos salir a tomar el aire, querida.

Bajo la mirada atenta de la inmensa mayoría de los presentes, avanzaron hacia las puertas dobles de la terraza que daba al jardín exterior. La primera noche de diciembre era gélida, pero luminosa; una radiante luna llena colgaba del firmamento sin que ninguna nube se atreviera a atenuar su fulgor. Max dejó la puerta entreabierta y la condujo hacia el fondo de la balconada, junto a la balaustrada de piedra. Paige se apoyó contra ella y tomó una larga inspiración. El aire frío resultó ser un perfecto tónico para su congoja, pues empezó a respirar con normalidad.

—Max...

—Ah, no. De eso nada —protestó con gesto afable—. Si vas a empezar a enumerar las muchas razones que existen para que no haga esto, te aseguro que pierdes el tiempo.

—¿Esto? —graznó, temerosa de conocer la respuesta.

—Paige. —Sus ojos se convirtieron en dos rendijas llenas de humor—. Eres la mujer más inteligente que conozco. Estoy convencido de que no hace falta que te explique a lo que he venido hoy aquí.

No. No hacía la menor falta. Lo había dejado taxativamente claro en el salón de baile. Su comportamiento había sido clamoroso y cristalino para cualquiera que quisiera mirar. Y eso la ponía furiosa, porque le estaba negando cualquier escapatoria.

—¿Y tienes la desfachatez de admitirlo? —Cruzó los brazos bajo su pecho—. Eres terriblemente soberbio, Max. ¿Acaso lo que yo quiera no importa? ¿Me privas de mi capacidad de decisión?

Él frunció el ceño, como si aquella posibilidad no se le hubiera pasado por la cabeza. Sus siguientes palabras fueron fruto de la reflexión, pues iba sopesando cada una de ellas como si se tratara de una promesa solemne.

—Si creyera que no deseas ser mi esposa o que no me amas, estaría dispuesto a renunciar a ti. —Alzó la mirada hacia sus ojos—. Quiero creer que lo haría —matizó—, pero no son esos los motivos por los que me rechazas. Si yo no fuera duque, no tendríamos esta conversación, porque jamás te habrías apartado de mis brazos. Lo único que te pido, Paige, es que dejes de verme como Breighton y que me mires como el hombre que soy, el que tú conoces, el que te ama y está dispuesto a todo para tenerte en su vida.

A Paige la aterrorizaba lo que estaba sintiendo. Quería seguir enfadada con él, protestar hasta la fatiga por la tenaz insistencia con que trataba de manipularla, pero ninguna mujer podía permanecer impertérrita cuando el hombre más maravilloso del mundo le decía que la amaba.

¿Estarían teniendo aquella conversación si él no fuera el duque de Breighton? No, claro que no. Max tenía su parte de razón. Paige no temía ser su esposa, sino ser su duquesa.

En realidad, temía entregar su corazón a un hombre tan poderoso, pues podía anularla o llegar a despreciarla si la firmeza de sus sentimientos no era suficiente para seguir a su lado cuando el mundo entero le mostrase rechazo por su elección. Paige tenía tanto miedo a perderlo que prefería no llegar a saber cómo era formar parte de su vida.

—No puedo ser tu duquesa y seguir siendo doctora.

Ese era el único motivo coherente que le quedaba para defender su plaza; la última barrera que se interponía entre Max y ella. Paige no dudaba de que una vida junto a Max y Matthew compensaría cualquier pérdida, incluso la de su propia individualidad, pero no dejaba de ser injusto que tuviera que renunciar a su vocación y a la profesión que tanto le había costado ejercer para dedicarse a una vida que le resultaba extraña e inhóspita.

—Serás todo lo que quieras ser. Jamás te pediría que renunciases a ese don tan maravilloso que te trajo a mi vida y que salvó la de Matthew. Confieso que al principio —sonrió— asumí que deberías dejar tu profesión y no le vi ningún inconveniente, pues lo que te ofrecía, pensaba yo, era mucho más de lo que perdías. —Se acercó a ella y alzó una mano para acariciarle la mejilla. El contraste entre la calidez de sus dedos y el aire helado la hizo estremecer—. Fui un necio, Paige. Soberbio, caprichoso..., todas las cosas de las que siempre me acusas con razón.

Ella negó, porque en realidad él no era ninguna de esas cosas. Bien, quizá un poco soberbio, aunque había llegado a comprender que incluso aquel defecto de carácter le parecía digno de amor. Contra su mejor criterio, Paige inclinó el rostro para buscar el contacto de aquella mano dulce que la acariciaba, hechizada por cada palabra que salía de su boca, resignada ante la grandeza de sus sentimientos por él.

—He estado ciego hasta que he comprendido que te perdía —continuó—. Entonces me puse a pensar en qué podía ofrecerte, de qué modo podía asegurarte que no tendrás que renunciar a nada para ser la duquesa que necesito que seas.

—No tienes que ofrecerme nada —musitó.

Lo que hubiera ideado Max para convencerla carecía de importancia. No era necesario, porque le había entregado lo único verdaderamente valioso unos minutos antes, cuando había confesado que la amaba. Ese era el único argumento contra el que Paige no podía luchar y había sido una completa ilusa al creer que tenía razones para no casarse con el hombre al que quería sobre todas las cosas. No las había.

Max tenía razón: ella amaba al hombre, no al duque. A ese ser vulnerable, tierno y ocurrente que se escondía detrás de la fachada de poder, arrogancia y seriedad.

—Me temo que es tarde para eso: he comprado un edificio en Bethnal Green.

Paige lo miró extrañada. ¿Le había comprado un edificio? ¿Eso era lo que iba a ofrecerle para convencerla? No tenía ningún sentido.

—¿Cómo dices?

—Tú y yo fundaremos allí un hospital, al que cualquier ciudadano de Londres podrá ingresar, sin carta de recomendación y sin que su condición social sea un impedimento para que lo atiendan.

El suelo se tambaleó bajo sus pies, pero un fuerte y reconfortante brazo alrededor de la cintura la ancló en su posición.

—Max —susurró.

—Con ello no pretendo que abandones tu proyecto de consultas —aclaró—, no deseo que lo hagas; sin embargo, me gustaría que tuvieras un lugar donde ejercer tu profesión sin ponerte en peligro; no porque seas duquesa, sino porque me moriría si algo malo te ocurriera. —La primera lágrima se le escapó de los párpados ante aquellas palabras. Alzó la mirada hasta la de él; aunque no necesitaba ya que la convenciera, los extremos a los que había llegado para intentar hacerla feliz la conmovieron—. Serás la directora, y podrás pasar allí tanto tiempo como quieras, siempre que no me obligues a solicitar una cama para poder verte.

Aquello la hizo reír, en medio de lo que ya empezaban a ser sollozos. Max la estrechó contra su pecho y le besó la frente. Tomando una amplia bocanada de aire, se apartó de él y lo miró esperanzada.

—¿De verdad crees que podríamos conseguirlo?

—No nos queda más remedio, amor mío. Seremos los duques más escandalosos que hayan existido en la historia reciente. Puede que incluso Victoria me niegue el saludo. —Se encogió de hombros—. Pero sé con toda certeza que lo único que me haría terriblemente desgraciado sería vivir mi vida sin ti.

Paige se mordió el labio inferior y sorbió por la nariz. Debía de estar ofreciendo un aspecto lamentable, pero eso no parecía importar a Max, que la miraba con ternura y adoración.

—No tendrás que hacerlo —le aseguró.

Una sonrisa plena y deslumbrante se extendió por aquel rostro apuesto y bien cincelado. Él se supo vencedor, y ni el hombre ni el duque que habitaban en él pudieron evitar la expresión triunfal que brilló en sus magníficos ojos verdes.

—¿Te casarás conmigo?

—No me ha dejado otra opción, su gracia —sonrió—. Sí, Max. Me casaré contigo.

Con una mirada pícara, Max inclinó la cabeza en dirección a las ventanas. «¡Dios santo, las ventanas!», se percató. Habían estado de espaldas al salón de baile, pero en un área perfectamente visible. Paige se cubrió la boca con una mano.

—¿Nos han visto?

—Imagino que sí, pero, por si acaso...

—¿Qué?

—Verás, Paige, amor mío —murmuró con mirada traviesa—, voy a comprometerte más allá de toda duda.

Cuando Max la estrechó entre sus brazos y fundió la boca con la suya, a Paige dejaron de importarle los invitados de la fiesta, las convenciones, la moral y cualquier otro concepto que dictase que aquello estaba mal. No podía estarlo, porque era la sensación más maravillosa del mundo.

Había terminado por comprender que la felicidad no se componía de aquellas cosas que ella siempre había valorado por encima de todo: el humanitarismo, la justicia, la honorabilidad. La verdadera felicidad era una emoción esquiva e insólita que residía en los labios del hombre al que amaba.

Epílogo

Breighton Hall, Londres, enero de 1892

Exhausto y satisfecho de un modo extraordinario, Max se dejó caer sobre la espalda. Las respiraciones deslavazadas de los duques de Breighton flotaban entre los confines que marcaban las cortinas corridas del dosel, dejando a su paso el imperceptible rastro del vaho producido por el calor de sus cuerpos.

Eran las tempranas horas de la sobremesa, pero llevaban tanto tiempo encerrados en el dormitorio que las llamas de la chimenea se habían extinguido y el frío del exterior se filtraba por las paredes de Breighton Hall, en aquel sexto y gélido día del mes de enero.

Paige se removió y se giró sobre un costado para tumbarse de lado. Alargó la mano y acarició el vello de su pecho, mirándolo con somnolienta plenitud.

—Eres un amante formidable.

—Es normal que lo creas después de tan traumático periodo de abstinencia.

Ella rio con abandono y se pegó más a él.

—Eso lo supe la primera vez que me sedujiste en tu despacho —murmuró con voz enronquecida— y lo reafirmo en cada ocasión en que me entrego a ti.

—Por Dios, Paige. No tientes tu suerte —le dijo, dejando

que sus manos volvieran a acariciar cualquier lugar de su delicioso cuerpo que tuviera al alcance.

Siempre les ocurría, incluso cuando estaban agotados y saciados disfrutaban de seguir provocándose el uno al otro.

Por desgracia, el llanto de Sophia vino a romper aquella burbuja de erótico esparcimiento que ambos intentaban prolongar. Max cerró los ojos y gimió, frustrado. Aún no había conseguido interiorizar ese sentimiento.

Con solo dos meses, su hija ya hacía ostentación de un genio a la altura de su posición en el mundo. Era dormilona y tranquila, excepto cuando demandaba alimento. En esos momentos, su naricilla redonda se ponía de color escarlata, el adorable rostro se contraía de furia y sus pequeños y perfilados labios proferían exigentes alaridos de atención.

Max se tapó los ojos con el brazo y gruñó.

—No te quejes —le dijo Paige con una sonrisa piadosa—. Nos ha dejado casi cuatro horas de asueto.

—Y bien que las necesitaba. —Tiró de ella y la pegó a su cuerpo—. Han sido tres meses, Paige —susurró atormentado.

—Basta, Max —lo regañó ella, respondiendo no obstante a sus besos—. Si no voy pronto, luego no habrá quien la calme.

La dejó marchar, enfurruñado. En realidad, hacía una semana que habían recuperado su vida marital, pero la había echado terriblemente de menos durante aquel periodo de abstinencia —que ella misma, como médico, se había prescrito— y todavía no sentía que hubiera compensado todo su sacrificio. Al menos, ese era un infierno que ya no tendría que volver a sufrir.

«Siempre que no vuelva a quedar encinta», pensó.

«Maldición», se dijo mientras la observaba ponerse la bata de seda blanca; iba a ser difícil evitar eso. Paige sonrió al saber que la estaba mirando y le tiró un beso antes de salir por la puerta que comunicaba con la habitación de la pequeña.

Su maravillosa duquesa. Max se sentía el hombre más afortunado del mundo, el más amado, el más poderoso. De todo se sentía capaz con aquella mujer a su lado. Luchar por ella había sido la decisión más sabia que había tomado jamás.

El estridente ruido infantil cesó al punto, trayendo a la mente de Max la escena que debía de estar teniendo lugar en el dormitorio contiguo. Se levantó y se puso un pantalón suelto; quería disfrutar de aquel momento tan íntimo de ver a Paige dando el pecho a Sophia. Era... fascinante. E insólito, sin lugar a duda. Desde luego, no conocía a ninguna otra aristócrata que hubiera prescindido de los servicios de una nodriza, pero Paige era un caso excepcional en casi todos los aspectos posibles.

No había llegado a la puerta cuando oyó abrirse la que daba al pasillo.

—Mamá, si Sophia ya se ha despertado, ¿puedo despertarme yo también?

Max se apoyó contra el marco y sonrió ante el aspecto desaliñado de Matthew. Se veía claramente que había estado dando vueltas sin cesar en la cama durante la siesta que lo obligaron a dormir.

—Yo diría que ya estás despierto —terció desde su posición.

—Hola, papá. —Una sonrisa mellada lo saludó desde la otra punta de la habitación. Su hijo odiaba tener que perder el tiempo durmiendo si no era de noche, pero además sentía tal fascinación por la bebé que no dejaba de buscar excusas para plantarse a su lado y observar cada uno de sus movimientos—. ¿Puedo?

—Me temo que tenemos que comenzar a arreglarnos, hijo —le recordó Max.

Era un día importante para los Hensworth. Después de doce largos meses de obras, el Hospital de Santa Clara abriría por primera vez las puertas con ciento veinte camas destinadas a la clase trabajadora de Londres. Había trabajado en el proyecto junto a Paige, gracias a lo cual había aprendido mucho sobre la inteligencia y la bondad de su propia esposa. Solo en las últimas semanas de embarazo y desde que había nacido la niña, ella le había permitido tomar las riendas de su puesta en marcha. Era una mujer terriblemente perfeccionista y controladora.

—Pero yo quiero estar con Sophia —farfulló—. Mamá, ¿puedo quedarme contigo? Te prometo que me vestiré muy rápido.

También era una madre amorosa y atenta, con una terrible tendencia a consentir a su hijastro. Estaba a punto de hacerlo de nuevo. Solo había que mirarla para leer el regocijo en sus ojos. Nada la entusiasmaba más que cualquier muestra de cariño por parte de Matthew, ya fuera hacia ella o hacia su hermana pequeña.

—Seguro que hay tiempo para...

—No —objetó Max antes de que se aliasen como solían—. Todos los presentes sabemos que después terminarás remoloneando; y no podemos llegar tarde.

Tanto su hijo como su esposa respondieron a eso con gesto enfurruñado, pero, fiel a su naturaleza disciplinada, Matthew se acercó para darle un beso en la mejilla a Paige y después se fue derecho a su habitación.

—No hay tanta prisa —protestó ella mientras cambiaba a la niña de pecho—. Eres demasiado estricto con él.

—Tengo que compensar tu exceso de mimos —le dijo con un guiño—. Además, he recordado que tenía que comentarte algo: mi madre ha enviado una carta disculpándose por no asistir a la inauguración.

Un halo de desilusión sobrevoló la expresión de Paige, que inclinó el rostro para enfocar la mirada en Sophia.

—¿Ha vuelto a encontrar una excusa para no venir a conocer a su nieta?

—Tiene una artritis tan horrible que la obliga a quedarse en Bath. —Encogiéndose de hombros, repitió el argumento esgrimido por la duquesa viuda.

—Me odia.

Max no podía rebatir ese punto; Marguerite Hensworth no aceptaba su matrimonio con Paige. Había acudido a la ceremonia, por supuesto, pero después de aquello no volvieron a verla. La noticia de que había tenido una nieta en lugar de un nieto tampoco ayudó a ablandarla. En conclusión: lo que decía Paige era cierto. Su madre la detestaba.

Era una excepción en medio de la aprobación general que les brindó la inmensa mayoría de sus conocidos. A decir verdad, la buena *ton* los consideraba una rareza aceptable.

No era menos cierto que su romance fue objeto de cotilleos durante muchos meses, todo el tiempo que habían decidido esperar para celebrar la boda y acallar con eso cualquier posible rumor malintencionado sobre los motivos del compromiso. Pero una vez que Paige Clearington se convirtió en duquesa de Breighton, nadie volvió a murmurar sobre ella. Se había ganado el respeto y la aceptación de Londres con su ingenio y elegancia. Nadie dudaba ya de su capacidad para ostentar la posición adquirida al casarse con Max.

—Cariño, ya te odiaba antes de que tuvieses una niña.

—Sí, eso ya lo sé —suspiró—. Y lo asumo, de verdad. No aspiro a ganarme su aceptación, pero... Es su nieta, Max.

Lo entendía. A él tampoco le agradaba el manifiesto desprecio de Marguerite Hensworth hacia Sophia. Cualquier padre se mostraría soliviantado ante semejante actitud, pero Max se sentía demasiado cómodo en su propia piel como para preocuparse por los sentimientos de una mujer que ya no le inspiraba ningún cariño. Su familia, la de verdad, era la que tenía delante.

—No necesitamos su afecto. Ni su aceptación. —Se acercó al sillón y se puso de cuclillas a su lado—. Te lo digo siempre. Ella no importa. Nadie importa, Paige. Nos tenemos el uno al otro, y Matt y Sophia tendrán tanto amor que no echarán de menos a su abuela si es que ella decide no estar presente en sus vidas.

—Max...

Desde que se quedó embarazada, Paige había desarrollado cierta tendencia a emocionarse, pero era tan obstinada y orgullosa que siempre se contenía. Max adoraba el modo en que fruncía levemente el entrecejo al tiempo que su nariz respingaba. Cualquier otra persona no lo notaría, pero él sí. Le cogió la mano que no utilizaba para sostener a su hija y se la llevó a los labios. Su aroma a jazmín estaba ahora mezclado con una nota entrañable de maternidad.

—Hasta que te conocí, yo no sabía que se podía ser tan feliz —murmuró, abstraído por la belleza de la imagen que tenía ante sí.

—Ay, Max, no hagas esto —protestó, sorbiéndose la nariz—. Se me pondrán los ojos hinchados.

—Y también más verdes —bromeó.

Ambos rieron por la broma. Sophia ni se inmutó; había vuelto a quedarse dormida. Max la tomó de los brazos de su esposa y se la acercó al pecho para estrecharla tanto como le permitía su delicado cuerpecito. Caminó con ella hasta la cuna, observando el compendio de rasgos que hacían de su pequeño rostro la pura perfección. No tenía ninguna mancha de nacimiento, ni falta que hacía. Max no podría albergar dudas sobre Paige, pero, además, Sophia tenía los ojos de los Hensworth: verdes y rasgados. La nariz, la boca, el cabello y el genio eran, sin duda, herencia materna.

—¿Te he dicho ya cuánto te amo? —dijo Paige, acercándose hasta él.

Con una sonrisa, Max la colocó delante de él y la envolvió con los brazos por la cintura, mientras observaban el tranquilo sueño de su bebé.

—Podrías incidir un poquito en ello —opinó mientras bajaba la cabeza para enterrar la nariz en la parte alta de su nuca—. No me importaría oírlo otra vez.

Las manos de Max se movieron por instinto, buscando el contacto de los pechos femeninos. Paige ronroneó al sentir cómo volvía a excitarse.

—Te amo —murmuró ella en medio de un jadeo.

Consciente de la hora y de que pronto alguno de sus hijos volvería a reclamar su atención, Max la cargó en vilo y la condujo con premura de vuelta al dormitorio.

—Tampoco me importaría una demostración práctica, excelencia —argumentó con una mirada cargada de promesas a la que su apasionada esposa respondió echándole los brazos al cuello.

—Haré cuanto pueda, su gracia.

Nota de la autora

Situar esta novela en el año 1890 no ha sido, ni mucho menos, una decisión fortuita. A decir verdad, fue todo un reto, pues debía encontrar el nexo entre tres momentos históricos absolutamente relevantes para el relato.

De un lado, tenía que reflejar lo que para mí fue el desencadenante de la historia; el conocimiento que prendió en mi cabeza la necesidad de escribir sobre ello. Os lo he contado en el prólogo: el doctor James Barry era una mujer. Este descubrimiento me impactó tanto en su día que comencé a investigar sobre la mujer en la medicina. Así pues, llegué a Elizabeth Blackwell, a Elizabeth Garret y a Sophia Jex-Blake. Sin embargo, antes que todas ellas hubo una mujer que fingió, durante toda su vida, ser un hombre para poder dedicarse a salvar la vida de otras personas. El relato requería que Paige hubiera nacido en una fecha próxima a la que ella murió, pues eso me permitía brindarle el conocimiento de su existencia.

También tenía que elegir un año en el que la Escuela de Medicina para Mujeres de Londres hubiera comenzado a graduar a sus alumnas, con objeto de que mi protagonista pudiera ejercer la medicina *de facto*. Edith Shove fue la primera mujer graduada en Medicina por una universidad británica: en 1882 obtuvo la licenciatura en la Universidad de Londres.

Por último, era necesario aproximar, tanto como fuera posible, el relato al descubrimiento del tratamiento para la difteria; una enfermedad que arrasó la vida de miles de personas en la Europa del siglo XIX. La mayor parte de los hechos científicos que se describen en esta historia son ciertos; sin embargo, me he tomado la licencia de adelantar un año la primera inoculación de la antitoxina de Behring y Kitasato. En realidad, tuvo lugar en 1891 y salvó la vida a una niña alemana. Ella fue la primera paciente que se curó gracias a este suero milagroso, pero ¿quién nos dice que no hubo pruebas anteriores, totalmente secretas? Difícil sería, desde luego, que hubiera ocurrido en Londres, pues la conferencia también es absolutamente ficticia. No tengo constancia de que aquellos dos eminentes científicos pisaran alguna vez suelo inglés.

Otro acontecimiento inventado es el nombramiento de Alice Rorison como jefa de planta del Hospital Royal London. La designación de mujeres en puestos de responsabilidad dentro de los hospitales tardaría un poco más en llegar, pero me parecía otro hito memorable que me ayudaba, además, a reflejar la acérrima oposición que encontraron esas mujeres por parte del género masculino para ejercer su profesión.

«Rorison», por cierto, era el apellido de una de las primeras alumnas que se graduaron en la Escuela de Medicina para Mujeres de Londres. Fueron nueve valientes mujeres, cuyos apellidos aparecen, todos, en otros tantos personajes secundarios entrañables de esta novela: Thorne, Peckey, Marshal, Kerr, Clark, Foggo, Vinson, Rorison, Shove, Walker, McLaren, Waterston y Butler.

Mi última licencia de autora, os lo prometo, ha sido la de crear el personaje de Lusy Waterston (sí, ella es uno de esos personajes secundarios, al igual que las enfermeras Shove y Kerr). Sophia Jex-Blake no tenía hermanas, por lo que su única sobrina se apellidaba como ella: Henrietta Jex-Blake. No he querido hacer intervenir a personajes reales más allá de su mención, y siempre en consonancia con lo que fue su vida. Henrietta no fue médico ni estudió en la escuela de medicina, por lo que no me parecía bien emplear su figura. Lusy Waterston es un personaje de mi absoluta invención, pero era imprescindible para poder contaros quién fue Sophia y cómo quedó a la sombra de Elizabeth Garret. Descubrir la vida de estas dos mujeres a través de la tesis de la doctora Pilar Iglesias Aparicio —*Mujer y salud: las escuelas de medicina de mujeres de Londres y Edimburgo*— ha sido para mí un aprendizaje sobrecogedor.

Si tenéis la oportunidad, leedla; os aseguro que cambiará vuestra visión del mundo.

Agradecimientos

Esta novela no habría sido posible sin el trabajo de investigación de la doctora Pilar Iglesias Aparicio, quien en 2003 firma su tesis *Mujer y salud: las escuelas de medicina de mujeres de Londres y Edimburgo.* En ese impagable trabajo doctoral encontré las claves para situar el relato de esta novela; pero, sobre todo, en la persona de Pilar encontré los valores y el espíritu de lucha del que he intentado impregnar no solo la narración sino el propio personaje de Paige, que nació y creció con el firme propósito de hacer sentir orgullosas a mujeres que, como la doctora Iglesias, han volcado parte de su vida en profundizar en el conocimiento y la lucha de los derechos de las mujeres. Os prometo que Paige es todo lo feminista que he podido lograr teniendo en cuenta el género de esta novela, que no deja de ser el romántico histórico.

A ti, Pilar, te confieso que he amado cada renglón de tu tesis. He aprendido y he comprendido tantos aspectos sobre nuestra historia y nuestro camino que solo puedo darte las gracias por lo que has aportado a mi vida con esta investigación que me ha fascinado y emocionado de tantas formas. No solo es brillante, sino evocadora y motivadora.

En las páginas de *Siempre en capilla* hallé muchas claves importantes sobre el desarrollo y evolución de la difteria. Los métodos y la investigación de Len, Jasper y Alexander me ayudaron a entender los procesos médicos y éticos que intervienen en los progresos científicos. Gracias también a Lluïsa Forrellad, a quien tampoco tuve la suerte de conocer, por escribir esta seudobiografía.

La información más completa acerca de la difteria y su evolución en la historia la documenté gracias a la revista *Vacunas*, de la Asociación Española de Vacunología. Vaya también mi agradecimiento para el doctor José Tuells, del departamento de Enfermería Comunitaria, Medicina Preventiva y Salud Pública e Historia de la Ciencia de la Universidad de Alicante, que me ayudó a entender los progresos de Pasteur, Behring y Kitasato.

No hay palabras para expresar la gratitud que siento por haber ganado este Premio Vergara. De verdad, no existen. Estoy absolutamente enamorada de Vergara, de Aranzazu Sumalla, mi editora, y de todo el equipo con el que he trabajado estos meses. Es difícil sentirse arropada cuando una llega a un lugar nuevo, pero me he encontrado, de repente, como en casa. Gracias también al jurado que ha creído que merecía la pena apostar por mis chicos; sé que os hacéis una idea de la importancia que tiene lo que me habéis regalado.

En lo personal, *Una cura para el alma* es el resultado de muchas cosas, de muchas vivencias. Cada paso del camino me ha traído hasta este momento de tanta felicidad. Y no me ha hecho falta una pandemia para comprender lo afortunada que soy por tener en mi vida a tantas personas que han moldeado mi mundo. Mi familia, para empezar, que siempre entiende que les escatime mi tiempo a cambio de poder cumplir este sueño. Soy lo que soy por vosotros. Sois mi orgullo y mi guía, todos y cada uno de vosotros.

Tengo otra familia a la que no puedo olvidar en estas líneas, porque gracias a ella la experiencia de ser escritora me ha aportado tantos matices y momentos felices que sé con absoluta certeza que ya nunca más escribiré sola. Queridas juglaresas, no concibo esta vida sin vosotras.

Por último (y sin duda más importante), gracias, Adolfo. Gracias, siempre, por ser mi compañero, por elegirme.